新典社選書 100

鳳朗と一茶、その時代

―― 近世後期俳諧と地域文化 ――

金田房子・玉城司 編

新典社

目　次

《資料と考証》

はじめに

玉城　司

俳諧は共同文芸である。ことに連句は、場と時を重んじて、連衆ひとりひとりが個性を発揮しながらも、座全体の運びや雰囲気をたいせつにする。かつて、上州富永家の調査をした時に、この家の代々が俳諧を続けたのは、人と人の縁を大事にしたからだと感じた。そして、資料というのは、論を立てるためだけの都合の良い道具ではなく、それと謙虚に向き合い、その背後にひそむ人々の言葉や思惟に耳を傾ける必要があると感じたことを、今改めて思い起こす。

芭蕉と去来が同座した俳諧の席で、去来は付けの順番がまわってきても、深く考え込んでしまって、句を詠むことができず、運びが滞ってしまったことがあった。芭蕉は、その夜、一晩中、座の雰囲気を壊したとして去来を責めたという（去来抄・先師評）。

去来は、「予は蕉門遅吟第一の名ある」（去来抄・同門評）と自ら告白するほどだから、座の文芸―連句は苦手だったかもしれない。膝送り連句の場合は、去来のように趣向に凝る作者が、傑作にこだわるあまり、一座を白けさせてしまうことがある。

共同研究も、俳諧連句と同じである。自らの〈趣向〉にこだわり〈学識〉や〈知〉が高い故に、座の運びや場の雰囲気を考慮しない方もいる。また、お眼鏡にかなった〈知的〉レベルが高い人を選んで、〈知〉の饗宴を楽しむ人がいる。研究の進展のために様々なあり方があるだろうが、人と人がともに行う楽しみ（ときには苦労）のたいせつさを心に置くことが必要だろう。

今回、大石（金田）房子氏代表の「近世後期俳諧と地域文化」（学術研究助成基金助成金　基盤研究（C）課題番号16K02435）は、ともに資料と出会う喜びを分かちあう共同研究らしいあり方で実施され、その成果を出版することになった。

金田氏は、去来のように遅吟して座の運びに支障をきたしても責めない。だれも疎外しない。だれも非難しない。自らの〈知〉を誇らない。すべての人の長所を採り上げて、励まし、共同研究の喜びを分かち合ってくれる。韓国の日本文学研究者・兪玉姫氏（啓明大学校）が本研究のために講演してくださったのも、金田氏との友情があってのことである。研究対象をしぼりきれない方には、テーマや調査法を示唆してくれる。史料（資料）にあたっては、保存者に敬意を払い、その価値をうかがいながら丁寧に調査される。こうした共同研究に加わらせていただいたことは、私にとっても誇りであり、喜びである。

研究成果としての本書の出版に際しては、俳諧分野の研究者だけでなく日本史分野の研究者にも執筆を依頼し快くお引き受けいただいた。本書に掲載されている研究論考やエッセーは、こうした方々から寄せられた優れた研究成果である。

ご一読いただければ、ご納得いただけると思うが、すべて充実した論考であり、今後の俳諧研究に寄与するものである。ぜひとも、ご一読いただきたい。

《論考》

序論　近世後期俳諧と地域文化

金田房子

近世後期俳諧は、大衆化と量の時代である。

都市部においても農村においても、人々は日常の中で現実を離れた風雅の世界に心を遊ばせることを好んだ。漢詩・和歌・俳諧、それぞれに玉石混交の作品が作られているが、中でも最も裾野の人々をも取り込んで津々浦々までの広がりを見せたのが俳諧である。

こうした地方における文化活動に注目し、地方俳人の分布や交流にも注目して丁寧な調査をされた杉仁氏による研究がある。氏は「在村文人は海のようにひろがっていた」と、その広がりの大きさを喩えている。そして「在村文化」という用語を新たに用いて、その実態を『近世の地域と在村文化―技術と商品と風雅の交流』（吉川弘文館、二〇〇一年）『近世の在村文化と書物出版』（吉川弘文館、二〇〇九年）の二書にまとめられた。

その中で繰り返し指摘されるのが「農村の文化史が社会経済史に直結する」「近世中興期、在村の民衆的文化交流においては、技術生産活動・営利活動と風雅活動の一体化」という点である。在村文化は人々の生計の営みと密接に結びついたものであった。具体例の一つとして、養蚕商であった俳人・冥々と上州の養蚕農家との交流が示されているが、その養蚕農家・富永家に残された俳諧資料については、玉城司『上州富永家の俳諧』(信毎書籍出版センター、二〇〇七年)に紹介がある。同書においても、

文帯は綾足の門人でもあり、高崎俳壇や江戸俳壇とも交流をもっていた。商売をかねて俳諧に親しんだこうした遊俳が、地方と都市、また地方と地方を結ぶ機能を果たしていたことは、興味深い。(中略)宝暦・天明期、すなわち江戸中期は、地方文化が成熟した時代であったといえよう。

と、営利活動と風雅との結びつきに触れられており、江戸中期に地方文化が成熟したとする興味深い指摘がある。

本書の副題にある「地域文化」は、ほぼ杉氏の指摘する「在村文化」・玉城氏の指摘する「地方文化」と重なる。俳諧においては、綾足や鳳朗のように諸国を行脚した著名な俳人を通じて、地域間をつなぐ全国的なネットワークがあったことから、そのつながりも意識して「地域文化」と呼ぶことにした。

江戸時代中期以降、芭蕉顕彰の行事を契機として地域が全国的なネットワークに組み込まれてゆく。毎年十月十二日義仲寺で行われた時雨会には諸国俳壇から奉納発句が集まり『しぐれ会』として刊行され（義仲寺編『時雨会集成』一九九三年）、これによる宣伝効果もあって地方俳壇では蕉風俳諧への参加意識が強められる。時雨会は芭蕉七十回忌の宝暦十三年（一七六三）に始まったが、同様の営みとしては、同じく義仲寺で例年四月十二日に行われた、芭蕉像に扇子を捧げる儀式・奉扇会があり、例年の刊行ではないものの文政期まで続いた。また『花供養』は、京の東山に芭蕉堂を創立した闌更が天明六年（一七八六）三月十二日に芭蕉追善会を催して刊行したもので、蒼虬・九起と受け継がれて明治まで続いてゆく。これらに所収の奉納句の作者名に添えられた地名は、地方俳壇の動き・消長を示す好資料である。

芭蕉へのあこがれと敬意を俳諧に関わる人々が共通項として持つ時代において、地域は全国的な動きと関わりつつ特色を発揮する。特に寛政五年（一七九三）の芭蕉百回忌は全国的に行われて、大きな動きとなった。この後「芭蕉」の神格化が進んでゆく。これを近世後期俳諧の特色の一つとしてあげることができる。

一　後期俳諧という区分

ではそもそも、江戸時代のどのあたりからを後期俳諧として見るのが適当だろうか。

蕪村や暁台に代表される明和・安永（一七六四〜八一）の中興期を経て、門人が三千人もいたという江戸の蓼太、北関東から信州に一門を広げた白雄、芭蕉の句集や伝記を整備した蝶夢らが大きな影響を及ぼす次の時代（天明期）がやってくる。その彼らに学んだ次の世代、俳諧がさらに庶民に浸透し裾野を広げた時代を後期俳諧と捉えるのが一般的である。

大礒義雄氏は、俳諧師が滑稽本や黄表紙の中にも描かれるようになる後期俳諧の時代を「俳諧普及」の時代とし（『蕪村・一茶その周辺』〈八木書店、一九九八年〉）、中興期に接続する時代として、寛政元年（一七八九）あたりからとする。そして寛政元年から文政十二年（一八二九）までを前半、天保元年（一八三〇）から慶応三年（一八六七）までを後半としている。およそ各四十年ずつとなる。俳諧史においては、「化政俳諧」「天保俳諧」としてそれぞれ辞典類に項目が立てられている。これらに基づきつつ、さらに、文化と文政の間にも一つの時代の変わり目を捉えることができるのではないか、という玉城司氏の見解を付け加えたい。

江戸俳壇の中心的存在として名声を得ていた成美が没したのが文化十三年（一八一六）。士朗（文化九年没）とともに寛政の三大家の一人として傲慢ささえ伝えられる道彦が没したのが文政二年（一八一九）。この二人が世を去ったことは俳壇に大きな変化をもたらしたのではないか。他の動きにも目を向ければ、天保の三大家の一人で一時大坂俳壇の中心的存在となった梅室が大坂に移住したのが文政三年。同じく三大家のもう一人、鳳朗が、それまでの対竹から鶯笠と改号して、意欲的な俳論書『芭蕉葉ぶね』を一茶の校合で世に問うたのが文化十四年のことであった。文化十五年四月に元号は文政と改まる。ちなみに、一茶が江戸から柏原に帰ったのは文化十年のことである。

時代は徐々に移り変わってゆくから、区切るのは後代からの便宜的な捉え方にすぎないのではあるが、文政期は幕末の月並調への萌しが見え始める時期であると見ることができよう。

二　後期俳諧の特色

様々な文芸の中で俳諧が特に広く受け入れられた要因としては、点取俳諧などの遊びの要素があったことも魅力の一つであったろう。奉額句合などの営みが盛んに行われている。点取俳諧も単なる遊興ではなく、地域の神社を核とする人々のつながり、いわば社交の中での楽しみであった。

俳諧は、生計の営みと密接に結びついた人々の社交の手段であっただけでなく、庶民教育の手段としても機能していた。それは、地域の有力者が俳諧の指導的存在となって宗匠と呼ばれ、同時に寺子屋宗匠も兼ねていたことから窺い知ることができる。本書に取り上げた地方俳人の一人、矢口一彡がその具体例である。

近世中期以降、後期になってさらに顕著となる右のような社会的な役割を特色として十分に認めた上で、しかしそれでも、人々が俳諧に関わることには、先述したような芭蕉へのあこがれに具体化されるような、風雅を求める心が存在したことも無視してはならないだろう。そうでなければ、彼らが日々に書き残した句稿のあの膨大さを説明できないように思うのである。鳳朗ら職業俳諧師は、諸国を行脚して〈芭蕉〉を売って生活したとも言えるのであるが、同時に彼らの売っていたのは、人生の質を高める〈文化〉であったとも言えるであろう。彼らは文化の伝道師として厚くもてなされたのである。江戸時代後期の俳諧作品の質を批判するとしても、この時期の俳諧への熱意は、日本人の教養の形成に大きな役割を果したとともに、現在の俳句の広がりへもつながっていることは間違いない。

以下に、近世後期俳諧の特色について、少し詳しく述べておくことにしたい。

1・芭蕉の神格化

近世後期は、芭蕉が俳聖から神となった時代でもあった。

寛政五年（一七九三）の芭蕉百回忌は、各地で追善の催しが盛大に催され、記念として多くの集が刊行された。この年、神祇伯白川家は、芭蕉に「桃青霊神」の神号を授ける。俳諧の大衆化と比例して、芭蕉は神格化されてゆく。

文化三年（一八〇六）、芭蕉は朝廷から「古池や」の句に因んだ「飛音明神」の号を授けられた。さらに、天保十四年（一八四三）の芭蕉百五十回忌の年には、鳳朗が二条家に願い出て芭蕉に「花本大明神」の神号を授け、自らも花本翁の称を受けた。これを記念して行われた二条家での御前連歌（俳諧）には、鳳朗門の多くの素人俳家が地方から駆けつけて一座する栄に浴している。

各地に芭蕉の句碑も数多く建立された。神格化された芭蕉の魂を祀るものでもあり、自分たちがそれに連なる俳諧に精進していることの記念となるものであった。こうした活動にあたって相談を受け、求められて揮毫するなどしたのが、鳳朗ら著名な宗匠で、いずれも各地を行脚して指導にあたっている。

芭蕉の百回忌・百五十回忌を迎えて、その記念として行われた各地の行事や出版は、芭蕉顕彰を求心力とした俳諧の享受層の広がりに大きく貢献したと考えられる。

2・月並調と点取俳諧

俳諧人口が増加し、地域文化の担い手、いわゆる素人俳家によって「千篇一律」と評される多くの句が作られる。正岡子規によって「月並調」と批判される句群である。現在、月並みな、と言えばありきたりという意味で使われる言葉であるが、由来は近世後期の俳諧にあり、もともとは「月ごと」の意味で、毎月、宗匠が季題を出して句を応募したことから「月並」と言う。

一茶が業俳（職業俳諧師）活動として四十二歳ごろの一時期行った「一茶園月並」では、例えば八月であれば「露」「虫」「砧」といった題が出され、応募料は五十孔（文）であった。仮に一文二十五円とすると千五百円くらい。矢口一彡が旅でつけたこづかい帳（『文政三年道中日記帳』）によれば、うどんが十六文、髪結いが百文とあるから、庶民にも無理なく出せる金額である。

応募された句には宗匠によって点がつけられ、高点句は摺り物に載り、奉灯句合の場合は寺社のよく見えるところに掲示される。景品も用意されていたから物質的な楽しみもあって、賭け事に似た遊戯性も加わっている。ただし、サイコロなどのような偶然性によるだけの賭け事ではなく、「言葉」とくに日本古来の文化を担った「季語」を用いた作品を作る点で、文化的な教養の基盤を必要とした。遊戯性ということもまた「社交」の一手段であり、教養人としての矜持との両立が可能なものであった。

3・本当に下手？

近世後期の句を読んだ際に、正直な感想としてつまらないと感じてしまうものがたしかに多いのであるが、それは単に素人俳家の力不足によるもの、というわけでもなさそうである。本書に翻刻を載せた『鳳朗句集』をお読みいただければわかるように、当時大家と呼ばれたプロの俳諧師の作品も同様の傾向を持つ。この句風について同時代の人は跋文で「詞鋒鋭尖（文章——この場合は発句——がとても鋭く）」清逸さはまねできない、と書いている。跋文であるから、多少の（かなり？）お世辞があったと割り引くにしても、鳳朗の人気は高く、「句が上手だ」という評判があったことも伝わっている（渡辺崋山『遊相日記』）。出雲母里藩主松平四山公や護持院僧正梧青のように、鳳朗の句を好む知識人も多くいた。

とすれば、当時の人たちはむしろそうした句風を求め、「月並」であることを積極的に選び取っていたのではないだろうか。今から見てつまらない句だと評価するのは、物差しが違っているのである。

大礒義雄『蕪村・一茶その周辺』（前引）には、沢木欣一「天保の俳諧」（『俳句』一九六七年四月）の「随落の極地のように言われる天保の三大家、蒼虬・梅室・鳳朗の句集を丹念に吟味して」佳句を拾い出したところ、三大家に共通して「音調に鋭敏で、言語感覚にすぐれている」という評価が引用されている。

この評価には検証の余地があろうかと思うが、私見としては、『鳳朗句集』の翻刻にあたって読み続けた時に、句からまるで自分もその場にいるかのような生の感覚をふっと感じることがあった。それは、花や月などの特別な美しい景色に対した時の感動や、芭蕉句にあるような永遠の時空につながるはっとする思いとは全く異質なものである。例えば、朝起きていつものように台所に立った時のような、慣れた寝床に潜り込んだ時のような、あまりにも日常的な感覚と言えばよいだろうか。

そのあまりにもふつうの感覚は、たとえ満開の花を詠んだ句であってさえ、どこかただよっているように感じられる。それは日常を描いた四コマ漫画のようであるが、川柳のような風刺性は持たない。あくまで微温的などこにでもある日常である。

江戸後期、和歌には時代の思想を表す作品が詠まれるようになるが（青山英正『幕末明治の社会変容と詩歌』〈勉誠出版、二〇二〇年〉）、俳諧には思想は見られない。世の中が維新に向けて大きく動こうとする直前の嵐の前の静けさを、人々は俳諧作品において享受していたようにさえ感じられる。

三　本書の方針と課題

本書では鳳朗と一茶を軸に地方俳人との交流に目を向けた。後期俳諧の全体を概観するのではなく、断片的ではあっても具体的資料をしっかりと見て意義を理解してゆくことで後期俳諧の特徴を捉えることを心がけた。

資料調査の範囲は、主に北関東・越後方面に限定的なものであったが、三大家のもう一人・梅室の加賀での活躍をはじめ、伊予・大坂など各地を対象とした堅実な研究成果をご寄稿いただいたことで、津々浦々に広がった後期俳諧の活気を感じることができるものとなったと思う。さらに、時代はやや遡るが行脚俳人と地方俳諧について知る上で興味深い前橋の素輪とその師涼袋（綾足）や、庶民層の俳諧の広がりと関わる「教育」、また女性という視点も加えたいと考えていたが、本書ではコラムとしてわずかにふれていただくにとどまった。今後の研究の進展に期待したい。

はじめにも述べたが、後期俳諧の資料はあまりにも膨大で、知識と時間との不足を痛感している。村々の愛好家達の残した膨大な句日記や句稿は、多くが顧みられることがないままに反故となってゆきつつある。天明期（一七八一〜八九）頃の地方俳諧の点取帖が緞子の表紙や奉書紙を使った豪華さを持ち、句日記に色刷りの表紙が付けられていたりするのに比して、天保の改革によって質素倹約が奨励された時代のものは、楮紙を紙縒りで仮とじしただけの質素なものが多く、見た目からして反故紙に近い。無名の作者たちによって書き残されたものであったから資料的価値が認められることは少なく、あまりに多量であったため放置されたままであることが多い。

しかし、先にも述べたように、これらは俳諧を通して互いに交流を深め、あるいは独り癒やしの時間を持った先人達の心の記録でもあり、現代の俳句流行の中で文化史的にも振り返ってみる価値のあるものだと考える。鳳朗ら旅の職業俳諧師が各地で歓待され尊敬を集めたのも、心の渇きを癒やすものが俳諧にあったればこそであろう。これらの貴重な記録が失われることなく、今後ていねいに繙かれてゆくことを願っている。

近世地域社会における俳諧の受容と展開
―― 地域文化と俳諧

山﨑和真

はじめに

十七世紀半ば以降、俳諧は京・大坂・江戸を始めとする大都市のみならず、農村を含めた地方にまで広まっていく。河内国石川郡大ヶ塚村の壺井五兵衛が、元禄期から宝永期にかけて書き残した旧記（「河内屋可正旧記」）には、「此比は一句付と云事国々にはやりし故、郡中不残はやりもて来て、女子・童べ・山賤の類迄もてあそぶやうに成たり」[1]とある。また、元禄二年（一六八九）、『おくのほそ道』の旅の出立直前、芭蕉が岐阜の門人の落梧に宛てた三月二十三日付の書状には、「みちのく・三越路之風流佳人もあれかしとのみニ候」[2]と記されている。元禄期には、畿内村落[3]はもちろん、東北・北陸地方においても俳諧が盛んであったことを物語っている。

地域社会において展開した俳諧については、歴史学では杉仁氏、俳文学では加藤定彦氏の研究が代表的なものとして挙げられる。(4)杉氏は、近世の農村に広がっていた文化を「在村文化」と呼び、俳諧・書画・生花・茶道・狂歌・和歌・漢詩など、都市文化とほとんど同じ風雅文化が、農村においても広く展開していたことを明らかにした。在村文化の担い手は、多くが村役人層や豪農商層であり、村役・農業・流通などの日常活動と、風雅・風流の文化活動を同時に行っていた点が特徴であると指摘している。一方、加藤氏は、俳書に現れる俳人の履歴や俳人相互の関係などを明らかにし、地方俳壇の中心的な俳人たちが、村落や地域の有力な村役人・地主層で、互いに血縁関係にあったことや、領主支配や商用などを通じた関係にあったことを指摘している。また、江戸の宗匠らが行脚や文通により、地方の俳壇・俳人を自勢力に取り込み、組織化しようとしていたことや、地方俳壇が江戸俳壇の経営を支える存在であったことを指摘し、江戸・地方の俳壇・俳人との関係について迫っている。

杉氏・加藤氏の研究は、杉氏が「一地域に見たような在村の文化現象は、従来は無名のものとして無視されてきた」、加藤氏が「彼ら（筆者注：芭蕉・蕪村・一茶）を取り巻く滔々たる俳諧の流れに目を転じると、元禄期や中興期の名家など二、三をのぞけば、研究は必ずしも活発ではなく、資料の整備も十分ではない」と述べるように、(5)地域社会における俳諧や文化についての研究蓄積が少ないという課題意識から展開されたものである。近年、各地の自治体史編纂において、地域に残る俳諧資料の掘り起こしが着実に進んできているが、本格的な研究の成果は少ない状況にあり、さらなる事例の蓄積が必要である。

また、杉氏や加藤氏により、地域社会において経済関係や血縁関係などを伴いながら、俳諧が盛んに行われていたことが明らかにされたが、地域社会において俳諧は、どのようにして受容され、広まっていったのであろうか。そして、大衆化する中で「月並調」として低い評価がなされている近世後期の俳諧であるが、地域社会において活動する地方俳人たちは、どのような意識で俳諧活動に取り組んでいたのであろうか。さらに、地域社会における活発な俳諧活動は、地方俳諧宗匠の活動や地方俳人を取り巻く様々な環境を背景に展開していったと考えられるが、それらは具体的にどのようなものであったのであろうか。本稿では、右に掲げた諸点を明らかにすることにより、近世の地域社会において俳諧が盛んに行われた背景の一端を提示したい。

一　地域社会における俳諧の受容と俳人

（一）　地方俳人の俳諧受容

芭蕉が没した十七世紀末以降、地方における俳諧は、支考・廬元坊の美濃派、涼菟・乙由の伊勢派が勢力を伸ばした。「田舎蕉門」と蔑称されながらも、美濃派の俗談平話、伊勢派の当意即妙の俳諧は、地方の村役人・上層農を中心に受け入れられた。一方、都市における俳諧は、其角・淡々や沾徳・仙鶴の洒落風が人気を集め、奇抜な比喩や洒落た趣向、理知的な都会趣味が喜ばれた。[6]

　俳諧史上では、地方俳諧と都市俳諧とが便宜的に分けて述べられるが、現実には必ずしも明確に二極分化していたわけではない。[7]地方俳人が都市俳諧を受容することは、珍しいことではなかった。次の史料は、相模国愛甲郡猿ヶ島村の俳人五柏園丈水の三回忌追善集『とをほとゝぎす』(文化七年〈一八一〇〉序)[8]に収められている「五柏園行状」である。

【史料1】(史料中の傍線は筆者による。以下、本稿を通じてすべて同じ)

　五柏園行状

夢貍窟の叟、風流を好ミて、元文の比、東都の竹隠者祇徳に随て、俳号を授られ、産業の暇には、花鳥に眼を肥し、月雪に魂をさらして句を吐く事、朝三暮四、友あれハ聯句をなし、友なくれは独句を作る、如此肝胆心腸を砕く者、爰に年あり、一とせ卯月の末二日、たらちねを一日に喪したり、其時、叟の齢六十一なり、則其息半素に家産を任せ、自ら別荘に籠りて、風遊の外、多嗜を伺ず、其時、全化坊来リ客たり、国〱の風儀、俳の変化をかたりしより、志を励す事益〱堅く、又、加賀の見風が蕉翁の印なりとて、旧き華押をおくれるより、始て社友の引墨をなしたり、後、南勢の麦浪舎・神風館、加州の千代尼・鷺大、信ノ眠郎、奥ノ呑溟、尾ノ也有・暁台・杜口、京ノ蕪村・蝶夢・白峰等の先輩に参謁し、風情、日々に厚く、然りを其体いまた一定せさりき、後、半化坊闌更来りて杖をとゞめ、月をかさねて風談ありしより、終に曲節を捨、幽玄寂寞の佳境に入て、門徒社中を鉗鎚する事、是より紀氏の所レル謂鬼神を感せしむるの道、はた君臣・父子・夫婦・兄弟・朋友の愛敬に疎からざれ、滑稽戯談のミ俳諧となすへからす、兎角に祖翁の足迹を見失ふ事なかれと、明くれに申されたり、其温厚に懐くか故に、門に遊ぶ者殆千人に及へり（後略）

丈水は、猿ヶ島村の名主を務めた大塚六左衛門のことで、文化五年（一八〇八）に九十一歳で亡くなった。右の史料には、丈水が俳諧を受容し、一門を形成するまでの経緯が記されている。傍線部によれば、丈水は、二十代前半の元文年間、江戸の祇徳に俳諧を学び、俳号を授けられた。大塚家の当主の頃は、家業の合間に俳諧を嗜んでいたが、六十一歳の時、家督を息子の半素に譲ると、俳諧に専念するようになった。そして、門人を得て指導するかたわら、加賀の千代、尾張の也有・暁台、京の蕪村・蝶夢らのもとを訪ね、俳諧の道を模索し続けた。その後、闌更が丈水のもとに逗留したことを機に、自身が求める俳諧の道を見定めると、温厚で親しみやすい性格と相まって、門人は千人にも及んだという。

ここでまず注目したいのは、丈水が最初に入門した俳人が江戸の祇徳であった点である。祇徳にとって最初の地方行脚は、浅草鳥越に自在庵を起立した元文五年（一七四〇）秋とされている。(9) この時、祇徳は武蔵国埼西に行脚したが、丈水が祇徳の行脚先を訪ねたとは考えにくい。元文年間に丈水が祇徳に入門したとすれば、それは江戸でのことであったと考えられる。丈水の居村猿ヶ島村は江戸まで五十㎞ほどの距離に位置していた。丈水の事例は、地理的な条件を背景として、能動的に都市俳諧を受容する地方俳人の姿を示すものといえよう。

次に注目したいのは、丈水が家督を半素に譲り、俳諧に専念するようになった時期である。丈水が六十一歳で隠居した安永七年（一七七八）は、蕉風復興運動の高揚期にあたる。芭蕉の花押の入手（「加賀の見風が蕉翁の印なりとて、旧き華押をおくれる」）、蕪村・蝶夢・暁台らとの交流のように、蕉風復興運動の潮流は、丈水の俳諧活動に明らかに影響を与えている。そして、闌更との交流を通じて、「滑稽戯談のミ俳諧となすへからす、兎角に祖翁の足迹を見失ふ事なかれ」と、芭蕉が求めたものを重んじる意識を持つに至った。

（二）　地方俳人の再生産

丈水の門人について、史料1に「門に遊ぶ者殆千人に及へり」とあった。正確な人数はともかくとして、丈水は地方俳諧宗匠として、多くの門人を抱えていたことがうかがえる。次の史料のように、門人の中には、宗匠である丈水に俳号の授号を求める者もあった。

【史料2】

印

蘆尺

新井氏之俳

号応需名焉

安永十辛丑孟春

五柏園丈水

印　印

この史料は、安永十年（一七八一）正月付で、丈水が半縄村の新井友右衛門に宛てた俳号の授号状である。[10]「新井氏之俳号応需名焉」とあり、丈水が友右衛門の求めに応じて、「蘆尺」の俳号を授けたことがわかる。

表1　「蕉風誹門記」にみえる蘆尺の門人

	俳号	入門年月	居住地	本名	備考
1	里暁	寛政元年正月	相模国愛甲郡角田村	和田儀右衛門	聞鳥斎ト号
2	梅舎	寛政元年正月	相模国愛甲郡角田村	和田儀兵衛	芳声軒ト号／文化五戊辰四月七日寂罪人、辞世、相模なる滝のしら波音たへて西へ行かも夏の月かけ
3	如圭	寛政元年正月	相模国愛甲郡角田村	和田長吉	久左衛門ト改

4	烏橋	寛政元年正月	相模国	愛甲郡	角田村	山崎宇左衛門	
5	三朝	寛政元年正月	相模国	愛甲郡	角田村	和田滝二郎	源兵衛ト改
6	完示	寛政元年正月	相模国	愛甲郡	角田村	吉川宇八	
7	自来	寛政元年正月	相模国	愛甲郡	角田村	吉川吉五良	
8	重翠	寛政元年正月	相模国	愛甲郡	角田村	山崎万治郎	
9	兎月	寛政元年正月	相模国	愛甲郡	角田村	和田清兵衛	兆祝堂ト改
10	井鮒	寛政元年2月	相模国	大住郡	坂本村	脇嶋弥右衛門	
11	芹舎	寛政元年2月	相模国	大住郡	坂本村	大野富右衛門	
12	芦舟	寛政元年2月	相模国	大住郡	坂本村	大野新五良	源左衛門ト号
13	稲波	寛政元年2月	相模国	大住郡	坂本村	大野幸七	寛政十未古人
14	畔夫	寛政元年2月	相模国	大住郡	坂本村	井上直右衛門	
15	杏朝	寛政12年正月	相模国	津久井県	長竹村	奈良孝運	保生庵ト号
16	花虹	寛政12年正月	相模国	津久井県	長竹村	宮城彦兵衛	立儿ト改／寿山亭ト号
17	栄松	寛政12年正月	相模国	津久井県	長竹村	宇多田六良左衛門	丹頂堂ト号
18	芦沾	寛政12年正月	相模国	津久井県	長竹村	宇多田小三良	好古庵ト号
19	如水	寛政12年正月	相模国	津久井県	長竹村	宇多田常右衛門	
20	生子	寛政12年正月	相模国	津久井県	長竹村	宇多田六良兵衛	
21	兎山	寛政12年正月	相模国	津久井県	長竹村	宇多田市郎右衛門	
22	梅香	寛政12年正月	相模国	津久井県	長竹村	小室九郎平	渓臨舎ト号／文化二丑亖古人
23	二蝶	寛政12年正月	相模国	津久井県	長竹村	小室郡治郎	梅香男
24	竹水	寛政12年正月	相模国	津久井県	長竹村	池上利兵衛	
25	如淵	寛政12年正月	相模国	津久井県	長竹村	池上善左衛門	

26	古竹	寛政12年正月	相模国	津久井県	長竹村	池上源介	
27	白浪	寛政12年正月	相模国	津久井県	長竹村	池上佐左衛門	
28	桑寿	寛政12年正月	相模国	津久井県	長竹村	矢部平兵衛	
29	紫江	寛政12年正月	相模国	津久井県	長竹村	矢部平蔵	桑寿男／漣之斎ト号又浮月庵俳道諸伝授
30	桃舎	寛政12年正月	相模国	津久井県	長竹村	山本喜介	
31	明峩	寛政12年正月	相模国	津久井県	長竹村	僧祖全	
32	竹雅	寛政12年正月	相模国	津久井県	韮尾根（長竹村小字）	内藤藤左衛門	
33	芦径	寛政12年正月	相模国	津久井県	土沢（根小屋村小字）	小室八郎左衛門	
34	尺樹	寛政12年正月	相模国	津久井県	根小屋村	長谷川藤四郎	遠霞堂ト号
35	先狂	寛政12年正月	相模国	津久井県	中野村	菊地原斧七	
36	自笑	寛政12年正月	相模国	津久井県	寺沢（根小屋村小字）	久米要介	
37	青我	寛政12年正月	相模国	愛甲郡	半原村	中嶋富五郎	風言斎／源蔵ト改
38	都燕	寛政12年10月	山城国		京都七条	野村東作	杏花堂ト号／寛政酉（13年）古人
39	思明	寛政12年	相模国	大住郡	坂本村	金子大吉	与兵衛ト改
40	完志	寛政13年2月	相模国	愛甲郡	半原村	小嶌又左衛門	
41	蛙井	寛政13年2月	相模国	津久井県	又野村	平井幸八	
42	宇杏	寛政13年2月	相模国	愛甲郡	公所（中荻野村小字）	石井養硯	
43	悠水	寛政13年2月	相模国	愛甲郡	公所（中荻野村小字）	山田藤右衛門	

44	一而	寛政13年2月	相模国	愛甲郡	田代村	大矢五郎左衛門	
45	一浦	享和元年3月	相模国	津久井県	猪ノ尾（長竹村小字稲生カ）	松石弥五郎	
46	雅尺	享和元年10月	相模国	愛甲郡	久保（上荻野村小字）	井上滝蔵	
47	朝花	享和元年10月	相模国	津久井県	韮尾根（長竹村小字）	鈴木民治良	
48	游花	享和元年10月	相模国	愛甲郡	公所（中荻野村小字）	智恩寺	
49	栄春	享和元年10月	相模国	愛甲郡	水上（下荻野村小字）	成就院	
50	指月	享和元年11月	相模国	津久井県	又野村	西山幸右衛門	同亥（享和3年）古人
51	冬扇	享和元年11月	相模国	津久井県	又野村	加藤武七	
52	柳夫	享和元年11月	相模国	津久井県	又野村	平井平蔵	
53	里硯	享和2年8月	相模国	愛甲郡	横根（平原村小字）	小嶋若松	
54	潜魚	享和2年10月	相模国	津久井県	長竹村	奈良源二郎	杏朝二男
55	雉扇	享和2年10月	相模国	津久井県	猪ノ尾（長竹村小字稲生カ）	宇多田豊治良	
56	文路	享和2年10月	相模国	津久井県	猪ノ尾（長竹村小字稲生カ）	小室幸八	
57	一分	享和2年10月	相模国	津久井県	根小屋村	長谷川常二良	尺樹男
58	稲舎	享和2年10月	相模国	愛甲郡	熊坂村	山田繁八	
59	文露	享和2年10月	相模国	愛甲郡	熊坂村	梅沢繁右衛門	机月庵卜号、文化四丁卯仲冬

60	貫古	享和2年10月	相模国	愛甲郡	熊坂村	長嶋勝右衛門	滄皷堂ト号、同歳卯（文化4年）／風笛ト更
61	朴翁	享和2年	相模国	津久井県	長竹村	千乗院	葛彦ト改／尾滝舘ト号
62	漣舎	文化4年8月	相模国	愛甲郡	熊坂村	熊坂善治良	
63	芦潜	文化4年8月	相模国	愛甲郡	熊坂村	戸倉市良左衛門	
64	志篤	文化4年8月	相模国	愛甲郡	熊坂村	熊坂儀右衛門	
65	其外	文化4年8月	相模国	愛甲郡	熊坂村	萱米八	小田原産浪人
66	梅夫	文化4年冬	相模国	愛甲郡	熊坂村	梅澤市良兵衛	
67	素連	文化4年冬	相模国	愛甲郡	熊坂村	梅澤助之丞	路完ト改
68	左明	文化4年冬	相模国	愛甲郡	熊坂村	熊坂直右衛門	風言亭ト号
69	不磷	文化4年冬	相模国	愛甲郡	熊坂村	関戸平治郎	芳吟斎ト号
70	呑舟	文化4年冬	相模国	愛甲郡	熊坂村	原惣吉	尋常亭ト号
71	哥夕	文化5年3月	相模国	愛甲郡	熊坂村	梅澤伊兵衛	
72	浮泉	文化6年12月	相模国	津久井県	稲生（長竹村小字）	池上嘉平治	
73	鼠畦	文化6年12月	相模国	津久井県	稲生（長竹村小字）	宇多田市右衛門	
74	布山	文化6年12月	相模国	津久井県	稲生（長竹村小字）	宇多田惣吉	
75	路叶	文化6年12月	相模国	津久井県	稲生（長竹村小字）	池上太治右衛門	
76	儿言	文化6年12月	相模国	津久井県	稲生（長竹村小字）	宇多田六良右衛門	

77	漣舟	文化6年12月	相模国	津久井県	稲生（長竹村小字）	池上要吉	
78	松月	文化6年12月	相模国	津久井県	稲生（長竹村小字）	池上金左衛門	
79	梅青	文化6年12月	相模国	津久井県	稲生（長竹村小字）	小室清治良	
80	五園	文化6年12月	相模国	津久井県	稲生（長竹村小字）	池上五良右衛門	
81	集鴨	文化6年12月	相模国	津久井県	稲生（長竹村小字）	宇多田六右衛門	
82	柳子	文化6年12月	相模国	津久井県	稲生（長竹村小字）	小室熊治良	
83	文蛍	文化6年12月	相模国	津久井県	稲生（長竹村小字）	宇多田与惣左衛門	
84	花暁	文化6年12月	相模国	津久井県	稲生（長竹村小字）	池上岩治良	
85	花笠	文化6年12月	相模国	津久井県	稲生（長竹村小字）	矢部銀蔵	
86	五明	文化6年12月	相模国	津久井県	稲生（長竹村小字）	奈良安五郎	
87	英之	文化7年	相模国	愛甲郡	熊坂村	中村栄吉	
88	潮水	文化9年正月	相模国	愛甲郡	半縄村	矢後浅治郎	
89	儿月	文化9年正月	相模国	愛甲郡	半縄村	近藤長右衛門	
90	故友	文化9年正月	相模国	高座郡	田名村	志村角左衛門	

典拠：「蕉風誹門記」（『厚木市史　近世資料編（三）　文化文芸』厚木市、二〇〇三年、「一　俳諧」第二六号史料）。

図　蘆尺の門人の居村

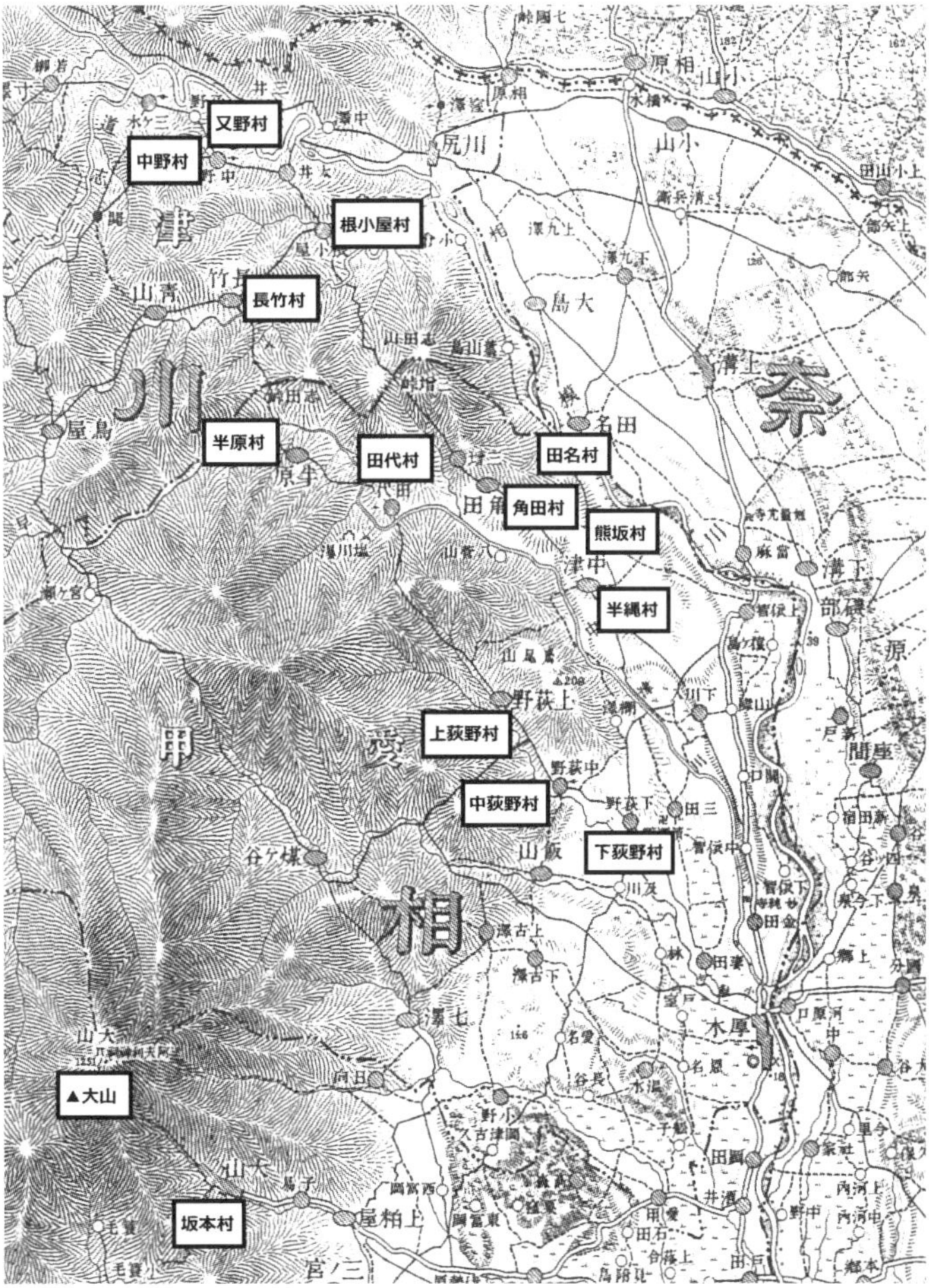

備考：『日本歴史地名大系　第14巻　神奈川県の地名』(平凡社、1984年)に付録の地図を加工。

蘆尺は寛政六年（一七九四）、丈水より伝書一巻を伝授され、宗匠として立机した。[11] 蘆尺は立机以前からすでに人々に俳諧の指導をしていたようで、門人録「蕉風誹門記」[12]には、寛政元年〜文化九年（一八一二）までの入門者名が記されている。表1は「蕉風誹門記」にみえる蘆尺の門人を整理したもの、図は蘆尺の門人の居村を示したものである。表1と図から、①蘆尺は寛政元年〜文化九年までの二十四年間で九十名の門人を獲得したこと、②38番の都燕を除く八十九名はいずれも相模国の人々であったこと、③八十九名の居村は相模国内の十四か村であったこと、④蘆尺の居村半縄村から最も離れた村は又野村・坂本村だが、半径十五〜十六㎞ほどの距離であったことが確認できる。丈水と蘆尺の事例からは、狭い範囲内ながら、《地方俳諧宗匠の門人形成》→《新たな地方俳諧宗匠の誕生》→《新たな地方俳諧宗匠の門人形成》という地方俳人の再生産状況をうかがうことができる。

（二）　地方俳人の意識

近世後期の俳諧は、「月並調」として低い評価が与えられている。しかし、史料1に「滑稽戯談のミ俳諧となすへからす、兎角に祖翁の足迹を見失ふ事なかれ」とあったように、丈水は低俗な俳風に甘んじない意識を持っていた。似たような意識は、他の地方俳人にもみられる。

【史料3】

此程者御疎遠奉存候、十七日御出と御申越に付、会相立御待申候処、御出無之、当時、雨塘参居、誠ニ風流盛ニ御さ候、両吟一巻進上申候、是は炭俵・猿蓑之間をこゝろ懸候、雨塘も此巻は江戸ても出来不申と自慢ニいたし候、克々御考覧御連中へも御見せ可被下義候、近々得貴顔可申上候、以上

閏十九日　　音人

有隣様　　拝

当月の月

名月てなけれともよき月夜哉

只一句御覧御入候

この史料は、上総国山辺郡辺田方村（東金町）の音人（青葉）が、同国武射郡求名村の禹隣（有隣）に宛てた書状である。[13] 禹隣は、求名村の名主を務めた行木治左衛門で、「五倉庵」という庵号を持つ月院社何丸系の地方俳諧宗匠であった。傍線部によれば、音人は自身のもとを訪れていた雨塘[14]と「両吟一巻」を巻き、それを禹隣に送った。注目したいのは、「両吟一巻」について、「是は炭俵・猿蓑之間をこゝろ懸候」とあり、音人が、晩年の芭蕉の俳風を示すとさ

れる『猿蓑』・『炭俵』を意識していた点である。これは、近世中後期以降、俳諧の大衆化により次第に俳風が低俗化する一方、村役人や上層農らの中には、芭蕉の俳風を意識して俳諧活動に励む地方俳人が存在したことを示すものであろう。

二 地域社会における俳諧と宗匠

（一） 地方俳諧宗匠の活動

前節において、地方俳人の再生産状況を示したが、再生産の過程では、新たな地方俳諧宗匠が誕生していた。ここでは、地方俳諧宗匠の活動についてみていきたい。取り上げるのは、上総国長柄郡本小轡村の景文[15]の事例である。景文は、本小轡村の名主を務めた藤乗勘左衛門のことで、俳諧を隣村の千町村の金波[16]に学んだ。

表2は、安政四年（一八五七）正月〜十二月までの景文の日記[17]にみえる俳諧関係の記事を分類したものである。安政四年の俳諧関係の記事は二百八件あり、句合開催時の取次役を務めたり評点を加えたりするなど、地域の俳諧宗匠として多岐にわたる活動をしていたことがうかがえる。ここでは句合に関する活動を取り上げ、地域社会における俳諧宗匠の活動についてみていきたい。

表2　景文の日記にみえる俳諧関係の記事

	分類	件数	割合
1	取次ぎ	44	21・2%
2	評点	37	17・8%
3	俳額奉納	24	11・5%
4	清書	23	11・1%
5	俳書編集	21	10・1%
6	俳席	20	9・6%
7	開巻	6	2・9%
8	俳人との交流	6	2・9%
9	投句	5	2・4%
10	俳書等購入	2	1・0%
11	貸借	1	0・5%
12	その他	19	9・1%
	合計	208	100・0%

典拠：「丁巳之日記」（『千葉県の歴史　資料編　近世四（上総二）』千葉県、二〇〇二年、第八九〇～八九四号史料）。

【凡例】

取次ぎ…句合開催時のちらし配付、句稿・入花料取りまとめ、返草（勝句刷）の配付。

評点…近隣村々等が開催する句合での評点。

俳額奉納…俳額の奉納及びその準備。

清書…近隣村々等が開催する句合で点者送付用の句稿と投句者送付用の返草（勝句刷）の清書。

俳書編集…句の取りまとめと編者との連絡。

俳席…月並句合等、近隣村々の俳人との俳席。

開巻…句合の選句結果披露。

俳人との交流…来訪した俳人への宿提供等。

投句…自身の句の投句。

俳書等購入…俳書等、俳諧関係の物品購入。

貸借…俳書等、俳諧関係の物品の貸借。

その他…上記以外の俳諧関係の事柄。


句合の開催時には、事前にちらし配付から句稿の取りまとめをおこなった。下永吉村清正公社奉額句合の場合、三月十日、水口村のひさみが句合開催のちらしを持参し、景文はそれを預かった（「水口村ひさミ来、下永吉村清正公社奉額相催候由、ちらし持参頼ニ付受取置申候」[18]）。十三日には、預かったちらしを周辺村々へ配布した（「同所《七渡村》文左衛門方へ立寄、東金開庵之催し并水口連催之ちらし同人へ相頼置」）[19]。その後、八月二十七日、周辺村々から集まった句稿を取り次いだ（「夕方、水口ひさミ来、同人催永吉清正公掛額当村・七渡・西谷・腰当等ゟ出句相集り候分廿八株《枚カ》程相渡」）[20]。

　句合開催後には、勝句刷を催主から預かった。関村白子社掛額句合の場合、二月一日、前々年に開催した句合の勝句刷を関村の玉羽が持参し、景文はそれを預かった[21]。その際、村内の寒英らの入花料（勝句刷の印刷料）を立て替えている（「村方寒英・大輔・玉妙・登楽、下谷其山分共入花銭四百文立替遣申候、且登楽分五十六文、今夜、同人ゟ受取申候」）[22]。景文のような地域の俳諧宗匠は、入花料を作者から集めたり立て替えたりする役割も担っていたのである。

　勝句刷を預かると配布もおこなった。布田薬師堂掛額句合の場合、一月九日、谷本村の治水が勝句刷を所々に配布するとのことで、勝句刷百人分を同人に渡した（「谷本村治水布田薬師堂掛額所々へ返十《艸カ》致候由ニ付、則出版百人分相渡」）[23]。景文から治水、治水から「百人」へ勝句刷が配付されていく流れをうかがうことができる。

　句合開催時には句に評点が加えられるが、景文自身が評点を加える場合と、江戸の点者が評点を加える場合とがあった。景文による評点の場合、一例を示すと、一月十八日、景文は、七渡連から鎮守祭礼奉灯句合の開巻をするため、評点の依頼を受けた[24]。景文は評点を加えると、景品として「書翰袋」を三つ渡した（「致引朱相渡遣候、景物書翰袋三ッ相添申候」）[25]。地域社会での小規模な句合では、評点を加えた宗匠自身が景品を用意していたことが確認できる。

一方、江戸の点者による評点の場合、景文が点者送付用の句稿を清書したり、勝句を清書したりした。一例を示すと、七月二十六日、西谷の初霜から、同人主催の鎮守奉灯句合の句稿を点者に送付するため、句稿の清書を依頼された(26)。二十八日には、初霜が集まった句稿（「詠草」）と半紙を持参し、改めて清書を依頼した（「西や初霜、鎮守奉灯句合所々ゟ相集り候詠草并半紙持来、清書頼ニ付、受取置申候」(27)）。次に示す日記の記事によれば、景文は、八月一日、依頼されていた「鎮守奉灯句合巻」を清書した(28)。

【史料4】

予、西谷初霜ゟ被相頼候　鎮守奉灯句合巻致清書申候、昼後、同人来、江戸真実庵評、明日、本納飛脚を以為相登候由ニ付、則巻仕立予ゟ書面相添同人へ相渡申候、尤も朱料金弐朱相添、七ッ時頃ゟ本納へ罷越候

傍線部によれば、昼後に催主の初霜が訪れ、翌日、江戸の点者の抱儀（真実庵）に評点依頼の飛脚を送るとのことで、景文は清書の巻子を仕立て、抱儀への書面を添えて初霜に渡した。江戸の点者に評点を依頼する場合、景文のような地域の俳諧宗匠が評点用の清書巻子を仕立て、点者宛の添状を認めた。十一日、初霜から勝句の清書を依頼され、点者の「三評巻」と清書用の美濃紙を受け取った（「今朝、西谷初霜来、鎮守奉灯認呉候様願ニ付、則三評巻并みの紙等受取置申

候」)[29]。翌十二日には、依頼されていた勝句の清書をおこなった[30]。

句合に焦点を当てて、景文の地方俳諧宗匠としての活動をみてきた。景文は、宗匠として句稿に評点を加える指導的立場にあった一方、句合開催の前後には、ちらしの配布や句稿の取りまとめ等をおこなっていた。句合は、一村を越える範囲で催されることが少なくなく、近隣の連衆や俳人同士が横の繋がりを持つ機会ともなった。景文のような地方俳諧宗匠は、地方俳壇の中心人物として、句合を通じて、連衆や俳人同士を結び付ける役割を果たしていたのである。

(二) 都市の俳諧宗匠と地方俳諧宗匠

前項では、地域社会における俳諧宗匠の活動について取り上げた。ここでは、都市の俳諧宗匠との関係に視点を据え、地方俳諧宗匠の活動をみていきたい。事例として、信濃国埴科郡中之条村の松径を取り上げる。松径は、中之条村の組頭などを務めた中島銀右衛門のことで、「幸民堂」という寺子屋の師匠をしていた[31]。

【史料5】

尚々、急便乱筆、御高赦可被下候

新暦之御吉兆千里同風愛度申納候、先生益御機嫌克被成御超歳奉賀候、随而当方小子儀無事ニ加年仕候、御安意思召可被下候、且春遊余力、当所若もの多賀之神前江奉額度相催し、

依之乞（平出）東都西馬宗匠江先生之御判、希者当月末迄ニ御閑暇之余力宜敷奉願上候、且亦、
先生之秀句一句御戴可被下候、何分奉希上候、尤、連中ゟ茂宜敷御願上呉候様申出候、乍
筆末御家正様可然御伝声奉願上候、何れノ月ニ者小子以参万喜可申述候、早々頓首

亀石庵
寿郎
九拝

幸民堂
松径先生

右の史料は、亀石庵寿郎（未詳）が松径に宛てた書状である[32]。傍線部によれば、寿郎の居村では、若者組が主体となって多賀神社に奉額することになった。そこで、江戸の西馬に句合の評点を依頼するため、松径は寿郎から「御判」を求められた。「御判」とは、史料4にみられた点者宛の添状を意味すると考えられ、この時、松径は西馬への添状を求められたのであろう。また、句を一句求められた。本史料より、松径が江戸の俳諧宗匠との人脈を持つ地方俳諧宗匠であったことと、その人脈が近隣の俳人から期待されていたことがうかがえる。

松径と江戸の俳諧宗匠との関係について、さらにみていこう。次の史料は、八月二十九日付で尺木堂が中之条連に宛てた書状である[33]。

【史料6】

秋冷弥御安全奉南山候、然者、小子義改名ニ付、ちらし差上、御近辺の御連君江乍御世話様御配可被下候、次月並返草仕候間、御落手可被下候、坂木宿・横尾・杭瀬下・戸倉辺迄も御近付の御人江御配可被下候、此段奉希上候、乍毎大取込、如此御坐候、余ハ後便可申上候、早々不一

何丸悴

八月廿九日　尺木堂

拝

中の条

御連中様

明月や

おろかな人の

兎罝

当年月見の吟

なを御一笑可被下候

差出人の尺木堂は、月院社何丸の悴で公石のことである。宛所は「中の条御連中様」となっているが、本書状が中島家に伝存することや松径の俳諧宗匠としての立場を考えると、実際に

は松径に宛てられたものであったとみられる。傍線部によれば、松径は公石より、自身の改名を知らせるちらしを近隣の連中へ配布することと、月並句合の勝句刷を近隣の俳人に配付することを依頼された。また、七月六日付で公石が「中の条御連中様」に宛てた書状[34]には、「御句合壱巻朱引、則差上申候間、御落手可被下候」とある。宛所は「中の条御連中様」だが、史料6と同様、実際には松径に宛てられたものとみられる。この書状から、松径が公石から句合の点巻（「御句合壱巻朱引」）を送られたことが確認できる。これは、松径が中之条村連衆による句合の評点を公石に依頼したことを示している。さらに、八月八日付で護物が松径に宛てた書状[35]には、「月次四組入花とも　御句合一巻同断　慥落手仕候」とあり、松径が護物に句稿と入花料を送っていたことが確認できる。

ここまで松径と都市の俳諧宗匠との関係をみてきた。松径は、中之条村連衆の代表者として西馬・公石・護物ら都市の俳諧宗匠と書状を交わし、近隣の連衆及び俳人と都市の宗匠との関係を仲介していた。近世後期の地域社会においては、都市の俳諧宗匠に点者を依頼した句合が少なくないが、それを可能とした背景には、地方俳諧宗匠と都市の俳諧宗匠との密接な関係が存在していたのである。

三　地域社会における俳諧の広がりと諸要素

（一）　江戸出府と都市文化の受容

近世中後期以降、俳諧が大衆化したとされるが、そうした現象にはどのような背景が存在したのであろうか。本稿ではここまで、地域社会における俳諧の受容や地方俳諧宗匠の活動についてみてきたが、それらは俳諧が大衆化する中で現れてきたものである。そこで本節では、地方俳人を取り巻いていた諸要素に注目して、俳諧が大衆化していった背景に迫りたい。

前節で取り上げた景文は、日常においては、「勘左衛門」として本小轡村の名主を務めていた。そのため、職務で江戸に出府することもあった。安政四年（一八五七）の日記によると、十月二十四日、江戸出府のため本小轡村を出立した(36)。二十七日条に、「相談之上（闕字）奥様御逝去為香奠村々金百疋宛致献上候」とあり(37)、領主旗本渡辺氏の奥方逝去のため、他の知行所村々と相談のうえで香典を献上した。江戸滞在中の十一月四日条には、「日本橋金花堂にて短尺弐拾枚相調、代弐百六拾六文払」とあり(38)、日本橋の「金花堂」で短冊二十枚を購入したことが確認できる。

景文のように村役人を務めていた者の場合、「御用」（領主支配に関する用事＝年貢納入、領主家の冠婚葬祭等）で江戸に出府する機会があった。その点、村役人層の俳人は、都市文化を受容し、文物を入手しやすい立場にあったといえよう。

（二）　地域社会における文化サロン

村役人層の俳人は、江戸出府の折に都市文化に触れる一方、近隣の上層農らとともに地域社会において文化サロンを形成していた。その一端は次の史料からうかがうことができる。(39)

【史料7】

春の気色はいまだ有なから、最はや薫風の時節と相成候処、愈御揃被遊御康健被為渡候段奉雀躍候、然者、兼而音人子より御風流之趣委細御承知仕御慕敷存候間、先日御尋申上候積りニて、音人子より案内状相曬升堂可仕と楽居候処、その夜、家子弄亀うし（迂子カ）へ一宿致、直様成戸へ罷越候間、乍残念不能其義候、未拝尊顔候へ共、御俳諧なと度々拝見仕、既ニ面せし心地ニ存居候、且こたひ不佞四方風流之諸君子広く相集、来ル七日・八日の両日、書画の大会を相催申候、右ニ付、寸志ヲ呈申候間、何卒御一宿なから御光臨偏ニ奉ねき（ママ）候、尤、家子弄キぬし・音人子、其外関の下椿叟・広瀬亀女・呼牛・東之なとも皆々出席被致候約束ニ御座候、且そかの（曽我野）雨塘老人の義者此節江戸表ニ候得共、孫雪・杉子被参候約諾ニ御座候間、呉々茂御光来之ほと奉希候、猶亦、竹径君へも乍憚此品御届ヶ被成下、其外御連中様方御賑々敷御誘引之ほと偏ニ奉希候、且音人子よりの添書入御覧候間、御披覧可被

下候、且小子俳号ハ蒼原と申候へ共、書画名ハ晩晴と相号し候間、左御承引可被下候、猶、委事ハ拝眉之節可申述候、拝具

四月二日

此間椿叟亭ニて探題

卯の花に袖口ひゆる山路かな

乙鳥の芦にそれてむ日和かな

など貴評可被下候

右の史料は、四月二日付で粟生野村の蒼原が求名村の禹隣に宛てた書状である。傍線部によれば、本書状には次の点が記されている。①以前から東金町の音人より「御風流之趣」を詳しく聞いており慕わしく思い、先日訪ねるつもりでいたが、家之子村の弄亀が訪ねて来て叶わなかった、②まだ対面したことはないが、「俳諧など度々拝見」してすでに対面したような思いである、③近隣の文化人を集めて七・八日の両日に書画会を催す予定であり、家之子村の弄亀・東金町の音人らも来る約束なので、ぜひ来てほしい、④俳号は「蒼原」というが、書画名は「晩晴」という。

ここでは二点注目したい。一点目は、蒼原がまだ対面したことのない禹隣を共通の知人である音人の紹介で書画会に誘い、面識を得ようと試みていた点である。地域社会において、書画

会が共通の知人を通じて交遊関係を拡大し得る場であったことがうかがえる。二点目は、俳人であり画人でもあった蒼原＝晩晴が主催の書画会に、近隣から多くの人々が集う予定であった点である。蒼原が俳諧だけでなく、「晩晴」として書画をも嗜んでいたことや、その蒼原が「風流之諸君子」を広く集めて「書画の大会」を催す予定であったことは、地域社会における文化活動が、多種多様であったことをうかがわせる。

書画会の事例は他にも確認でき、本小轡村の景文の日記によれば、安政四年（一八五七）五月六日、小林村の惟馨が茂原町の「網島屋」で「誹諧書画会」を開催し、景文を始め俳人・画工が集った[40]。近世中後期以降、地域社会においては、書画会のような人々が集う文化サロンが形成され、俳諧を含めた文化活動が、交遊関係の拡大とともに活発化していったとみられる。

（三）　地方俳人たちの日常的な関係

近世中後期以降、地方俳人たちは、書画会のような文化サロンを形成し、近隣の文化人とともに、俳諧にとどまらない多様な文化活動に親しんでいた。俳人を含む地域社会の文化人たちは、村役人や上層農を中心としており、様々な面において日常的な関係を有していた。先に取り上げた求名村の禹隣を例に、地方俳人たちの日常的な関係をみていこう。

天保十四年（一八四三）正月二十八日付で横地村の桃営が求名村の禹隣に宛てた書状[41]では、

芭蕉百五十回忌追善句集『浜ひさし』（天保十三年刊）の出版尽力に対する礼が述べられている。そして、尚々書には、「先境拝見仕候上総国絵図拝借仕度、御大切之品ニ御座候間、御封印之上、此ものへ御渡し被下候様奉願上候」と記されている。桃営は横地村の名主、禹隣は先述の通り求名村の名主であり、二人の間には、村政文書の「上総国絵図」を貸借し合う村役人としての日常的な関係が存在した。

一方、俳人としての関係に目を向けてみると、次のような事例が挙げられる。八月二十日付で早船村の一之が禹隣に宛てた書状に(42)、「御大切之御本寂しをり永々さし置背本意候（中略）今日、御地へ幸便御さ候ま丶、失礼候得ともさし上候、御落掌可被下候」、「兼而願置候枯尾花集御手元ニ御さ候ハヽ、是又御かり申上度」とある。借用していた『俳諧寂栞』を返却する旨と、『枯尾華』を持っていれば借用したい旨が記されている。近隣村の俳人間に俳書の貸借を行う関係が存在していたことが確認できる。また、九月八日付で横地村の桃営が禹隣に宛てた書状(43)には、次のように記されている。

【史料8】

（前略）此度、連中少々愚吟出来申候間、御願奉申上候、猶申上兼候得共、御点料之義、山堂先生方ハ一句一銅之積りニテ一勢より頼置候よし、尊君様者別段之儀ニ者御座候得共、可相成ハ右はや船之振合御願申上度、連中一同小子方へ相頼候ニ付、無拠此段奉申上候、

何卒あしからす御受納之、御承引奉希上候（後略）

この書状によれば、①横地村の連衆が禹隣に句（「愚吟」）の評点を依頼したという。②評点は早船村の一之（「山堂先生」）にも依頼したが、一之には一勢が一句につき「一銅」の点料で評点を依頼していた。③そこで、できれば一之と同額（「右はや船之振合」）で禹隣にも評点を願いたいとの旨を、横地村連衆の依頼を受けた桃営が鐚二百十四文を添えて禹隣に伝えた。禹隣や一之のような地方俳諧宗匠は、近隣の俳人たちとの間に村役人や商売の取引相手等としての日常的な関係を有していた。地方俳諧宗匠は、日常的な関係を背景にして、安価な点料での評点依頼等、融通を利かせてもらえる存在であったと考えられる。

おわりに

以上の内容を簡単にまとめておく。近世中後期の地域社会には、猿ヶ島村の丈水が江戸の祇徳から俳諧を学んだように、能動的に都市俳諧を受容する地方俳人が存在した。丈水の場合、居村を含む地域社会において俳諧宗匠として活動し、多くの門人を抱えた。門人の中には新たな宗匠になる者もおり、範囲は限定的ながら、《地方俳諧宗匠の門人形成》→《新たな地方俳諧宗匠の誕生》→《新たな地方俳諧宗匠の門人形成》という地方俳人の再生産状況が現れた。近世後期の俳諧は、「月並調」として低い評価が与えられているが、地方俳人たちの中には、芭蕉の俳風を意識し、自分なりの俳諧観を持って俳諧活動に励む者も存在した。地域社会での俳諧の普及とともに、地方俳諧宗匠の活動も盛んになった。本小鷭村の景文や中之条村の松のように、地方俳諧宗匠は、地域社会の中で居村や周辺村の句合の添削を行う一方、大規模な句合開催時の句稿・勝句刷の取次ぎ等、都市や遠方の地域との窓口として機能した。地域社会における俳諧の隆盛と大衆化は、地方俳人たちを取り巻く諸要素とも関連していた。村役人を務める俳人の場合、「御用」で江戸に出府する機会があり、都市文化を受容しやすい環境・立場にあった。また、地域社会の中には、書画会のような人々が集う文化サロンが形成され、俳諧を含めた多様な文化交流の場が存在した。さらに、地方俳人たちは互いに村役人や商売の取引相手等としての日常的な関係を有し、地域内の俳諧宗匠に対して安価な点料での評点依頼等をすることもあった。

本稿では、いくつかの事例から、近世中後期以降の地域社会における俳諧の諸相について述べてきた。そのため、支配構造や社会経済構造、俳諧以外の文化との関係について具体的な検討ができず、俳諧を地域社会の中に十分に位置づけることができなかった。また、各地域において受容された俳諧の実態、各俳人の俳諧観についても検討を深められなかった。いずれも今後の課題である。

注

（1）野村豊・由井喜太郎編『河内屋可正旧記』（清文堂出版、一九八八年、初版、一九五五年）。
（2）田中善信注釈『全釈芭蕉書簡集』（新典社、二〇〇五年）。
（3）十七世紀後半の畿内村落における俳諧を取り上げた研究として、永野仁『堺と泉州の俳諧―泉州俳諧史の研究―』（新泉社、一九九六年）、中子裕子「元禄期村落社会における前句付文化」（『歴史評論』第六〇五号、二〇〇〇年九月）がある。
（4）杉仁『近世の地域と在村文化―技術と商品と風雅の交流―』（吉川弘文館、二〇〇一年）、加藤定彦『関東俳壇史叢稿―庶民文芸のネットワーク―』（若草書房、二〇一三年）。
（5）前掲杉著書一四頁、加藤著書四八〇頁。
（6）伊藤善隆・玉城司「芭蕉没後―宝永・享保・宝暦」（雲英末雄監修『芭蕉、蕪村、一茶の世界―近世俳諧、俳画の美―』美術出版社、二〇〇七年）。
（7）大内初夫『近世の俳諧と俳壇と』（和泉書院、一九九四年）は、豊後国日田の事例について、①野坡の門人であった日田の吾鼠が同地の美濃派の時人と親交を持っていたこと、②吾鼠編『築紫野』（享保二十年〈一七三五〉奥書）に時人の序文や発句が収められていること、③同書に時人と淡々系の大坂の俳人とみられる巴江との「唐の津記行」が収められていること、④日田の俳人が淡々系の俳書に入集・編集の形で関与していたこと、⑤淡々系の俳人が日田に滞在していたことなどを明らかにしている。その上で、日田の場合、西国郡代の陣屋が置かれ、郡代や郡代所役人といった都市出身者が赴任していたため、淡々系の都市俳諧が受け入れられやすい条件にあったと指摘している。

（8）『厚木市史　近世資料編（三）　文化文芸』（厚木市、二〇〇三年）、「二　俳諧」、第五六号史料。以下、『厚木市史』と略記。また、自治体史所収の史料の場合、筆者が適宜読点を付け直している。
（9）山岸竜生「一世祇徳年譜稿」（『連歌俳諧研究』第七四号、一九八八年三月）。
（10）前掲『厚木市史』、第二〇号史料。
（11）蘆尺とは別の門人に関することであるが、前掲『厚木市史』には、口絵2として文台が掲載されている。文台の天板表面には、二見浦の夫婦岩と梅図扇が描かれ、裏面には、「春もやゝ気色調ふ月と梅　はせを翁」、「徳学　八十八歳拝書　五柏園丈水」と記されている。門人が宗匠として立机する際、丈水がその門人に文台を与えていたことがうかがえる。
（12）前掲『厚木市史』、第三六号史料。
（13）『千葉県の歴史　資料編　近世四（上総二）』（千葉県、二〇〇二年）、第八八六号史料。以下、『千葉県の歴史』と略記。
（14）下総国千葉郡曽我野村の廻船問屋小河原七郎兵衛。俳諧を白雄に学び、鳥酔の露柱庵を継いで五世を名乗った。
（15）景文の俳諧活動については、加藤時男「東上総における幕末の月並俳諧流行の実態―上総国長柄郡本小轡村藤乗家日記を事例として―」（『東上総の近世』〈『千葉県史研究』第七号別冊近世特集号〉千葉県、一九九九年）・『藤乗景文日記』にみる幕末俳諧の流行」（『千葉県史研究』第一三号、千葉県、二〇〇五年）が詳しい。
（16）岡山藩井田重右衛門の子として生まれ、俳諧を月院社何丸に学んだ。後に宗匠となり「起名庵」と号した。嘉永年間に上総国長柄郡千町村の河野家の養子となった。通称は五郎兵衛。

(17)「丁巳之日記」（前掲『千葉県の歴史』、第八九〇～八九四号史料』）。景文は、天保九年（一八三八）に父勘解由の死去を受けて名主に就任し、以後、慶応元年（一八六五）まで百二十九冊に及ぶ日記を書き残している。景文の日記は、村政・経営・社会生活など、質・量とも豊富な内容を含み、俳諧関係の記事も多い。

(18) 前掲『千葉県の歴史』、第八九〇号史料。

(19) 同前。

(20) 前掲『千葉県の歴史』、第八九三号史料。

(21) 前掲『千葉県の歴史』、第八九〇号史料。

(22) 同前。

(23) 同前。

(24) 同前。

(25) 同前。

(26) 前掲『千葉県の歴史』、第八九二号史料。

(27) 同前。

(28) 同前。

(29) 同前。

(30) 同前。

(31) 幸民堂については、山崎圭「信濃国中之条代官所陣屋元の寺子屋幸民堂」（中央大学人文科学

研究所編『地域史研究の今日的課題』中央大学出版部、二〇一八年）を参照。
（32）長野県埴科郡坂城町中島健彦氏所蔵文書一-一一-一-一二。以下、「中島健彦家文書」と略記。
（33）中島健彦家文書三-六六-五-一二。
（34）中島健彦家文書一-一三-一〇。
（35）中島健彦家文書三-六六-五-一一。
（36）前掲『千葉県の歴史』、第八九三号史料。
（37）同前。
（38）同前。
（39）前掲『千葉県の歴史』、第八七九号史料。
（40）「丁巳之日記」四月二十八日条・五月六日条（前掲『千葉県の歴史』、第八九一号史料）。
（41）前掲『千葉県の歴史』、第八七一号史料。
（42）前掲『千葉県の歴史』、第八七六号史料。
（43）前掲『千葉県の歴史』、第八七八号史料。

上州の句碑・柳居

和田健一

上州高崎城下から南東の郊外、歌人・藤原定家を祀る定家神社（高崎市下佐野町）に句碑がある。境内社・古峯神社石祠の西に目指す句碑は佇立している。台石に乗せられた自然石（高一一〇×幅六〇cm）に、佐久間柳居の句「鳩ほとと人はいふなりかんこ鳥／眠柳居士」（柳居発句集）が東面（正面）に、芭蕉句「松杉を誉てや風の薫る音／芭蕉翁桃青法師」（笈日記）が北面にある。

台石が後添えと見られるため、本来は芭蕉句が東面（正面）を向いていたが、後年の境内改修等で変更されたのであろう。碑の建立者・建碑年は不明だが、「居士」とあることから、柳居追善を目的に建てたと考えられる。柳居は延享五年（一七四八）五月晦日に没しており、まさに柳居句「かんこ鳥」（夏）に、芭蕉句「松杉」は対応している。また、この芭蕉句が、京都嵯峨の定家ゆかりの小倉山「老松」を詠んだことは周知のとおりで、定家の歌「頼むかなその名も知らぬ深山ぎにしる人得たる松と杉とを」（『拾遺愚草』一七二一）に響きあっていることは言を俟たない。

ここで定家神社の由来を述べると、地元佐野には定家に詠まれたという伝えがあり、高崎藩は元禄

七年（一六九四）に冷泉家の認可を得て、当地の高田明神に「祭神定家」を勧請している。さらに同地は、『万葉集』巻十四東歌「かみつけの佐野の舟橋（下略）」の故地とされ、文政期には万葉歌碑も建立された。このように句碑建立には、東歌〜定家〜芭蕉〜柳居の文学の響きが仕組まれているのである。改めて碑面を観察すると、松や杉の樹形を思わせる形の自然石が選ばれている。建立者が、句の選択、碑の建立場所、石材の選定を熟考していることがわかる。

さて、柳居が上州高崎に遊杖した記録はないが、宝暦六年（一七五六）鳥酔門系句集『ひらきあふぎ』に高崎連が入集し、同地と柳居・鳥酔の関係を示唆している。そして柳居句碑の建立者としてあげられるのが、高崎で蚕種商を営むかたわら「語竹庵」を主宰した塚原六右衛門（海鳥）である（本多夏彦「高崎叢談（五）」『上毛及上毛人』193号）。彼の詳伝は得られないが、社中を引き継いだ二世・本木鳥捘(注)の墓は現存している。定家神社から北に荘厳寺（同市新後閑町）にある如意輪観音坐像が乗る五角形の墓石がそれである（戒名「悟岳院竹峯得庵居士」）。台座に竹葉の浮き彫りが施され、五角形・竹葉＝語竹庵を表している。墓石に語呂遊びを仕掛けるような風流人たちが、定家神社の芭蕉／柳居句碑建立を仕組んだとすれば、地方文化の深度を考える上でも興味深い。

注：『天慶古城記』『露柱庵記』『俳諧白井古城記』は「鳥梭」だが、墓碑は「鳥捘」である。

一茶と同時代の地域文化
——身分を越える地域文化

玉城　司

はじめに

小林一茶が故郷の柏原（長野県信濃町）へ帰住したのは、文化十年（一八一三）五十一歳であるが、その四年前の文化六年夏に北信濃長沼（長野市長沼）で、巻いた「山路来て」歌仙は、「長沼の連衆十三人が顔を揃えて」おり、「この頃（筆者注：文化六年頃）長沼には有力な一茶社中が形成されつつあった」と高く評価されている[1]。一茶が都市生活を切り上げて、「鄙ぶり」の俳諧師として北信濃地域で生きようと決意する転機となったからである。この歌仙からとりあげて、当時の地域文化のあり様について考えてみたい。

一　「山路来て」脇起歌仙

一　山路来て何やらゆかし菫草　翁
二　　雀が春も三日立けり　春甫
三　陽炎に樫ばしらの穴明て　搠斗
四　　一番船のいま着しころ　呂芳
五　傘のひろがるやうな月影に　松宇
六　　ぱちりぱちりともゆる豆殻　素鏡
七　藪菊におもひ付たる婿いわひ　子来
八　　竹筒ぽうに夢の井を汲　有好
九　安元の御幸の有し裏の山　杉谷
一〇　　律義之助が門の小仏　翫蘿
一一　一文の石も火の出る初時雨　雪丸
一二　　ふゆの仕事に梅を咲する　稲伽
一三　青梨のあながち落もせざりけり　完芳
一四　　古きけしきを衣打らむ　允兆

一五　十六夜ハ鎌くら衆の旅ばかま　甫
一六　腥なべを水に浮して　一茶
一七　つち鳩も花の三月十五日　芳
一八　鐘のかすむハ東近江か　斗
一九　長閑さに橋の商ひゆるすなり　鏡
二〇　大長刀をかつぐゆふ暮　宇
二一　撫子に貰ひ涙のかかる哉　好
二二　樗がくれは誰が袖の香　来
二三　しほ風呂や木舟の人を先ヅ入て　蘿
二四　あくたれ雪といへばなほ降る　谷
二五　駒の綱手ばやく年の暮にけり　伽
二六　ゐぼし着るまに上る半蔀　丸
二七　笛捨ん桔梗かる萱女郎花　兆
二八　お婆々が餅の月夜成けり　完
二九　津の国のなにはの秋も片便り　芳
三〇　惣々かゝる寺の壁つち　鏡

三一　そと盗む猫が袂に鳴出して　斗
三二　朝茶けぶりを歌に詠るゝ　甫
三三　細長ゐ畠はづれの隅田川　宇
三四　板を敲てふれる正月　谷
三五　くち過の初花桜咲にけり　茶
三六　毎日かゝぬ庵のうぐひす　筆
（古典俳文学大系『一茶集』）

「山路来て」の芭蕉句を立句に巻いた脇起歌仙で、狩野派の絵を学んだ長沼の俳人・村松春甫が自らの庵を菫庵と命名した記念集『菫艸』巻頭の一巻である。文化六年（一八〇九）秋八月夏目成美序、文化七年初夏今井柳荘跋。同七年刊。春甫の編だが、一茶の後援があったと思われる。

成美は、春甫の山水画に心を動かされて序文を認めたことを述べ、春甫については「画に俗なく句にかろみを得たり。此いほりを菫庵と名づけしは、永縁《ようえん》僧正の山にすみれをつまんとぞと、名利の地を捨てひとへに山居をねがはれし隠逸の心をこゝろとせるなるべし」と言う。永縁は、『金葉集』や『新古今集』に入集する歌僧。永承三年（一〇四八）～天治二年（一一二五）。康平四年（一〇六一）出家、天治元年興福寺権僧正となり、翌二年四月五日に遷化した。芭蕉「山路来て」句の諸注で、永縁の歌を拠にする説はないが、(2)成美は春甫の「隠逸の心」を称揚するために「名利の地を捨てた」永縁を例に引いたのである。

歌仙一巻は、おおよそ次のように展開している。菫の花が咲く新春の隠れ山里（発句・脇）から活気あふれる海辺（第三・四）、月見風景（五・六）、新夫に水をかけて祝う荒々しい土地の風習（七・八）から転じて、源平の争乱を操った後白河法皇が、安元元年（一一七五、承安四年〈一一七四〉の誤認か）に厳島御幸し、忠義をつくした律儀者を想像する歴史的世界（九・十）、それに対してつましく生きる身近な生活者（一一〜一四）の世界、転じて「いざ鎌倉」の武士の旅模様（一五〜二〇）、失意の恋模様（二一・二二）、海辺から山里へ（二三〜二五）、そして上京・西国情緒（二六〜二九）、さびれた寺院と盗人（三〇・三一）に対して隠者を思い、「馬に寐て残夢遠し茶のけぶり」と詠んだ旅人・芭蕉とその庵（三二〜三三）を想定して、そんな人にもお正月が来て、初花が咲き、鶯が鳴く春が来た（三四〜三六）とめでたく言い収めている。

春甫が傾倒した芭蕉に因んで命名した菫庵の完成を祝いながらも、西国行脚を果たした一茶への心遣いが感じられ、風習や名物、歴史的回顧など十四吟の大人数ながら、趣向を凝らし変化に富んでいる。『菫艸』の巻頭を飾るにふさわしい歌仙であり、一茶には北信濃の地にあっても、俳諧をともにすることができる連衆がいることを実感できたのではなかろうか。

二　歌仙の連衆

一茶の出自は葛飾派にあるが、寛政二年（一七九〇）二十八歳に同派の素丸・野逸らと同座して巻いた歌仙が伝わっているものの、以後葛飾派の人々と同座して巻いた連句は伝わっていない。(3) 一茶が同座した連衆は、地主、庄屋、豪農、札差、油商などの大商人、薬種業者、酒造業者、寺の住職、旅館の主人など経済的に恵まれた人々であり、俳系もさまざまであった。武士に関しては、旗本の野逸(加藤富右衛門勝照)や善光寺の代官・柳荘(今井磯右衛門成章)、越後椎谷藩の信濃六川領(小布施町六川)代官・其壁(玉木恒右衛門)らと交流があったが、先に述べた葛飾派の野逸と同座して連句を巻いた以外に、武士と同座して連句を巻いた資料は管見に入らない。私が見損なっているためか、資料が失われてしまったのか分からないが、一茶が意識して武門に近づかなかったことにも原因があるだろう。「づぶ濡れの大名を見る炬燵哉」「雀の子そこのけそこのけ御馬が通る」と詠んだ一茶は、泰平の世にあって、権力者として君臨し威張る武士を揶揄し、敬遠していたのである。

ところで、長沼は、長野市東北部に位置し、地区面積約六㎢ほどの地域で天領であった。一茶の故郷の柏原(信濃町)からは、十六㎞ほどの距離にある。

その長沼で巻かれた「山路来て」の連衆十三人の俗名・職業・生没年は次の通りである。(4)

春甫《しゅんぽ》　村松瀌。字処信(絵師号も)。富農。安永元年(1772)~安政五年(1858)八月。

掬斗《きくと》　中村順石。医師。安永元年(1772)~慶応三年(1867)八月。

呂芳《ろほう》　立花氏。経善寺十二世住職。?~天保元年(1830)。

松宇　松井善右衛門。宿名主・問屋・富農。宝暦七年（1757）～文政十年（1827）夏。
素鏡　住田奥右衛門保堅。村役人。安永元年～弘化四年（1847）五月。
子来（不明）
有好　文化期。『菫草』『木槿集』入集。
杉谷　一茶門人。文化期。『菫草』『木槿集』『三韓人』入集。
翫蘿《がんら》　翫羅とも書く。戸谷猿左門人。後一茶に親近したか。寛政から文化にかけて活動。
雪丸　一茶門人。文化期。
稲伽　戸谷猿左門人。寛政～文化期活動。『菫草』『木槿集』『老の春』『さざれ石』入集。
完芳　莞芳とも書く。経善寺十一世住職。呂芳の父。一茶門人。文化期。『菫草』入集。
允兆　一茶門人。文化十三年より公常と改号。『菫草』『木槿集』『三韓人』入集。

これら十三人のうち、実際には春甫・掬斗・呂芳・松宇・素鏡・完芳・允兆の七人が、帰住後の一茶社中を形成した人であった。これ以外の有好・杉谷・雪丸の三人は、文化十三年（一八一六）までの連句で一茶と同座するが、それ以降は同座していないから社中の形成者とは言えないだろう。また、子来・翫蘿・稲伽の三人はこの歌仙に同座しただけであり、この三人が一茶社中を形成したと言うことはできない(5)。

彼ら六人のうち翫蘿・稲伽は、一茶以前に北信濃・善光寺俳壇を中心として活動した戸谷猿左（一七二四〜一八〇二）門だった。猿左門の多くが、一茶門に移行する中で、そうしなかった理由は分からないが、真田宝物館（長野市松代町）に伝来する史料のなかに「翫蘿」と署名のある短冊があり[6]、この人が『菫艸』巻頭の「山路来て」歌仙に同座した「翫蘿」と同一人物であると考えられる。

三　翫蘿という人

翫蘿は、春甫編『菫艸』に「紫陽花の色や世の常花の常」の発句が入集、また、文化十年（一八一三）刊の魚淵編（一茶代編）『木槿集』に「ごちや〳〵とのめり桜の咲にけり」に「翫羅」として入集する。が、文化十三年刊『迹祭』と同十三年刊『杖の竹』には、その名が見られない。一茶との付き合いは、文化六年から同十年までの五年間であった。翫蘿の短冊は、包み紙にくるまれたまま真田宝物館に保存されているので、それも掲げたい（次頁）。

ところで『長沼村史』[7]によれば、貞享五年（一六八八）長沼藩が廃止、天領となって、元禄二年（一六八九）に六地蔵町に陣屋（代官所）が置かれたが、宝永八年（一七一一）、同陣屋が廃止され、飯山城主・青山大膳亮預所となった。さらに明和五年（一七六八）七月には越後高田藩榊原氏預り所となり、同七年八月には越後頸城川浦陣屋支配、安永元年（一七七二）五月には中野陣屋（現、長野県中野市）支配へと変わった。寛政元年（一七八九）の代官は、野村八郎、同四年には木村辰右衛門、同八年には一瀬滝右衛門、享和元年（一八〇一）には田中弥藤太、文化元年（一八〇四）には小久江権右衛門、同三年には田村多喜右衛門、同四年には寺戸新兵衛と次々と交代し、文政六年（一八二三）には、松代城主真田信濃守（幸貫《ゆきつら》）預り所となり、天保七年（一八三六）には板倉周方（勝貞で摂津守か）預り所・富竹陣屋の管理下に置かれたが、翌八年徳川氏へ帰し、中之条陣屋（現、長野県坂城町）代官・大原左近の支配下に置かれた。

「御領所」は「御料所」と同じで天領のこと。翫蘿が「御領所栗田町」と記したのは、栗田町に住み、代官所に勤める中間《ちゅうげん》か小物《こもの》だったからだろう。

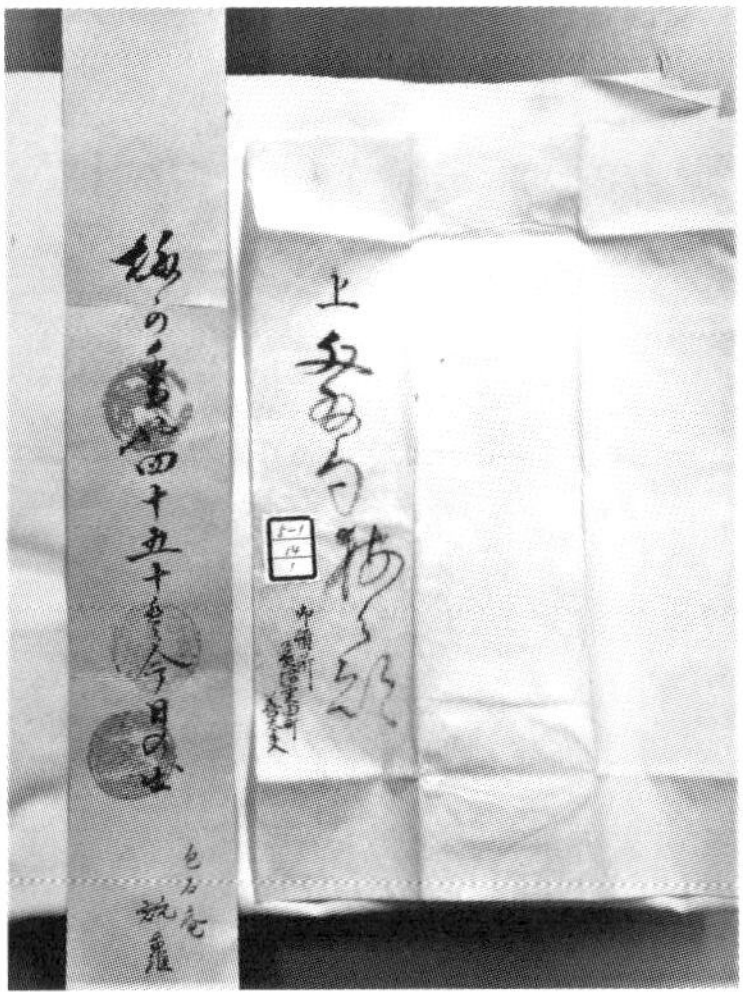

翫蘿短冊（真田宝物館蔵）

（包み紙）上　発句　梅之題
御領所　長沼栗田町　善太夫
（短冊）梅が香や四十五十は今日の出
包石庵　翫蘿

因みに、文化元年（一八〇四）頃の長沼七ヶ町村の津野村・赤沼河原新田村・上町・赤沼村・六地蔵町・栗田町・内町の石高は、およそ四千七百石であった。(8) 長沼周辺の富竹村・北堀村・村山村・上駒沢村・下駒沢村・金箱村・三才村の七ヶ村の総計約三千八百石と比べて、地域面積ではおよそ三分の一であるにもかかわらず、石高では千石ほど高い豊かな町村であった。

御領所長沼の栗田町に住んでいた翫蘿の短冊は、「梅」の題で詠んだ題詠である。句意は「梅の馥郁たる香りがしてくるなあ、四十歳・五十歳の今は日の出だから（六十歳・七十歳・八十歳と長寿を重ねて、ますますめでたいことです）」。祝賀の句であり、この短冊が、真田宝物館に伝来しているのは偶然ではなく、松代藩主の真田家が、意図的に祝賀の詩歌を集めたからである。

国文学研究資料館に蔵されている松代藩関連資料中に伝来する「書状」(9) には、次のような「お達し」（次頁）が記されていて興味深い。

「大殿様」は五十歳を迎えたが、未だ「年賀の沙汰」を出していないので、「殿様」（若殿様）から、来年の正月、御年賀の祝いを進上する。そこで、「詩歌や誹諧」の心得があるものは、祝賀の詩歌・誹諧を当年中に献上するように心がけなさい、という通達である。「大殿様」は、六代藩主・真田幸弘、寛政元年（一七八九）五十歳であった。「殿様」は、「若殿様」のことで、井伊掃部頭《かもんのかみ》直幸四男順介。順介は、幸弘四十六歳の天明五年（一七八五）十一月四日、娘の三千姫の養子聟に迎えられ、松代藩七代藩主となった真田幸専《ゆきたか》である。

書状（国文学研究資料館蔵）

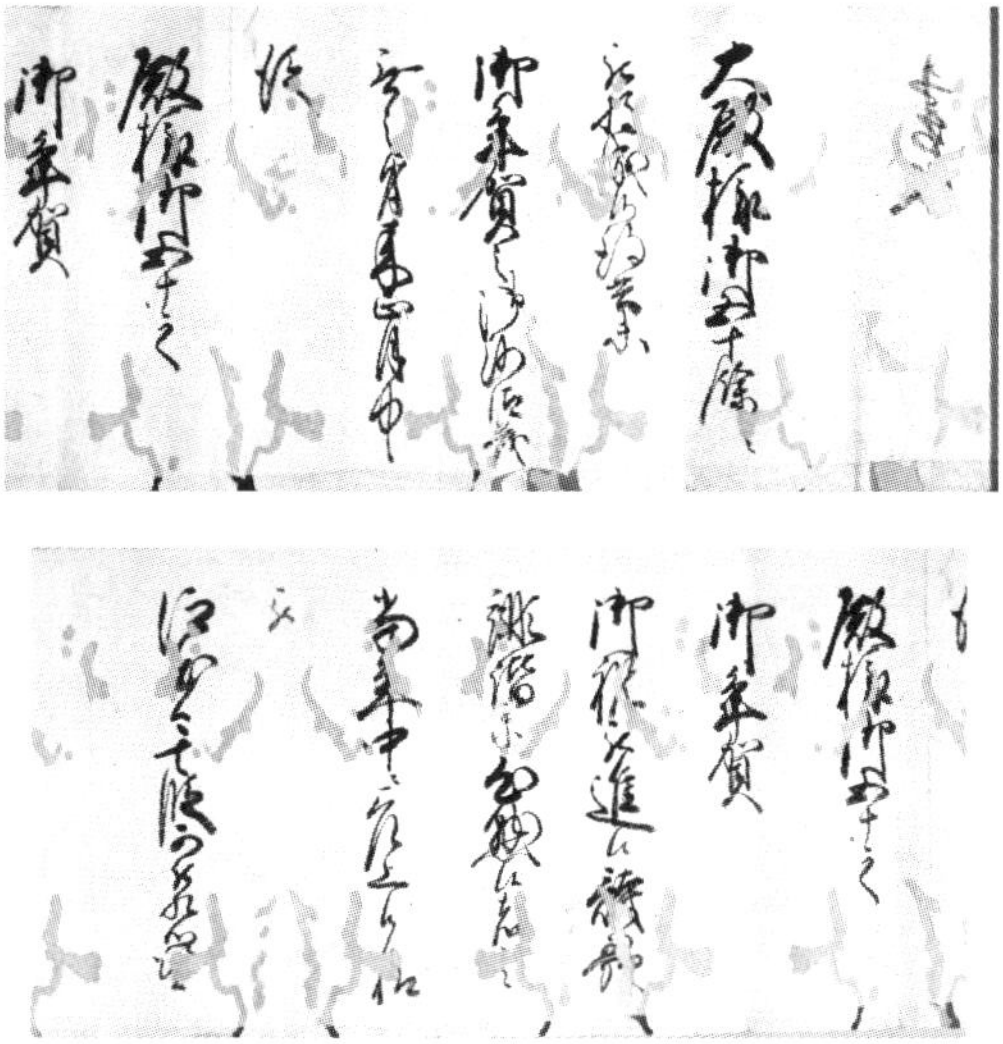

大殿様御五十余ニ
被為成候得共未
御年賀之御沙汰茂
無之ニ付来正月中
従
殿様御五十之
御年賀
御祝被進候　詩歌
誹諧等心懸候者は
当年中ニ差上候様
被
仰出候其段可被相心得候

こうした通達文書が真田領の寺社ばかりか、真田領周辺の天領や諸藩の飛地の代官にも行き渡って、庶民にも下されていたのである。

これに応じて、奉じられた色紙や短冊等約千三百点が「寛政元年　幸弘公五十之賀」と一括して真田宝物館に保存されている。寛政元年（一七八九）以降の賀章のほか、江戸へ出た信州吉田の俳人・何丸《なにまる》や何丸の次男子寅《しいん》、抱儀《ほうぎ》[10]らが奉賀した短冊も伝存していることから、真田幸弘六十歳、七十歳の祝賀や真田幸専への賀章と思われる色紙や短冊も含まれていると推察される。

これら題詠の賀章の内、「松」と「鶴」は原則的に大名や公家、真田家の奥方、家臣、高家の家臣が詠み、「竹」は寺社の住職や神官、「梅」が庶民であったらしい。ただし、俳諧の点者(宗匠)は別格で「松」の題詠であった。なお、寄せられた祝賀の詩歌・発句の短冊のうち、大名とその奥方、重臣の短冊は巻子に仕立てられ、色紙は画帖として保存され、それらは年賀集としてまとめて記録された。四十歳の賀集は『にひ杖』、五十歳は『わかみどり』、六十歳と七十歳は、『千とせの壽』『御ことほぎの記』という同じ標題である。[11]しかし、題詠「竹」と「梅」の短冊や色紙約千三百枚は、巻子や画帖として保存されておらず、翫蘿の短冊と同じ一箱に入れられており、これらは年賀集には記録されていない。

真田幸弘が初老とされる四十歳以降十年ごとに祝賀集を編んだのは、中国の算賀集に倣ったのであり、真田家以外の大名家もこうした慣わしがあったと思われる断片的な史料が残るが、まとまって遺されている例は管見に入らない。松代藩が、身分の低い庶民にまで祝賀の言葉を求めた理由ははっきりしないが、宝暦十三年(一七六三)に成った「居酒屋に馬の嘶《いなな》く時雨哉」を発句とする、十月二十九日興行の、珠来・由林評、井巴・菊貫・祇東・雅水・柳主の五吟百韻(『菊の分根』所収)三の裏に次のような付合があり、参考になる(括弧内は筆者が補った)。

隠居の馳走国々を出す　主（柳主）
下手上手交る詩歌も賀の風雅　水（雅水）
懸華生けに杜若咲く　巴（井巴）

「隠居が国々の馳走を出す」という柳主の句から、雅水がそれは賀の詩歌の会であると見て、「下手も上手も交る詩歌すべてが賀の風雅」と詠む。井巴は、その賀会の座敷の懸花には、杜若が咲いている、と寿いだのである。こうした風雅観は、真田幸弘の年賀を祝う詩歌・俳諧が、下手・上手にこだわらず庶民に至るまで賀章を寄せよ、との通達を思い出させるものであり、文芸を通じて領民にも呼びかける為政者のあり方を伝えている。

伝来通り翫蘿が寄せた祝賀の発句が寛政元年（一七八九）のものとすれば、翫蘿は、この年から数えて文化六年（一八〇九）まで二十年間、長沼に住んでいた可能性がある。とすれば、文化六年に一茶が連句を巻いた長沼社中の中心的人物である春甫等との付き合いは一茶より長い。翫蘿の素性が今ひとつはっきりしないのが残念だが、天領（御領所）に生きることを誇りとして、殿様の通達に応えて、俳諧（発句）を奉じたことは、身分社会のなかにあって、祝賀とは言え下位の者の言葉が上位者に届けられる可能性があったことを示唆する興味深い事例である。祝賀の言葉を寄せよ、という通達が、松代藩領に限らず、近隣の天領にも及んでいたことは確かで、その領民をも詩歌や俳諧を学び楽しむ気風を育てることになり、地域文化を形成するうえで少なからず寄与したはずである。

三　中野（信州）の梅堂

松代藩真田家が殿様の年賀にあわせて祝賀の詩歌・俳諧を募集し、それが庶民にまで及んだことは、地域文化を考える上で新しい視点をもたらしてくれる。

そのもっともふさわしい例が、信州中野の梅堂の賀章である。梅堂は、松代のお殿様の呼びかけに応えて、漢詩・和歌・誹諧（発句）ばかりか、狂歌と「落し噺」（笑話）を贈っていた。これらも、真田宝物館に蔵されている。その包紙の表書きから見てゆきたい。

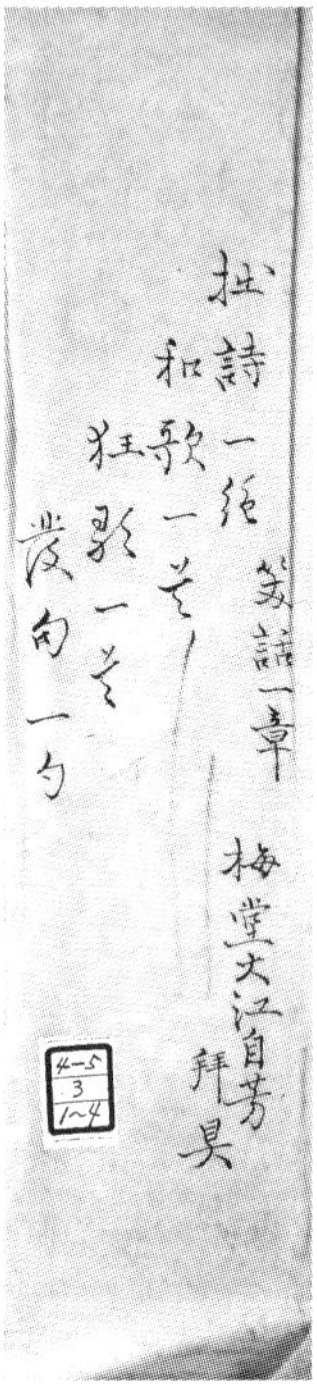

梅堂賀章包み紙・懐紙
（真田宝物館蔵）

拙詩一絶　笑話一章　梅堂大江自芳
和歌一首　　　　　　　拝具
狂歌一首
発句一句

包み紙の内の裏書きは、

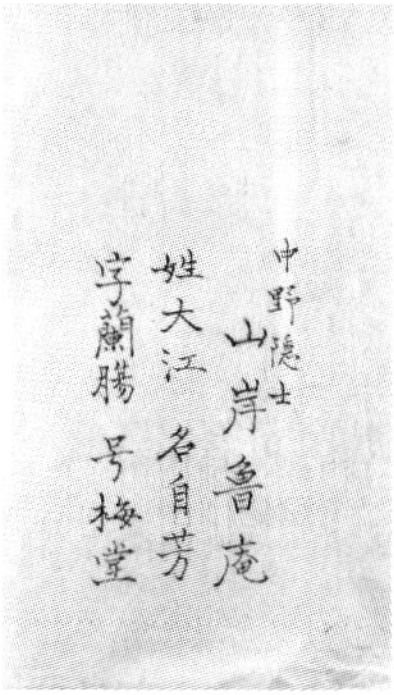

中野隠士
山岸魯庵
姓大江　名自芳
字蘭腸　号梅堂

「和歌」と「狂歌」の懐紙は、

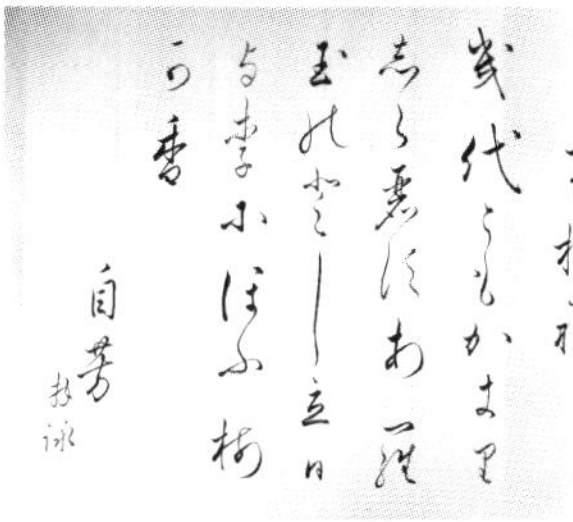

寄梅祝
幾代ともかぎり
しられずあら
玉のとし立日
よりにほふ梅
が香
自芳
拝詠

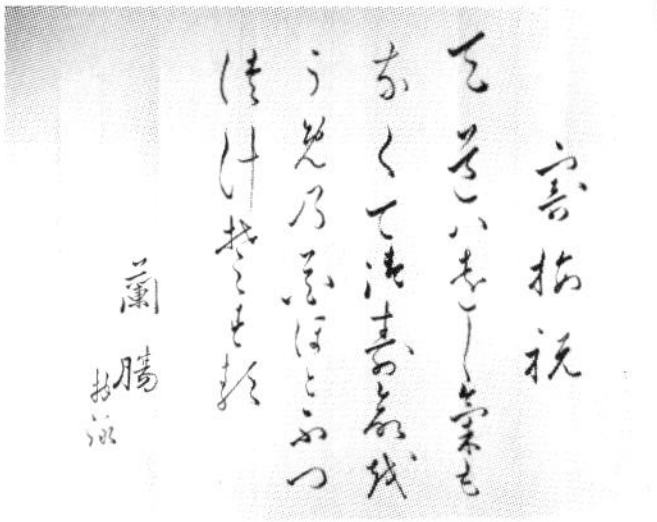

寄梅祝
天道はをし気も
なくて御寿命を
うめの花ほとふつ
つけぞする
蘭腸
拝詠

「一絶」と「発句」の懐紙は、

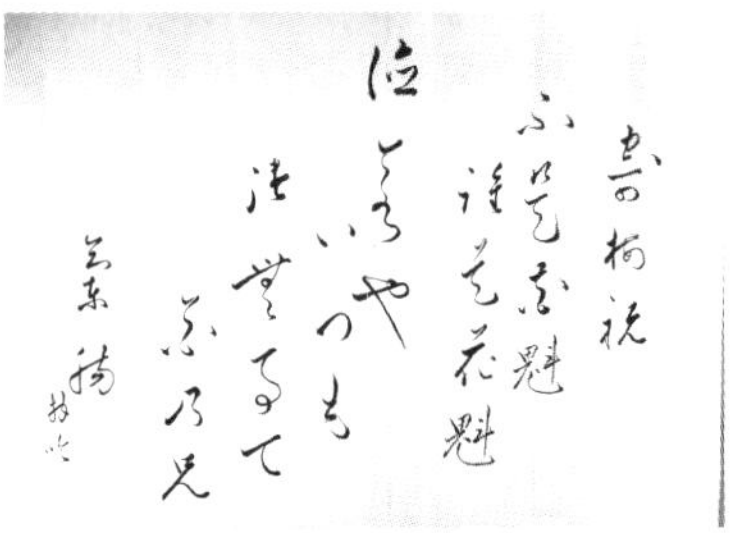

寄梅祝
不是花魁
誰是花魁
徳若や
いつも
御無事で
花の兄
蘭腸
拝吟

「笑話」（落し噺）の懐紙（翻字に際して、句読点は筆者によった。また、／は改行を示し、割書のト書きは括弧でくくった）。

寄梅御祝ひの落し噺

御庭前の御泉水より亀が一疋這出すと、鶴が一羽まつて／来て岩の上にたちはだかり、つる「是亀こう何か大殿様の御祝ひが／あるとて寄梅祝といふ御題が出たそうだが、何ぞおもひしろい／趣向でもうかんだか」かめ「見る通りうかむ物にやァ、金魚や緋鯉／ばかでからつきり何もうかむ事はないよ、そういふ貴様から出来は／しまい、つる「しれた事よ、腰折の一首もよめる様なれば、こんなざま／じやァ、いなへわな。たゞおもひつきには是が趣向よ」(トいひながらじまんづらにて小風呂敷づゝみを／とくと亀は首をのばしのぞいて見て)、／かめ「ハヽア先此曲物は梅がえでんぶ、こちらは梅干にうめ／ひしほ、此紙につゝんだは梅の木の和中散、実におそれかんしんしんだ。献上／しておちをとるつもりだな　つる「まあそんなものよ、時に貴様も風流は／出来ず、何か献上の用意でもあるか　かめ「勿論の事よ、近付甲斐に／貴様に鳥渡内見をさせるは (トいひながら泉水の中より梅花ひやうれつの古金らんの刀袋を取出して)、ちつとみそだが／見てくだせい。つる「こいつはふしぎだ(ト袋をひねくりまはし紐をとき刀を引出して)、さつても見事／先ふち頭ハ梅王が車場、目貫はゑびらの梅鍔はちと大きいが梅のすかしは／誠に上品、こうして見るとうめ忠もへたじやァない。又小づか・かうがいは梅に鶯／時になかごは奇妙〳〵、小ひなりにほひなり、ふん〳〵と梅の薫りがする／やつよ。又この刀もとのきら〳〵はうめ金でもなし、無銘かうめいかしら／ぬが是がほんの上々作だ、おれはまたこんな事とはしら梅でおゝきに／恥をかきの梅だ、それだとてしかたがない、いつその事、此品どもは泉水へ／でもうめてしまおふ　かめ「ばかをいふなよ、短気はそん気だ、折角けん上／したいとて、持て来た其品まさか泉水へうめもされまへ、うめてよければ／御上でいひ様にうめくさになさるは。

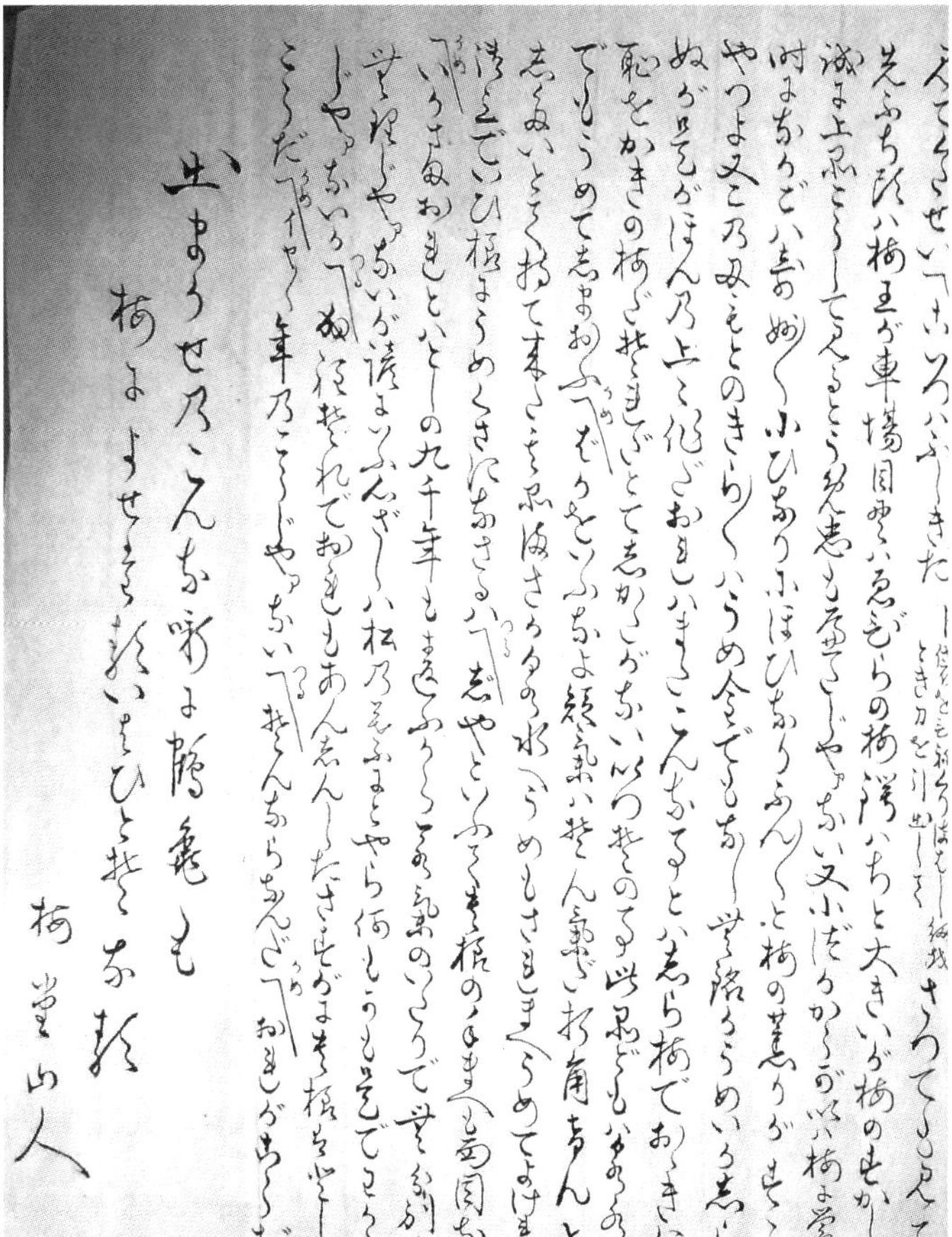

つる「じやといふて貴様の手まへも面目ない」／かめ「いかさまおれとはとしの九千年も違ふから若気のいたりで無分別も／無理じやァないが、諺にいふ『心ざしは松の葉にとやら』何もかも是でわかる／じやァないか　つる「成程それでおれもあんしんした。さすがに貴様はとしの／こうだ」かめ「イヤ〳〵年のこうじやァない」つる「そんならなんだ」かめ「おれがこうだ

出まかせのこんな噺に鶴亀も／梅によせたるいはひとぞなる　　梅堂山人

（文意）梅に寄せる御祝いの落とし話

真田様のお屋敷の庭の泉水から亀が一疋這い出すと、鶴が一羽舞ってきて、岩の上に立ちはだかって言った。「亀公、何だか大殿様のお祝いがあるとかで「寄梅祝」の題が出たそうだが、何か面白い趣向でも浮かんで来たか」。亀は「浮かんでくるのは金魚や緋鯉ばかりで、まったく何も浮かんで来ないよ、そう言う貴様からは何も出て来ないだろう」と言う。鶴は「わかりきったことよ、下手な一首でも詠める様ならば、こんなざまじゃいねえものだ。ただ、思いつきにはこれが趣向だよ」と言いながら、自慢顔で小風呂敷をとくと、亀は首を伸ばして覗いて見て、こう言った。「なるほど、これは梅がえでんぶ（せん切りにしたするめとかつお節・梅干しを合わせ、粉山椒を加え、酒・醤油で煮ていりあげたもの）、

こちらは梅干しに梅ひしお（梅でつくった醤油）、この紙に包んであるのは梅の木の和中散（家庭用漢方薬。枇杷葉・桂枝・辰砂・木香・甘草などを調合した粉薬。暑気あたり・めまい・風邪などに服用）。実に恐れ入り感心した。献上してオチ（笑い）をとるつもりだな。鶴は「まあ、そんなものよ、ところで貴様も風流な詩歌はできまい、何か献上する用意でもするか」と言う。亀は「もちろんさ。御前と近付きになった縁で、ちょっと見せてやる（と言いながら、泉水の中から梅花模様の古金襴の刀袋をいじくりまわし、紐を解いて刀を取り出して）、ちっと見だが見なさいよ」と言う。鶴は「これは不思議だ、（と袋をいじくりまわし、刀を引き出して）さても見事な刀だ、第一に縁頭（刀の柄の先）は、梅王の車場（菅原道真と藤原時平を題材にした歌舞伎「菅原伝授手習鑑」で車曳の梅王丸《うめおうまる》が演じる豪快な飛び六法の名場面が意匠されたもの）、目貫（刀の柄の側面の飾り物）は箙の梅鍔（刀身と柄の間のつば）はちょっと大きいが梅のすかしが入っている。誠に上出来の品、こうして見ると梅忠（近松門左衛門作「冥途の飛脚」の梅川忠兵衛。「梅忠」ものの芝居を連想させる名称）も下手じゃないないなあ。また、小柄（拵《こしらえ》に備え付けられた小刀）のこうがい（拵に備え付けられ、髪の乱れを直し、耳垢を落とす等身だしなみを整えるための小道具）は、梅に鶯の意匠、とくに、なかご（刀身の手元部分）は奇妙、奇妙、小さな樋《ひ》（刀剣の刀身にそって細長く彫られた溝）は趣向を凝らし、ぷんぷんと梅の薫りがするようだ。また、刀もと（柄の身幅）のきらきらと輝くのはうめ金

（その場しのぎの仮物細工）ではない。無銘か銘が有るか知らないけれど、これが本当の上々作だ。おれはまだこんな事は知らぬ白梅だが、おおいに恥をかく恥かきだの梅だ。それだからと言って仕方が無い。いっその事、この品物を泉水へでも埋めてしまおう」と言う。亀は「馬鹿を言うなよ。短気は損気だ。折角、献上したいと言って持って来た、その品をまさか泉水へ埋めることもされまい。埋めてよければ、お上で良いように埋め草になさるわ」と言う。鶴は「それじゃと言ってそうしたら貴様にも面目ない」と言う。亀は「なるほど、おれとは九千年も年が違うから、若気の至りで、無分別なのも無理じゃないが、諺に言う「志は松の葉」（「志は木の葉に包む」＝送る人のこころがこもっていれば、たとえ木の葉に包むような、ささやかな物でも良いということ）にとか、何もかもこれで分かるじゃないか」と言う。鶴は、「なるほど、それでおれも安心した。流石に貴様は年の功だ」と言う。亀は、「いやいや年の功ではない」。鶴「そんならなんだ」。亀「おれが功（甲）だ」

出任せのこんな話に鶴亀も梅に寄せた祝いとなるのだよ

梅堂山人

先に述べたように、年賀の祝いを記した色紙や短冊が未整理のまま「幸弘公五十之賀」として一括されているので、これら梅堂の祝賀の色紙が松代藩に届けられたのが、幸弘五十歳の寛政元年（一七八九）か、六十歳の寛政十一年（一七九九）か、七十歳の文化六年（一八〇九）か、残念ながら決定できない。

ここでは、一絶（漢詩）・和歌・狂歌・発句についてはふれず、「笑話」（落し噺）に絞って考えてみたい。この笑話は、題詠「梅」からヒントを得て、梅を原料とする薬や食物、武士の誇りの刀を取り上げるが、「梅」から「埋め」のだじゃれ、「知らない」と「白《しら》梅」の掛詞や地口を駆使し、「鶴は千年、亀は万年」という諺を取り込んだ、遊び心が横溢した梅尽しである。さらに、歌舞伎や浄瑠璃を踏まえ、めでたい生き物の掛け合いに仕立て、献上品を「うめ金」と戯《ざ》れたり「恥かきの梅」だと戯れてみたり、権力に対する揶揄と批判精神が感じられる。

こうした梅堂の祝いの言葉が、時の為政者にどう読まれたか興味深いが、笑話（落し噺）を許容する文化的成熟がなければ許されないことだろう。一方、庶民である梅堂が、大名・松代藩主の真田家に媚びず、「志は松の葉」と言い放つ自信がなければ献上できないはずである。

その梅堂は、包み紙の裏書きで素性を明かしているが、やや詳しく述べたい。本名は山岸自芳魯庵、通称清左衛門。本姓大江、字蘭腸、号梅堂。明和四年（一七六七）～天保八年（一八三七）十月十三日。七十一歳。中野（長野県中野市）の醸造業・袋屋の六代で、医者でもあった。中野隠士と自称するのは、中野には陣屋と呼ばれる代官所があったので、天領の地の隠者であると自負してのことであろう。梅堂の子・梅塵は一茶門人となるが、梅堂は漢詩人として知られていた。

梅堂は一茶と交流する以前に、亀田鵬斎に漢詩を学び、頼山陽、梁川星巌、市河米庵らと交流していた。ことに、寛政七年（一七九五）、江戸から柏木如亭を中野に招き「晩晴吟社」を開いて、同地の山田松斎《やまだしょうさい》、畔上聖誕《あぜがみせいたん》(12)等と共に詩文を学び、琴を弾いて楽しむ文人として知られている。また、柏木如亭《かしわぎじょてい》の詩集『山中白雲集』（寛政十二年〈一八〇〇〉跋）を出版し、聖誕の詩集『紅葉遺詩』の序文（「文政九年丙戌〈一八二六〉春正月　信濃　梅堂山岸蘭腸書」）を執筆。後者は、文化六年（一八〇九）の亀田鵬斎の序も備わるが、出版されたのは刊記「文政九年丙戌春正月　東都書肆　浅草新寺町　和泉屋庄次郎」の通り、文政九年であった。

文化六年（一八〇九）、亀田鵬斎が中野を訪ねて畔上聖誕の詩集の序文を執筆したのは、松平定信が老中となり、寛政二年（一七九〇）朱子学以外の学問を排する「寛政異学の禁」を発布したあおりを受け、山本北山、冢田大峯、豊島豊洲、市川鶴鳴とともに「異学の五鬼」とされ、江戸で住みにくくなったからである。「寛政異学の禁」は、昌平坂の聖堂において正学である朱子学のみを講じて、陽明学や古文辞学などを異学として、これを教えることを禁止するように、大学頭林信敬に出された禁令であるが、折衷学者の鵬斎もそのために江戸の学塾を閉鎖せざるを得ず、門人を失ったのである。

梅堂が受け入れた柏木如亭や亀田鵬斎は、江戸での生活が困難になった漢詩人であり、かれらが漢詩や笑話ももたらしたとすれば、真田幸弘への祝賀の色紙は、幸弘六十歳の寛政十一年

（一七九九）か、七十歳の文化六年（一八〇九）に献上されたものと見られる。その記念集はともに『千とせの壽詞』『御ことほぎの記』のタイトルでまとめられているが、梅堂の和歌・漢詩・狂歌・発句・笑話は記録されていない。言うまでもなく、幸弘五十歳の賀集『わかみどり』にも記録されていない。

一方、「寛政異学の禁」を発令した松平定信の歌は、寛政十一年（一七九九）の幸弘六十歳の賀集の巻頭に「春帖／霞」の題で「かすみさへ立かさねつゝ万代もうごかぬ山の春をみすらむ　左少将定信」と記録されている。文化十二年（一八一五）、定信の次男・幸善（後の幸貫）が松代藩七代藩主・真田幸専の養嗣子となって、文政六年（一八二三）幸専の隠居により家督を継いで藩政を担い、幕末期には外様の真田家が幕閣となってゆくが、すでに松平家とは和歌でつながっていたのである。

一茶と梅堂との交流が始まったのは、一茶晩年のことだった。一茶は『文政句帖』の文政五（一八二二）年二月十三日、梅堂・梅塵父子を訪ねて連句を巻いたと記録しているので、梅堂は、柏木如亭や亀田鵬斎等との交流を経て、一茶と交流したのである。

文政五年二月、一茶がはじめて梅堂を訪ねて巻いた歌仙の第三までを掲げてみよう。

鶯も素通《すどほ》りせぬや窓の前　一茶
手盛りで廻す鍋の春風　梅塵

麗《うららか》に補養《保》湯治の楽寝して　梅堂

一茶の発句は、「鶯も素通りしないで、威儀を正すでしょうね。梅堂さんの窓の前は」の意で、梅（梅堂）に鶯の取り合わせにあやかって、梅堂さんの窓の前を私も素通りできません、と威儀を正した挨拶である。脇の梅塵（梅堂の子）は、「膝を崩して手前勝手に鍋をついて廻しましょうよ。春風駘蕩の春ですから」と客人・一茶に寄り添っている。第三の梅堂の句は、「のどかにゆったりと保養の湯治でのんびりと寝て」の意。保養は病体を連想させ、表六句には病体を詠まないのが原則だが、それにかかわらずおおらかである。そのこだわりのなさは、俳諧の初心者であったからかもしれないが、規範や権威に媚びない梅堂の生き方をうかがわせてくれる。

おわりに

一茶を軸に地域文化について考えるとき、同時代の地域を支配した武士の存在を等閑視することはできない。一茶と同時代を生きた松代藩第六代藩主・真田幸弘は、和歌や俳諧や書を能くした文人大名であり、自らの年賀を祝うために詩歌・俳諧を庶民にまで求めるなど、地域社会に積極的に働きかけた。それに素直に応えて寿いだ翫蘿、応えながらも皮肉を込めて贈った梅堂等が地域文化を担ったのである。お殿様の呼びかけに応じた、同時代の何丸や抱儀の祝賀の短冊が遺っていても、一茶の祝賀の色紙・短冊が遺っていないこと、二万二千句ほど遺した発句や連句に同時代の権力者を寿いだり、媚びたりしていないことから見て、一茶は呼びかけに応じなかったのだろう。

近世後期の地域文化を考えるとき、都市と地方の交流、文芸各派の交流とともに、身分間——ことに大名と武士、また士農工商の庶民や宗教家との交流を念頭におく必要があるだろう。

注

（1）古典俳文学大系『一茶集』（集英社、一九七〇年）の解説（小林計一郎）による。その全文は次の通り。

長沼の門人春甫の『菫草』に収める脇起歌仙で、長沼の連衆十三人が顔を揃えている。同書は文化七年の板行であるが、前年中に編集を完了している。『文化六年句日記』によると、一茶は四月五日江戸を立って信州に赴き、同十六日長沼に入り春甫と会い、その後もしばしば同地に遊んでいるので、同年夏の興行であろう。この頃長沼には有力な一茶社中が形成されつつあったのである。

（2）堀切実・田中善信・佐藤勝明編『諸注評釈　新芭蕉俳句大成』（明治書院、二〇一四年）「山路来て」項—深沢眞二執筆。

（3）本稿付録「一茶同座連句一覧」を参照。ここに、現在知りうる注釈書も付した。なお、佛淵健吾氏に数十巻の注釈がある。同氏にお問い合わせていただきたい。
（4） 矢羽勝幸編著『長野県俳人名大辞典』（郷土出版社、一九九三年）を参照。
（5） 注（3）と同じ。付録「一茶同座連句一覧」を参照。
（6） 真田宝物館蔵　5-1／14／1。
（7） 長沼村史刊行会発行、一九七五年。
（8） 「信濃国御石高帳」写本一冊を参照。
（9） 書状の「状」はムシのために破損している。整理番号は、26Aか/2440
（10） 何丸　信州吉田（長野市吉田）の古物商・俳人。宝暦十一年（一七六一）～天保八年（一八三七）十月二十七日。文政二年（一八一九）江戸へ出る。
抱儀　江戸浅草蔵前の札差。画を酒井抱一に学ぶ。文化二年（一八〇五）～文久二年（一八六二）一月十六日。
（11） 年賀集は、『近世中・後期松代藩真田家代々の和歌・俳諧・漢詩文及び諸芸に関する研究』（平成十七年度～十九年度科学研究費補助金　基盤研究（B）一七三二〇〇四〇　研究成果報告書　研究代表者　井上敏幸）に翻刻されている。
（12） 山田松斎　名は顕孝。字は文静、太古。通称荘（庄）左衛門。東江部村（長野県中野市）の豪農。明和七年（一七七〇）～天保十二年（一八四一）。
畔上聖誕　名は魯、または一魯。字は聖誕。号は紅葉。中野の豪商か。安永三年（一七七四）～文政五年（一八二二）。

付録　一茶同座連句一覧

	名称	形式	成立年	連衆	興行場所	底本	収載本／注釈／備考
1	分別の	歌仙	寛政二年秋	我泉　素丸　野逸　素雲　菊露　一茶　泰柳　都静　百丸　風佐　芳舎　蓮佐　素峰　素笠　不二硏　逸窓　桃丸　史陸	江戸か	素丸編『秋顔子』（寛政二年九月序）	一茶全集第五巻197・198（全集と略記。数字は頁）古典俳文学大系『一茶集』1（大系と略記。数字は同集の通し番号）
2	ぬる蝶の	歌仙	寛政三年	翠兄　一茶	翠兄亭〈下総〉	一茶自筆『連句稿』	『一茶大事典』336・337（『一茶大事典』は以下、『大事典』と略記。数字は頁）
3	白雨や	十三句	寛政六年夏	蚊河　一茶　羽琴　楓左　移竹　ふみ　たき　かは	防州か	『一茶自筆句稿』	全集199・200
4	それ鞠	歌仙残欠	寛政六年夏	楓左（善竜寺住職）　阿道（一茶）	防州か	『一茶自筆句稿』	全集198・199
5	うら町の	百韻巻尾	寛政六年夏	楓左　曇花　一茶	防州か	『一茶自筆句稿』	全集200
6	雪隠寒う	歌仙残欠	寛政六年夏〜秋	楓左　阿道	防州か	『一茶自筆句稿』	全集198・199／『長野』38号（一九七一年七月）
7	水流れ	歌仙	寛政七年一月十五日〜三十日か	一茶　樗堂	二畳庵（樗堂亭）〈松山［伊予］〉	一茶自筆『日々草』	『一茶新資料集』15〜19（『資料集』と略記。数字は頁）『伊予俳人　栗田樗堂全集』連句篇36（数字は連句番号）／庚申庵倶楽部輪読会『連句が語る　一茶と松山』8（数字は先頭の頁）
8	鶯の	歌仙	寛政七年一月	一茶　樗堂	二畳庵（樗堂亭）〈松山［伊予］〉	『日々草』	全集200・201『大事典』338・339『資料集』19〜25　大系2『伊予俳人　栗田樗堂全集』連句篇37
9	蓬生の	歌仙	寛政七年一月	樗堂　一茶	二畳庵（樗堂亭）〈松山［伊予］〉	『日々草』	『資料集』25〜29『伊予俳人　栗田樗堂全集』連句篇38

10	梅の木の	歌仙	寛政七年春	麦士　一茶		『日々草』	『資料集』31～35／『連句が語る　一茶と松山』46
11	寝転んで	歌仙	寛政七年春	宇好　魚文　一茶	松山［伊予］	『日々草』	『資料集』35～41／『連句が語る　一茶と松山』57
12	梅の月	歌仙	寛政七年春	宇好　魚文　一茶	松山［伊予］	『日々草』	『資料集』41～45
13	春一日	歌仙	寛政七年二月五日	方十　一茶	方十亭〈三津浜［伊予］〉	『日々草』	『資料集』47～51
14	鶯に	歌仙	寛政七年二月頃か	圃夕　一茶	松山［伊予］	『日々草』	『資料集』51～57
15	門前や	歌仙	寛政七年二月十一日か	鬼（兎）文　一茶　執筆	北条［伊予］	『日々草』	『資料集』57～61／『連句が語る　一茶と松山』69
16	墳の花	歌仙	寛政七年三月	一茶　梅五　操舟	観音寺［伊予］	『日々草』	『資料集』62～67
17	典どのに	歌仙	寛政七年三月十四日	一茶　布舟	布舟亭〈播磨〉	『日々草』	『資料集』67～73
18	桃ところどころ	歌仙	寛政七年三月十八日以降頃	升六　一茶	大坂	『日々草』	『資料集』73～78
19	雨の花	歌仙(付け廻し)未満	寛政七年三月十八日以降頃	升六　一茶	大坂	『日々草』	『資料集』79～83
20	三月や	歌仙	寛政七年三月十八日以降頃	孚舟　升六　一茶	大坂	『日々草』	『資料集』83～89
21	ゑにしあれ	歌仙	寛政七年三月十八日以降頃	孚舟　一茶	大坂	『日々草』	『資料集』89～93
22	春の雨	歌仙	寛政七年三月十四日以降頃	一茶　奇淵	大坂	『日々草』	『資料集』94～99
23	沖の石の	歌仙	寛政七年三月十八日以降頃	尺艾　一茶	大坂	『日々草』	『資料集』99～105
24	雲に入る	歌仙	寛政七年三月	一茶　仙處　井眉　孚舟	大坂	『日々草』	『資料集』105～109
25	春已に	歌仙	寛政七年三月頃か	一茶　八千坊	大坂	『日々草』	『資料集』109～115
26	花ながら	歌仙	寛政七年三月頃か	一茶　八千坊	大坂	『日々草』	『資料集』115～123

27	月うつる	歌仙	寛政七年夏	闌更 亜堂（一茶） 白黛 百尔 芦翁 月峰 芦涯 得終 繡虎	芭蕉堂（闌更亭）〈京〉	一茶編『旅拾遺』（寛政七年秋序）	全集202・203 大系3
28	羅の	歌仙（付け廻し未満）	寛政七年夏	尺艾 一茶 他三十三名	大坂	『旅拾遺』	全集204・205 大系4
29	天広く	歌仙	寛政七年秋	亜堂 孚舟 升六 仙所 井眉 蘭戸 菟江	喜花庵（升六亭）〈大坂〉	『旅拾遺』	全集205・206 大系5
30	しらじらと	表六句	寛政七年秋	壺仙 其成 石蘭 北花 斗酔 ア堂（一茶）	推敲亭（其成亭）〈京〉	『旅拾遺』	全集207 大系6
31	枯蓮に	百韻未満	寛政七年十月十二日	雨橋 重厚 蚊山 乍及 斑鳩 巨洲 千影 杜凌 方広 五来 青嵜 朧花 芄支 有文 無極 潭月 蔵六 丿乁 呂蛤 百杵 都雀 一陽 志秀 可能 花県 元亨 繡虎 李三 止雀 買山 北花 一茶 丈左 花月 騏道 馬涯 墨古 其成	義仲寺〈近江〉	重厚編『しぐれ会』	全集207・208 大系7
32	分けいれば	歌仙	寛政七年冬	尺艾 一茶	尺艾亭〈大坂〉	一茶遺稿集『御桜』『茶翁聯句集』	全集209・210 大系8／『連句が語る 一茶と松山』86
33	藪越や	歌仙	寛政八年七月	一茶 樗堂	二畳庵（樗堂亭）〈松山［伊予］〉	『樗堂俳諧集』（愛媛県立図書館）	全集211・212 大系9
34	人並みに	表六句	寛政八年八月	阿道（一茶） 宜来 魚文 蘇郎 宇好 蝶化	蝸牛庵（宜来亭）〈伊予〉	真蹟	全集212 大系10
35	家買ふて	表六句	寛政八年八月	阿道 宜来 魚文 蘇郎 宇好 蝶化	蝸牛庵（宜来亭）〈伊予〉	真蹟	全集213 大系11
36	初雪や	歌仙	寛政八年十月	樗堂 一茶	二畳庵（樗堂亭）〈松山［伊予］〉	『樗堂俳諧集』（愛媛県立図書館）	全集214・214 大系12／『連句が語る 一茶と松山』98
37	降雪に	歌仙	寛政八年十一月	樗堂 一茶	二畳庵（樗堂亭）〈松山［伊予］〉	『樗堂俳諧集』『御桜』	全集214・215 大系13／『連句が語る 一茶と松山』108

38	烟して	歌仙	寛政八年十二月	樗堂 一茶	二畳庵（樗堂亭）〈松山［伊予］〉	『樗堂俳諧集』『御桜』	全集216・217 大系14
39	行水は	歌仙	寛政九年一月	樗堂 一茶	二畳庵（樗堂亭）〈松山［伊予］〉	『樗堂俳諧集』	全集217・218 大系15／『連句が語る 一茶と松山』136
40	正月の	歌仙	寛政九年一月	一茶 樗堂 麦士	二畳庵（樗堂亭）〈松山［伊予］〉	『樗堂俳諧集』	全集219・220 大系16／『連句が語る 一茶と松山』126・高橋順子『一茶の連句』46～63頁
41	隅々に	半歌仙	寛政九年冬	升六 石人 一茶	黄花庵（升六亭）〈大坂〉か	石人編『霜の花』	全集220・221 大系17
42	我もけさ	歌仙	寛政十年一月	一茶 住寺 升六 万和 闌更 矩流 好山 雅笑 登舸 尓掌 壺缺 久一 梅七 好々 鯉麦 雲舟 吐円 有隣 丈左 月居 五梅 梅価 一草 自楽 長斎 駝岳 孤周 月村 西木 芦涯 夢半 尺艾	長谷寺〈大和〉か	『さらば笠』	全集221・222 大系18
43	正月の	半歌仙	寛政十年一月	升六 一茶	黄花庵（升六亭）〈大坂〉か	『さらば笠』	全集223 『大事典』340 大系19
44	蝶飛で	半歌仙	寛政十年春	矩流 一茶	矩流亭〈堺〉か	『さらば笠』	全集224 大系20
45	むく起の	和漢首尾吟	寛政十年春	一茶 壺缺	壺缺亭〈河内〉か	『さらば笠』	全集225 大系21（備考）首尾吟は歌仙の表六句と名残の裏の六句
46	人の栖	歌仙	寛政十年春	馬涯 一茶 亀梁	大津か	『さらば笠』	全集225・226 大系22
47	まてしばし	表六句	寛政十年春	闌更 一茶 五雀 有禄 卍楼 梅芳	芭蕉堂（闌更亭）〈京〉か	『さらば笠』戸谷本	全集226・227 大系23
48	今さらに	付合二句	寛政十一年三月	一茶 立砂	立砂亭〈下総〉か	立砂追悼文「挽歌」所収	全集227 大系24
49	雉鳴て	付合二句	寛政十二年二月	成美 一茶	成美亭〈江戸〉か	『随斎筆紀』	全集227 大系25
50	松風の	付合二句	寛政年中	青蚨 一茶	大和か	『さらば笠』	全集227・228 大系26

51	時鳥	歌仙	寛政年中	竜歩　翠兄　一茶	翠兄亭〈常陸〉か	一茶自筆『連句稿』	全集228　大系27
52	浦風に	歌仙	寛政年中	一茶　松十　兎山　らん	松十亭〈伊豆〉か	『連句稿』	全集229・230　大系28
53	凌霄《のうぜん》を	短歌行	寛政年中	月哉　一茶	月哉亭〈遠江〉か	『連句稿』	全集231　大系29
54	ぬる蝶の	歌仙	寛政年中	翠兄　一茶	翠兄亭〈常陸〉か	『連句稿』	全集232・233　大系30
55	雛鳥の	歌仙	寛政年中	翠兄　一茶	翠兄亭〈常陸〉か	『連句稿』	全集233・234　大系31
56	見えさうに	歌仙	寛政年中	翠兄　一茶	翠兄亭〈竜ヶ崎［常陸］〉か	『連句稿』	全集234・235　大系32
57	解分て	両吟歌仙	寛政年中	竜歩　一茶	江戸か	『連句稿』	全集236・237　大系33
58	涼しさの	歌仙未満	寛政年中	既酔　一茶	吉岡［下総］か	『連句稿』	全集237・238　大系34
59	帰洛の後	歌仙残欠	寛政年中	馬泉等	布川［下総］か	『連句稿』	全集239・240
60	疝気の虫	歌仙残欠	寛政年中	月哉　一茶	月哉亭〈遠江〉か	『連句稿』	全集240
61	新敷（あたらしき）	半歌仙	享和元年三月	末比等　卓池　みち彦　はまも　士朗　一茶　双湖	大来別邸〈深川［江戸］〉	李台編『雀芝続編』（享和元年刊）	全集241　『大事典』341・342　大系35
62	我のみか	歌仙	享和元年三月	兎園　春耕　一茶　成布　皐鳥　稲長	兎園亭〈高山村紫［信濃］〉か	久保田家蔵真蹟懐紙	全集241・242　大系36
63	鹿の親	歌仙	享和元年六月	一茶　関之	関之亭〈野尻［信濃］〉か	『茶翁聯句集』	全集243・244　大系118／『長野』41号（一九七二年一月）（備考）『茶翁聯句集』（稿本）は、柏原本陣の主・瑞鷹堂編（綿屋文庫）
64	巨燵かして	付合二句	享和元年冬	士朗　一茶	未詳	『茶翁聯句集』	全集244・245　大系37
65	朝飯の	歌仙	享和三年四月二十八日	成美　雲外（一茶）　梅夫	成美亭〈江戸〉か	『連句巻』（殿田良作旧蔵）	全集245・246　大系38／「書物展望」会報4（一九四四年十月）

66	菊の殻	半歌仙	享和三年十月	梅夫　浙江　一茶	江戸か	『梅塵抄録本』『茶翁聯句集』『連句巻』	全集246・247　大系39／「書物展望」会報4（一九四四年十月）
67	秋葎	歌仙	享和三年十一月	一茶　双樹	双樹亭〈流山［下総］〉	『梅塵抄録本』『茶翁聯句集』	全集247・248　大系40／高橋順子『一茶の連句』62〜82頁
68	十月の	歌仙	享和三年十一月	双樹　一茶	双樹亭〈流山［下総］〉	勝峯晋風転写本『一茶連句集』（綿屋文庫）『梅塵抄録本』『茶翁聯句集』	全集249・250　大系41
69	旅めくや	付合四句	享和三年十一月二十一日		木更津［上総］か	『享和句帖』三年十一月に所収	全集250・251　大系42
70	蛙なく	歌仙	文化元年春	成美　一茶	成美亭〈江戸〉	勝峯晋風転写本『一茶連句集』（綿屋文庫）	全集251・252『大事典』342・343　大系45／『一茶の連句』84〜99頁
71	利根川は	歌仙	文化元年五月	一茶　双樹	双樹亭〈流山［下総］〉	双樹筆『俳諧草稿』所収	全集252・253／『長野』51号（一九七三年九月）
72	何事も	半歌仙	文化元年六月十六日	成美　一茶　寸来	成美亭〈江戸〉か	一茶自筆懐紙。橘中・久躬校『ひとつば集』（文化元年刊）	『大事典』344・345
73	豆引や	歌仙	文化元年九月朔日	双樹　一茶	双樹亭〈流山［下総］〉	双樹筆『俳諧草稿』	全集254・255『大事典』346・347／『長野』51号（一九七三年九月）
74	今打し	歌仙	文化元年十月二十七日	一茶　成美	成美亭〈江戸〉	『梅塵抄録本』『茶翁聯句集』	全集255・256　大系43
75	里ふるや	半歌仙	文化二年三月二十七日	夜白　成美　一茶　恒丸　莚志　浙江	成美亭〈江戸〉	『梅塵抄録本』	全集257・258　大系46
76	秋の雨	歌仙	文化二年閏八月	一茶　成美　浙江　梅寿　太蟜　筵志　恒丸　一瓢　素桃　知梁　李台	成美亭〈江戸〉	『梅塵抄録本』『茶翁聯句集』	全集258・259　大系47

77	うそらしや	半歌仙	文化二年十一月	成美　恒丸　一茶　筵志	成美亭〈江戸〉	『梅塵抄録本』『茶翁聯句集』	全集260　大系44
78	浅ぢふや	半歌仙	文化三年一月	一茶　浙江　成美	江戸か	成美自筆懐紙	全集261／『長野』41号（一九七二年一月）
79	閑古鳥	歌仙	文化三年四月二日	一茶　双樹　恒丸	一茶宅〈深川［江戸］〉か	『梅塵抄録本』	全集262・263　大系48
80	蠅打て	歌仙	文化三年六月	一茶　乙因　成美　浙江	成美亭〈江戸〉	『梅塵抄録本』『茶翁聯句集』	全集263・264　大系49／『一茶の連句』100～116頁
81	破れても	歌仙	文化三年夏	成美　一茶　浙江	成美亭〈江戸〉	『梅塵抄録本』『茶翁聯句集』	全集265・265　大系50
82	させる夜も	半歌仙	文化三年七月十七日	成美　一茶　浙江	成美亭〈江戸〉	『茶翁聯句集』	全集266・267　大系51
83	月はやし	脇起歌仙	文化三年秋	柑翠　一茶　浙江　成美	柑翠亭〈江戸〉か	『鹿嶋集』（文化四年刊）『梅塵抄録本』『茶翁聯句集』	全集267・268　大系52
84	鳥買の	歌仙	文化三年十一月二十五日	太筇　成美　乙因　浙江　一茶　対竹	成美亭〈江戸〉	『我春集』『梅塵抄録本』	全集269・270　大系53
85	節季候の	歌仙	文化三年十二月	一茶　太筇　対竹　恒丸	下総行脚中か	『梅塵抄録本』『茶翁聯句集』	全集270・271　『大事典』348・349　大系54
86	鶯や	十四句	文化四年一月十九日	浙江　成美　一茶	成美亭〈江戸〉	『梅塵抄録本』	全集272　大系55
87	家ならば	半歌仙	文化四年五月	成美　一茶　浙江	成美亭〈江戸〉	『梅塵抄録本』『茶翁聯句集』	全集273・274　大系56
88	おもひ果て	脇起歌仙	文化四年九月	鯉口　画牛　巣兆　一茶　梅寿　理玉　湖光　任只　一瓢　浙江　太筇　成美	江戸か	鯉口息画牛選『秋暮集』（文化四年九月序）	全集274　大系57
89	薪をこりて	歌仙	文化四年十二月	成美　太筇　一茶　浙江	成美亭〈江戸〉か	太筇編『犬古今』（文化五年刊）『茶翁聯句集』	全集275・276　『大事典』350・351　大系58

90	古桜	付合三句	文化五年三月	一茶 老女 供ノ女（老女・供ノ女は一茶の変名）	江戸か	『花見の記』	全集276 大系59
91	正月は	歌仙未満	文化六年二月	一茶 恒丸 兄直	恒丸亭	『梅塵抄録本』『茶翁聯句集』『文化句帖』補遺	全集277・278 大系60
92	かい曲り	歌仙	文化六年三月	花嬌 文東 一茶 徳阿 子盛	対潮庵（花嬌亭）〈富津［上総］〉	『茶翁聯句集』『文化句帖』補遺	全集278・279 大系61
93	山路来て	脇起歌仙	文化六年夏	翁（芭蕉） 春甫 掬斗 呂芳 松宇 素鏡 子来 有好 杉谷 翫蘿 雪丸 稲伽 完芳 允兆	春甫亭〈長沼［信濃］〉か	春甫編『菫艸』	全集280・281 大系62
94	雪除に	半歌仙	文化六年秋	一茶 呂芳 春甫 完芳	教善寺〈長沼［信濃］〉	『茶翁聯句集』『菫艸』	全集281・282 『大事典』352・353 大系63
95	蕣の	半歌仙	文化六年九月	長嘯 一茶 関之	関之亭〈野尻［信濃］〉か	長嘯編『野尻之秋風』	全集282・283／『長野』41号（一九七二年一月）
96	柊の	歌仙	文化七年四月	梅寿 成美 東郊 久蔵 瑆峩 麦宇 里丸 一茶	成美亭〈江戸〉	『成美連句録』（高野山大学図書館）	全集283・284
97	望月や	歌仙	文化七年四月	成美 一茶 梅寿 久蔵 袁丁 老阿 湖光 麦宇	成美亭〈江戸〉	『成美連句録』	全集285・286
98	古わらぢ	半歌仙	文化七年五月八日	一茶 蕉雨	江戸か	『七番日記』文化七年五月八日 『梅塵抄録本』	全集286・287 『大事典』353・354 大系64
99	せい出して	歌仙未満	文化七年五月二十二日	一茶 呂芳 春甫 素鏡 掬斗	掬斗亭〈長沼［信濃］〉	『七番日記』文化七年五月二十二日	全集287・288 大系65
100	涼しさや	歌仙	文化七年五月	浙江 成美 梅寿 久蔵 袁丁 麦宇 里丸 一茶	成美亭〈江戸〉	『成美連句録』	全集289・290

101	門田植て	歌仙	文化七年六月	成美　一茶　久蔵　柞枝　梅寿　浙江　袁丁　よし　周老阿　一袞	成美亭〈江戸〉	『成美連句録』	全集290・291
102	岡芹を	歌仙	文化七年七月	久蔵　一袞　袁丁　一茶　成美　梅寿　凡魯　司風　任只	成美亭〈江戸〉	『成美連句録』	全集291・292
103	水にうく	半歌仙	文化七年七月	友国　蕉雨　鶴老　一茶　久蔵	蕉雨亭〈江戸〉	『成美連句録』	全集293・294
104	夕霧に	歌仙	文化七年八月	成美　一茶　久蔵	成美亭〈江戸〉	『成美連句録』	全集294・295
105	木樨の	半歌仙	文化七年八月	久蔵　一茶　梅寿　成美　袁丁　堤袞	成美亭〈江戸〉	『成美連句録』	全集295・296（備考）一茶は脇のみ
106	人も見るや	歌仙	文化七年九月	一峨　成美　一茶	成美亭〈江戸〉か	一峨編『何袋』同書「折伏記」（文化七年仲秋）の後に所収	全集296・297　大系66
107	旅烏	歌仙	文化七年十月	久蔵　成美　一茶　路白　浙江　何笠　何蓑　幽嘯　李台　袁丁　沙羅　仙骨　文屋　千阿　一袞	成美亭〈江戸〉	『成美連句録』	全集298・299
108	心程	脇起歌仙	文化七年十月	恒丸仏　一茶　対竹　太笻　其明　兄直	佐原［下総］	『文化句帖』補遺『玉笹集』『茶翁聯句集』	全集299・300　大系67
109	枯々の	歌仙	文化七年十月	一茶　太笻	下総行脚中か	丿左編『蕉門中興一覧集』（『一覧集』と略記）『梅塵抄録本』『文化句帖』補遺	全集301・302　大系68
110	行としや	歌仙	文化七年十二月二十三日	一茶　鶴老　天外	西林寺〈守谷［下総］〉	『我春集』	全集303・304　大系69
111	走り行	歌仙	文化七年十二月	天外　鶴老　一茶	西林寺〈下総〉	『我春集』	全集304・305　大系70

112	草臥し	歌仙	文化七年十二月	鶴老 天外 一茶	西林寺〈下総〉	『我春集』	全集306・307 大系71
113	ひよ鳥の	歌仙	文化八年一月	鶴老 天外 一茶	西林寺〈下総〉	『我春集』	全集307・308 大系72
114	鶯や	歌仙	文化八年一月	鶴老 天外 一茶	西林寺〈下総〉	『我春集』	全集309・310 大系73
115	黄鳥の	歌仙	文化八年一月	竹里 一茶 鶴老 天外 東陽	西林寺〈下総〉	『我春集』	全集311・312 大系74
116	花を折ル	歌仙	文化八年閏二月十三日	成美 一茶	成美亭〈江戸〉	『我春集』『一覧集』	全集313・314 大系75
117	夕暮や	歌仙	文化八年五月四日	一茶 一瓢	雪耕庵（一瓢亭）〈江戸〉	一瓢編『物見塚記』『一覧集』	全集314・315『大事典』355・356 大系76／『一茶の連句』118〜134頁
118	五月雨の	歌仙	文化八年五月	成美 太笻 幽嘯	成美亭〈江戸〉	『我春集』	全集316・317 大系77
119	夕雲や	歌仙	文化八年八月	成美 諫圃 久蔵 一茶	成美亭〈江戸〉	成美十三回忌集『あられ供養』『一覧集』	全集318・319 大系109（備考）『成美連句録』に文化八年八月十日と頭書
120	白露を	半歌仙	文化八年八月	一峨 一茶	一峨亭〈江戸〉	『茶翁聯句集』	全集320・321 大系78
121	つゝかけに	半歌仙	文化八年八月	一瓢 也草 成美 久蔵	成美亭〈江戸〉	『成美連句録』	全集320・321
122	初雁や	歌仙	文化八年八月	一茶 久蔵 成美 也草 諫圃	成美亭〈江戸〉か	『成美連句録』素英編『吹寄集』	全集321・322
123	白露の	歌仙	文化八年秋	東眉 成美 一茶 浙江 一瓢 久蔵 心匪 武陵 梧朗 白路	成美亭〈江戸〉か 後に武陵亭〈丹波〉か	丹波大江山の武陵編『東西四哥仙』（文化九年夏刊）編	全集323・324 大系79
124	唐崎は	半歌仙	文化八年秋	梅寿 みち彦 成美 一茶 宥慮	梅寿亭〈江戸〉か	梅寿編『ほしなうり』（文化九年三月刊）	全集325・326 大系80
125	月ひかり	歌仙	文化八年十月	諫圃 成美 久蔵 一茶 春樹	成美亭〈江戸〉か	『成美連句録』	全集326・327
126	霞日の	歌仙	文化九年一月二十四日	一茶 鶴老	西林寺〈下総〉	一茶編『株番』	全集327・328 大系81

127	鶯も	歌仙	文化九年一月	鶴老　一茶	西林寺〈下総〉	『株番』『梅塵抄録本』	全集329・330　大系82
128	松陰に	歌仙	文化九年二月	一茶　鶴老	西林寺〈下総〉	『株番』『梅塵抄録本』	全集330・331　大系83　『大事典』357・358
129	弥陀仏も	歌仙	文化九年二月	鶴老　一茶	西林寺〈下総〉	『株番』	全集332・333　大系84
130	翌は又	歌仙	文化九年三月三日	双樹　一茶	双樹亭〈流山［下総］〉	『株番』	全集333・334　大系85
131	熊坂が	半歌仙	文化九年春	梅寿　対竹　一茶	梅寿亭〈江戸〉か	梅寿編『ほしなうり』	全集335・336　大系86
132	やがて死ぬ	脇起歌仙	文化九年四月	芭蕉　白老　一茶	白老亭〈上総〉か	白老編『世美塚』（文化十年刊）	全集336・337　大系87
133	短夜の	歌仙	文化九年四月	貞印　一茶　とく阿　ユ雪	白老亭〈上総〉か	『株番』『梅塵抄録本』	全集338・339　大系88
134	朔日や	歌仙未満	文化九年四月二十七日	雉啄　一茶　とく阿　貞印	上総か	『株番』『梅塵抄録本』	全集339・340　大系89
135	露はらり	半歌仙	文化九年八月	一茶　久蔵	成美亭〈江戸〉か	『茶翁聯句集』『成美連句録』	全集341　大系90
136	落馬した	半歌仙	文化九年九月二日	一作　一茶　一峨　素玩　草鳥	今日庵（一峨亭）〈江戸〉	素玩編『滑稽深大寺』（文化九年刊）	全集342　大系91
137	碓氷では	付合二句	文化九年十月	一峨　一茶	今日庵（一峨亭）〈江戸〉	『茶翁聯句集』	全集343　大系92
138	節季候や	歌仙未満十二句	文化九年十二月十日	一茶　春甫　掬斗　素鏡	素鏡亭〈長沼［信濃］〉	『探題句牒』	新資料「探題句牒　小林一茶と門人たち」
139	せい出して	歌仙	文化十年一月八日	相我　一茶　ろ芳　春甫　春和　きくと　看薺	長沼［信濃］か	真蹟（新潟県新井市入村誠蔵）	全集343・344　大系93／『一茶の連句』136～155頁
140	けふの日や	歌仙	文化十年五月二十一日	一茶　大綾　知洞	梅松寺〈六川［信濃］〉か	『志多良』（文化十年の手記）	全集345・346　大系94
141	わか竹の	歌仙	文化十年五月	一茶　大綾　知洞	梅松寺〈信濃〉か	『志多良』	全集346・347　大系95

142	蚤蝿に	歌仙	文化十年六月	一茶　文路　反古　春尾	善光寺（桂好亭）〈信濃〉	『志多良』『一覧集』	全集347・368　『大事典』359・360　大系96
143	秋おしめ	歌仙	文化十年九月	一茶　笹人　魚淵　程我　五柳　厭路　雪丸　長皐　有麦　菅根　三千可　舞涼　文来　亀石　二休　相月	長沼［信濃］	『木槿集』『茶翁連句集』	全集349・350　大系97
144	名月を	歌仙	文化十年九月	一茶　露月	露月亭〈中野［信濃］〉	『茶翁聯句集』『梅塵抄録本』	全集351・352　大系98
145	時雨する	表六句	文化十年十月	一茶　呂芳　完芳　允兆　杉谷	其一庵（呂芳亭）〈長沼［信濃］〉	『茶翁聯句集』	全集352・353　大系99
146	御宝前に	歌仙	文化十年十月	一茶　魚淵	長沼［信濃］	魚淵編『あとまつり』（文化十三年刊）	全集353・354　『大事典』361・362　大系101
147	湯けぶりや	歌仙	文化十年十月二十九日	一茶　希杖　其翠	湯田中［信濃］	真蹟（湯本家蔵）『茶翁聯句集』『梅塵抄録本』	全集355・356　大系100
148	梟よ	歌仙	文化十年十二月	一茶　麦之　皐鳥	高井野［信濃］	俳書体系13『一茶一代集』	全集356・357　大系102
149	あつさりと	歌仙	文化十一年二月	一茶　希杖	希杖亭〈湯田中［信濃］〉	『株番』『梅塵抄録本』	全集358・359　『大事典』363・364　大系103
150	春風も	半歌仙	文化十一年二月	露月　素外　其秋　一茶	中野［信濃］か田中［信濃］か	『梅塵抄録本』	全集360　大系104
151	此やうな	歌仙	文化十一年二月	一茶　文虎	文虎亭〈浅野［信濃］〉	『株番』文虎編『ほまち畑』（両吟連句帖）	全集361・362　『大事典』365・366　大系105
152	江戸へいざ	半歌仙	文化十一年四月	一茶　春甫　呂芳　松宇　允兆　掬斗　素鏡　笹人	長沼［信濃］	『三韓人』（文化十一年十一月刊）『梅塵抄録本』	全集362・363　大系106
153	我宿は	歌仙	文化十一年六月	智洞　一茶　希杖	希杖亭〈信濃〉	『梅塵抄録本』	全集363・364　大系107

154	世につれて	歌仙	文化十一年八月	一茶 鶴老	鶴老亭〈守谷［下総］〉	『株番』	全集365・366 大系108
155	雪ちるや	半歌仙	文化十一年十一月	一茶 成美 一瓢 諌圃	成美亭〈江戸〉	『三韓人』『茶翁聯句集』	全集366・367 大系110
156	世に住ば	歌仙	文化十二年三月	文虎 一茶	文虎亭〈浅野［信濃］〉	『ほまち畑』	全集367・368 大系111
157	ふくろふよ	歌仙未満	文化十二年四月	一茶 成布 春畊（耕） 希杖	高井野［信濃］	『哥仙』（高井野紫の門人筆録）	全集369・370 大系112
158	藪村の	歌仙	文化十二年五月五日	其翠 一茶	其翠亭〈湯田中［信濃］〉	『梅塵抄録本』	全集370・371 大系113（備考） 其翠は希杖の子
159	それおもん見れば	歌仙	文化十二年七月	一茶 文虎	文虎亭〈信濃〉	『ほまち畑』	全集372・373 大系114
160	鳶ひよろ	半歌仙	文化十二年十月七日	一茶 一瓢	本行寺〈江戸〉	一瓢編『西歌仙』（文化十三年夏序）『茶翁聯句集』	全集373・374 大系115
161	頬白の	半歌仙	文化十二年十月	一瓢 一茶	本行寺〈江戸〉	『西歌仙』『茶翁聯句集』	全集374・375 大系116
162	朝明の	脇越半歌仙	文化十三年春	猿左 一茶 魚淵 雲士 春甫 掬斗 二休 松宇 希杖 素鏡 完芳 春耕 文路 公常 呂芳	長沼［信濃］	『あとまつり』	全集375・376 大系117
163	ほとゝぎす	歌仙	文化十三年五月	希杖 一茶	長沼［信濃］	『梅塵抄録本』	全集376・377 大系119
164	ひざぶしに	八句	文化十三年五月	松宇 春甫 希杖 一茶	長沼［信濃］	『梅塵抄録本』	全集378 大系120
165	隣から	歌仙	文化十三年夏	松宇 一茶 春甫 公常 掬斗 素鏡 雲士 魚淵 春耕 希杖 呂芳 二休 文路 完芳	長沼［信濃］	松宇編『杖の竹』（文化十三年正月刊）巻頭	全集378・379 大系121

166	秋立て	歌仙	文化十三年七月	文虎 一茶	文虎亭〈浅野［信濃］〉か	『ほまち畑』『梅塵抄録本』『茶翁聯句集』	全集380・381 大系122
167	見せ馬の	歌仙	文化十三年閏八月	呂芳 一茶 春甫 杉谷 雪丸 掬斗 二休	長沼［信濃］	『茶翁聯句集』『杖の竹』	全集382・383 大系123
168	土臼も	半歌仙	文化十三年閏八月	春甫 一茶 呂芳 掬斗 素鏡 杉谷 鼠十 吾柳 長皐 雪丸 厭路 有好	長沼［信濃］	『茶翁聯句集』『杖の竹』	全集383・384 大系124
169	みるほどに	脇越歌仙	文化十三年十一月〜十二月	成美 車両 心非 諫圃 久蔵 一茶	江戸	成美追善集『三霜』（文政二年刊）	全集384・385 大系125（備考）成美は文化十三年十一月十九日没
170	小ばなしや	半歌仙	文化十三年十二月	一瓢 一茶	江戸	成美追善集『三霜』	全集385・386 大系126
171	庵の蚊の	半歌仙	文化十四年四月	一茶 白老	高倉［下総］か	湯本家蔵一茶宛白老書簡（文化十四年四月）	全集386・387
172	鼠等に	歌仙	文化十四年秋	文虎 一茶	文虎亭〈浅野［信濃］〉	『ほまち畑』	全集387・388 大系128
173	此上の	歌仙	文化十四年九月	一茶 文虎	文虎亭〈浅野［信濃］〉	『ほまち畑』	全集389・390 大系129
174	杖先の	歌仙	文化年中	独吟とあるが疑問	江戸か	『梅塵抄録本』	全集390・391 大系127（備考）発句は江戸の町方与力・大椿舎一兆（文化六年九月没）
175	ちひさくも	半歌仙	文化年中	任只 成美 浙江 哀丁 梅寿	成美亭〈江戸〉	『梅塵抄録本』	全集392 大系130
176	数珠かけて	歌仙	文化年中	一茶 白兎 知洞	六川［信濃］	『梅塵抄録本』『哥仙』（春耕筆録）	全集393・394
177	朝からの	歌仙未満	文化年中	鷺白 一茶 成美 諫圃	成美亭〈江戸〉	『茶翁聯句集』	全集394・395 大系131
178	春の夜や	半歌仙	文化年中	成美 一茶 浜藻	成美亭〈江戸〉か	『梅塵抄録本』	全集395・396 大系132

179	初雪や	歌仙	文化年中	春耕　一茶　成布　知一	春耕亭〈高山村［信濃］〉	久保田家蔵真蹟	全集396・397　大系133
180	この次は	歌仙未満	文化年中	一茶　春甫	春甫亭〈長沼［信濃］〉か	『茶翁聯句集』	全集398　大系134
181	小男鹿や	歌仙	文政元年九月	春甫　柏葉　一茶　士英	春甫亭〈信濃〉か	『茶翁聯句集』	『大事典』367・368
182	肘まくら	歌仙	文政元年一月～二月	一茶　素玩	湯田中［信濃］か	素玩編『多羅葉集』（文政元年刊）『梅塵抄録本』	全集399・400　大系135
183	故焦（ふるこげ）を	半歌仙	文政元年二月	素玩　希杖　一茶	湯田中［信濃］か	『梅塵抄録本』	全集400・401　大系136
184	小男鹿や	歌仙	文政元年九月	春甫　柏葉　一茶	春甫亭〈長沼［信濃］〉か	『茶翁聯句集』	全集401・402　大系137
185	蚤飛べよ	歌仙	文政二年六月	一茶　希杖	希杖亭〈湯田中［信濃］〉	『梅塵抄録本』	全集403・404　大系138
186	はつ雁や	歌仙	文政二年八月～九月	素鏡　一茶　魚淵　掬斗　春甫　松宇　文路　春耕　希杖　二休　雲士　呂芳　士英　完芳　柏葉	長沼［信濃］巡回中	一茶遺稿『大叺』	全集404・405　大系139
187	鼻先の	歌仙	文政二年九月	春甫　一茶　松宇　呂芳　素鏡　柏葉　掬斗　士英	長沼［信濃］	一茶遺稿『大叺』『梅塵抄録本』『茶翁聯句集』	全集406・407　大系140
188	杉の木の	歌仙	文政二年九月	春甫　一茶　掬斗　士英　ましと　松宇　柏葉　素鏡　呂芳	長沼［信濃］	一茶遺稿『大叺』『梅塵抄録本』『茶翁聯句集』	全集408・409　大系141
189	黒犬が	歌仙	文政二年九月七日	素鏡　掬斗　一茶　春甫	長沼［信濃］	一茶遺稿『大叺』	全集409・410　大系142
190	外村も	半歌仙	文政二年九月	素鏡　掬斗　一茶　春甫	長沼［信濃］	一茶遺稿『大叺』	全集411　大系143
191	菜畑も	歌仙	文政二年十月五日	春甫　一茶　掬斗	長沼［信濃］	一茶遺稿『大叺』	全集412　大系144

192	耳一ツ	歌仙	文政三年五月	一茶 士祥	一茶宅〈柏原［信濃］〉か	士祥遺稿『旅日記』（『長野』41号〈一九七二年一月〉）	全集413・414
193	腰にさす	歌仙	文政三年五月	士祥 一茶	一茶宅〈柏原［信濃］〉か	士祥遺稿『旅日記』	全集415・416／『長野』41号（一九七二年一月）
194	我門や	半歌仙	文政三年冬	一茶 雲士／宋鵝 雄士	長沼［信濃］	『茶翁聯句集』	全集416・417 大系145
195	片良は	半歌仙	文政四年二月二十五日	皐鳥 稲長 一茶	高山村紫［信濃］	高井野（高山村）紫の天満宮奉納額 一茶自筆（高山村一茶記念館）	全集417・418 大系146
196	名月の	半歌仙	文政四年八月	一茶 四方丸	文虎亭〈浅野［信濃］〉	『茶翁聯句集』	全集418 大系147
197	有合の	歌仙	文政四年九月	一茶 一巴 素外	中野［信濃］か	『茶翁聯句集』『梅塵抄録本』	全集419・420
198	つひに見ぬ	歌仙未満	文政四年十月七日	二休 一茶 春甫	正覚寺二休亭〈長沼［信濃］〉か	一茶遺稿『大叺』	全集420・421 大系149
199	神々の	半歌仙	文政四年十月九日	一茶 完芳 春甫 掬斗 呂芳 素鏡 斗英 魚淵 二休	長沼［信濃］	『茶翁聯句集』	全集422 大系150
200	鶯も	歌仙	文政五年二月十三日	一茶 梅塵 梅堂	梅塵邸〈中野［信濃］〉	『梅塵抄録本』	全集423・424 大系151
201	鳥どもゝ	歌仙	文政五年二月	希杖 一茶	六川［信濃］か	『梅塵抄録本』	全集424・425 大系152
202	かゝる夜を	歌仙	文政五年四月十五日	文虎 一茶	高山村紫［信濃］	『ほまち畑』	全集425・426 大系153
203	掃除した	半歌仙	文政五年十二月二日	士英 春甫 一茶 系寧 魚淵 素鏡 完芳 真之止	長沼［信濃］	『茶翁聯句集』	全集427

204	鶯を	半歌仙	文政五年十二月十一日	希杖　掬斗　春甫　一茶　魚淵	長沼［信濃］	『梅塵抄録本』	全集428　大系154
205	湖水から	歌仙	文政六年六月十七日	一茶　希杖　知洞　文虎　其秋	長沼［信濃］	『梅塵抄録本』『ほまち畑』「一覧集」	全集429・430　大系155
206	月の外	歌仙	文政六年八月二十一日	文虎　一茶	文虎亭〈浅野［信濃］〉	『ほまち畑』『梅塵抄録本』	全集431・432　大系156
207	冬ごもり	歌仙	文政六年十月九日	一茶　文虎	湯田中［信濃］	『ほまち畑』『哥仙』	全集433・434　大系157　『大事典』369・370
208	何事も	歌仙	文政六年十月	文虎　一茶	文虎亭〈浅野［信濃］〉	『ほまち畑』『茶翁聯句集』『梅塵抄録本』	全集434・435　大系158
209	ひとつ松	歌仙	文政六年十月	一茶　文虎	文虎亭〈浅野［信濃］〉	『ほまち畑』	全集435・436　大系159
210	芭蕉忌や	歌仙	文政六年十月十二日	希杖　一茶　楚江	希杖亭〈湯田中［信濃］〉	『茶翁聯句集』『梅塵抄録本』	全集437・438　大系160
211	小座敷の	歌仙	文政七年十一月	一茶　白兎	白兎亭〈小布施［信濃］〉	『梅塵抄録本』『茶翁聯句集』	『大事典』373・374
212	黄鳥や	半歌仙	文政七年一月二十九日	栗之　一茶　文虎	浅野［信濃］	『ほまち畑』	全集439・440　大系161
213	鶴夫婦	三つ物	文政七年一月二十九日	栗之　一茶　文虎	浅野［信濃］	『ほまち畑』	全集440　大系162
214	陽炎や	歌仙	文政七年二月	一茶　梅塵	梅塵亭〈中野［信濃］〉	『梅塵抄録本』	全集440・441　『大事典』371・372　大系163
		表六句	文政七年二月	一茶　梅塵　蘭腸　幻一	梅塵亭〈中野［信濃］〉	『梅塵抄録本』	全集442　『大事典』371・372　大系164　（備考）蘭腸は梅塵の父。俳号梅堂
215	たんぽゝや	歌仙	文政七年二月	蘭腸　梅塵　一茶	中野［信濃］	『梅塵抄録本』	全集442・443　大系165
216	庭の蝶	歌仙	文政七年二月	一茶　素外	中野［信濃］	『梅塵抄録本』	全集444・445　大系166

217	大名を	歌仙	文政七年二月	一茶　希杖	希杖亭〈湯田中［信濃］〉	『梅塵抄録本』	全集445・446　大系167
218	へな土で	歌仙	文政七年二月	一茶　希杖	希杖亭〈湯田中［信濃］〉	『一覧集』	全集447・448　大系168
219	山市の	歌仙	文政七年三月	左介　一茶　蘭腸　梅塵	中野［信濃］	『梅塵抄録本』	全集448・449　大系169
220	辻堂の	歌仙	文政七年三月	蘭腸　左介　一茶　梅塵　洞松	中野［信濃］	『梅塵抄録本』	全集450・451　大系170
221	どふ仕案	歌仙	文政七年三月二十三日	梅塵　一茶	梅塵亭〈中野［信濃］〉	『梅塵抄録本』	全集451・452　大系171
222	気の早い	歌仙	文政七年四月	梅塵　一茶　梅堂	梅塵亭〈中野［信濃］〉	『梅塵抄録本』	全集453・454　大系172
223	すゞしさも	歌仙	文政七年五月	梅塵　一茶	梅塵亭〈中野［信濃］〉	『梅塵抄録本』	全集454・455
224	昼の蚊や	表六句	文政七年五月	一茶　魯恭	一茶宅〈柏原［信濃］〉	魯恭編『糠塚集』（文政八年刊）	全集456　大系173
225	涼しさや	歌仙	文政七年六月	文虎　一茶	俳諧寺（一茶宅）〈柏原［信濃］〉	『ほまち畑』『梅塵抄録本』	全集456・457　大系174
226	蓮の香に	半歌仙	文政七年七月	百堂　文路　一茶	善光寺〈信濃〉	百堂編『みはしら』（文政七年刊）	全集458　大系175
227	松茸や	九句	文政七年七月	一茶　素鏡　士口　呂芳	素鏡亭〈長沼［信濃］〉	『茶翁聯句集』素鏡編『たねおろし』（文政九年三月序）	全集459　大系176
228	月の雲	付合四句	文政七年閏八月	梅塵　一茶　梅堂	柏原［信濃］か	『茶翁聯句集』『梅塵抄録本』	全集459
229	庵先は	表六句	文政七年閏八月十五日	春甫　希杖　掬斗	中島万里亭〈横倉［信濃］〉	『茶翁聯句集』『梅塵抄録本』	全集460
230	一人と	歌仙	文政七年秋	一茶　雨錦	中野［信濃］か	『茶翁聯句集』『梅塵抄録本』	全集460・461

231	見るうちに	歌仙	文政七年十月～十一月	素鏡　一茶	六川〔信濃〕	『たねおろし』巻頭歌仙『梅塵抄録本』	全集461・462　大系177
232	小座敷の	歌仙	文政七年十一月二十五日	一茶　白兎　知洞	六川〔信濃〕	『茶翁聯句集』『梅塵抄録本』	全集463・464
233	味（うま）そふな	歌仙	文政七年冬か	一茶　素外　一巴	六川〔信濃〕	『茶翁聯句集』『梅塵抄録本』	全集465・466
234	かゝる代に	歌仙	文政八年二月	文虎　一茶	文虎亭〈浅野〔信濃〕〉	『ほまち畑』『梅塵抄録本』	全集466・467　大系178
235	今の世や	歌仙	文政八年二月	一茶　文虎	文虎亭〈浅野〔信濃〕〉	『ほまち畑』『梅塵抄録本』	全集468・469　大系179
236	じつとして	半歌仙	文政八年二月二十二日	一茶　文虎　幻一　梅塵　梅堂	文虎亭〈浅野〔信濃〕〉	『梅塵抄録本』	全集469・470　大系180
237	世が直る	歌仙	文政八年三月	一茶　一巴　雨錦　素外　露月	中野〔信濃〕	『梅塵抄録本』	全集470・471　大系181
238	乾く迄	歌仙	文政八年八月	一茶　白兎　露谷	中野〔信濃〕	『梅塵抄録本』	全集472・473　大系182
239	窓先に	歌仙	文政八年八月六日	文虎　一茶	文虎亭〈浅野〔信濃〕〉	『ほまち畑』『梅塵抄録本』『茶翁聯句集』	全集473・474　大系183
240	墨染の	歌仙	文政八年八月九日	一茶　文虎	文虎亭〈浅野〔信濃〕〉	『ほまち畑』『梅塵抄録本』『茶翁聯句集』	全集475・476　大系184
241	淋しさに	歌仙	文政八年八月	一茶　素外　梅堂　梅塵	中野〔信濃〕	『梅塵抄録本』『茶翁聯句集』	全集476・477　大系185
242	粒栗を	歌仙	文政八年九月	素外　梅塵　一茶	中野〔信濃〕	『梅塵抄録本』『茶翁聯句集』	全集478・479　大系186
243	汁の実の	歌仙	文政八年九月	一茶　梅塵	中野〔信濃〕	『梅塵抄録本』『茶翁聯句集』	全集479・480　大系187
244	深川や	歌仙	文政八年九月	一茶　梅塵　痩菊	中野〔信濃〕	『梅塵抄録本』『茶翁聯句集』	全集481・482　大系188

245	深川や	歌仙	文政八年九月	一茶　露谷	六川〔信濃〕	『梅塵抄録本』『茶翁聯句集』	全集483・484　大系189
246	二時雨	歌仙	文政八年十月	一茶　白兎　露谷	白兎亭〈六川〔信濃〕〉	『梅塵抄録本』『茶翁聯句集』	全集484・485　大系190
247	老松や	歌仙	文政九年三月三日	一茶　梅堂　梅塵	梅塵亭〈中野〔信濃〕〉	『梅塵抄録本』	全集486・487　大系191
248	我としの	三つ物（二組あり）	文政九年三月	梅堂　梅塵　一茶	梅塵亭〈中野〔信濃〕〉	『梅塵抄録本』	全集488・489　大系192
249	うぐひすの	歌仙	文政九年三月	一茶　一巴　素外　梅塵	梅塵亭〈中野〔信濃〕〉	『梅塵抄録本』	全集488・489　大系193
250	親竹に	十一句	文政九年夏	梅堂　一茶　梅塵	梅塵亭〈中野〔信濃〕〉	『梅塵抄録本』	全集489・490　大系195
251	門川や	歌仙	文政九年夏	一茶　希杖　其秋	希杖亭〈湯田中〔信濃〕〉	『梅塵抄録本』『茶翁聯句集』	全集490・491　大系196
252	雁が菜も	歌仙	文政九年秋	一茶　梅塵	梅塵亭〈中野〔信濃〕〉	『梅塵抄録本』『茶翁聯句集』	全集491・492　大系197
253	名月や	歌仙未満	文政九年秋	一茶　梅塵　自芸　自芳	梅塵亭〈中野〔信濃〕〉	『梅塵抄録本』『茶翁聯句集』	全集493・494　大系198
254	有難や	歌仙	文政九年秋	自芳　梅塵　一茶	梅塵亭〈中野〔信濃〕〉	『梅塵抄録本』『茶翁聯句集』	全集494・495
255	名月の	歌仙	文政九年秋	梅塵　一茶　自芳	梅塵亭〈中野〔信濃〕〉	『梅塵抄録本』『茶翁聯句集』	全集496・497
256	埋火や	歌仙	文政九年十一月	一茶　文虎	文虎亭〈浅野〔信濃〕〉	『ほまち畑』	全集497・498　大系199
257	上之上	歌仙	文政九年冬	一茶　梅塵	梅塵亭〈中野〔信濃〕〉か	『梅塵抄録本』『茶翁聯句集』	全集499・500　大系200
258	歩行あてゝ	歌仙未満十九句	文政九年二月二十六日	雅堂　其秋　素外　一茶	中野〔信濃〕か	其秋自筆『其秋句控』	『資料集』137〜138
259	春風の	半歌仙	文政九年二月	露月　其秋　一茶	中野〔信濃〕か	其秋自筆『其秋句控』	『資料集』139〜140

260	元日や	歌仙	文政十年一月	一茶　梅塵　蘭腸	梅塵亭〈中野［信濃］〉	『梅塵抄録本』	全集500・501　『大事典』375・376　大系201
261	古き日を	付合二句	文政十年五月	一茶　春耕	春耕亭〈高山村［信濃］〉か	春耕筆録『哥仙』	全集501・502　（備考）春耕の亡父兎園の二十七回忌
262	痩蚤の	歌仙	文政十年閏六月	一茶　素外	中野［信濃］か	『梅塵抄録本』	全集502・503　大系202
263	人の世は	歌仙	文政十年閏六月	一茶　雪路	中野［信濃］か	『梅塵抄録本』	全集503・504　大系203
264	打水や	歌仙	文政十年閏六月	一茶　希杖	希杖亭〈湯田中［信濃］〉	『梅塵抄録本』	全集504・505　大系204
265	田廻りの	歌仙	文政十年夏	一茶　白兎　知洞　有隣	六川［信濃］	『梅塵抄録本』	全集506・507　大系194
266	幸に	歌仙未満	文政十年七月	一茶　白兎　有隣　知洞	六川［信濃］	『梅塵抄録本』『茶翁聯句集』	全集507・508
267	夜な〳〵に	歌仙未満	文政十年七月	一茶　有隣　知洞　白兎	六川［信濃］	『梅塵抄録本』『茶翁聯句集』	全集509
268	七夕や	歌仙	文政十年七月	一茶　希杖　其秋	希杖亭〈湯田中［信濃］〉	『一覧集』『梅塵抄録本』	全集510　大系205
269	雲に山	歌仙	文政十年七月二日	一茶　其秋	其秋亭〈湯田中［信濃］〉	其秋自筆『其秋句控』	『資料集』143〜145
270	死こぢれ	半歌仙	文政十年十月二十五日	一茶　希杖　其秋	其秋亭〈湯田中［信濃］〉	其秋自筆『其秋句控』	『資料集』141〜142
271	座敷から	歌仙	文政十年十月二十六日	先生（一茶）　其秋　一巴　素外　雨錦	其秋亭〈湯田中［信濃］〉	其秋自筆『其秋句控』	『資料集』146〜148
272	世直し	歌仙	文政十年十月十二日	一茶　其秋	其秋亭〈湯田中［信濃］〉	其秋自筆『其秋句控』	『資料集』148〜150
273	木の股に	歌仙	文政十年十月二十日	其秋　一茶	其秋亭〈湯田中［信濃］〉	其秋自筆『其秋句控』	『資料集』151〜153
274	川上と	脇越歌仙	文政年中	翁（芭蕉）　松宇　一茶　春甫	長沼［信濃］	『茶翁聯句集』	全集511・512　（備考）一茶は文政十年没
275	夕がほの	歌仙	文政年中	一茶　呂芳　掬斗　春甫　完芳　杉谷	長沼［信濃］	『茶翁聯句集』	全集513・514

276	芭蕉忌や	歌仙	文政年中	一茶 一巴 素外 梅塵 露月	中野〔信濃〕	『梅塵抄録本』	全集514・515
277	御揃ひや	歌仙	文政年中	一茶 梅塵	梅塵亭〈中野〔信濃〕〉	『梅塵抄録本』	全集516・517
278	鵲鴒や	歌仙	年代未詳	一茶 文木 竜卜	浅野〔信濃〕か	『茶翁聯句集』	全集517・518
279	唖蟬の	表六句	年代未詳	長嘯 一茶 希杖	野尻〔信濃〕か	『梅塵抄録本』	全集519
280	こりよそけへ	独吟歌仙	年代未詳（文化十年以降か）	一茶	未詳	『福寿草』	全集520 『大事典』377・378 大系206／川島つゆ注あり（「一茶の方言連句について」梅光女学院短大『国文学研究』第2号（一九六六年十一月））

一彡と鳳朗
―― 地域文化に貢献した神主

金田房子

はじめに

矢口一彡《いっさん》は、名を以真、通称を牧太郎という。上州八幡八幡宮《やわたはちまん》（群馬県高崎市）の神職で、代々丹波正《たんばのしょう》（丹波守とも）を称した。号は一彡、また生々・生々居・生々庵・生々館。俳諧宗匠・寺子屋宗匠として啓蒙的な役割を果たし在村文化を担った。

矢口一彡と父・正喜の蒐集した蔵書は「矢口丹波記念文庫」と名付けられ、現在もご子孫によって管理されている。この文庫の特徴は、矢口家二代による書写によるものが多く、それらの中に書写者の名や年齢あるいは書写年月日（書写に要した期間までも）記録されているものが多数見られる点にある。

蔵書および文書あわせて二千点以上のうち、俳書は約百八十点程。数からすれば俳書を中心とした文庫とは言えないが、俳諧関係は一彡の俳諧活動を書き留めたものが中心で、地方俳人としての一彡の姿を生き生きと知ることができる点で注目に値する。その中には、天保の三大家の一人鳳朗との交流を具体的に知ることのできる、添削稿や書簡、二条家の御前連歌に関する書き留め等が見出された。

筆者はかつて蔵書の書写者・年月日等の書入れをもとに一彡の業績をまとめた（「矢口一彡年譜稿―上毛八幡矢口家蔵書から―」『国文学研究資料館紀要』三九号、二〇一三年三月）が、その際、生年を天明七年（一七八七）、没年を明治六年（一八七三）とした。この生没年について、それぞれ一年後の天明八年〜明治七年と、お詫びとともに訂正したい。

一彡の生年は、『近代女仇討実記』の書き入れに寛政十一年（一七九九）十二月「矢口氏十三歳写」とあるのを基準としたもので、二年後の『西播怪談実記』に「寛政十三酉年、拾四歳」とあるのを不審としながらも、年齢が名前とともに書かれている方の記載に拠ってしまった。この度科研「近世後期俳諧と地域文化」の取り組みの一つとして正喜・一彡の書き綴った『矢口丹波正日記』を読み進めてゆくうちに、天明七年九月二十二日の記載に「主殿男子出生」とある一方、翌天明八年十一月十三日に「牧太出生、倅家督人出生」という、短いながら喜びに満ちた父正喜の記録があることが判明した。寛政十一年に十三歳であった「矢口氏」は、一彡の一つ年上の従兄か分家の子であったのである。（正喜の弟・新右ヱ門が寛政九年分家している。明治期には、矢口兵部家・新五右衛門家があった。）

生没年を訂正しても矢口一彡の事績を「文政八年まで―「一彡」以前―」「文政九年から弘化元年―鳳朗との出会いと芭蕉句碑建立―」「弘化二年から没年まで―地域の俳諧宗匠として―」の三期に分けた前稿の主旨は変わらないので、次に要点を示しておきたい。

第一期では、鳥酔系の地元高崎俳壇と交渉を持ち、点取俳諧で高点を得ていた。この頃の号は「涼風（蓼風）」であったと考えられる。

第二期は、文政九年（一八二六）に旅の俳諧師・鶯笠（鳳朗）に出会った三十九歳の頃からで、一彡の俳諧は大きく方向性を変えたようである。乙酉試筆（文政八年）の鶯笠自画賛が文庫にあるので、前年にも多少の接点はあったのかもしれない。『矢口丹波正日記』では、文政九年十一月十八日の条に「鶯笠先生来泊」、同二十三日に「鶯笠先生高サキ迄帰る」とあり、鶯笠が矢口家に逗留し、ここで両者の交流が深まったことがわかる。「一彡」の号が見えるのもこの年からである。

第三期、弘化二年（一八四五）に鳳朗が没した後は、次第に江戸の俳壇とは距離を置きつつも、地域の俳諧宗匠としては、門人の句作の添削や点取俳諧の加点など活発な活動を続けてゆく。

一彡が最も鳳朗に親炙したのは、第二期の終わり頃、鳳朗の晩年にあたり、天保十四年（一八四三）の芭蕉百五十回忌に向けて各地で顕彰運動が高まりを見せていた頃とそれに続く時期である。この時期の一彡と鳳朗の交流について、芭蕉句碑建立・鳳朗の添削指導・鳳朗門人永久書簡の三点から、以下に詳しく述べてゆくことにしたい。

一　句碑建立

八幡八幡宮は、ＪＲ群馬八幡駅から西に一㎞ほど、碓氷川左岸に沿った旧中山道沿いに鳥居があって、そこから神社まで七百ｍほどを参道が結んでいる。古代からの交通の要衝に位置し、十四世紀末には既に蔵書があって僧侶が書写に訪れた記録も残る由緒ある宮である（『新編高崎市史』通史編３〈高崎市、二〇〇四年〉）。

八幡八幡宮社殿

矢口家は、代々この八幡宮の二ノ禰宜を務めた。一ノ禰宜は、既に元禄期（一六八八〜一七〇四）に断絶したので、実質的に禰宜職の筆頭と考えてよいだろう。当時は、神仏習合であったから、八幡八幡宮にも別当寺の神徳寺（現存せず）を含む六坊などの寺院があった。江戸時代後期までは、別当寺の力の方が強く、一ノ禰宜原主膳が元禄六年に召し放たれたのも、別当との争いがもとであった。

一彡は、三十代から京の神祇管領家と交渉を持ち、吉田家から神主号を取得。神道関係の書物を書写して教養を深めてゆくと同時に、神勤する側の復権をめざして三ノ禰宜富加津家とともに別当寺に対して実力行使を行ってゆく。時代も、国学の勃興とともに、神道の権威が回復されてゆく時期でもあった。前引『新編高崎市史』にも「天保期にいたり、別当の排除を目的とした様々な行動をとりつつ（中略）公然と神徳寺を訴えるにまで立場を強めていることがわかる」（七三七頁）と記されている。

八幡八幡宮は、多くの神社がそうであったように、地域の文化活動の中心でもあった。『矢口丹波正日記』には、相撲・村芝居・人形操り・談義などの記述が多く見られる。また和算も盛んで、文化七年（一八一〇）・天保五年（一八三四）・安政七年（一八六〇）に奉納された三面の算額が現存する。

この八幡宮の境内（現在は境内の外の斜面）に、天保十五年（一八四四）十月、一彡は鳳朗の揮毫による芭蕉句碑を建立した（揮毫された書幅も軸装されて文庫に現存している）。碑面には次のように刻まれている。

花本大明神

ものいへば唇寒しあきの風

花本老宗匠　鳳朗書

天保十五歳甲辰孟冬日

この句碑建立の相談も兼ねてであろうか、この年の二月、一彡は江戸麻生狸穴《まみあな》坂の鳳朗宅に逗留している（「狸穴坂鳳朗先生方矢口丹波様宛」書簡）。この時期の鳳朗と一彡はかなり頻繁な交流があり、第三節で取り上げる添削や書簡もこの頃のものである。

句碑建立の前年、天保十四年（一八四三）は芭蕉の百五十回忌にあたり、各地で盛んに顕彰の催しや出版が行われた。その最たるものが、鳳朗の申請によって芭蕉に「花本大明神」の神号が授けられたことであろう。

「花本大明神」の許状の一部を次に記す（矢口正治『重修翁祠塚記』〈私家版、一九三七年〉による）。

桃青社

右宣称花本大明神者神宣之状如件

天保十四年九月二十五日　　　神部花押奉

神祇道管領勾当長上侍従　卜部朝臣

この許状を出した卜部家（吉田家）により一彡は文政三年（一八二〇）に神主号を授けられ、矢口家文書に神祇管領長上侍従卜部朝臣良永による「〔神道裁許状〕」「神道加持に関する授与状」が残る。

これにあわせて鳳朗も二条家から「花本宗匠」の称号を受ける。九月二十六日には、二条家で御前連歌（この場合の連歌は俳諧連歌のこと）があり、一彡もこの席に連なっており、殊に御文台開では主事を務めてさえいる。俳諧に熱心であったとはいえ、多くの門人を擁する鳳朗の、さほど高弟とはいえない素人俳家の一彡がこの晴れの席に一座を許されたのみならず、主要な役目に抜擢されたのは、「花本大明神」の申請にあたって、卜部家とかつて交渉した一彡の経験が役に立ち、その功績が認められたからではないだろうか。

地方の一素人俳家の存在が芭蕉の受容史に大きく貢献した例と考えて誤らないと思うのである。

二 鳳朗の添削

矢口丹波記念文庫に、大きさも不揃いで薄手の紙に書かれた句稿の綴りがある（整理番号1545）。句稿綴は十数枚綴られたものが二点。中には表裏に書かれているものもあり、一見反故紙にも見えてしまうのだが、皺をのばして広げてみると一彡の署名があって、これに何人《なんぴと》かの添削が施されている。繰ってゆくとその中の一枚に「鳳朗先生御評」と書かれたものがあり、他の添削も同筆であることから、綴りすべてが一彡が鳳朗から受けた添削であるとわかる。

そのうちの一枚が次頁の写真（鳳朗添削一彡句稿①）に示したもので、句と「右　御加筆奉願上候」までが先に書かれ、添削後、鳳朗から返却されたあとで、余白に冒頭の「愚句御添削御投じ被下候」と「弘化二年乙巳正月」の日付、そして句の後の「鳳朗先師評」の文字が書かれたのであろう。日付や鳳朗の名が記されているものはこの一枚のみである。この年、弘化二年（一八四五）の十一月二十八日に鳳朗は八十四歳で没している。あるいはこれが、一彡が鳳朗から受けた最後の添削であったために特に記したのかもしれない。

以下に鳳朗の添削の様子を見てゆくことにしよう。まずは当該の一枚に書かれた句を翻字し、添削後の句形を矢印の次に示した。

凡《およそ》世の惣領がほや初日の出

〽七草の中でいゝよき薺《なずな》哉
↓七草でいつちいゝよき薺哉
春風にふつ裂れたる氷哉
かほる梅折《おる》や贔屓《ひいき》の引倒し
〽ふみ出した足にさはりぬ春の宵
↓大道が足にさはりぬ春の宵
〽昼日中茶におかされて長□《きカ》哉
↓長き日を茶におかされて寝ざりけり
つゝくべてはねさせたがるとんど哉
〽見た通りなれども朝の柳哉
↓見た通りなれど見かへる柳哉
（筆者注：「柳哉」は見せ消ちのあと
「生ル」〈表記をもとに戻す意〉と傍記）
小松曳梅折などゝ大違ひ
〽霞間のないほど霞つゞきけり
↓霞むべきすきもないほど霞けり

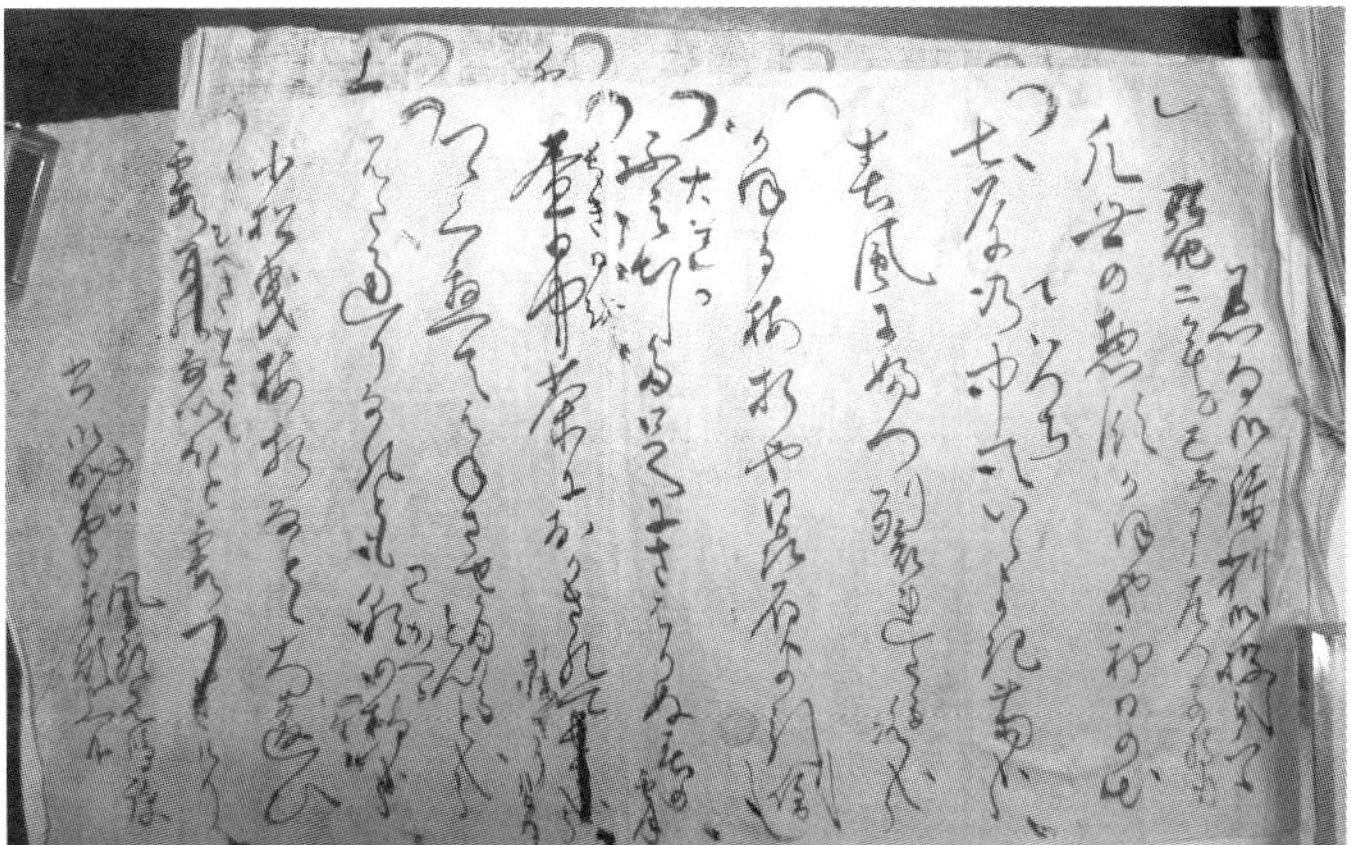

鳳朗添削一彡句稿①

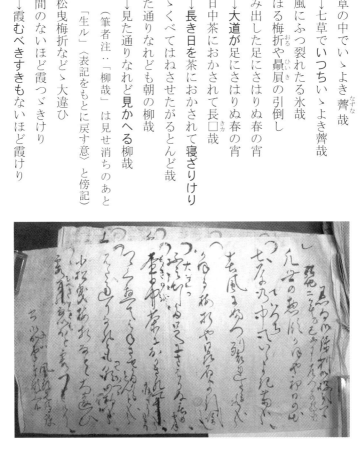

全体的な傾向として一彡の句作の欠点は、頭で考えた理屈で詠んでしまう点にあった。別の紙には、裏に朱で「皆〱作過《つくりすぎ》、行過《ゆきすぎ》、案じ過」と、厳しい言葉でこのような傾向を戒めたものもある。

同様の評は他にもあり、

はね起て見る朝皃《あさがほ》やわかれ霜

という句には「朝皃」の右に丸印を付して「捜過也《さがし》」という評がなされている。感覚的なひらめきで詠むのではなく、新奇な趣向を頭の中で探して句にすると、そこからわざとらしい取り合わせが生まれてしまう。それを鳳朗は「捜過」とたしなめたのである。「別れ霜」は忘れ霜とも言って八十八夜の頃に降りる霜で晩春の季語。朝見た景色の驚きを表現しようとしたのだとしても、朝顔との取り合わせは季節外れで違和感の方が勝ってしまう。

同じ紙には、もう一句「別れ霜」の句が書かれている。「別れ霜」という兼題で案じた二句であったのだろう。

水かけて菰めくる木や別れ霜

これには「理《ことわり》也」と書き入れがされている。霜が降りたときには水をかけて溶かして菰をめくるのだということは、実体験ではあっても詩情は感じられず、説明になってしまっていると評している。

また他の紙では、

春の〻《野》やくづれた家はうつとしき

という句に、「是は只事《ただごと》に落《おつ》」—あたりまえすぎですという評が添えられている。思わずごもっともと微笑んでしまいそうな評である。

*

鳳朗の添削の評語には、表現論に関わるものも若干ながら見られる。例えば、

むすばずに拝んで戻る清水かな

については、「拝んで」を「惜んで」となおした上で、「神洗水か何ぞと見てはふるし」と言う。

では「ふるし」とは、どういうことなのだろう。やや回り道になるが、鳳朗の言葉から探ってゆくことにしたい。

このような表現論は、鳳朗が江戸に出て、対竹から鶯笠に改号した頃に世に問うた『芭蕉葉ぶね』

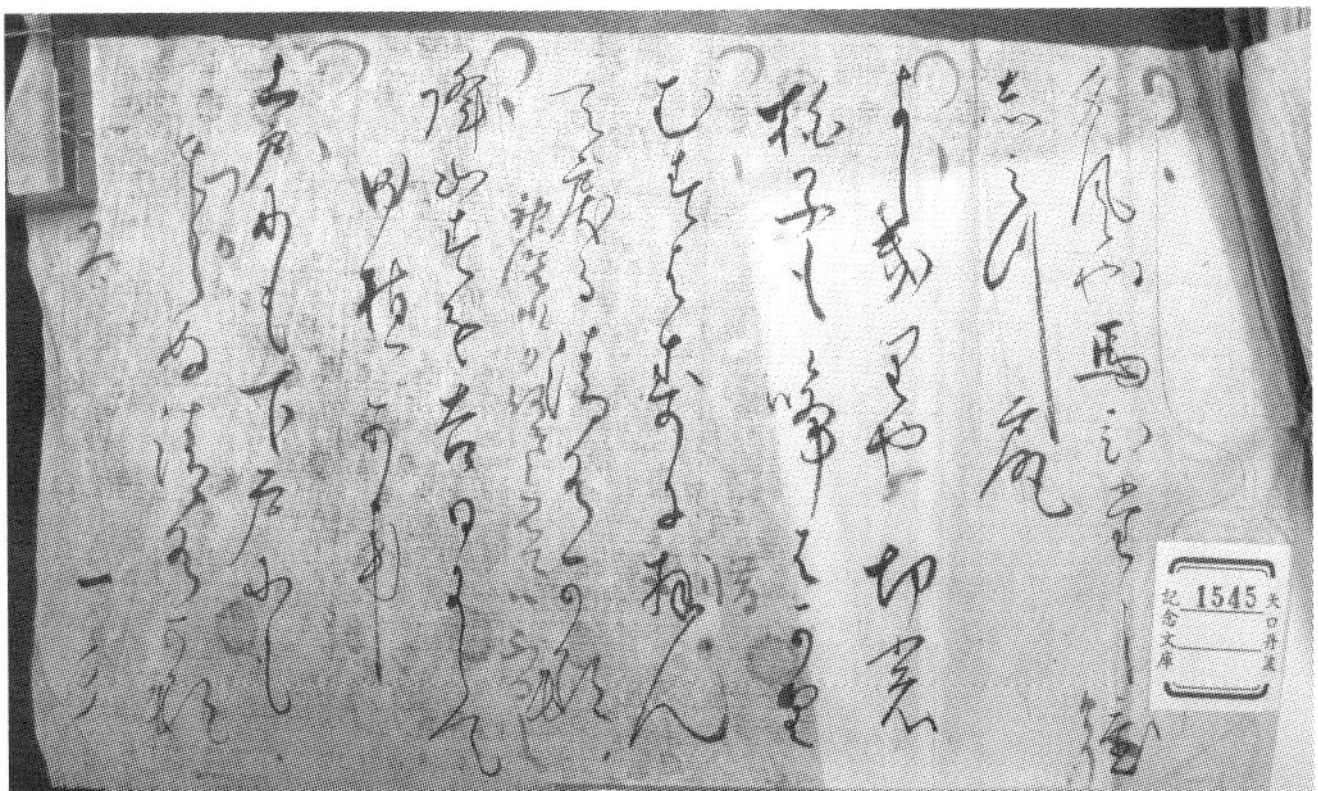

鳳朗添削一彡句稿②

（文化十四年〈一八一七〉刊、鶯笠（鳳朗）著・広陵編・一茶校合）の中にまとまって見ることができる。この年鳳朗は五十六歳。この中で、士朗・道彦・成美といった大物から無名の作者、そして「対竹」号の自句をも含めた同時代の句を例にあげて解説してゆく構成である。

まず「句の活所なく居付て死物と成り、しかも古みに落る躰」として、

花芥子のちらずに鐘の鳴る日哉　a

土手下《くだ》り篠笹《しのざさ》つゞくほたるかな　b

を悪い例として挙げたあと、次に良い例を示す。次の二句が良い方の例である。

＼花芥子のこらゆることよやまの鐘　宇橋

＼土手くだり篠をこぼるゝ蛍哉　北尼

同時代の作者の句を良い方の例として後に挙げて、あえて改悪した句を作って悪い例として示している。比べれば答えが出るはずなのだが、しかし「古み」の意味は、作例からは釈然としない。

例えば悪い方のａに詠まれたとても散りやすい芥子の花が鐘の音に散らないというのは、古いというよりは、ただ単に本意に反した詠み方にすぎない。和歌に、

山ざとのはるの夕暮きてみればいりあひの鐘に花ぞ散りける　能因　（新古今集）

と詠まれて以来、鐘の音は花を散らすものとして詠まれるべきものなのだ。それは「花をふん

で鑪鞴《たたら》うらめし暮の声（鑪鞴は鐘を鋳るときに使うので）」というぬけ風の代表とされる談林時代の高野幽山の有名な句があるほどにあまりに当然の常識で、それを破ることが「古い」というのはあり得ない。

また古く貞門・談林の時代であれば、芥子は「芥子坊主」や「芥《あくた》」などとの語呂合わせで詠まれることが一般的であったが、この例の場合はそれにもあてはまらない。

良い方の例に挙げられた宇橋の句の「こらゆる」であれば、芥子の花の散りやすいことを前提として、その上で散らないでほしいという気持ちをこめて感情移入して詠まれており、越人の「散るときの心やすさよけしの花」（『猿蓑』）に近い。越人句では、作者の散ることを惜しむ気持ちが、逆に花の側の「心やすさ」として表現されていた。たしかにこちらの方が良いことはわかる。

またbの「土手下り篠笹つゞく」では、「土手を下ってゆくと篠笹がずっと生い茂っている」と、上五中七までが単なる土手の描写となってしまい、「ほたる哉」が唐突で動きも感じられない。北尼の句の「篠をこぼるゝ」が、蛍の動きが目に浮かぶようであるのに比べて句として良くないことはよくわかるが、この句においても、どの点を「古み」と評したのかははっきりしない。bが「篠笹」と「蛍」とを継ぎ足したような句であることから、あえて考えれば、叙景における安易な取り合わせを指したものだろうか。

『芭蕉葉ぶね』においては、他に、葛飾派を批判した文脈の中で「古み」という言葉が使われている。

かの葛飾已下の人々とたまさか風交して其違目《たがいめ》を試るに、伝道の衰よりおこりて活所をうしなひ給ひしなり。其故に死物となりて悉《ことごとく》古みに落、心足居付て一歩もはこぶことあたはず。たとへば有情を細工にうつして、又それがかげぼうを見するがごとし。(中略)俗中の俗に落《おち》いるもの多くして正調も備らず。

葛飾派の人々の句作が、「活所」を失って「居付」き「古み」に落ちたという批判は、a・bの具体例に書かれた注記と共通している。「居付」とは、現代も用いられる武道の用語で、宮本武蔵の『五輪書』でも使われている。心にとらわれがあったり弛みがあったりして、本来の集中力を欠くことによって生じる状態で、身動きできないことだけではなく、体がすくんだり動きが鈍くなることも言う。これを句作にあてはめれば、心が集中して澄んだ状態にはなく、散漫で鈍い状態にあることを言うのであろう。これを葛飾派の現状として、対象への感動がないまま、形ばかりで魂がこもらない句を詠んでいて「俗中の俗」に陥ってしまっていると批判するのである。生き生きとした感動のない平俗な句を指して「古み」と言ったと理解して大きく誤らないであろう。

ここで振り返って句稿綴の一彡の句を見てみよう。一彡は、清らかな湧き水を「神洗水」と見立て、手でくみ上げずに「拝んで」帰ると詠んだ。鳳朗はこれをただ素直に「惜んで」と詠むべきだと添削する。清水を結ぶのが惜しまれるというのはむしろ伝統的な、言ってみれば「古い」表現にも思えるのだが、鳳朗は気持ちを率直に表現するのが良いというのである。清水を「神洗水」と見立てることを「ふるし」と批評したのは、そこにわざとらしい作為を見たからであろう。神職の一彡にとっては、ごく自然な感情であったのかもしれないのだが。

三　一彡宛永久書簡 ―― 鳳朗の最晩年 ――

鳳朗と一彡の親しく交流した天保の末年頃、鳳朗の最も身近にいた弟子に永久という人物がいる。矢口丹波記念文庫には、永久から一彡に宛てた書簡が八通（整理番号1565に六通、矢口家文書667・700）残されていて、これらの記述から永久が鳳朗の日常の世話をしながら地方の門人との連絡にあたっていたことがわかる。鳳朗の近況についても触れられているので、この節ではこれらの書簡の記述から最晩年の鳳朗の姿を垣間見ることにしたい。

永久は吉田氏。生没年など詳しいことはわからない。即事庵と号し、詠久と書くこともある。平林鳳二・大西一外『新選俳諧年表』（書画珍本雑誌社、一九二三年）には、

詠久、吉田氏、称久四郎、即事庵、龍空と号す、江戸人、嘉永年中。

と記載されており、江戸の人で嘉永年間に没したという。

矢口丹波記念文庫蔵、文政九年（一八二六）鶯笠序『書画帖』の末尾近くに、

灯の消えたやうにも暮ず雪の空　　永久

の書き入れがあるのだが、この頃から交流があったとは考えにくい。この句は天保十一年（一八四〇）刊『続有磯海集』（『続礪浪山集続有磯海集』下）に載っているものなので、歳月を経た後に余白に書き入れたと考えた方がよいだろう。

句集で名をしばしば見かけるようになるのは、天保七年（一八三六）頃からで、鳳朗が入集している俳書の中に江戸の所書きで永久の名を見ることができる。

天保十三年（一八四二）二月十五日、十二律の社友の一人として『続俳諧十二律』第六巻を刊行し、末尾に「撰者　鳳朗門人　吉田氏　永久」と、鳳朗の門人であることを誇らしげに記している。これに永久の父親がこの年九十歳を迎えたのを寿いだ鳳朗の句が載っているので、永久はこの頃少なくとも六十歳前後にはなっていたとみてよいだろう。

鳳朗の没後には、弘化三年（一八四六）霜月二十五日に谷中天王寺で催された一周忌追福脇起俳諧の発起人として名が見える。鳳朗の「はつ雪や花なつかしく散こぼれ」を立句として、永久が脇、西馬が第三を付けており、「満座一順」とする連衆には、茶静・逸淵・遅流・竹烟・四山（松平直興・出雲母里藩主）らの名が見える。これには一彡の名は見えないが、清書された懐紙が矢口家に保存されている（矢口家文書31）。

さらに鳳朗三回忌の弘化四年（一八四七）にも手向集を編纂・刊行した〔鳳朗三周忌手向集〕綿屋文庫・「自然堂鳳朗居士三周忌碑前手向」糸魚川市歴史資料館）。東北から四国・九州まで全国の門人の句を募り二九四句を収録したもので、これには一﨓の句も載る。

その二年後、嘉永二年（一八四九）に『鳳朗発句集』が西馬（一八〇八〜五八）の編で刊行され、その校合者として、可布庵逸淵・梨雪舎隺翁と並んで「即時庵詠久」の名が見える。西馬は逸淵の門人で高崎の出身。この頃は江戸に住んでいた。

嘉永四年（一八五二）の鳳朗の七回忌集は逸淵が編纂した。所収「鳳朗居士七回忌追福脇起一順俳諧之連歌」には、逸淵が脇、四山が第三を付け、「詠久」は六句目。発句一も収録されているが、高齢のためか鳳朗門流の中心からは退いていたもののようである。同じく四年に『鳳朗発句集／二編』が西馬の編で刊行されており、下巻の諸家の句を収めた中にも詠久の句が一句見える。

＊

矢口家に残る八通の一﨓宛永久書簡の日付は次の通りである。

（□の中の数字は整理番号1565の書簡を保存した封筒に付された通し番号。なお、封筒では永久の書簡が一部「宗久」と誤記載されている。）

7：閏九月十日付／8：十月十八日付／9：極月十八日付／10：菊月廿日付／11：十月

十日付／15：正月廿二日付／矢口家文書667：菊月十七日付／矢口家文書700：霜月五日

これらの書簡に年次が記されたものはないが、「閏九月」のある年は限られているので、7の書簡が天保十四年（一八四三）のものであることが明らかである。書簡の内容にも、

老人も先月廿六日、兼而之《かねての》大願成就致《いたし》、殿中連歌も同日ニ相済《あいすみ》、いづれも来《きたる》十月早々帰着の趣、晨支ゟ申越《よりもうしこし》候。

（鳳朗老人も先月二十六日にかねてよりの大願を成就して、二条家殿中連歌も同日に済み、二人とも十月早々には江戸に帰着すると晨支から連絡がありました。）

と、同年の二条家御前連歌を終えたあとの鳳朗の動静が伝えられている。晨支は本名岡田長蔵。別号、戸岳。信濃国高岡村新井の人ではじめ白斎門。江戸に出て鳳朗に師事し、執筆を務めた（『俳文学大辞典』）。天保十四年没とあるので、鳳朗とともに京から帰って間もなく病に倒れ急死したのであろうか。『新選俳諧年表』に享年三十九歳と伝える。

11は、追而書に、「老人は廿日には帰庵」と記されているので、十月早々とされていた鳳朗の帰着が遅れることを伝えたもので、やはり天保十四年（一八四三）の書簡と考えられる。

8の書簡は短いものだが、「老人」が不在で「誠、庵無人ニ而《て》閑か」と、鳳朗の留守が伝えられている。7の書簡で鳳朗が十月早々に江戸に帰ると伝えられた一彡が、早速伺いの手紙

を出したのに対して、未だ帰庵していないと返信したものであろう。鳳朗の江戸着が遅れ二十日になることを十日付で知らせた[11]の永久の書簡と、一彡からの書簡が入れ違いになったので、再度連絡したのである。従って、これも天保十四年の書簡とみることができる。

矢口家文書７００は、

然者《しかれば》此度翁之碑御社内御建立□□（紙継ぎの下で読めず）、御親友の御方被遣《つかわされ》、委細《いさい》承知《しょうち》
仕《つかまつり》候。

とあるので、句碑建立の天保十五年（一八四四、十二月二日に弘化と改元）のものであることがわかる。

一彡に家相方位をみてもらったことが書かれており、一彡の神官としての知識（矢口丹波記念文庫・矢口家文書には占卜の書も多くみられる）が役立てられていた。

矢口家文書６６７は、執筆年は不明であるが、「菓子料御心遣被下　甚《はなはだ》痛入候」、さらに、「たにさく四葉遣し四季句」を頼んだが「同季句出来」してしまったといった文言が見られるので、本書所収コラム拙稿「菓子料」で紹介した一彡・鳳朗往復書簡（整理番号１５６５）に対応するもので、同じ年の九月十七日に書かれたものと推察できる。

[10]については、「老人も無事に候間、御安意可被下候」と、鳳朗の無事が伝えられているが、いつの九月か知る手がかりはない。

最後に、残る極月（十二月）十八日付の[9]と正月廿二日付の[15]の書簡について詳しく見てゆくことにしたい。

[9]では、

老人十一月七日ゟ、半身不随之様ニ而、大ニ驚申候。社中入代り夜伽等致候。近く全快ニ趣申候。

（鳳朗老人は十一月七日から半身不随のような状態になり、とても驚きました。門人が交替で徹夜の看病などをしました。近頃になって全快のほうへ向かっています。）

と、鳳朗の近況が報じられている。

[15]の書簡は、「玉句いづれも感吟仕候中「七草のいゝよき」分て感心仕候」という言葉が年次を知る手がかりとなる。

一彡が伝えた近詠についての、少し社交辞令も含まれた褒詞であるが、この句は前節二に挙げた「弘化二年乙巳正月」の日付のある鳳朗の添削句稿に見られる、

七草の中でいゝよき薺哉（「七草でいっちいゝよき薺哉」と添削された句）

を指したものである。とすれば、この書簡も鳳朗が八十四歳で亡くなる年、弘化二年（一八四五）の正月のものと見ることができる。

ちなみにこの句は、一彡にとっても自信作であったらしく、弘化二年（一八四五）跋、百丈

編『宿のうめ』に、「七草のいっち言よき薺かな　上毛　一イ（ママ）」として入集している。

この手紙の要点は二点ある。一つは、鳳朗の病状についての記述である。

一旦ハ全快致候《そうら》得《え》共《ども》、中〳〵是迄気力無之《これなく》、当春於も、二度程心配致候。

と、一旦は全快したものの気力が戻らず、新春も二度ほど心配したことがあったことが記されている。この書簡は、おそらく半身不随の状態になったものの全快に向かったという9の続報ではないかと推察される。とすれば9は弘化元年（一八四四）末のものとなる。

要点の第二は、鳳朗が揮毫する予定であった碑石についての記述である。この碑石に関わる記述にも、亡くなる前年に鳳朗の老衰が進んでいたことがうかがわれる記述がある。

然者《しかれば》、碑石之儀御図取日越被成《なされ》、直様《すぐさま》庵へ遣し申候処、西馬子ゟ委細承知致候。全ク老人心得違ニ而、未書不申《いまだかきもうさず》ト存被居《ぞんじおられ》候由ニ而老人ゟ右之趣御返書可申上《もうしあぐべく》候由、西馬子ヨリ申上候儀も一向存不申《ぞんじもうさず》候。（中略・筆者注：先に記した鳳朗の病状が記される）右故一向筆取も不致候間、急々と出来兼可申候。其上先頃之筆意ニハおよび申まじく候。西馬も左様申し居、全ク老人間違ニ而申上候由《よし》彫之処御如才ハ無之《これなく》候得ども切〳〵ニ致は任可申《まかせもうすべく》候。

御工風可被成候。

繰り返し述べられる「老人心得違」「老人間違」とは、鳳朗が句碑に揮毫をし碑面の図取りの日も決まっていたが、揮毫したことを忘れてしまって許可しなかったということを指すのであろう。西馬が申し上げたことも全く知らない状態だったという。認知症のような症状であろうか。省略した部分にも医師が「老病」と言ったことが書かれている。

改めて書くとしても、「一向筆取も不及《およばず》候間、急々と出来《いでき》兼可申《かねもうすべく》候」この頃は一向に筆を取らないので急にはできかねるだろう、また書きあげたとしても、「其上先頃之筆意にはおよび申まじく候」――以前のような筆意は望めないだろう、と、側近くで姿を見ていた人物なればこその、現実を見据えた冷たくも思える言葉を永久は綴る。なお、弘化二、三年（一八四五、四六）頃に建てられた鳳朗書の句碑は現存しておらず、この計画は実現しなかったようである。

以上のように、矢口丹波記念文庫所蔵の八通の一彡宛永久書簡は、概ね天保十四年（一八四三）から弘化二年（一八四五）までの三年間に書かれたものと考えられ、この間、一彡と永久とが非常に密に連絡をとっている様をうかがい知ることができる。

おわりに

天保十四年（一八四三）、八十二歳で江戸から京まで往復して二条家の御前連歌に連なった鳳朗であったが、翌年末には病床に伏し、体力の面でも知力の面でも衰えつつ八十四歳の最期を迎えた。その三回忌を執り行った永久も、嘉永のはじめ頃には世を去ったと考えられる。一彡は永久編の鳳朗三回忌集には句を寄せているが（「上毛　一彳」が一彡と考えられる）、七回忌集には名前が見えず、鳳朗没後には江戸の俳壇との関わりは持たなかったようである。

しかし、地域の俳諧宗匠としては活発な活動を生涯続けている。一彡が加点したものとして、矢口丹波記念文庫に「月並会句合」「春季句合」「奉灯句合」「花見月奉灯句合」、高崎市立図書館俳山亭文庫に「奉灯発句合」「八幡宮奉灯句合」「菊月八幡宮奉燈句合」「観世音奉灯発句合」が残る。

点取俳諧は地域の文化的娯楽として人気が高く、一彡はその指導者として欠かせない存在であった。それだけではなく、地域の寺子屋宗匠としても、地域文化に大きな役割を果たしていた。当時寺子屋で学んだ世代からの聞き取りによれば（『群馬県庶民教育（寺子屋）調査報告書』一九三六年）寺子屋のほとんどが無償であったことがわかる。知識のある者が、本業の収入で教育の場を営み「人」を育てるということが当然のこととして行われ、利益ではなく尊敬を受け取っていた。一彡も地域の人々から「丹波様」と慕われていたことが伝えられている。

神社という地域の核において、一彡はもとより神官としての本業において占卜や祓い等を行い、地域の人々と密な関わりがあった。さらに俳諧や教育といった文化活動においても指導者としての役割を担い、地域文化に貢献したのである。

付記

本稿は、本文中に挙げた他に、次の拙稿をもとに書き改めたものである。

「上毛の俳諧宗匠・矢口一彡をめぐる人々―春秋庵一門と和算家―」（『清泉女子大学人文科学研究所紀要』三八号、二〇一七年三月）、「鳳朗の添削―矢口丹波記念文庫資料から―」（『俳文学報　会報大阪俳文学研究会』五一号、二〇一七年十月）、「最晩年の鳳朗―一彡宛吉田永久書簡から―」（『俳文学報　会報大阪俳文学研究会』五二号、二〇一八年十月）。また矢口家の蔵書についての研究として、紅林健志「高崎矢口家における筆写活動―写本の奥書を中心に―」（『調査研究報告』三四号、二〇一三年三月）がある。

上州の句碑・鳥酔

和田健一

上州高崎城下から西に中山道沿いにある堂宇・万日堂（高崎市下豊岡町）に「おもしろひ／ゆめみる／かほや／涅槃像／露柱堂鳥酔居士」と刻まれた句碑がある。背面には「安永四年乙未春／椿山田忠書／高崎驛／四芔菴連」とあり、同年の鳥酔七回忌に合わせて四卉庵孚石や語竹庵連中が編んだ句集『はいかゐ涅槃像』が出版されている。同書には高崎のほか、松露庵烏明・雨什、加舎白雄らが名を連ねている。また、鳥酔七回忌の命日四月四日には、盛大な落慶式と句会が開かれた事が記されている。

句碑は、万日堂の本尊「みかえり阿弥陀」（高崎市指定文化財）に由来し、近世には損傷によって阿弥陀像が横たえられていたとされ、その姿を、鳥酔の涅槃像に見立てたと考えられる。ここでもう一度碑を観察してみると、丸みを帯びた安山岩の自然石で、仏像の顔のようにも見える。

さて、上州を南北に貫く三国街道に近い利根川と吾妻川の合流点に、中世の城・宿跡である白井の地がある。同地の北方の古刹・双林寺（渋川市中郷）にも鳥酔の句碑がある。覆屋内の火山岩の台座上に三面の自然石が据えられ、正面に「鳥酔翁冢」[1]と刻まれている（群馬県指定史跡）。側面1は

「明和六己丑歳四月四日／卒今以翁之遺歯并当山／之吟虫聲之短冊瘞於此／干時安永八巳亥八月」とあり、安永八年（一七七九）八月に鳥酔の歯と吟詠の短冊を埋めて碑を建てたとある。また側面2は「僧に法無しにこゑあり夜もすがら／小見鳥路／小菅右龍／志羅雄坊／建」とあり、地元白井連俳人と加舎白雄が建てたとある。

ところで生前の鳥酔は、自らの姓「白井」と同じ中世の白井氏・白井城に強い関心を示した（鳥明『俳諧白井古城記』）。句碑に立ち戻ると、多くの学僧が学んだ双林寺では、夜もすがら「僧に法」（読経＝追善供養）が止まず、境内の「虫の声」（秋）と響きあい、建立の八月(2)とも対応している。白雄たちは、鳥酔十一回忌の年に、師の愛した白井にぴったりな句を碑に刻んだと考えられ（白雄『春秋稿初篇』）、近世人の風流の仕掛けには驚かされる。

さて鳥酔没後、松露庵を継いだ鳥明から破門された白雄は、当該句碑建立の翌年に江戸に春秋庵を開いている。つまりこの碑は、白雄の鳥酔の供養と同時に、松露庵への決別と、彼の新たな活動の始まりの記念碑ともいえよう。

注（1）『春秋稿初篇』では「冡」だが、碑は「家」である。

注（2）『春秋稿初篇』では「七月」だが、碑は「八月」である。

梅室と加賀藩の俳壇
——加賀蕉門の継承

大西紀夫

はじめに

地方の広範囲の人々が俳諧を嗜むようになったのは、蒼虬をはじめ梅室ら天保の俳人達が炭俵調を提唱したからである。特に連句においては、式目などこだわらない自由なところや句の内容が俗談平話で自分達の身近な生活を詠むことが出来るなど、それなりに俳諧に励めば、気軽に連衆に加わることが可能だったからである。

これは、ちょうど化政期（一八一八〜三〇）より全国的に流行した清新性霊派の伝播とよく似ている。市河寛斎および弟子の江湖社の連衆の漢詩が地方の人々を惹きつけたのは、その内容の平易さと漢詩の題材が自分たちの身近な生活に基づいたものであったからである。当時人気の漢詩人大窪詩仏などは、地方に盛んに遊歴して平易な漢詩を指導し、地方の人はその唱和を楽しみ、その交遊を記念して漢詩集を刊行した。

一方、俳諧においては、地方への遊歴は、乞食行脚に近いものもあったが、当時の全国版の俳諧番付(1)の上位に載るような俳人は地方でも大きな歓待を受けた。まして梅室のような番付で西のトップに来るような俳人であれば、地方の人達は挙って交誼を求めたのである。

梅室が金沢に二十七年ぶりに江戸から帰郷した時など、その途中、交誼を求める人があまりにも多く、五月の初めに出立したものの、金沢に到着したのは冬の十一月のことであった。実に半年もかかっている。それほど地方の俳諧を嗜む人々は、この宗匠を引き留め、指導を仰ぎつつ、連句の興行にも同座したがったのである。越中では梅室の通過後、梅室同座の連句八巻と地元の人達の発句が集められ俳諧選集が刊行された。これは『己之中集《こしなか》』と題され、地元出身の行脚真葛坊という俳人が中心になって編集・刊行された。

一　梅室と連句

市橋鐸「天保俳諧史」(『俳句講座』1俳諧史　明治書院、一九五九年)の中の「天保の連句」に次の文章がある。

この時代は特に連句を重んじていたので、発句しか詠めないような片輪者はいなかった。

行脚俳人が相手に自己の力量を試されるのも付合の巧拙だった。三十棒食らって退散を余儀なくさせられるのも、この道の未熟からだった。だから俳人ともあろうものは、いわゆる「その制作に必要な知識・経験・法則の運用にも、人を首肯せしめる」だけの錬磨を必要としたのである。俗調と軽蔑されてはいるけれど、その俗調に到達するにさえ、努力と精進を積み重ねなければならないのである。当代の俳諧は『炭俵』の軽味を範にしたという。この傾向は突如として起ってきたものではなく、すでに前代の末期にそのきざしは見えていたのである。

天保の寵児ともいうべき梅室は、連句の達人であった。出自が刀研であったから、俳諧の技を磨くのにも職人的であった。その生涯に物した俳諧は、膨大な数に上る。出版された俳書に載るものだけでも相当数に上る。石川県立図書館の月明文庫にある梅田江波が編集した写本『老師俳諧草』横本三冊を調査された山根公「加賀俳人桜井梅室覚え書―生涯・発句・俳諧集―」(『国文学論考』九号、都留文科大学、一九七三年三月)によれば、全部で三百四巻の連句を数えるという。化政期(一八一六～三〇)のものは、年刊選集『四時行』や弟子達の私家選集にあるぐらいで少ないが、相当数が天保(一八三〇～四五)以降のものである。これに漏れたものも相当数あると思われる。「文台引きおろせば反故」であったろう初期の修行中の草稿類など、膨大な量にのぼろう。まさに質よりも量で、金沢滞在中でも写本のものも今日一部が残るが、もっと多くあったろう。

市橋氏が「軽蔑されてはいるけれど」と言う俗調ともいうべきこの頃の梅室の炭俵調の俳諧はこの時代を席巻したのである。

二　梅室と炭俵調

匿名の作者行過大人著『俳諧者流　奇談夢之桟《ゆめのかけはし》』（天保五年〈一八三四〉刊）の「半化　素芯ヲ論ス」で、庚寅（天保元年）の春、闌更の亡霊が梅室の夢に現れて諭す。当時飛ぶ鳥も落とすほどの人気の梅室をその俳諧活動だけでなく、私生活までも批判するなど江戸後期のジャーナリズムの一端がうかがわれて興味深い内容になっている。曰く「汝、近年炭俵調を唱え、軽みの俳諧を専らに行事、愚老（闌更）が在世の時とは齟齬すれども、是翁（芭蕉）の微意にて頗る満足此事なり」と炭俵調の流行を好意的に述べているが、市橋氏は「すでに前代の末期にそのきざしは見えていたのである」と述べているが、この軽みの炭俵調が始まったのはいつであろうか。

大坂の八千坊一肖は、『郷布李集《さとぶり》』（『方圓俳諧集』天保十二年〈一八四一〉序）の序文で、次のように述べている。

風調に平淡を好み炭俵々々と言のゝしるも既に二十年に及べり。しかふして諸家より顕はる々書、炭俵の真面目を得たるはなし。こは元禄の吟徒、其時ふたゝび、唫会すとも其差はさるを得んや。されば今人強て炭俵の調を擬せんとするも、又むかしになづみて、翁の自然に違へること明らかなり。爰に梅室先生一度京師を発して西海に曳杖し、武江に住し北越を経て旧里に年を越給ふ。凡二十余年の間、風調頻りに改りて、年々人の唇を寒からしむ。祖翁の曰「連句には吾已に老骨を得たり」と。先生も其老骨を得られたれば、駕のとゞまる処、杖の至る処、教へに化せずといふ事なし。去己亥（天保十年）、此地に冬籠りせらるゝに、浪花人こぞつて旅窓の閑を訪ふもの日々にしげし。已にして六々唫満尾するを、校合して郷ぶりと号く。

人々は、「平淡を好み炭俵々々と言いのゝしる」と炭俵調が流行しはじめて二十年になると言っている。二十年前といえば、文政（一八一八～三〇）の初期のことになる。この後に、「又二十年前、道彦先生上遊時、梅先生両吟あり。世に珍らしう取はやしたり。是平淡に移るの始めなり」とも述べている。鈴木道彦の上洛は、文政元年のこと、ほぼ二十年前である。この時、梅室と両吟歌仙を興行している。これは世間を大いに沸かせたようで、平淡炭俵調も認知されたのである。もっともこの道彦と梅室の両吟歌仙は、玉蕉庵芝山著の『高館俳軍記』（文政元年刊か）なる俳論書によって批評されるが、逆に梅室の宣伝にもなったのである。梅室はこの後自信を持って炭俵調を推し進める。ちなみに、道彦は、越中・越後・信濃を経て江戸に帰っているが、帰着後まもなく類焼に遭い、翌二年に没している。

三　氷見町での炭俵調

加賀藩の越中の氷見町で年寄を務めた田中屋権右衛門の日記『応響雑記』[2]の文政十年（一八二七）六月十一日の条に、次の記載がある。

十一日天晴　七ツ時より曇る。

蚤おふや昼の寝起の卑怯ぶり

夜ニ入、布世丸子来たり。咄の内、すみだわら流行仕、名人連、専ら炭俵の躰を好ミ申由、十丈子より承り候旨被咄候。予が句の内評をうけ候。

ほと〻ぎす同じ夜もなく俄雨

蚊の中や舟から戻る人に逢う

蚤の句にしても、十丈より内評をうけた二句にしても、いかにも炭俵調であるが、この流行が、情報としてはこの越中の僻邑に伝わったのは文政十年（一八二七）であった。これをもたらしたのは、氷見に帰郷していた梅室の弟子布世丸と同じ弟子の行脚十丈である。十丈はこの年の五月二十八日に氷見にやって来て、二ヶ月にわたり滞在していた。

『梅室紀年録』によれば、布世丸が京都で梅室と同居していたのは文化七年（一八一〇）で、この時十丈も義仲寺の閑斎、岱雲とともに入門している。京都に居住してまもない梅室の俳諧は、もう炭俵調に移っていたのであろうか。十七年前のことである。十丈は十丈園天然で、氷見滞在二ヶ月の間に、風雅堂という俳諧仲間が集って交流する場所で地元の人たちと俳諧興行している。この時、加賀元吉湊の春輝（妙観屋嘉蔵）という富商が舟で氷見湊に来ていて、奥州三春出身の南鶴という行脚も加わり盛大に興行している。連衆は春輝・月江（権右衛門）・十丈・南鶴・布世丸・斗山（氷見の人）で、歌仙であった。合間には、将棋を始めたり、酒肴を交え、三日かけて歌仙を満尾している。平淡炭俵調を実践したのであろう。

この後も風雅堂では十丈と堂主の六葉の両吟などが試みられ、翌文政十一年（一八二八）には、前年、江戸で、梅室の傍らにいて薪水の功を積み、師の後押しがあって俳諧選集『草わけ』を刊行した、富山生まれの雲布が氷見に来遊している。

四　梅室帰郷と金沢の俳壇と『梅室両吟稿』

梅室が、二十七年ぶりに金沢に帰郷したのは、天保五年（一八三四）十一月二十二日であった。上洛したのは、文化四年（一八〇七）九月、三十九歳の時で、帰郷時は六十六歳の高齢で、転居した江戸で二度目の類焼に遭い、これを転機として故郷金沢で先祖の供養も営むとともに、老いを養おうと思ったのであろう。ところが、金沢の俳壇は、一昨年の蒼虬の帰郷に次いで地元金沢出身の大宗匠を歓迎するとともに挙って交誼を求めたのである。その結果が『行々子』(天保七年刊)、『梅室両吟稿』(天保九年刊)に結実するのである。前者には歌仙四巻を、後者には、三十二巻を掲載する。『梅室両吟稿』所収の俳人はいずれも金沢住で、それぞれ金沢の俳統(庵号・亭号・堂号)に属し、またその住まいの町々の連に属していた。

『両吟稿』所収の俳人は、梅室の他は三十三名で、次の面々であった。

①梅室・大常(歌仙) ②素蓼・梅室(歌仙) ③柏奚・梅室(歌仙) ④三潮・梅室(歌仙) ⑤林坡・梅室(歌仙) ⑥梅室・完和(歌仙) ⑦梅室・白樹(歌仙) ⑧棹江・梅室(半歌仙) ⑨梅室・海若・莪升(半歌仙)(莪升はウラ六句目より海若に代る) ⑩梅室・楓居(歌仙) ⑪素洞・梅室(歌仙) ⑫青城・梅室(半歌仙) ⑬江波・梅室(歌仙) ⑭梅室・拾五(半歌仙) ⑮文艸・梅室(歌仙) ⑯梅室・秋平(歌仙) ⑰梅室・年風(歌仙) ⑱梅室・立介(歌仙) ⑲梅室・超翠(歌仙) ⑳年緒・梅室(歌仙) ㉑大夢・梅室(表六句) ㉒梅室・克亭(歌仙) ㉓梅室・梅人(歌仙) ㉔太甫・梅室(半歌仙) ㉕舞杖・梅室(表六句) ㉖梅室・思一(歌仙) ㉗梅室・一雄(歌仙) ㉘梅室・商斎(半歌仙) ㉙梅室・仁作(表六句) ㉚梅室・曽魚(歌仙) ㉛梅室・棹江(歌仙) ㉜梅室・黄年(歌仙)

冒頭①の歌仙の大常は越前屋次郎兵衛と称し、英町に住んでいて英町連にも属し、この時、梅室の後、槐庵五世を継いでいた。この年六十九歳で二年後に没する。㉙の仁作は釣玄と号する金沢藩高禄の士で、この中で唯一の梅室より年長者である。梅室が雪雄時代、槐庵を継承して享和元年（一八〇一）に出した春帖『白峯の春』所収の俳人は、大常と⑳の年緒のみであった。年緒は通称菅谷宗七、金沢安江町住、江戸三度を家業とし、幾暁庵、繋舟居と号した。梅室滞在中に、春帖『草萌集』（天保九年〈一八三八〉刊）を出している。梅室はこの古い友人のため、同集に序文を与えている。梅室より一歳年少。『草萌集』には梅室との両吟を収める。⑰の年風はこの『両吟稿』の編者で翠台と号し、金沢の俳壇の中心的人物で、加賀藩画師で、八世梅田九栄。俳書の挿絵や俳諧一枚摺の挿絵も描いているが、二十二歳年少であった。⑬の江波はその男、九世九栄幸直。古稀を迎えた梅室にとって前号雪雄時代の昔の馴染みはほとんど没していた。

この『両吟稿』は、江戸で出た菊所編『梅室附合集』（文政十一年〈一八二八〉刊）と同じく、中本二冊で、携帯用付合いの手本として重宝され、多くの読者を得たものと思われる。『附合』は、江戸の金花堂、須原佐助肆外七板、『梅室両吟稿』は地元の書肆松浦善助・同八兵衛のほか京都の懐玉堂板としても刊行される。ほかに求板本もあり嘉永刊のものもある。それほど人気があったのである。

五　梅室の再上洛

この梅室の金沢居住も、天保十一年（一八四〇）には、義仲寺の無名庵主になった弟子の砺山が、芭蕉の百五十回忌引上会式の宗匠に梅室を招くためにやって来たので、中断を余儀なくされてしまう。もっとも梅室は、金沢で晩年の老いを養う気はなく、もう一度上洛して俳諧活動を続けたいと思っていたようである。その間の事情が『梅室両吟稿』の年風の序に、次のように述べられている。

吾梅室の翁、天下に漫遊して詞藻に富ること三十余年、今年古稀の齢にのぼり給ひぬ。年来の費労筋力のほど仰見、如何なれば最早耽吟揮筆をとゞめて旦暮玉壺にむかひ、徒然随意にあらしめばやと机下の同侶訴へかまびすしきに、翁おもてを正して「いまし等我を一箇の塊と見るか、夫れ天壽不弐、脩身以俟之、取以立命といへり。予ふたゝび東行および勢張五幾西海の契期あり。先にこゝに草鞋をときそめてより五とせ、考妣の墓前も掃浄すれば、心空に帰するところひとつなれば、何ぞ区々黙々と長く安住せん」と豪邁壮盛の仙骨見へければ只唯々と再答なく、経廻の宿意とゞめかねれば、五年このかた三五七吟等はさし置き、今更両吟ばかりを冀ふ。一想一盃三句両枕の酔吟快く日あらずして三十余巻の稿なれり。浪りに名利にせず、ひたすら翁の寿算限りなきを祝してこの序に述ることしかり。

金沢の門人達が、古稀を迎えた梅室に気を使っていたところ、急におもてを正して「いまし等我を一箇の塊と見るか」と一喝し、漢文の一節「夫夭壽不弐脩身以俟之、取以立命」を述べる。この一節は、正しくは「殀壽不貳、脩身以俟之、所以立命也」であり、『孟子』の「人間の寿命は天命によって決められており、修養に努めてその天命を待つのが人間の本分である」の謂いである。梅室は「予ふたゝび東行および勢張五幾西海の契期あり」とこの時、各地への行脚の約束があるからと七十一歳で再び旅立った。年風を始め金沢の門人達はこの矍鑠たる老人の意気に驚嘆したことであろう。上洛した梅室は、転居癖に任せて京、大坂と目まぐるしく住まいを替えている。その間、高齢にもかかわらず伊勢にも行脚している。

六　梅室の槐庵相続と『白峯の春』

櫻井武次郎氏は、「槐庵相続と句集各種」（『俳諧史の分岐点』和泉書院、二〇〇四年、第四章　櫻井梅室　1櫻井梅室）で、槐庵相続について、享和元年刊の『白峯の春』に槐庵門人の鳳鳴の序文をあげて述べておられる。(3)

馬来（筆者注：槐庵初世）は蒼虬に槐庵二世を嗣がせて後事を託したが、京の闌更もまた後事を託すに人なく蒼虬を招いた。そのため蒼虬は同門の李下に槐庵三世を譲ったのだが、李下が早世したため槐庵が絶えそうになったので、同門の者が雪雄（梅室）に勧めて槐庵四世を嗣がしたというのである。

序文にある通り「槐庵が絶えそうになったので、同門の者が雪雄（梅室）に勧めて槐庵四世を嗣がした」槐庵相続の経緯について、なぜ梅室が相続したのか、少々疑問なところもある。

蒼虬が始めた槐庵年刊春帖に『白峯の春』[4]があるが、寛政九年（一七九七）、十年と続刊される。蒼虬上洛後は李下が寛政十一年に続刊する。その後、梅室が槐庵になってからは二年後の寛政十三年（享和元年〈一八〇一〉）に続行されるもまた中断する。その後は文化四年（一八〇七）に上洛しており、その直前に『春辞』[5]と題したわずか九丁の春帖を一冊刊行するが、これは『白峯の春』の続刊ではない。

この『白峯の春』は槐庵の春帖であるが、雪雄が引き継ぐ以前の蒼虬、李下編の『白峯の春』には雪雄の名はない。その一方で馬来からの槐庵門人の大常（その時の号は氷花）はいずれにも載っている。[6]もし門人が後を継ぐということだったら、大常がふさわしいと推測されるのである。蒼虬、李下の『白峯の春』に見られない雪雄が継承したのは、おそらく異例のことで、門人の意向というが、京の芭蕉堂蒼虬の力が働いていたのではなかろうか。蒼虬は後の梅室の活躍を見越して既にその才能を見抜いていて抜擢したようにも思われる。

梅室編の『白峯の春』で氷花（大常）は「氷花改龍居」とあり、龍居と改号。この後、梅室上洛後、龍居は大常と改号して文化十五年（一八一八）、春帖『新畲』を刊行。『白峯の春』に比べて丁数も増えて二十丁の立派な春帖であるものの、年毎に続刊される槐庵の春帖ではなかった。

七　槐庵と年刊春帖『累葉集』

大常没後、槐庵を継いだのは、梅室の金沢の弟子大夢[7]である。この六世槐庵は、嘉永五年（一八五二）の梅室が八十四歳で没する年に、槐庵年刊春帖『累葉集』[8]を再刊する。梅室の『白峯の春』からは、五十二年目であった。梅室は死の直前の槐庵年刊春帖に、序文を与えてその発刊を喜んだ。

梅室序

嘗て槐庵創業以来連綿として六世に及べり。今に至りて金城一家の道場たり。以後永々相続あらせんには、年毎一集を上梓して、社中の規模とせんに不如と、大夢坊をすゝめて今年始て、この累葉集を企つる事になりぬ云爾。

梅室八十四翁誌

嘉永五壬子秋

金沢には、多くの俳統があるが、年刊の春帖を発行したのは、暮柳舎車大の『草摘』、圃辛亭では甘谷の『苗しろ』、翠台眉山の『春のもの』などがあって、それぞれ享和から文化年間（一八〇一～一八一八）にかけて刊行された。槐庵の『白峯の春』はそれらに先立って刊行されたのである。ところが、それらはどれも次の継承者になると中断してしまうか、終刊となった。三十年ほどのち、嘉永二年（一八四九）に年風の息子の江波が『花の賀集』を発刊する。梅室は、高齢にもかかわらずこれにも序文を与えておおいに祝福した。しかし、これは翌嘉永三年に中断。二年後の嘉永五年に再刊されるが、これで終刊となった。それ程この種の年刊撰集を年毎に続刊するのは難しいことであった。金沢で一番長く続いたのは車大の『草摘』で、享和三年（一八〇三）から文化十四年（一八一七）まで続刊した。

梅室の後ろ楯もあって『累葉集』が嘉永五年（一八五二）刊行されるが、十月一日、梅室が没するに及んでやむなく休刊。三年後の安政二年（一八五五）に二編が再刊。しかし翌年に、三篇は刊行されることなくこれで終刊となる。

加賀藩では、年刊春帖は途絶えた。それに代わって連や個人の小規模な俳諧一枚摺が幕末・明治かけて盛んに発行される。明治になると、俳誌が登場する。

八　梅室と加賀藩の俳諧一枚摺

天保六年（一八三六）四月には、梅室の弟子で、『梅室家集』の編集者の林曹[9]が大坂から、他にも多少、都岐雄も金沢にやって来る。林曹の金沢の俳人達との歌仙は『行々子』にも載る。冬には、越中の氷見、能登に行脚し、地元の人達と俳諧を興行している。高齢の梅室に代わっての行脚であった。氷見での滞在中のことは、先に挙げた『応響雑記』にも載る。
この頃の林曹催主の大摺の俳諧一枚摺がある。

① **八幡宮奉納　餅を焼く男の図**（一隖画）大摺39・3×51・9（㎝）多色摺（四色）（架蔵）
刊年不明（天保六年〈一八三六〉頃）催主　林曹

「八幡宮奉納」と題して、上、中、下段の段に分かれ、総勢百三十四人の発句を載せる。巻頭に梅室の「いねをはむ鳥はゆるさじ弓矢神」続いて鳳朗句「名月や上もなければ下もなし」を載せ、三都始め全国の俳人達と加賀藩の俳人達を載せる。加賀・能登・越中の俳人五十三名、四割近くを載せる。おそらく林曹は加賀藩への行脚の土産として持参したのであろう。林曹は、一昨年の天保四年（一八三三）には、『三戸瀬不離《みとせぶり》』という春夏秋冬四冊の俳諧選集を、梅室の序で編集刊行している。そのためこれ程の規模の全紙（大摺）の一枚摺を出すことが可能だったのである。

② **庚子の春　仁王門の図**（鳳鳴画）大摺38・2×50・3（㎝）多色摺（四色）（早稲田大学雲英文庫蔵）
天保十一年　催主　川尻房　補助　松八

梅室が再上洛し、金沢を去った翌年（天保十一年〈一八四〇〉）春には、「庚子の春」と題した大摺の加賀藩俳人のみの俳諧一枚摺が成った。催主が川尻房という金沢の版木彫刻師で補助が書肆松浦八兵衛である。挿絵の仁王門の下絵を描いているのは、鳳鳴という蒼虬の槐庵時代の弟子で、享和元年（一八〇一）に出した槐庵の年刊撰集『白峯の春』の漢文序を書いている人物。おそらく加賀藩士ではなかったか。以前拙稿「金沢における俳諧一枚摺―銭屋五兵衛周辺」（『文学』第六巻第二号、二〇〇五年三月）で紹介した。北前船で巨万の富を築いた銭屋五兵衛をはじめ豪商たちが載っている。

梅室が金沢を去ったのち、天保末年（一八四四）頃から金沢の地元絵師達が挿絵を描く多色摺の豪華な一枚摺が多く登場する。中には個性的な挿絵を描く絵師もいた。また越中でも、多くの売薬版画の下絵も描く絵師が登場し、北前船で賑わった岩瀬湊の蔵宿や売薬人達や豪農の一枚摺を発行する。そしてそこに文音での梅室の句が載ったのである。故郷金沢を去ってから却って故郷とのつながりを深めたようである。

金沢の梅室の発句を載せる一枚摺を次に掲載する。

天保十五年甲辰（一八四四）梅室七十六歳

③　たつの新春　梅花図　横半裁　18・5×50・5（㎝）　多色摺（四色）（架蔵）

梅室「鶯の吐息はつ音と成にけり」

杜鷲・卓丈・淡節・木容・雨江・岳鳳・梅通・有節・九起・岱年・砺山・玉脂・林曹・素屋・其山・鼎左・淡叟・祖郷・惟草・五株・茶静・金令・鳳朗・呂鳳・稲波・竹塢・東神・

松坡・呼亭・丹嶺・柳壺・悠平・北山　催主　北山
弘化二年乙巳（一八四五）梅室七十七歳
④　乙巳の春　独活と蕗の薹の図（東南画）横半裁　18・7×51・0（㎝）多色摺（四色）
（架蔵）
梅室「うめ折てわりご預て帰りけり」
克亭・子用・南圃・玉碇・亀齢・如蝸・木兄・郁亭・羊斎・双水・東川・栗山・米村・栗岡・鼎哉・蘭葉・桂園・孤用・鶯呼・五桑・応叟・自石・松兮・魯艸・清由・大夢　催主　柳壺
⑤　巳の春　鶴の図（習謙）横半裁　18・7×51・0（㎝）多色摺（四色）（架蔵）
京　梅室「いらぬ時よいとり頃やふきの台」
有節・九起・フシミ　岳鳳・ナニハ　其山・杜鷲・素屋・エト　見外・一具・卓郎・カヽ
金沢　北山・晴江・卯方・児遊・年風・ツハタ　鶯呼・賀水・ツルキ　棋樵・大セウシ
木圭・松波・エツ中氷見　六葉・杉木　嵐汐・魚ツ　乙雄　滑川　季円・三日市　恕兮・
三郎丸　松兮・フシキ　和鳴・放生ツ　子邁・ノト所口　竹塢・トキ　花渓・松ナミ　稲
波・ウシツ　習之・中居　寄林・ウ川　竹雨・北セ　里春・正院　野艾・カケヘ　貴存・
杉ノヤ　柳堤・タカ畠　荷月・ヲトノ　雲青・飯山　北鳴・大雄・由之・悠平・柳壺・呂

鳳・里山更　鶯叟　催主　鶯叟

⑥　己巳の夏　雪の下の花に乗る蛙の図　縦半裁　37・5×24・8（㎝）　多色摺（四色）（架蔵）

梅室「淡路にも隣で聞けり雲の峰」

黄年・廿外・大夢・春雄・淇亭・卓丈・柳壺・鹿裘・素玉・奇栄女・ツバタ鶯呼・方玉・巨峰・催主　玉精

弘化三年丙午（一八四六）梅室七十八歳

⑦　季円の閑窓に　行脚の笠と杖の画　横半裁　18・8×50・7（㎝）（架蔵）

梅室「まだ土にならぬごとくに蕗の台」

天游・仕候・楓斎・君風・貫枝・慶里・筍堂・定爾・発邇・文器・石心・杉亭・竿龍・有磯・知二・梅窓・楽子・蚊和・釣月・百雅・蘭皐・蜃浦・一烏・和游・啓尓・輝水・一尾・栗雄・冬雨・有明雄・呉山・如斎・季円

季円の閑窓に午の春を待得て

初からす台所はまだ年の内　正令

催主　正令（行脚）

※越中の滑川の季円のもとに行脚の正令が訪れ、記念に出された一枚摺。

弘化五年戊申（一八四八）梅室八十歳

⑧　**八十翁　梅室　猿の面**　縦半裁　37・5×24・3（㎝）　多色摺（四色）（架蔵）

梅室「人の来る声かけせはし三ケ日」

白二・錦賀・素友・空嗣・晴江・充魚・柳年・賀水・羽丈・趙甫・天笠・居函・如竹・一亀・柳架・文器・路芽・龍子　催主大夢

嘉永元年申のとし（一八四八）梅室八十歳

⑨　**梅室・雲華・笑囮三吟半歌仙**　四裁　19×24・8（㎝）（架蔵）

雲華講、教化のためはるゝ越後に下り居ましけるに、終りて越の有磯をこして吾草堂に駕を枉て長途のいたつきを慰められけるを喜び侍りて

冥加かなや月雪花の冬籠り　笑囮

人のこゝろのあたゝかな空　雲華

珍らしく鶴のいたゞき赤らみて　梅室

竹を透して見違へる庭　囮

麦秋の風もほどよく吹わたり　華

みじか夜なれど酒はわきけり　室

雷が止めば雪駄の人通り　囮
　耳なし法師定を出けん　華
松明がさはげば迷ふ山がらす　室
　つらりとならぶ川かげの家　囮
旅ごろも渡りにいそぐ雨模様　華
　奉公なれぬ小姓さわがし　室
うつり香の帛にのこる月の後　囮
　釣瓶の棹に秋の初霜　華
神主の手づから供御の籾すりて　室
　世話しき場へまた下る鳩　囮
笑うち春も一しほゆたかなり　華
　処々から囃ふ桃と青柳　室
　　嘉永元年申のとし　　催主　笑囮

※この半歌仙は、安政元年（一八五五）、加賀・能登の絵入り俳諧名所集『たまひろひ』（俳諧捃玉集　編者麦仙城烏岬）にも掲載される。笑囮は能登鵜飼の真宗大谷派妙厳寺の住職で、武内厳円である。「ノト　笑囮」として、『四時行』、『花供養』にも句を載せる。雲華は本願寺の

講師で、頼山陽や田能村竹田らと交遊があり、漢詩人でもあった。なおこの年に梅室が能登に行った可能性はない。雲華が教化のため、越後に下り帰路、能登の笑囮を訪ねたのである。発句と脇が出来ていて、第三以下は、笑囮が上洛した時出来上がったものか。

嘉永三年庚戌（一八五〇）梅室八十二歳

⑩ 戌のはる（章連）**萬歳の図**（華雄画）縦半裁　37・4×24・5（㎝）多色摺（五色）（架蔵）

梅室「田の中にあれは色のつく柳かな」

亀齢・玉碇・蒼洲・巨泉・曽外・呉山・素桃・三堂・呂斎・素海・五桑・青波・小楽・清由・林坡　催主江波

嘉永四年辛亥（一八五一）梅室八十三歳

⑪ 尚歯会　横半裁　18・6×49・9（㎝）（架蔵）

発句・雲はかり見るまて入ぬ花の奥　八十三　梅室。以下、七十三　呉隆／七十二　欣可／七十　里魴／七十九　佛智／七十三　歩月／七十五　蘭波／七十三　生峨／七十七　李桃／七十　甫尹による百韻一巡。各吟。文音。尚歯会賀吟。嘉永四辛亥暦弥生　加小松催主　子日庵敬白

※加賀小松の高齢の俳人達に、八十三歳の梅室が加わった一枚摺。催主は子日庵里魴。金津

屋久右衛門。

⑫ **亥の春　琵琶湖春色**（華雄画）　縦半裁　37・4×25・0（㎝）　多色摺（四色）（架蔵）

梅室「たちよりて涕かむ音や門の梅」

玉碇・霞堤・喜多舟・東海・竹雄・蒼洲・素由・脈斎・竹仙・亀巣・亀齢・黄年・江波

嘉永五年壬子（一八五二）　梅室八十四歳

⑬ **子の春（朔ノ居連）　衝立と猫の画**（児游画）　縦半裁　37・5×25・0（㎝）　多色摺（四色）（架蔵）

梅室「晴なしの里の真昼や雉子の声」

黄年・江波・玉碇・霞堤・喜多舟・東海・李卿・竹雄・蒼脇・素由・睡斎・竹仙・亀巣・亀齢

⑭ **子の秋　水辺の図**　37・5×41・4（㎝）　全紙（大摺）　多色摺（三色）（架蔵）

梅室「やせたれど泥水のまぬ河鹿哉」

全九十三名。金沢　四十名。越中　十七名。大聖寺二名。福井、三国それぞれ一名。京九名。江戸　六名。他近江、浪花、兵庫、尾張の俳人。

刊年不明のもの

⑮ **亀の図**（島寅画）　縦半裁　37・5×25・0（㎝）　多色摺（四色）（架蔵）

江戸　梅室句「また耳に雲雀鳴なり旅かへり」
浪花　林曹・時人・桜哉・カ子サワ　棹江・葉歟・雪耕・椽窓・宇竹・玉賀・少年　一考・旭亭・梧鳥・鶯柯・観青・素由・霞堤・其融・巨笠・路堂・之芳・江戸　雨谷・在坂　三項

※梅室江戸居住中の天保の初め頃か。

注

（1）金沢滞在中に出た俳諧番付『日本俳諧蕉風名人競』（版元　麻布　成田宗二）では、東のトップが江戸の鳳朗で、西が加賀の梅室であった。※二八七頁写真参照。

（2）『応響雑記』は氷見で蔵宿を営み、町役人を務めた田中屋権右衛門の日記。文政十年五月～安政六年十月（一八二七～五九）三十三年間にわたって書き記してある。

（3）先師槐庵馬来先生者、天性能俳諧。風調遡古。北地蕉翁之風助将泯。是以遊門者不可勝数。及其没而所意託悉授門人蒼虬也。帝都東山下芭蕉堂主闌更者本我藩人也。於無託後者招蒼虬。蒼虬及飛勞授槐庵於同門李下。李下早下世而槐庵将絶。是以同門者勧雪雄者使継李下後。伝馬来先生風流而槐庵至復盛。遊其門者甚多。余因記是事以使知同社者云爾。

享和元年秋月　　槐庵門人鳳鳴題

（4）『白峯の春』寛政九年（一七九七）版は全十三丁、序跋なし。十年版は全十四丁、序跋なし。

十一年版は九丁、序跋なし。寛政十三年（享和元〈一八〇一〉）版は序一丁、本文九丁、全十丁。いずれも京の菊舎太兵衛。

（5）『春辞』九丁、序跋なし。刊記なし。粗末な田舎版である。所収の俳人も加賀藩の地元で、京の蒼虬もいないし、他国の俳人は載らない。おそらく『白峯の春』としての形が整わなかったのであろう。〈参考〉拙稿「翻刻・『春辞』（梅室文化四年の春帖）」（『北陸古典研究』三、一九八八年八月）

（6）大常は、前号は龍居で、それ以前は氷花と号した。槐庵の年刊春帖『白峯の春』の所収は次の通り。

寛政九年　『白峯の春』（蒼虬編）　浅茅生の釣瓶に洗ふ田螺哉　氷花
寛政十年　『白峯の春』（蒼虬編）　しらぬ顔あはせて過ぬ梅が門　氷花
寛政十一年　『白峯の春』（李下編）　巻頭の「天次一順」に、付合あり。
　初かすみ淀の枯芦流れけり　氷花
寛政十三年（享和元年二月五日改元）
　『白峯の春』（雪雄編）　朝の山あらしの枝に梅の花　氷花改龍居

（7）大夢の俳諧活動は活発で、『百一集』（康工の著作の再刊）、『増補掌中蒼虬翁発句集』、『掌中千代尼発句集』や稿本類もあり、俳諧一枚摺も数多く残している。明治になってもその活動は盛んで金沢の旧派の中心として活躍した。

（8）『累葉集』については、「俳書『累葉集』出版事情─槐庵の年刊撰集再刊─」（『秋桜』十七号二〇〇〇年三月）で述べた。

（9）林曹『俳諧者流　奇談夢之桟』（行過大人著）の「半化房、素芯を諭す」に、梅室の弟子林曹について、次の下りがある。

近頃其方の問下に淡路の林曹といふもの、浪花に出て俳諧をもて渡業せんと、人も赦さぬ宗匠の號を唱へり。西山翁のこと葉に連歌の宗匠に出て恐るゝ事なし。俳諧の判者に出ては折々困る事ありといはれしとぞ。壇林の変風を起されし一派の祖師にすらかくの如し。しかるに今の宗匠どもはまだ俳道の蘊奥もしらざるくせに宗匠などゝ表をはり、利を射るの阿房、しかし渠らは愚昧の初心、予が口にかゝることなし。今十年も蛍雪の功をつまば少しは本意もとげんか。

淡路出身で大坂で俳諧宗匠として渡業した林曹は、痛烈な批判をあびているが、梅室の弟子としての振る舞いも巧妙で抜け目のないところがあった。

付記

櫻井武次郎氏は「槐庵相続と句集各種」（『俳諧史の分岐点』和泉書院　二〇〇四年）で刊年不明の梅室初春帖『さるのめん』の刊行は寛政十三年（一八〇一、享和元年　改元二月五日）としておられる。この『さるのめん』に大常は前号「カガ龍居」で載っている。改元後の享和元年秋刊の雪雄編『白峯の春』（秋序）には、「氷花改龍居」とあり、つまり龍居の前号は、「氷花」で、「龍居」と改号したのは享和元年秋のことである。もし『さるのめん』の刊行が寛政十三年春であれば、前号の「氷花」で載るべきである。「龍居」として載るからには、『さるのめん』は享和元年秋以降の刊である。春帖であれば、享和二年であろうか。

伊予俳人たちと鳳朗

――樗堂と遊俳たちの地域文化

松井　忍

一　樗堂と壮年期の対竹（鳳朗）

鳳朗が伊予を訪れたのは、天保六年（一八三五）の事である。この時すでに七十四歳の高齢であった。鳳朗は伊予各地の俳人を訪問しているが、鳳朗の伊予俳人との交流はこれが最初ではなかった。対竹を名乗っていた壮年期、文化三年（一八〇六）五月、御手洗《みたらい》（現在の広島県呉市・大崎下島）に滞在中の栗田樗堂《ちょどう》（一七四九～一八一四）の許を訪ね、両吟歌仙二巻を巻いている。

伊予松山の豪商であった樗堂は、文化三年（一八〇六）夏から秋にかけて御手洗に滞在している。暁台門の俳人として全国に知られた樗堂は、翌年春から旅人として御手洗に移り住むことにしており、それに先駆けての滞在であった。御手洗滞在中、樗堂のもとには多くの俳人が訪れている。到着間もない五月、肥後熊本の対竹（鳳朗）が訪問し、同じ五月に東武の于辰、六月には武蔵野の馬涼、梅夫・はま藻親子、九月には浪花の奇淵、豊後の春坡（後の仏水）が訪れている。彼らは、樗堂の御手洗滞在を聞きつけ、わざわざ足を延ばしたものと思われる。

対竹（鳳朗）は、俳諧師を志した諸国遊歴の旅の途中、御手洗に立寄ったものと考えられるが、寛政十年（一七九八）致仕して既に八年が経過していた。四十五歳になる対竹と五十八歳の樗堂との出会いであった。対竹と樗堂との両吟歌仙は、二巻巻かれており、いずれも『樗堂俳諧集』(1)に収載されている。最初に巻かれたのは

庵の夜をいつか捨けり時鳥　肥熊対竹

侘尽したる柚の花の雨　樗堂

の付合に始まる歌仙で、末尾に「丙寅仲夏於盥江旅舎興行」とある。対竹の発句は、松山を離れて御手洗に漂泊する樗堂を時鳥に見立てて挨拶としたもので、樗堂が自身の侘住まいの様を詠んで応じている。

門さして蝿うつ音や草の庵　樗堂

暑さイ《たたず》む柿の木の陰　肥熊対竹

で始まる歌仙は「丙寅夏於御手洗会」としている。この巻は対竹の「此頃は都の外の花に出て」

の名残の花に、樗堂が「ゆふべもけさも飽ぬ海苔の香」の挙句を付けて巻き終えている。対竹が諸国遊歴の旅を続けることを詠んだのに対して、樗堂の挙句には御手洗での生活に充実感を感じている様が表されている。対竹と樗堂との直接のかかわりは、この時だけに終わっており、伊予の人々との交流も持たれることはなかった。

その後対竹は、文化三年（一八〇六）十一月三日、江戸の成美宅で一茶を交えて歌仙を巻いている。一茶の『文化句帖』(2)に「肥後対竹来ルニ付、随斎会ニ歌仙有」とあり、この時が一茶と対竹との初めての出会いとされている。(3)樗堂を御手洗に訪ねた後、江戸に上って間がない頃のことで、一茶も成美も対竹から樗堂の近況を聞くのを楽しみにしたと想像される。これに先立つ六月九日、一茶宛に樗堂からの書簡が届いているにもかかわらず、成美の出した書簡に対する返信が届いていなかったようで、文化三年七月十九日付樗堂宛書簡(4)に、「先頃便呈有之浪花迄愚書差出申候。相届申候哉、無心許存候」として、書簡が届いたかどうか心許ないので、再度差し出す旨を記している。成美はその書簡に「一茶坊折々出会申候而毎々御噂申候」としたためたばかりであり、対竹の訪問は成美と一茶にとって樗堂の近況を聞くことのできる絶好の機会だった。

『文化句帖』によれば、文化三年（一八〇六）十二月初め、先月に続いて対竹を交えて歌仙が巻かれている。この時の連衆は一茶・太笻・対竹・恒丸であるが、一茶と恒丸は松山で樗堂を訪ねており、太笻を除く全員が樗堂とは既知の間柄であった。樗堂と彼らの関係を詳しく見てみよう。一茶は寛政七年（一七九五）一月十五日からの約半月と翌八年七月から翌春までの約半年間松山に滞在し、樗堂から様々な影響を受け、以来樗堂が没するまでその親交は続いている。恒丸は寛政十一年に松山の樗堂を訪ね、その後肥後熊本の綺石を訪ねていることが、長斎の日記『金蘭帖十二』(5)に記されている。熊本藩士の久武綺石は、対竹の俳諧の師であるとともに樗堂とも交流があった人物であり、綺石を介して対竹・恒丸・樗堂のつながりが見えてくる。太笻は文化五年（一八〇八）刊『いぬこきむ』以来、自身の編集した俳書に樗堂の句を収載している。文政六年（一八二三）刊の『俳諧発句題叢』には百八十三句の樗堂句を採るなど、関係を深めている。

こうしてみると、江戸の連衆がそれぞれ地方遊俳である樗堂や綺石との縁を持ちつつ交流を広げていることが分かる。江戸での人間関係、地方遊俳との関係、地方遊俳相互の関係が網の目のように各地に広がっていたのであろう。

文化十一年（一八一四）、樗堂は御手洗で没するが、翌年御手洗の西坡が一周忌追善集『都々鳥集』(6)を刊行する。そこには「春の海ちよと見よ鼾かゝぬうち」という『何帒』所収の対竹の句が採られている。その後、対竹は文化末年までに鶯笠と改号し、文政三年（一八二〇）、樗堂七回忌に西坡が刊行した『つき夜さうし』(7)には「江戸鶯笠」として「露の哀果はこぼるゝばかり也」の句を寄せている。

このように、樗堂との直接の交流は一度きりであったが、樗堂を生んだ伊予への関心は持ち続けていたと思われる。天保四年（一八三三）春刊行された伊予銅山の柴人、器椎編『金山草集』(8)には、「多邦の部」に梅室の句に続いて「死金を遣いが往やはつ鰹」の一句が鶯笠の号で収載されている。以下、諸国の俳人の句が続いていることから、著名な俳人の一人として投句を依頼されたもので、銅山の俳人たちとの直接のかかわりは想定しにくい。しかし、ほとんどつながりのなかった伊予の俳人からの要請は、伊予への関心を呼び覚ますものになったとも考えられる。やがて心にかけていた伊予に足を踏み入れる機会がやってくる。

二　鳳朗の郡中・松山遊歴

対竹、鶯笠から改号した鳳朗は、天保六年（一八三五）初めて伊予を訪問し、各地の俳人と俳席を共にする。星加宗一氏は『伊豫郡中の俳人　仲田蓼《りょうそん》村と其作品』〈私家版〈仲田肇〉、一九七〇年〉に次のように述べている。

天保六年鳳朗が九州からの帰途、東中予、讃岐、徳島などを一なめでもするかの様に通過した際には、松山の葵笠の許に立寄り、蓼村の許に立寄って連句を巻き、鳳朗は道後温泉などにも立寄って行った、その折の書簡が今も仲田家にある。

蓼村の御子孫にあたる仲田肇氏がまとめた『俳人蓼村』(9)には、

有名な江戸の俳人田川鳳朗が四国へ渡ったのは天保六年に一回だけである。其時八月（筆者注：正しくは閏七月）に郡中へも来杖、蓼村宅に両三日滞在し同地方の俳人と句会を催しておるが、其当時の手紙及句集が現存しておる。

とあり、星加氏が目にした鳳朗書簡はこれである。『俳人蓼村』には、訪問に先立って鳳朗からの「宿を頼む」との手紙が蓼村に届けられていたことが記録されている。現在それらの資料は所在不明で、書簡の内容を確認することはできない。しかし、星加氏、仲田氏の文面からは、郡中滞在に関してのやり取りはあったが、その後も書簡のやり取りが続いていたようには読み取れない。

仲田蓼村は、寛政六年（一七九四）に生まれ、郡中灘町（現・伊予市）で種油などを商った辻屋を営む傍ら俳諧、和歌、漢詩など風流の道に心を寄せ、天保五年（一八三四）一爐庵を結び文久三年（一八六三）七十歳の生涯を終えた人物である。(10)俳諧は岱年に師事したようで、岱年に句の斧正を乞うた書簡などが遺っている。蓼村自筆の『漂泊記』によれば、天保六年五月十八日京坂への旅に出発し、各地の名所を訪ね歩き、京では梅室や岱年を訪ね、七月十八日に郡中に帰着している。その半月後の閏七月初め、鳳朗が蓼村を訪ねて郡中にやってくる。充実した旅に続く新鮮な交流であったと考えられる。

仲田家旧蔵の『両唫部』[11]と題箋のある蓼村自筆連句集の中に、「天保六乙未（一八三五）閏七月初」、郡中に到着した鳳朗を迎えて巻かれた蓼村との、以下の付合に始まる両吟歌仙が記録されている。

　月と日と向合に出て秋の風　　鳳朗
　　逐つかぬほど落て行水　　蓼村

同じ時巻かれた五吟歌仙の表六句は次の通りである。膝送りで巻かれており、名残の花は鳳朗が詠み、挙句は蓼村が付けている。

　起〱の眼ちからまさる木槿哉　　蓼村
　　月より青き汐尻の山　　晨支
　戻り荷に芋や菌《きのこ》の嵩張て　　六窓
　　岩性ぶりの高笑ひする　　聴雨
　割合の間口にかゝる深雪搔　　鳳朗
　　煤騒ぎから見へぬ手拭　　村

この巻の連衆のうち晨支は信濃の人で、江戸で鳳朗に師事した人物、六窓は鳳朗門の東都の俳人で、いずれも後述する小松の長谷部映門邸で巻かれた連句にも参加しており、鳳朗の同行者である。聴雨は郡中の漢学者・教育者陶《すえ》惟貞で、蓼村の最も親しい俳友である。星加氏が

「蓼村に対する鳳朗の影響はそれ程ではなかった」と指摘しているように、蓼村は鳳朗を遠来の客として丁重にもてなしたが、その後の交流はなかったものと思われる。

同じ天保六年（一八三五）、松山の涼蟬亭篻丸が葵笠と改号した記念集『かわ掃除』[12]には、鳳朗が序文を寄せているほか、鳳朗と葵笠の両吟歌仙や六窓、晨支が葵笠、南兄、馬雪ら松山の俳人と巻いた歌仙が収載されている。さらに、秋の部には鶯居と晨支、南兄と藍州、葵笠と馬雪、萬井と六窓の四対の句合に対して、鳳朗の評が付されており、鳳朗一行を歓迎する松山の俳人たちの様子がうかがえる。

ここに参加した松山連衆のうち、『かわ掃除』の編者である葵笠は、松山川原町の商家岡上氏で、鶯居とともに鳳朗門とされており、白田三雅氏は「田川鳳朗来松中に鶯居と共に師事[13]」したとされている。しかし、『かわ掃除』の鳳朗序には「道後の湯桁にゆあみしてありけるをひたぶるにそゝのかし、強てかの筆をとらしむ」と、のんびりしていたところに無理に頼まれて序を認めたとあり、入門について何も触れられていないことから、この時の入門は考えにくい。鳳朗の松山滞在中に交流が深まったとするべきであろう。

鶯居は松山藩家老、萬井は松山藩士、南兄、馬雪は松山の商家で、鶯居を中心として俳諧を楽しんでいたものと思われる。鶯居も鳳朗門で、入門について自身が撰者となった『俳諧花の曙』創刊号（明治十四年六月）に「我も天保嘉永の頃、東都勤仕のいとま、鳳朗の門に入」と記しており、江戸滞在のたびに時間を割いて鳳朗の許を訪ねていたものと考えられる。

『かわ掃除』には、「豫州赤星山のふもとにて」の前書とともに「手をあげて夕だち落す小川かな」の鳳朗の句がある事から、一行は夏には伊予に入り、伊予三島や土居を経て郡中、松山に入り、再び東予小松へ向かったものと考えられる。

三　伊予小松の俳人と鳳朗

郡中、松山での滞在を終えた鳳朗一行は、小松の映門の許を訪れる。映門の自筆雑録『静佳園草稿』(14)天保六年（一八三五）の項に

八月廿二日東都鶯笠道後湯治のかへるさたちよる。門人六窓晨支召連同行三人也けり

いざよひや鳴ひまもなき月の水　鶯笠事　鳳朗

もみ消しにあふや芒に入た風

とある。「鶯笠事」とあることから、映門とは鳳朗改号以前から交流があり(15)、この時初めて鳳朗改号を知ったものと考えられる。鳳朗を迎えて早速桜の名所桜三里に案内し、両吟半歌仙を巻いている。続いて完成したばかりの自らの別墅静佳園では、近隣の俳人たちを招いて鳳朗との俳席が設けられ、茶隣、石漁、卵角がそれぞれ鳳朗との両吟半歌仙を巻いている。『静佳園草稿』によれば、鳳朗一行は静佳園に三日滞在したようで、「静佳園に三夜旅の憂情をわする」

と前書きのある六窓の「不図鳴ていさまし気なる小鹿かな」などの句が記録されている。彼らが小松を出発するのは八月二十七日のことで、出発直前に巻かれた連句が『静佳園草稿』にある。

惣唫附合

たつた今ひとつになりぬ蚕　東都六窓
　廿日の月の窓にかたぶく　通女事菊圃
走り酒下りとばかり名を触て　信濃晨支
　胸のくゝりの早き帳書　石漁
よい風に雑つと当がふ渋細工　映門
　夕顔棚へとゞく笋　卯角
度拍子な塚をはさみて麦の秋　茶隣
　遠く聞ゆる午の貝が音　窓
思ふ縁幸の神にや結ばれん　圃
　　石漁茶隣させる事ありて席を欠しつれど尚やまず
　ひねつた指のかゆきしこ草　支
買筈の屋敷の月の試に　角

酔せていなす鹿追ひが母　　　　門
見るうちに幾重か名残る花の波　　鳳朗
はや汐のおくるゝにと船子どものむくつけにせり立はべれば、せんかたなく此の一
句を乞てやむ
扇の風のかゝる糸遊　　　　圃

遠来の客鳳朗、六窓、晨支を迎えての巻で、映門の妻菊圃が亭主を務め、小松滞在中交流のあった全員が参加しての送別の会であった。ただ、落ち着いて巻き終える時間もなく、石漁と茶隣は所用のため中座し、鳳朗は途中参加し一句のみ付けて船頭に急かされるまま六窓、晨支とともに慌ただしく出発している。そのためやむなく中断、菊圃が巻末の句を付けて終えている。

この連句に続いて、「鶺鴒のおしへに来たり船日和　鳳朗」の句と「廿七日氷見卯角亭に移りて乗船」とあることから、長谷部邸を出た一行には卯角が同行し、あらかじめ手配されていた船に乗り込んだものと考えられる。鳳朗の句からは、小松での日々を土産に満足げに旅立つ様子が読み取れる。

『静佳園草稿』には、天保七年（一八三六）の文音の句として阿波小松島での鳳朗の「孫に辞義させて御慶のつけ詞」他六句が記録されており、一行は小松を出発した後各地を遊歴し、翌

年の正月を小松島で迎えたことが分かる。松山や郡中に資料が残されていないので比較することは難しいが、映門の許での滞在は鳳朗にとって有意義なものだったのであろう。それは、映門ら小松の俳人たちにとっても同様であった。

鳳朗一行を迎えた小松の俳人たちの中心にあったのは、小松藩家老長谷部映門（天明二年～嘉永元年〈一七八二～一八四八〉）である。鳳朗一行を迎えた時、映門は五十四歳で別墅静佳園が完成したばかりであった。映門は蒼虬門とされており、静佳園には、京の千崖、有節、大坂の青隠、讃岐の都麦、仏朔、茂椎ら、各地の俳人が多く来訪している。映門は二年後の天保八年（一八三七）に隠居を願い出るが認められず、翌年再度隠居を願い出てようやく認められ、俳諧三昧の晩年を過ごし嘉永元年六十七歳で没する。映門の妻の通女は、松山藩の儒学者日下伯巌の妹で、映門に嫁してから俳諧を嗜んだものと思われる。『静佳園草稿』には、鳳朗一行滞在中の句に「通女事菊圃女」とあり、この時改号したものであろう。

石漁は東予の庄屋黒河通侃《みちきよ》で、小松藩の儒学者近藤篤山を兄に持つ人物、茶隣は小松大頭の庄屋佐伯惟郷で、いずれも東予地域の俳諧を牽引する豪農であった。卵角も西条氷見社中の中心人物であり、文化期から嵐角の号で奇淵編の『花市会』などに頻繁に登場している。

小松温芳図書館には、『静佳文音句帖』と題した全八冊の草稿がある。天保六年から万延二年（一八三五～六一）の間、諸国から映門に届けられた書簡中の句を記録した映門自筆の資料である。嘉永元年（一八四八）に映門が没した後は、妻の菊圃が静佳園の名で記録を継いでいる。『静佳文音句帖』には、鳳朗の句が天保六年から弘化二年（一八四五）まで途切れることなく度々記録されている。伊予訪問以来の親交が続いていたことを示すものである。同行した六窓の句は見当たらないが晨支の句は鳳朗の句とともに記録されている。鳳朗の最後の句は、弘化二年初冬のもので、頭注に「十一月廿八日古人ニナル」とある。

初冬の山〳〵同じ高さかな　　東都飯倉片町華本宗匠鳳朗

冬椿皆白かれと思ひけり

とあり、鳳朗は死の直前まで句作を続け、映門をはじめ、各地の俳人に近作を送り続けていたものと思われる。

『静佳文音句帖』には、蒼虬、千崖、青隠、朝陽、九起、杜鷲ら芭蕉堂につながる人々の句が多く記録されているが、梅室、八千坊一肖、卓池、鼎左、沙鷗、護物、岱年ら、門流の異なる俳人たちの句も写されており、映門の交流の広さがうかがえる。ここからは、門派にこだわらず同時代の俳人たちと幅広く交流する地方遊俳の姿を垣間見ることができる。

映門は天保十年（一八三九）、四年後の芭蕉百五十年忌に翁塚を造立することを計画し、その記念の附廻俳諧を起こすことにした。芭蕉の「しほらしき名や小松吹く萩薄」を立句に、映門が脇を付けて蒼虬に送り、その年の冬満尾した歌仙が届く。これは上巻と名付けられ、翌年には、鳳朗の取次で翁塚造立諸国附廻俳諧下巻を計画、満尾する。映門は、この二巻の歌仙と諸国から寄せられた句をまとめて『名兄弟』(16)という俳書を編集し、天保十四年七月二十一日小松一之宮神社に翁塚を建立している。塚には日下伯巌の書で「しほらしき名やこまつふくはきすゝき　はせを」と彫られている。このいきさつを少し詳しく見てみよう。『静佳園草稿』には以下の記述がある。（□は判読不可、以下同様）

翁塚造立俳諧歌仙序

そも神仏はうやまふをもつて威をまし信ずるにめでゝ利益の光りますく輝けるとかや。はた我翁のみちも年々歳々に恩波に浴するもの倍せるによりてはせをの葉影すでに四海にみてり。予も常に此道のかたはしに□□むて老をやしなふの百薬とす。せめて報恩供養のため石碑造立せんことをおもひたてり。またしほらしき名や小松吹といへる高詠のさひはひ、我すむさとの名におなじければ碑上にのせて尚も小まつのみどり長く正風の光りをとゞめ凡俗の我輩を照しめんことを祈ることゝはなりぬ。これに諸大家の玉をつらね、ひと巻になし遠忌の諷種に替てともにみたまをなぐさめんとすれども老境心にまかせざれば、この帖をものしてこれに水くきの跡をすみやかに残したびてんとひたすらに乞ふことしかり

しほらしき名や小松ふく萩すゝき　翁

爰にも露の影うつす月　映門

この序は、伊藤隆志氏[17]の指摘の通り、附廻俳諧の趣意書ととることができる。『静佳園草稿』では映門の脇、蒼虬の第三に続いて京の俳人六人が付けている。六人目は梅室で、以下江戸の俳人によって巻かれ、名残裏の花は鳳朗が詠み樹村の挙句で巻き終えている。作者にはそれぞれ詳細な住所と名前が記され、後日礼状とともに完成した巻が送られたものであろう。ここに、天保の三大家と呼ばれた蒼虬、梅室、鳳朗がそろっていることに注目したい。『名兄弟』ではこの趣意書の「これに諸大家の」以下を書き換えて序文としている。書き換えた部分のみ挙げておく。

（前略）今年天保十四年ほし癸卯に次る初冬一百五十年の正当なれば、玉声脇起しをもて諸君子の光りを連ね机辺に積るみやびをさがし拾ひてひとまきとなし、遠忌の諷種に替て霊意を慰め奉らむとつゝしんで像前に備へ、猶此まゝ紙魚にあたへんも本意なき業ならずと二三子の進めに委任して、頓て桜木にものしみづからかくはし書することに南《なむ》。

下巻の歌仙のいきさつについては、『名兄弟』に詳しい。下巻の前に、その間の事情を記した天保十一年正月二十一日付映門あての鳳朗書簡を置き、下巻の序文に代えている。

（前略）去冬返進仕候付廻歌仙あまりはづみ廻不思当地にて満尾相成、浪花あたりのみ句なしにては蓑に笠なき思ひに候間、当地ゟ先に洩たる面々を拾ひ集候をくりかけ進上申候間、伊与已下にて思召にてつかせ下之巻と成とて芳句賑々しからむと晨支に申付出来申候。

（後略）

上巻が江戸の俳人の間で思いのほか順調に付廻され、浪花や伊予の俳人が参加しないまま満尾してしまったのは残念である。そこで、上巻に参加しなかった江戸の俳人に廻した巻を送るので、伊予から浪花に廻して満尾してほしい、としている。この翁塚造立諸国附廻俳諧下巻は、映門の発句「雨になる模様でもなしはつ霞」に晨支が脇を付け、第三を鳳朗が詠み、以下一具、大梅らが初裏二句目まで付けたところで江戸から京の九起を経て伊予に送られ、初裏四句目を菊圃が付けている。その後、伊予の俳人の間を廻し、大坂の鼎左や京の黙池、芹舍、梅通らを経て、三河岡崎の卓池が名残の花を詠み茶岡の挙句で満尾している。

映門にとって一大事業ともいえる翁塚建立に対して、師の蒼虬だけでなく鳳朗も積極的に力を貸していることに注目したい。

また、『長谷部映門遺稿　静佳発句帖』(18)には

自然堂鳳朗八十歳の賀に

松の華古今の色を賞翫す

悼鳳朗居士

散たとて淋しき華のたよりかな

入相は男を泣かす桜かな

などの句が記録されており、鳳朗との親交は生涯続けられていた。そのつながりは、師の蒼虬とのかかわりと変わらない親密さであった。地方遊俳にとっては、諸国の俳人との交流は常に刺激的なものであった。そのため、特定の俳人との密度の濃い交流よりも、幅広く様々な俳風に触れることを求めたのではないだろうか。諸国を旅する業俳にとっても、より多くの遊俳と交流を持つことによって俳諧活動の幅を広げていくことができたのだろう。

しかし、鳳朗が伊予に来遊した時期は、すでに伊予の俳人たちの間には蒼虬、梅室の影響が大きく浸透しており、勢力拡大するには至らなかった。それでも、映門のように門派にこだわらない交流は広がっていったものと考えられる。このような交流こそが、江戸後期の俳諧のすそ野を広げ、厚くしていたといえるのではないだろうか。

松山市立子規記念博物館所蔵の星加文庫には、鳳朗の句が収載された一枚摺が二点確認できる。いずれも写しであるが、一点は大坂の俳人百堂によるもので「未□夏」とあることから天保六年（一八三五）のものと考えられる。もう一点は天保十三年（一八四二）の一枚摺（松村景文筆・藤の画）である。天保六年の一枚摺は臨川筆の鶴の画があり、「二とも身ふるおと也雨の鹿」の鳳朗句がある。これは、伊予訪問以前のもので、伊予の俳人としては吉田の岩城蟾居《せんきょ》と氷見の卵角の名が見える。後者の一枚摺は、最初に「うぐいすの来てはすゝめる花見かな」の蒼虬の句があり、続いて「振かへるとき雲と成るさくらかな」の鳳朗句が収載されている。これには、蒼虬、有節、杜鴜、鼎左、卓池、岱年らの名に続いて松山の鶯居、葵笠、小松の映門、菊圃、石漁、卯角、西条の鬼章ら伊予の俳人の名が多く連ねられている。あるいは、巻末に句がある卯角が企画したものかと考えられる。

　これらの資料からは、伊予の俳人たちが盛んに文音による交流を持ち、江戸や京坂の業俳たちと密接なつながりを続けていたことがうかがえる。各地に点在する文音所を通した書簡のやり取りが頻繁に行われ、門派、門流にこだわらない交流によって近世後期の俳諧流行が実現していた。その中で大きな役割を果たしたのが、地方遊俳であった。

注

（1）樗堂の参加した連句を松田三千雄が書き留めたもので、樗堂没の翌年文化十二年（一八一五）成。愛媛県立図書館俳諧文庫蔵。（松井忍他編著『伊予俳人　栗田樗堂全集』和泉書院、二〇二〇年）
（2）宮脇昌三、矢羽勝幸校注『一茶全集』第二巻（信濃毎日新聞社、一九七七年）
（3）矢羽勝幸『一茶大事典』（大修館書店、一九九三年）
（4）松井忍他編著『伊予俳人　栗田樗堂全集』（和泉書院、二〇二〇年）
（5）七五三長斎自筆の寛政十年（一七九八）十二月六日から同十一年一月十四日までの一年余りの日記。天理大学附属天理図書館綿屋文庫蔵。

（6） 西坡編。国立国会図書館蔵。（松井忍他編著『伊予俳人　栗田樗堂全集』和泉書院、二〇二〇年）

（7） 西坡編。東京大学総合図書館洒竹文庫蔵。（松井忍他編著『伊予俳人　栗田樗堂全集』和泉書院、二〇二〇年）

（8） 柴人、器椎編。松山市立子規記念博物館蔵。（『愛媛県史　資料編文学』愛媛県、一九八二年）

（9） 仲田肇氏が、仲田家伝来の資料を基に蓼村の生涯、家業、師承などをまとめたもの。昭和四十四年（一九六九）十二月に完成し、十六名の親族にのみ頒布した自筆稿本。

（10） 蓼村は、天保五年（一八三四）に家業を養子和四郎に譲り一爐庵に隠退したとされてきたが、ごく最近の研究により、和四郎は天保五年生、弘化四年（一八四七）十五歳で養子になったことが判明した。蓼村の隠退は嘉永（一八四八～五四）以降のこと。

（11） 一冊。個人蔵。文政十年から嘉永二年（一八二七～四九）までの蓼村の参加した連句を記録したもの。（星加宗一著『伊豫郡中の俳人　仲田蓼村と其作品』私家版、一九七〇年）

（12） 一冊。京都菊屋平兵衛刊。愛媛県立図書館伊予史談会蔵。

（13） 白田三雅「藩政期の俳諧」（『伊予市の俳諧史』伊予市歴史文化の会、一九九四年）

（14） 一冊。小松温芳図書館蔵。天保六年から弘化二年（一八三五～四五）の映門の発句、連句、俳文をまとめたもの。

（15） 『静佳園草稿』に「中山鳥本の滝、此わたりむかし国のかみの植させたまいけるとてさくら多し」の前書を付し、鳳朗の「もゝ鳥はいなや桜は薄紅葉」を発句とする半歌仙が記録されている。「鳥本の滝」の正確な場所は不明であるが、渓流沿いの難所「中山越」に貞享期に松山藩の命により桜が多く植えられ、「桜三里」と呼ばれる名所として知られた。

(16) 一冊。映門編。天保十四年（一八四三）刊。底本は松山市立子規記念博物館星加文庫蔵の転写本。

(17) 伊藤隆志「静佳園遺稿から見た天保の俳諧」（『文化愛媛』三十五号、一九九四年七月）

(18) 一冊。映門自筆。小松温芳図書館蔵。

松井三津人覚書
――鳳朗・一茶に並んだ大坂俳人

金子俊之

はじめに

中学・高校の教科書などで多く取り上げられ、一般の人々にもなじみのある近世（江戸時代）の俳人といえば、やはり松尾芭蕉（寛永二十一年〈一六四四〉～元禄七年〈一六九四〉）、与謝蕪村（享保元年〈一七一六〉～天明三年〈一七八三〉）、そして小林一茶（宝暦十三年〈一七六三〉～文政十年〈一八二七〉）の三人の名を思い浮かべる方が多いことだろう。

しかし、改めて言うまでもなく、近世期に俳諧をたしなみ活躍していたのは、この三人だけではなかった。特に、本書が対象としている近世後期は、芭蕉神格化と俳諧の大衆化・通俗化が一体となって進み、俳諧が社会のあらゆる階層の人々へと行きわたった時代であった。ただ、その一方で、この時期の作品については、概して「月並調」と呼ばれて低い評価しか与えられないことも多く、芭蕉や蕪村、あるいは彼ら周辺の俳人たちに比べて、これまであまり注目されてこなかったという側面がある。

そこで本稿では、文化・文政期（一八〇四～三〇）に活躍した俳人の中から、松井三津人《みつんど》という俳人を取り上げ、彼に関する情報の一端を整理・紹介することで、今後の本格的な研究に向けての第一歩としたい。

一　三津人研究の意義

筆者は近年、芭蕉の『奥の細道』（元禄六年〈一六九三〉ごろ成）が、後世の俳人たちにどのように享受されていたのか、というテーマに関心を持ち、調査を行っている。具体的には、谷地快一「『おくのほそ道』の追随者たち」(1)の附表「『おくのほそ道』の跡を辿る紀行・撰集一覧」に収められているものを中心に、いくつかの作品を取り上げて調査を進めているのだが、その中の一つに、三津人がかかわる『みつうまや』（文化四年〈一八〇七〉序）がある。この作品の概要については、次節で改めて触れることとするが、筆者が三津人にことさら興味を抱くきっかけとなったのは、同書中に次のような一節が見られたことである。

けふは古郷なる桑府にいたる。（中略）此国より江戸に行しは、十七の年のむかしにして、東武の同藩に十とせばかり官袴《かんこ》に有しが、はからずも病身ものに倦《うみ》て致仕し、なにはの僑居《きょうきょ》もまたはたとせ程に及べり。あつめてはみそとせぶりのたいめなれば、嬉しき悲しき物がたり、（後略）

（私訳）

今日は、我が故郷である桑名にたどり着いた。（中略）この国から江戸に向かったのは、十七歳の年という昔のことであって、東武（江戸）の桑名藩邸に十年ほど仕える身であったのだが、思いがけず病気がちな身となってしまったために、さまざまなことがいやになって仕官をやめ、浪花（大坂）での仮住まいもまた二十年ほどに及ぶこととなった。合計してみると、（かの地の人々とは）三十年ぶりの対面であるので、嬉しいことやら悲しいことやらをさまざまに語らい、（後略）

この記述によれば、三津人は現在の三重県桑名市に生まれ、十七歳の時に桑名を離れて以来、今回のかの地の人々との対面は三十年ぶりのことになるという。よって、彼は『みつうまや』が成立した文化四年（一八〇七）当時、四十七歳くらいであった、との推測が成り立つわけである。

ところが、現在の俳諧研究においてもっとも信頼できる文献の一つである『俳文学大辞典普及版』（角川書店、二〇〇八年）を参照してみたところ、

三津人　俳諧師。？〜文政五（一八二二）・八・一五。松井氏。別号、月夜庵・落橙舎・不関居。八千房二世駝岳門。大阪船町橋北詰住。編著、紀行『おくの細道』、句集『われとわれ』（松隣北斎編）。（八八一頁。櫻井武次郎執筆）

と記されており、彼の生年は未詳となっていた。さらに、彼の居住地については、大坂のことに言及があるだけで、桑名に関してはまったく触れるところがない。こうしたことから、三津人はこれまであまり注目されることがなく、研究もほとんど進んでこなかった俳人だということがうかがえるのである。

しかし、『奥の細道』に触発された作品を残しているという事実があるからには、三津人についての研究を進めることで、近世後期における芭蕉享受のありようなど、当時の俳壇のさまざまな様相を知るうえでの手がかりにもなるのではないか。筆者は、三津人研究の意義をこのように考えている。

二　三津人の編著・生没年・生地などについて

では、具体的に調査を進めてゆくにあたり、まずは三津人の編著を整理することから始めたい。『俳文学大辞典　普及版』（前出）では、紀行『おくの細道』と句集『われとわれ』の二点が示されるのみであったが、国文学研究資料館「日本古典籍総合目録データベース」などをもとに調べてみたところ、少なくとも以下の七点を指摘できることがわかった（なお、所蔵機関名については、初出時のみ正式名称を記し、二回目以降、適宜簡略化して記した）。

①『俳諧はるの山々』（享和三年〈一八〇三〉刊か）
三津人の立机《りっき》（一人前の俳諧宗匠として独立すること）を祝して諸家から贈られた発句や連句を収める。某家、公益財団法人柿衞《かきもり》文庫ほか蔵。なお、柿衞文庫本は題簽が剝落しており、表紙に墨書で「三津人立机賀集／享和癸亥」と記されている。(2)

②『梓弓』（享和四年〈一八〇四〉序）
全四冊。各冊は春・夏・秋・冬の四季別の構成となっており、諸家の発句や連句、文章などが、多数の挿絵とともに収められている。夏の巻の末尾に置かれた文章の中で、三津人自ら「されば濃くも薄くも心〳〵の句を作、好〳〵の吟を輯め」たと述べている。柿衞文庫蔵。

③『みつうまや』（文化四年〈一八〇七〉序）
河内国豊浦の俳人・中村耒耜《らいし》とともに芭蕉『奥の細道』の跡をたどり、各地の俳人たちと盛んに交流を深めた、という設定で書かれた紀行文。本文だけを読むと、約七か月をかけて、芭蕉がたどった行程のうち、平泉と大垣を除くほぼすべての地を訪れた、文字どおりの大行脚であったように読めるが、蘭洲東颿が記した跋文によると、当時、三津人は奥羽

行脚などできないほどに脚の病が重く、実は各地の景勝地に思いをはせつつ、自宅に居ながらにしてつづられた作品だという。なお、詳細については、拙稿「「後の細道」未詳作品九点解題（下）」（『近世文芸 研究と評論』九八号、二〇二〇年六月）にて取り上げているので、興味のある方は参照していただきたい。岡崎市美術博物館大礒義雄文庫、東京大学総合図書館洒竹《しゃちく》文庫ほか蔵。

④『いなのめ抄』（文化十一年〈一八一四〉成）

書名の「いなのめ」とは「明け方、あけぼの」の意で、かの清少納言が「春はあけぼの」と愛でたことにちなむ命名という。古今の女性の句を多く収めているところに特色がある。天理大学附属天理図書館綿屋文庫、大礒義雄文庫蔵。

⑤『百家交筆おくの細道』（文化十二年〈一八一五〉序）

芭蕉『奥の細道』の本文を、当時の著名な俳人約百名に一節ずつ染筆してもらい、その筆蹟を模刻したもの。編集に千五百日ばかりを要したという。某家ほか蔵。

⑥『われとわれ』（文化十三年〈一八一六〉刊）

松隣北斎編。三津人の発句約千句を四季別、季題別に分けて収めた発句集。松宇《しょうう》文庫ほか蔵。

⑦『三津人追善集〔仮題〕』（文政六年〈一八二三〉跋）

梅江祇杖編。松隣若助の序文および祇杖の跋文から、三津人の追善集と判断される。若助の序文によれば、本書は于當・三津人・烏頂の三吟半歌仙を巻頭に据えて編まれたもので、以下、諸家の発句や連句が収められる。綿屋文庫ほか蔵。

三津人の忌日については、古く川西和露氏が「三津人の歿年」(『ひむろ』七〇号、一九三二年三月)という論考の中で、⑦『三津人追善集〔仮題〕』を根拠に次のように言及されている(この論考は戦前の俳句雑誌に掲載されたもので、現在、閲覧・入手が困難であることから、その全文を引いておく)。

三津人の歿年は新撰俳諧年表には不詳の部に入れてあるが、当時相当知名の俳人であるのに確かめられてないと見える。その一周忌追善集(筆者注:⑦『三津人追善集〔仮題〕』をさす)の祇扙《ママ》の自跋に「ことし望月望日ははや小祥忌にめくり来ぬ云々、文政六未之秋」とあるから、文政五年八月十五日であらうが歿年は間違ないとして、年回の法要は逮夜、即その前日にいとなむならひから云ふと、歿日は八月十六日であるかも知れぬ、追善集にはその当日に営んでをるのも見うくるが、如何であらう。歿後すぐに一集が出てゐるさうだから、それを見ると分るであらう。

そして今回、①~⑥の編著を見ていく中で、三津人の生年と生地を確定できそうな記述が見出せたのである。まず彼の生年に関して、⑥『われとわれ』の冬之巻末尾に「于時五十有六齢

／棣園三津人」、そして巻末に「文化丙子弥生発行」との刊記があることに注目しよう。まず、この刊記によって、『われとわれ』が「文化丙子」、すなわち文化十三年（一八一六）に刊行されたということが確定でき、さらに冬之巻末尾の記述によって、当時三津人が数えで五十六歳だったということも確認できる。したがって、この二つの記述を勘案すれば、三津人の生年は宝暦十一年（一七六一）ということになり、さらに文政五年（一八二二）没であることがすでに明らかにされているわけだから、享年についても六十二と導き出せるのである。ちなみに、同書に見られる「棣園（梅園）」という号は、他書の中にもしばしば見られるもので、三津人の主要な別号の一つと考えられることについても、ここで指摘しておきたい。

次に、三津人の生地について、①『俳諧はるの山々』の記述に注目する。先にも述べたように、同書には三津人の立机を祝した諸家の発句や連句が収められており、たとえば大坂の大伴大江丸や菅沼奇淵《きえん》、江戸の大島完来や夏目成美《せいび》、京の成田蒼虬《そうきゅう》、伊予の栗田樗堂《ちょどう》、播磨の栗本玉屑《ぎょくせつ》、秋田の吉川五明《きっかわごめい》、尾張の井上士朗《しろう》など、当時の著名な俳人の名も数多く見られるのだが、その中に次のような一句がある。

荘周、聘を辞して生をたのしみ、翁、国を去て五七五に遊ぶ。落橙主人、此道に似たり。予も同郷のちなみなれば

橙やつきせぬ宿に祝はれて　クハナ如酔

一読して明らかなように、この句は三津人（落橙主人）と「同郷のちなみ」がある桑名の如酔という俳人が、三津人の立机を祝して寄せたものである。つまり、三津人はもともと桑名の生まれで、大坂住まいをするようになったのは後年になってからのことだった、ということが裏づけられるわけである。なお、大坂住まいということに関して言えば、これまでは『万家人名録 初編』（柿耶丸長斎輯・白雀園米彦校、文化十年〈一八一三〉刊）に記される、「大坂船町橋西詰北へ入」という居住地のみが指摘されてきたが、このたび西尾武陵《ぶりょう》が文化十一年〜文政初年（一八一八）ごろの間に記したと推定される『名録帖』の中に、「三津人 大坂相生橋西半丁斗北側 月夜庵[3]」とあるのを見出したので、合わせてここで紹介しておく。

以上、本稿では三津人の編著を確認することにより、彼の経歴の一端を明らかにしてきたが、一方で初期の活動についてはなお不明な点が多く、今後の継続的な調査が必要であることも浮かび上がってきた。たとえば『俳諧はるの山々』の中に、青風・三津人・風古による三吟三句が収められているのだが、その前書には、

不関居のぬしは、其始、画風子と申せし頃より俳林の友とし、朝な夕な風流の事とて何くれと語りむつびぬ。（後略）

と記されている。この記述から、三津人には「画風」という初号のあったらしいことがうかがえるのだが、残念ながら今のところ「画風」号の作品は確認できていない。また、『俳文学大

辞典 普及版』（前出）などに記されるように、三津人は今日、「八千坊二世駝岳《だがく》門」の俳人として認識されているわけだが、たとえば三浦若海著・加藤定彦編『俳諧人物便覧』（ゆまに書房、一九九九年。成立は、弘化元年〈一八四四〉～安政三年〈一八五六〉）の、「月夜菴　完陳門　大阪松井氏」や、杉浦其粦『俳仙影鑑』（近藤出版部、一九一七年）の、「松井氏　月夜庵と号す　完来門又對山門下の宗匠たり　浪華船町橋西に住す」など、先行研究の中には、三津人を江戸の四世雪中庵・大島完来門とするものもある。これを、前節で引用した『みつうまや』の一節と合わせて考えれば、彼は江戸の桑名藩邸に仕えていたときに、俳諧に触れるようになったという可能性も完全には排除できない。

さらに言えば、『万家人名録　初編』（前出）の中で、三津人自身、「予が父・兎角斎千李は、暮雨庵暁台と常に友たりしかば」と記しており、暁台との交流などについても視野に入れる必要があると考えられる。こうして見てくると、三津人の経歴について明らかにしてゆくことは、結果的に彼の周辺にいた俳人たちの活動状況を解明することにもつながると期待できるのである。

三　一茶との交流

では次に、三津人と、文化・文政期（一八〇四～三〇）に活躍した俳人として真っ先に名前が思い浮かぶ、小林一茶との交流について検討してみたい。

ところで、二人の交流について検討するうえでは、あらかじめ当時の俳壇の様相を知っておく必要があるだろうから、まずこのことについて簡単に触れておこう。

元禄七年（一六九四）に芭蕉が没すると、その門人たちは、宝井其角《きかく》や服部嵐雪《らんせつ》らに代表されるような、奇警な見立てや趣向を好み、晦渋・難解な作品を特徴とした都市系のグループと、各務支考《かがみしこう》や志太野坡《しだやば》らに代表されるような、平易な表現や当意即妙の俳諧を好んだ地方系のグループとに「分裂」していった（地方系のグループは、さらに支考や岩田涼菟《りょうと》・中川乙由《おつゆう》らが活躍した美濃派や伊勢派と、それ以外〈野坡門・広瀬惟然《いぜん》門など〉とに分けられる）。ところが、芭蕉五十回忌を迎えた寛保三年（一七四三）に全国各地で追善法要が営まれ、芭蕉塚が建立されたのを契機に、各地に蕉風俳諧のネットワークが形成されるようになった。さらに、こうした動きは、芭蕉七十回忌となる宝暦十三年（一七六三）ごろから、いわゆる「蕉風復興運動」と呼ばれるような大きなものにまで拡大し、このとき運動の中心的存在となったのが、蕪村と同時期に活躍した俳僧・蝶夢《ちょうむ》だったのである。彼は、師系や道統を超えて芭蕉俳諧の精神と作品を受容することを目指し、全国各地の俳人たちに交流を促した。文化・文政期の俳壇は、こうした流れの延長線上にあったと見ることができ、だからこそ三津人と一茶の交流について検討することにも、一定の意味が認められると考えられるわけである。

以上のような背景をふまえたうえで、本稿ではまず『随斎筆紀《ずいさいひっき》』という書物に注目してみたい。『一茶全集第七巻　雑録』（信濃毎日新聞社、一九七七年）の解説によると、同書は、「文化八年に夏目成美（筆者注：江戸在住時の一茶を経済的に支えた人物。「随斎」は、彼の別号の一つ）が当時の諸国俳人の句を集録したものを、一茶が抄写した上、さらにその上欄や余白に、一茶自ら逐次句を追録して、その没する文政十年にまで及んだもの」である（十四頁。丸山一彦執筆）が、実はこの中に三津人の句が六十一句も収められているとわかったのである。この数字は、同書に収録されている総勢千百五十余名の作家（俳人のほか、和歌や狂歌の作者も含まれる）の中でも、鈴木道彦《みちひこ》（百十句）、成美（八十七句）、青野太筇《たきょう》《たいきょう》（六十九句）に次ぐ四番目の多さ（車両と同数）であり、しかも「随斎筆紀からの抜き書きがどこまでかは定かでないが、ほぼ上巻二十三丁裏までの下段大字部分がそれであり、他は一茶の追録と見てよかろう」とする『一茶全集』の解説（前出）にしたがって、あくまで目安として示すならば、全六十一句中、実に五十七句までが一茶による追録と見られるのである。もっとも、それら五十七句のうちの五十二句は、「文化十三年春出板／文政五〔八〕十五没」（筆者注：「〔八〕」は、校注者による補入）との前書のもと、三津人の発句集『われとわれ』から書き抜かれたものと判断されるから、追録された句のほとんどは、彼の没後、一気に抄出された可能性が高い、との指摘も十分ありうる。しかし、その点を割り引いて考えたとしても、三津人と一茶の間に一定の交流があったことは、まず間違いないと言えそうなのである。

では次に、三津人と一茶それぞれの編著の中に、互いの句が収められているかどうかを確かめてみよう。すると、前節で整理した三津人の編著中には、

文音秋詠

たつ鴫の今にはじめぬ夕かな　　江戸一茶　（①『俳諧はるの山々』享和三年〈一八〇三〉刊か）

てふ飛やうき世に望みなきやうに　　一茶　（④『いなのめ抄』文化十一年〈一八一四〉成）

という一茶句二句が、一方、一茶の編著中には、

鶏の道も付たる清水かな　　三津人　（『三韓人《さんかんじん》』文化十一年自跋）

という三津人句一句が収められているとわかった。また、

奥山や戸の明《あけ》たてに露がふる　　三津人　（『菫艸《すみれぐさ》』春甫編、文化七年跋）

雁も来てきげんとるなり山の月　　三津人　（『杖の竹』松宇編、文化十三年自序）

虫のなく中に大きな酒屋哉　　三津人　（『たねおろし』素鏡編、文政九年〈一八二六〉自序）(4)

の三作品は、それぞれ表向きの編者こそいるものの、実際には一茶の後見によって成立した、あるいは一茶が代編したと考えられているものであるから、これらの中に収められている三津

人句三句も、事実上、一茶によって選ばれたものと見て差し支えないだろう。もちろん、これら三句を加えてみたところで、数自体は決して多いとは言えないかもしれない。しかし、それぞれの俳書の性格に注目してみると、『俳諧はるの山々』は、先述したように三津人の立机賀集、一方、一茶の『三韓人』は、彼が江戸を去って郷里・信濃国柏原に定住することになったのに際して編まれた、いわば「江戸俳壇引退記念集」であった。となれば、二人は「俳諧師としての重要な節目の際には、互いに句を贈り合うような間柄にあった」と考えられるように思うのだが、いかがであろうか。

さらに、二人の間には手紙のやりとりがあったことまで確認されている。残念ながら現在、その手紙自体の所在は知られていないのだが、一茶も三津人も、それぞれ一度ずつ相手に手紙を送っていたことが、一茶自身の記録によって確かめられるのである。

○一茶↓三津人（文化十一年〈一八一四〉一月二十三日）

井眉、樗堂、八千坊、桐栖、米彦、魯隠、長斎、三津人、奇淵、八通、一包。八日坊万和ニ出之。　（『七番日記』）[5]

○三津人↓一茶（文化十二年四月十七日）

文化十四四月十七日出大スリモノ入　大スリ　残霞

ひいやりと牡丹の門を出にけり　三津人　（『随斎筆紀』）

ところで、二人の交流はいつ、どのようにして始まったのだろうか。このことについて前田利治氏は、「大阪の三津人（駝岳門）・万和（同上）・星譜（奇淵門）の三人は、寛政期の（筆者補：一茶の）西国行脚のおりに師弟ともどもなじんだ俳人たちで、親密な交渉は帰江後も継続し」た、と述べられている。(6) 先に示したように、一茶が享和三年（一八〇三）の三津人立机の際、祝句を寄せていることから考えれば、当然二人の間にはそれ以前から交流があったはずで、氏の指摘は基本的に首肯できるものと考える。ただし、前節でも述べたように、立机以前の三津人の活動についてはまだ不明な点が多いうえに、西国行脚にかかわる一茶の作品群（『西国紀行（仮題）』寛政七年〈一七九五〉成、『たびしうゐ』〈同上〉、『さらば笠』寛政十年成）などの中には三津人の名を見出すことができないという実情もあり、二人の交流についてもなお詳細な検討を必要としよう。しかし、これまで本節で紹介してきた材料によるかぎり、三津人と一茶が互いに相手を一人の俳諧師として認め、交流を重ねていたらしいことは、十分確かめられたものと考える。

四　俳諧番付に見る三津人

前節では、三津人と一茶の交流について検討し、三津人が一茶にも認められるような存在であったことを明らかにした。では、これが全国規模となったとき、三津人はいったいどのように評価されていたのだろうか。本節ではこのことを、「俳諧番付」に基づきながら考えてみよう。

「番付」とは、もともとは近世初期（寛文年間〈一六六一〜七三〉ごろ）に、歌舞伎や人形浄瑠璃などの興行に際して発行された、宣伝や案内のための刷り物を指したが、「一七五七年（宝暦七）に江戸相撲が初めて縦一枚木版刷りの相撲番付を発行してから、この番付をまねてあらゆるものに階級・順序をつけた番付を発行することが流行」し出したという。(7) 俳諧師の番付が作られるようになったのは寛政末期（一八〇〇年）ごろからだったようで、そのうち文化・文政期（一八〇四〜三〇）のものについては、矢羽勝幸編『一茶の総合研究』（信濃毎日新聞社、一九八七年。以下「矢羽氏『研究』」と略す）の中に、図版や解説がまとまって収められている。そこで本稿では、これらの資料を大いに参照しつつ、適宜他の文献にも言及しながら考察を進めてゆく。

文化・文政期に発行された俳諧番付の中で、三津人の名を確認できるものが、現時点で少なくとも八点存在した。以下に、その番付名と三津人の位置を示す（各番付の出典を、→以下に記した。その際、矢羽氏『研究』に収められるものについては、「→『研究』「番付〇」」と記し、それ以外については文献名を記した）。なお、三津人の位置づけがどの程度のものなのかが大まかにでもつかめるよう、本書が主たる研究対象としている一茶、および鳳朗（各番付では、「対竹」「鶯笠」

の号で記載される）が、同じ番付でどこに位置しているのかも合わせて掲げてみる。

①「正風俳諧名家角力組」（文化八年〈一八一一〉発行）
→『研究』「番付B」
〔三津人〕西の方三段目・四人目（前頭三十二枚目）
〔一　茶〕東の方最上段・前頭五枚目
〔鳳　朗〕西の方最上段・小結（「対竹」号）

②「新板諸国はいかいし大角力ばん付」（文化八年〈一八一一〉発行）
→次頁の画像参照（安城市歴史博物館蔵）
〔三津人〕中央柱・行司
〔一　茶〕右側三段目・四人目（前頭二十三枚目）
〔鳳　朗〕左側最上段・前頭五枚目（「対竹」号）

③「南澹《ママ》部州大日本国俳諧四海京兄弟合」[8]（文化十二年〈一八一五〉発行）
→企画展図録『近世三河の俳諧—卓池・秋挙・楳老・塞馬—』（安城市歴史博物館、一九九三年）所収（二十八頁）
〔三津人〕左側二段目・八人目（前頭十九枚目）
〔一　茶〕右側最上段・前頭四枚目

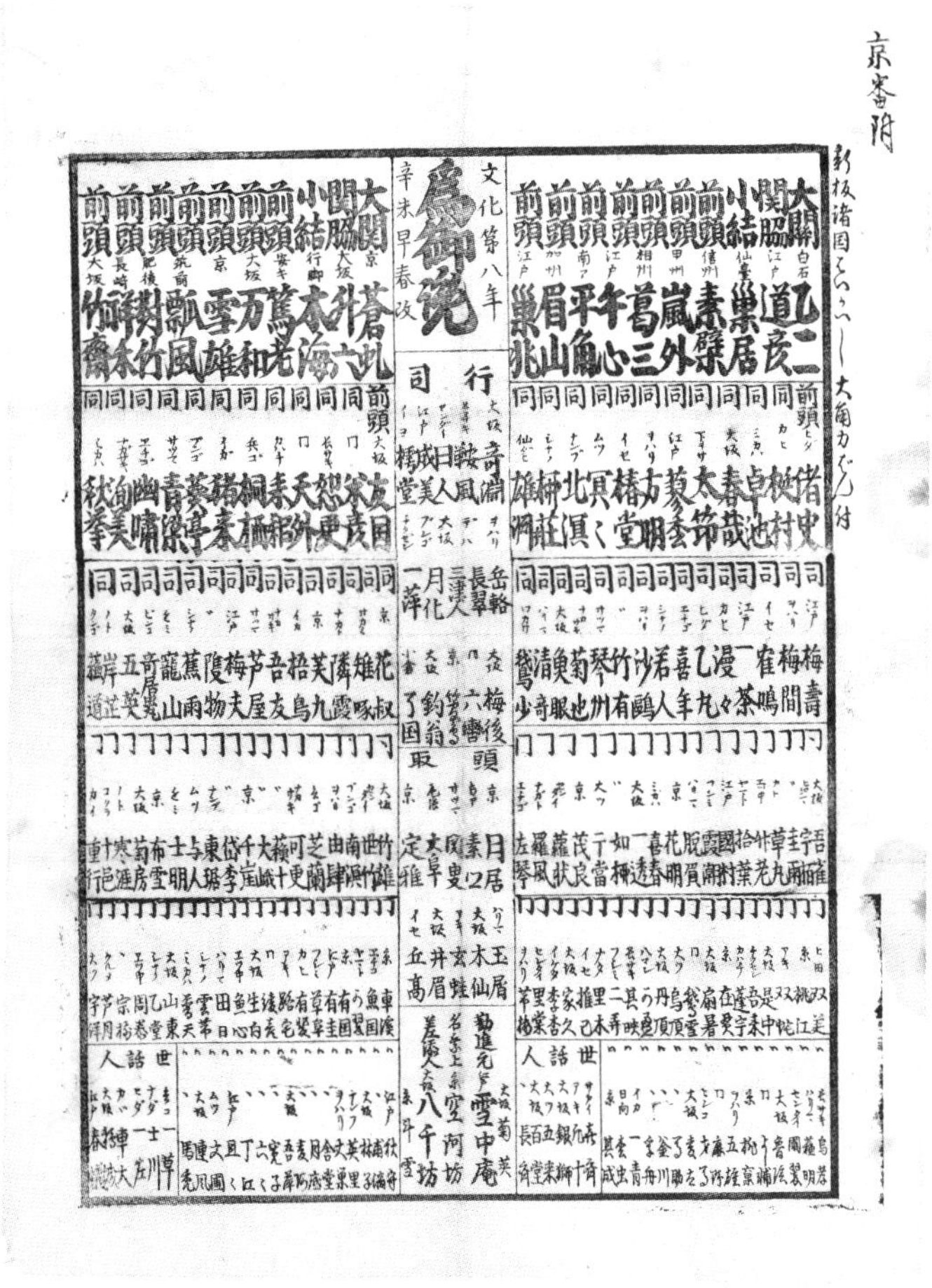

「新板諸国はいかいし大角力ばん付」（画像提供：安城市歴史博物館）

〔鳳　朗〕左側最上段・前頭五枚目（「対竹」号）

④
「大日本俳諧四季植物名寄」（文化十二年〈一八一五〉発行）
→企画展図録『俳文学の世界展』（朝日町歴史博物館、二〇一三年）所収（十一頁）
〔三津人〕四段目・十八人目（冬小桜）
〔一　茶〕一段目・十八人目（ふぢ）
〔鳳　朗〕二段目・十七人目（ときは木のおちば。「対竹」号）

⑤
「海内俳諧東西三十六歌仙合」（文化十三年〈一八一六〉発行）
→企画展図録『近世三河の俳諧―卓池・秋挙・楳老・塞馬―』（前出）所収（二十八頁）
〔三津人〕左側一段目・九人目（翡翠）
〔一　茶〕中央柱・判者
〔鳳　朗〕右側一段目・五人目（蝶）

⑥
「正風俳諧名家角力組」（文化十三年〈一八一六〉発行）
→『研究』「番付C」
〔三津人〕西の方最上段・前頭五枚目
〔一　茶〕中央柱・世話人
〔鳳　朗〕東の方二段目・四人目（前頭十二枚目。「対竹」号）

⑦「新百韻略式」（文化十四年〈一八一七〉発行）
→矢羽勝幸・二村博編著『俳人藤森素檗全集』（信濃毎日新聞社、一九九八年）参照（五頁）
〔三津人〕一段目・左方（月）
〔一　茶〕二段目・柱（紅葉）
〔鳳　朗〕一段目・右方（月。「対竹」号）

⑧「誹諧士角力番組」（文政四年〈一八二一〉発行）
→『研究』番付D
〔三津人〕東の方諸国二段目・七人目
〔一　茶〕中央柱・差添
〔鳳　朗〕西の方江戸最上段・二人目（「鶯笠」号）

一九七頁に掲げた②「新板諸国はいかいし大角力ばん付」に基づきつつ、俳諧番付における一般的な序列について説明すると、おおよそ次のようになる。
○中央柱、東、西（あるいは左、右）の三つに分かれており、中央柱に記される俳人の方が東西（あるいは左右）に記される俳人よりも格が高い（別格扱い）。
○中央柱には勧進元、差添、世話人、行司、頭取などの区分があり、この中では勧進元がもっとも格が高い。勧進元以外については、番付によって序列に対する考え方に違いがあるようなので、基本的には文字の大きさによって序列を判断する（文字の大きい方が格が高い）。この基準に、掲載されている俳人たちの年齢や知名度などを加味して、私に②の番付の序列を示してみるならば、勧進元＝差添人＝名乗上（この三者はほぼ同格）↓行司↓頭取↓世話人、といったところであろうか。ただし、知名度に関してはあくまで今日的なものであり客観性には乏しく、また行司や頭取に関しても、それぞれの中で文字の大きさが異なっているなど、この番付における序列意識を正確に読み取ることは難しい。よって、右に示した序列はあくまで筆者の私見にすぎないことをお断りし、ぜひ諸氏からのご教示を賜りたい。

○東西の俳人たちは四〜六段に分けて記され、大関、関脇、小結、前頭に区分される。現在の相撲番付と同様、この中では大関の格がもっとも高く、前頭も一枚目、二枚目、…の順に格がつけられる。

この説明をそのまま適用できそうなのが①②③⑤⑥⑧の六つ、⑦「新百韻略式」は、大関、関脇といった名称のかわりに月、花といった風雅な季語によってランクづけをしている番付である。格は、高いものから順に、花↓月↓紅葉↓雪↓神↓時鳥↓…となっている。また、④「大日本俳諧四季植物名寄」は、当代の俳諧師を植物にたとえて並べた「見立て番付」と呼ばれるもので、各段は一段目＝春、二段目＝夏、三段目＝秋、四段目＝冬と四季別になっている。

翌年に発行された、⑥「正風俳諧名家角力組」において東西の最上段に位置する卓池、蒼虬、井眉などが四段目、すなわち冬の植物に見立てられていることから考えると、この番付は、他ほど序列に対する意識は高くないものと考えられる。

ところで、こうした番付は、基本的には当時の俳人たちの仲間内での評価に基づいて作られており、半ば「遊び」の要素が含まれていたともいう。さらに、矢羽勝幸氏の言を借りて言えば、「その人の人気度や勢力には当然差違が生じるし、時によこしまな政治的意図も働いて俳人の序列化が行なわれ」るようなこともあり、ゆえにトラブルが生じる場合もあったようだ。したがって、「番付の位置が、即、その俳人の実質的評価につなが」るわけではないのだが、「それでも十指のさすところ、衆目の一致する人物はおのずから明らかで、実力者の位置はほとんど不変」、つまり「番付における中央柱の部分や一、二段目は、多少の前後はあっても顔ぶれがかわらない」という[9]。そこで、このような認識を考慮に入れつつ、先に示した目安にしたがって、④以外の番付における三人の序列について整理してみたところ、

①鳳朗→一茶→三津人　②三津人→鳳朗→一茶　③一茶⇄鳳朗→三津人
⑤一茶⇄鳳朗⇄三津人　⑥一茶→三津人→鳳朗　⑦三津人⇄鳳朗→一茶
⑧一茶→鳳朗→三津人

といった具合になった。ここからうかがえる傾向を私に分析してみるならば、鳳朗と一茶はほ

ぼ同格―ただし、年を経るにつれて一茶の評価が高まっていることがわかる―、三津人は二人に比べるとやや格下、といったところであろうか。しかし、番付によっては三津人が一茶や鳳朗よりも上位に位置づけられているものもあるし、そして何よりも重要なこととして、彼が文化・文政期の俳諧番付に、常に登場していた、という事実を見過ごしてはなるまい。つまり、三津人は全国規模で見てもある一定の評価を常に得ていたと考えることができそうなのである。さらに、①と⑥を見比べてみると、両者の名称はまったく同じであるうえに、体裁もきわめてよく似ている。このことから⑥は、①を「ひきついだ形で出版され」た番付と見なすことができ[10]、その両者で三津人の位置が、前頭三十二枚目から五枚目へと飛躍的に上昇していることは、やはり彼の実力が広く認められていたことを裏づけるものとなるはずだ。

なお、矢羽氏『研究』には、文政五、六年（一八二二、二三）ごろに発行されたと推定される「正風俳諧師座定」という番付も収められている（番付E）が、この番付以降、三津人の名は見出せなくなる。これは、彼の評価が著しく低下したというのではなく、彼の没後に発行された番付であることを意味するものと考えられる。先述したように、三津人は文政五年没であるから、番付Eはその翌年、すなわち文政六年の発行である可能性が高い、ということを最後に付け加えておきたい。

おわりに

以上、本稿ではいくつかの観点から、大坂の俳人・松井三津人に関して新たに知り得た情報を整理・紹介してきた。きわめて粗雑な報告ではあるが、近世後期における俳壇の諸相について研究を深めてゆくうえで、三津人が注目に値する俳人であることは、十分確かめられたものと考える。最後に、これまで明らかにしてきたことをふまえ、第一節で引用した『俳文学大辞典 普及版』(前出) の記述が次のように書きかえ、また書き加えられるべきことを示して本稿のまとめとし、今後のさらなる追究を期すこととしたい。

三津人　俳諧師。宝暦一一（一七六二）〜文政五（一八二二）・八・一五。六二歳。松井氏。別号、月夜庵・落橙舎・不関居・楳園(梅園)。編著『みつうまや』によれば、伊勢国桑名生まれ、一七歳の時(安永六年・一七七七) に江戸に出て桑名藩邸に仕官し、十年後の天明七年（一七八七）ごろ、致仕して大坂へ移住、船町橋西詰北へ入や相生橋西半丁斗北側などで暮らした。後年、八千房二世駝岳門下となったことは間違いないが、当初は江戸の大島完来門であった可能性もある。父・兎角斎千李は暁台と交流があった。享和三年（一八〇三）に立机して以降、各地の俳人と幅広く交流し、一茶の撰集にもその名が見られる。『みつうまや』以外の編著に、立机賀集『俳諧はるの山々』、『梓弓』『いなのめ抄』『百家交筆おくの細道』、発句集『われとわれ』（松隣北斎編）、一周忌追善集『三津人追善集』（仮題、梅江祇杖編）。

注

（1）『与謝蕪村の俳景―太祇を軸として―』（新典社、二〇〇五年）所収。初出は、『東洋大学短期大学紀要』三一号、一九九九年十二月。

（2）柿衞文庫本の題簽剥落、墨書については、同文庫の学芸員・辻村尚子氏が原本を確認し、ご教示くださった。

（3）引用は、大谷篤蔵編『武陵来簡集』（私家版〈西尾精一〉、一九七六年）による。成立についての推定は、同書四九六頁に言及がある。

（4）これら三津人句四句の引用は、すべて『一茶全集第六巻 句文集・撰集・書簡』（信濃毎日新聞社、一九七六年）による。なお、矢羽勝幸氏は、『信濃の一茶―化政期の地方文化』（中公新書、一九九四年）において、「従来の一茶研究では、一茶の代編俳書は、先の三部（筆者注‥『あとまつり』〈魚淵編・文化十三年刊〉、『杖の竹』『たねおろし』をさす）だけではなく、文化七年刊行の『菫草《すみれぐさ》』（春甫編）と『木槿《むくげ》集』（文化十年刊。魚淵編）の二書も加えている」が、この二書は「全く無関係とはいえないが、編集に協力した程度」にすぎず、「一茶の意向の十分反映した本ではなかった」と述べられている（一三七頁）。しかし、この矢羽氏説にしたがったとしても、本稿の論旨にただちに影響することはない。

（5）引用は、『一茶全集第三巻　句帖Ⅱ』（信濃毎日新聞社、一九七六年）による。
（6）『一茶自筆　化政期俳人句録』（勉誠社、一九七六年）二三三頁。本書は、『随斎筆紀』の影印と解説を収めたもの。
（7）『日本大百科全書19』（小学館、一九八八年）三二二頁。池田雅雄執筆。
（8）この番付を収める『近世三河の俳諧―卓池・秋挙・楳老・塞馬―』（前出）は、名称を「俳諧士番付」としている。
（9）注（4）所掲『信濃の一茶―化政期の地方文化』一九七頁参照。
（10）矢羽勝幸編『一茶の総合研究』（前出）五六〜五七頁参照。

付記

○各作品の本文を引用するにあたっては、読みやすさを考慮して、適宜ルビ・句読点・濁点等を施したり、表記を改めたりするなどした。なお、引用文中のすべての傍線は、筆者が付したものである。

○川西和露氏の論考入手にあたっては、浦安市立図書館を通じて大阪大学附属図書館総合図書館から、また「新板諸国はいかいし大角力ばん付」の画像掲載にあたっては、安城市歴史博物館から格別のご高配を賜りました。貴重な資料の入手・掲載に便宜をはかってくださった各機関に、厚く御礼申し上げます。
○このほか、佐藤勝明・伊藤善隆・辻村尚子の三氏からは、本稿を執筆するにあたりさまざまなご教示を賜りました。合わせて厚く御礼申し上げます。

一茶と惟然
――無邪気の系譜

金子はな

蕉門俳人の惟然（?〜一七一一）と一茶とを結びつけ、あるいは比較することはかなり古くから行われてきた。両者の関連性は現在までの研究において様々な形で修正されつつあるが、本稿ではその経過をいったん整理し、筆者の私見についてもごく簡単に述べてみたい。その過程で、すでに周知の事実を改めて述べたり、逆に文献調査において管見の至らない場合も多々あるかと思うが、この点については大方の御批正を仰ぐ次第である。

一　人物像を軸とする評価――清貧と奇行の人――

一茶と惟然との類似性に言及した早い例として挙げられるのが、嘉永元年（一八四八）刊行の『一茶発句集』に付された一具（一七八一〜一八五三）の序文である。(1)

増賀ひじりの師の御坊僧正の参内のをり、乾鮭の太刀はき、痩せ馬に乗て供奉し、又、皇太神宮の名利を捨よとおほけなき霊勅により、やがて赤裸になりてくるひそそめきしは、僧綱をたまはり錦繍を身にまとひしよりも、中々に内心清浄ならんか。

近き頃、信濃の国柏原俳諧寺一茶は、元禄のむかしの惟然坊のたぐひにて、上野の坂本町本所番場にいほりせしをりは、昼も行灯をともしをきて煙草火にかえ、或は客来り餉の時いたれば、それとともに店屋に行、食事をはればかたみに料足を払て返り《ママ》しなど、なべての事辛き世をいともやすげにすごせるものから、四方遊歴の先々には、奇談笑話、人口に膾炙せるもの多し。発句文章もまたそれに随ひ、頤を解き、胆をうばはしむる物少からず。実に一世の俳将なりし。

傍線部の記述から明白であるが、ここでは一茶の自在な暮らしぶり（として伝わる逸話）と彼の俳風とを同一視し、これを惟然と関連づけて、『発心集』『撰集抄』等に清貧・奇行の聖として記された増賀上人の系譜に位置づけているのである。また同五年（一八五二）刊『おらが春』の西馬（一八〇八～五八）跋文にも、(2)

惟然坊は元録《禄》の一畸人にして、一茶坊は今世の一奇人也。そが発句のをかしみは人々の口碑に残りて、世のかたり草になるといへども、ただに俳諧の皮肉にして、此坊が本旨にはあらざるべし。中野のさと一之が家に秘めおける一巻物や、ざれ言に淋しみをふくみ、可笑みにあはれを尽して、人情・世態・無常・観相残す処なし。もし百六十年のむかしに在て、祖翁の過眼を得むには、惟然の兄とやのたまはんか、弟とや申し玉はむか。

とある。これは一具の見方よりも、やや作品の性格に比重を置いた記述といえるだろう。すなわち、表面的な日常性・滑稽性の内部に「淋しみ」「あはれ」のある彼の作品は蕉門の教えにも適うものであり、[3] 人間的にも惟然に引けを取らない「奇人」としての魅力を備えていると述べているわけである。

しかしいずれにせよ、これらは『近世畸人伝』(寛政二年〈一七九〇〉刊)『俳家奇人談』(文化十三年〈一八一六〉刊)等に収録された惟然の評伝・作品と、当時の俳人の間で共有されていた一茶のキャラクターとを結びつけた言説と考えられる。両書における惟然は、芭蕉の発句を念仏に仕立てた「風羅念仏」を乞食同前の姿で唱え歩き、道中では宿所の妻女の着物を悪気なく拝借したり、せっかく仕立ててもらった着物を返却してもとの古着を着たりするなど、極端に清貧でありながら、世間の常識に収まらない自由奔放な人物として描かれている。これらは後世の創作・脚色を多々含むと思われるが、惟然自身も「道を学ぶ人は、先ただ貧を学ぶべし」(「貧ノ讃」支考編『本朝文鑑』所収)といい、また「ひだるさに馴てよく寝る霜夜哉」(泥足編『其便』)と詠み、貧窮生活に自足する姿勢を生涯にわたって持ち続けた。むろん、これは単に自己の生活実態を述べたのではなく、「乞食の翁」(「櫓声波を打て」詞書)としての生き方を貫いた師・芭蕉への憧れと共感の表明でもあっただろう。

一方一茶については、信濃帰郷後の一茶に宛てて成美が出した書簡（文化五年〈一八〇八〉八月二十六日付）に「例の貧俳諧、貧乏人の友もなくて困り入申候」とあり、また自句「花すき貧乏人を招くなり」について「暗に先生（筆者注：一茶）のことを言ひ出したるなり」とのコメントが付されているが、[4]これは「貧俳諧」が一種の文芸趣味であることを前提として、その仲間である一茶に親しみをこめて言い送ったものと思われる。これに対して同時代の道彦は、自句「塵とては栂の古葉を庵の雪」（『蔦本集』）の前書に「一茶が清貧を尊とむ」と書き、また文虎（一七八九〜一八五五）は「一茶翁終焉記」に、

扨々此翁、天性清貧に安座して、世を貪る志露ばかりもなし。其徳をしたひ其句をしたふもの、国をこゝ境をこゝへて草扉をたたく。

と記す。これらにおいては、すでに「清貧」が趣味的な範疇を超えて、一茶の性質や生活実態と直結させられていることがわかる。前引の一具と西馬の一茶伝は、こうした同時代評の延長線上に位置づけられるものであろう。

二　比較の時代

近代に入っても、こうした人物評によって両者に言及する方法はみられるが、そこに単なる

類似性を看取するのではなく、各々の性質を比較対照する傾向が新たに生じてきた。たとえば東松露香は、両者の違いを以下のように主張する(5)。

一茶の奇行逸事は、其句の奇警飄逸なるが如く、一挙手一投足、凡て俗流を超脱して、奇談笑話の人口に膾炙するもの少なからず。これを一茶已前にもとむれば、纔に美濃の惟然坊一人あるのみ。然れども、惟然坊は元と富豪の家に生れ、後ら《ママ》蕉門に遊びてより、生涯貧苦と闘ひ、常に破れ蓑笠に身を堅めて諸国を漂泊し、

時雨れけり走入りけり晴にけり

と放吟して、風雨寒暑をも厭はざる処は、稍や一茶に酷似せる所ありといへども、時に花嫁の振袖を着ては知人を驚かし、或は白昼行灯を灯してくらがり峠を越えたるが如き、殆ど態とらしき奇行を以て世に衒ふものの如し。唯夫れ、芭蕉没後、三年其喪に籠りて、自ら芭蕉の像を刻みて知人に之を頒ちたるの一美事は、以て渠が生涯を飾るに足るべきの外は、寔に泛々たる一の風狂者たるに過ぎずといふべし。一茶はこれに反して、其態とらしき処なく、自然の言動は、自然に奇行となり逸事となれる也。

すなわち、一茶に比肩するような逸話の持ち主は、俳諧史上に惟然しかいないが、一茶の奇行が自己の内面の自然な発露であるのに対して、惟然のそれはわざとらしく、「世に衒ふ」ものであるというのである。これは三森幹雄・正岡子規ら、俳壇の新旧両派における一茶再評価

の流れを受けたものと推測されるが、(6)このあとに続けて列挙する一茶の「逸事」を露香自身の創作とみる向きもあり、(7)引用部分の文脈も印象批判的であるという指摘はまぬがれないだろう。

やがて一茶の未刊の句帖が多く発見され研究対象になると、清貧の自由人という従来の一茶像には収まりきらない、苦悩や俗っぽさを含む生活実態などが明らかにされ、一茶の人間性と作品を無条件で称揚することに対する反省がみられるようになる。一茶のこうした側面に対し、惟然との比較に基づいて痛烈な批判を加えたのが鈴木重雅氏(8)であった。

一具は、一茶を惟然と同じく視て、「なべての事辛き世をいともやすげにすごせる」といつてゐるが、一茶と惟然とは同列に考へることは出来ぬ。この詞は、惟然にはよく当るが、却つて、一茶には当箝らぬ。「親のない雀」を友とせざるを得ない様な境遇に生ひたち、「蝿さへ人をさす」故郷の、「雪五尺」のすみかに住むことを嘆じた一茶にとつては、美人の夕涼を見ても、「彼奴らが」と口走り、一領の新衣に衣更しても、却つて「下谷一番の顔して」と苦笑し、一脈の薫風に座しても、「まがりくねつて」といひ、「贔屓目に見てさへ寒きそぶり」と呟き、「次の間の灯で膳につく」一人旅を憂しとして、「いつの日莚二枚も我が家といひて、人に一領施さるる身となりなば、是れ即ち安養世界なるべし」といつて居る。その心事の醜陋なる、到底、俗物たるを免れぬ。かかる人物が、胸裡の所感を吐いたとて、何の芸術的価値が有らうか。

右の主張は、「文学は、すべて人間性の展開であり、表現である[9]」という同氏の考え方に基づくものであり、人物評と作品論が同化している点、また一部の発句をもって一茶の全体を評している点に、やや公平性を欠くところがあるのではないかと思われる。

こうした両者の比較に関する議論を、いったん穏当な形でまとめたのが川島つゆ氏であった[10]。川島氏は、まず一茶の発句「うまさうな雪がふうはりふはり哉」に「擬惟然調」と前書した作があることを指摘し、一茶が惟然の口語調に興味を抱いていたのは事実としながらも、『随斎筆紀』に一茶が追記している惟然の発句三句（短夜や木賃もなさでこそ走り／ひだるさに馴れてよく寝る霜夜哉／小倉とはむかひ合せの下の関）が、いわゆる口語調ではないことを「必ずしも惟然調に心酔してゐたのでなかつた」ことの証左とする。また、惟然の「銭湯の朝かげきよき師走かな」「別るるや柿喰ひながら坂の上」といった句に「清澄な気分」「執着のない明るい心境」を認めて高く評価し、「常に漂泊を嘆き窮乏を訴へ」る一茶との相違を説いた。

三　人物論・作品論の分離と「軽み」

その後の研究の進展により、一茶の作品や記述に表現された漂泊や窮乏・孤独のありさまは、必ずしも彼の生活実態を正確に反映したものではないことが明らかにされた[11]。また丸山一彦氏は[12]、一茶の俗語調は青年時代に属した葛飾派の風調や、古俳諧の滑稽性など複数の要素が加わって形成されたものであり、「一茶を惟然の追随者のように見なすのは誤りであろう」と説く。これはほぼ現状の共通理解と思われるが、その一方で、やはり惟然と一茶の俳諧に通じあう部分があり、そこに両者の魅力が内包されていることも事実ではないだろうか。

この点で、早くに文虎が「その句のかるみ、実に人を絶倒せしむ」（『一茶翁終焉記』）と言及したことが、惟然の俳諧とかかわって注目される。すなわち、惟然の句の中には、蕉風の「軽み」の一側面である無心・無邪気(13)の作風「あだなる風」が見受けられるが、この特徴は一茶においても認められるのではないかということである。

風呂敷に落よつつまん鳴雲雀　（元禄八年〈一六九五〉『鳥の道』）
ころがらん夏の青みの葛籠やま　（同九年『鳥の道』）
きりぎりすさあとらまへたはあとんだ　（同十三年頃『きれぎれ』）
船よふねこちがはやいか須磨の岡　（同十五年『二葉集』）
おさえふぞ盆があるなら爰な虫　（同十六年『とてしも』）

＊

寝返りをするぞそこのけきりぎりす　（文化十三年〈一八一六〉『七番日記』）
萍の花からのらんあの雲へ　（文政二年〈一八一九〉『八番日記』）
寝仲間に我も這入るぞ野辺の蝶　（同四年『八番日記』）

手枕に花火のどうんどうん哉　（同）

蝸牛こちら向く間にどちへやら　（同五年『文政句帖』）

蜂の巣にかしておくぞよ留守の庵　（同七年『文政句帖』）

記号（＊）を挟んで、前半が惟然、後半が一茶の作である。[14] いずれも無心・無邪気の「あだなる風」を体現したものと思うが、いかがであろうか。とくに後者の句には、従来縷々指摘されてきたような、屈折した感情の表出は見当たらない。また、一茶の作風に関してよくいわれる小動物への着目も、

猫の子がちよいと押へるおち葉哉　（文化十二年〈一八一五〉『七番日記』）

狗がこかして来たり赤李　（年次未詳『希杖本句集』）

などをみると、一茶生来の素朴な把握態度が、対象へと転写されたものであるようにも感じられる。

むろん、こうした鑑賞が一茶の句すべてに適用できるわけではない。従来指摘されてきたように、彼の作風は自己の生活・感情・知識を総動員した多様なものであり、そのうちには俗っぽく、人間くさい部分があることも否定し得ない。しかし、それでも多くの人々が一茶の句に魅力を感じ続ける理由の一端に、右のような一茶のものの見方があるのではなかろうか。そしてこのことは、惟然や芭蕉の精神世界とも無縁のものであるとは思われないのである。

注

（1）引用は荻原井泉水編『一茶発句集』（春陽堂、一九二五年）による。ただし踊り字や旧字は通行の字体に改め、本稿と関連する箇所に適宜傍線を付した（以下同じ）。
（2）引用は小林計一郎・丸山一彦・宮脇昌三・矢羽勝幸校注『一茶全集』（信濃毎日新聞社、一九七七～八〇年）による（とくに断らない場合は以下同じ）。
（3）「おかしきは俳諧の名にして、淋しきは風雅の実なり」（支考『続五論』）。蕉風復興運動において、「さびしみ」は蕉風俳諧の本質として喧伝された（玉城司「近世中期俳諧における滑稽――地方系蕉門の「さびしみ」と「おかしみ」――」『連歌俳諧研究』一〇四号、二〇〇三年二月）。
（4）小林計一郎『一茶―その生涯と文学』（信濃毎日新聞社、二〇〇二年）に指摘。
（5）一茶同好会編『俳諧寺一茶』（目黒分店、一九一〇年）による。
（6）三森幹雄『俳諧名誉談』（庚寅新誌社、一八九三年）、正岡子規『俳人一茶』（三松堂松邑書店、一八九七年）
（7）注（4）に同じ。
（8）『俳人惟然の研究』（俳書堂、一九三三年）。
（9）注（8）に同じ。
（10）「惟然・一茶・越人」（『書物展望』一四七号、一九四三年九月）。また後年の評だが、沢木美子『風羅念仏にさすらう　口語俳句の祖惟然坊評伝』（翰林書房、一九九九年）も同様の立場をとる。「擬惟然調」の前書は近年の全集類にみえず、伊藤正雄校注『日本古典全書　小林一茶集』

（朝日新聞社、一九五三年初版）の当該句頭注や、尾形仂編『新編俳句の解釈と鑑賞事典』の当該句補説（丸山一彦執筆、笠間書院、二〇〇〇年）には「擬惟然坊」の前書を付した真蹟があるとされており、同一のものかどうかも不明である。ただし、『惟然坊句集』にも載る惟然の「おもたさの雪はらへどもはらへども」画賛の旅姿にそっくりな人物画を、一茶はこの句の真蹟懐紙に描いており、ここに惟然に対するなにがしかの共感を示した可能性はある。

（11）小林計一郎『人物叢書　小林一茶』（吉川弘文館、一九六一年）など。

（12）注（10）掲出の『新編俳句の解釈と鑑賞事典』当該句補説による。また鈴木勝忠「一茶調の母体」（『連歌俳諧研究』三六号、一九六九年二月）によれば、「浮世風」（江戸風）俳諧の発想を用いた句も多いという。

（13）「あだなる風」は、『去来抄』『旅寝論』において、芭蕉の遺風を残す伊賀連衆の作風とされたもの。尾形仂氏は、両書に挙げられた例句の特徴から、これを「小児のごとき無心な把握態度」「無邪気な口ぶり」の双方を備えた風とし、「軽み」の一風体とみた（「〝かるみ〟の原点」『俳句と俳諧』角川書店、一九八一年）。また去来が「是先師の一体也」といっているように、芭蕉にも「夕がほや秋はいろいろの瓢かな」（『曠野』）、「いざ子ども走ありかむ玉霰」（『智周発句集』）等、童心の句がある。この点については、以前の拙稿において言及した（「惟然の「軽み」考」『連歌俳諧研究』一二四号、二〇一三年三月）。

（14）発句の引用は『古典俳文学大系』（集英社、一九七〇〜七二年）によった。

≪資料と考証≫

文化十四年一茶宛鶯笠（鳳朗）書簡

玉城　司
金田房子

はじめに

近世後期俳諧の研究は、小林一茶の研究以外はほとんど進展していない。月並調の俳諧衰退期と一言で片付けられて顧みられることが少ないからである。

本稿では、鶯笠（鳳朗）から一茶に宛てた書簡を手がかりに、信州柏原の一茶と対竹・鶯笠と名乗った時期の鳳朗との交流、文化期末（十三年・十四年〈一八一六・一七〉）の俳諧について考えたい。

礫亭《れきてい》文庫蔵の一茶宛鶯笠書簡（十月四日付）は、半紙状の紙に書かれたもので、二川宛の書簡（本書所収金田「越後魚沼の二川宛鶯笠（鳳朗）書簡」参照）と比べて全体から受ける印象や書体が異なるので、写しの可能性が高いが、『芭蕉葉ぶね』に関わる記述があるなど、注目すべき豊富な内容である。

鶯笠（鳳朗）は、文化十四年（一八一七）俳論書『芭蕉葉ぶね』を出版して、俳壇の一角を占めた。『芭蕉葉ぶね』については、『俳文学大辞典』の同項解説（加藤定彦執筆）がある。

俳論書。角書「正風／俳諧」。半一。蕉風林鶯笠居士（鳳朗）著。芙蓉楼広陵編。俳諧寺一茶坊（一茶）校合。広陵跋。文化十四年（一八一七）・五、鳳朗跋。熊本から江戸に出た鳳朗が、俳壇に立とうとして蕉風俳諧を鼓吹した論書。貞門・談林の両派を「二別」、江戸座・美濃派・伊勢派を「三変」と称して正風にあらずとし、嵐雪以来の雪門や素堂を祖とする葛飾派、柳居らの五色墨派など各門派を批評、当時の句を例句として約二〇〇章を収める。編者の広陵は下総国臼井の人で、鳳朗門。なお本書刊行後の好評を報じた一茶宛の送り状が知られている。刻 俳書体系29、『一茶全集』別巻（昭54）

鳳朗は貞門・談林を「二別」、江戸座・美濃派・伊勢派を「三変」と称して正風にあらずとし、雪門・葛飾派、五色墨派など各門派を批判。この書の校合を務めたのが一茶で、これまで、鶯笠（鳳朗）が一茶に『芭蕉葉ぶね』の好評を伝えた添え状（新潟県高田市故木村秋雨蔵。矢羽勝幸「さらば笠考」（『本庄市史拾遺』一巻七号、一九六八年九月）所載）が知られていたが、ここに採り上げる書簡では刊行直後、句の作者の誤りを一茶から指摘されたのに対して丁寧に詫び、校合の一茶に迷惑がかからぬようにすると伝えている。

一　一茶宛鶯笠（鳳朗）書簡
本文と通釈

御句どもおかしく候。将《はた》世の取沙汰、あまり野卑にて今ハおかしからず成行たるなど承候。是ハ御工夫のため極々の内密なり

夏のはじめ歟、御せうそこ①車両よりとゞき忝、其のち②大作事ニ取紛御返事怠慢失礼仕り候。御用捨可被下候。〇芭蕉葉舟之うち③不名者の字之事御尤御座候。其ゆえありて書たるを注を書落したる也。こゝろにやすんだる事故、何の気もつかず、さきに④杉長が元への便りて初て心付候。校合人之罪ニならぬやう、⑤かゝる添書を致し、くはへ申

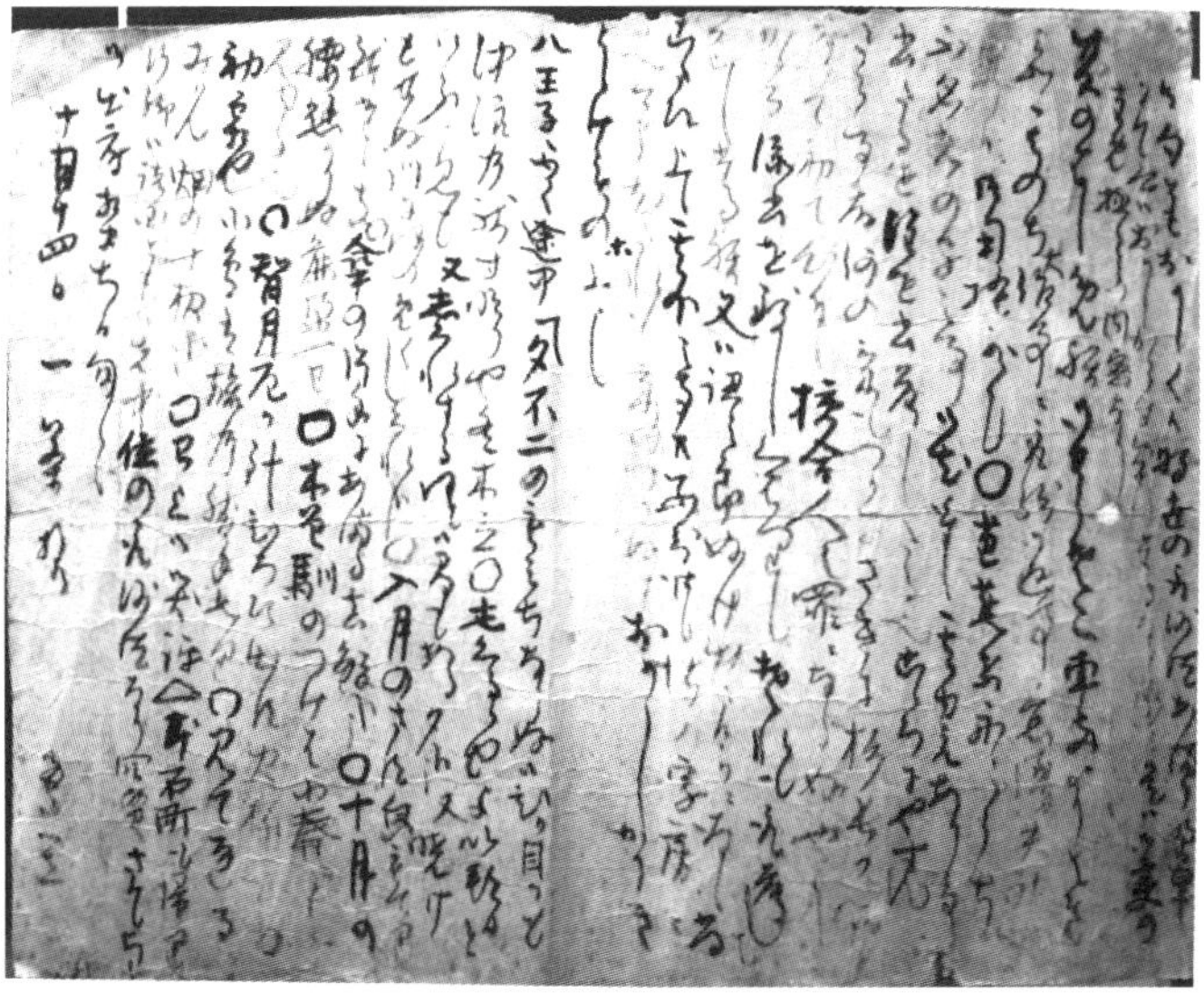

し候。それも取落して、かへしたる歟、又ハ認候節、ぬけ出たるかニ存候。尚こたび上候。其外之事共別紙仕候。坊ノ字[⑥]、房ニ可申候、尤、たれも気のつかぬハおかしかりき。とゞけもの等上申候。

八王子へゆく途中〳〵夕不二のもミぢならぬはひが目かも　沖浪の残す明りや冬木立○しぐるゝやよい朔日といふこゑも　又、しぐれするほとハ間もある夕哉　又、暁けもせぬ川にほのめくしぐれ哉○入月のさす貟もてり鉢たゝき○傘の片手にあまる真鰒哉○十月の腰懸かりぬ俺朶一わ○木曽馴のつけは小春も見ゆる也○智月尼[⑦]か針ひろひ出す火桶かも○初霜や小鳥は旅の勝手しり○見て過るみかん畑の十夜哉○已上御笑評△本石町[⑧]も帰り候。行脚ハ諸国ともニ先中位の取沙汰なり。穴賢。さてちと[⑨]御出府相まち候。匆々

十月十四日　　鶯笠

一茶様

※翻刻にあたり、濁点・振り仮名を補った。

（注）

①車両　成美門の俳人。『随斎筆紀』には多くの車両句を採録。編著に心非・車両・久蔵編、成美後見の『鼠道行』（文化十二年〈一八一五〉刊）がある。（文化十四年十一月三日付鶯笠書簡

（『一茶全集』書簡編参照）。

②**大作事ニ取紛**　鶯笠は文化十一年（一八一四）中に江戸で開庵。その家作り、普請に多忙だったのだろう。

③**不名者の字之事**　越人著『不猫蛇《ふみようじや》』（写本）のこと。後述。

④**杉長**　井上氏、名良民、梅人門、安房人（『新選俳諧年表』）。

⑤**かゝる添書を致し、くはへ申し候**　出版後に成して配布した訂正の摺物。後述。

⑥**坊ノ字、房ニ可申候**　見返しに「一茶坊校合」と記す。「坊ノ字、房ニ可申候」というのだから、「一茶坊」となっていたものを「一茶房」に改訂すべきとは考えられない。後述。

⑦**智月尼**　河合氏。寛永十年（一六三三）頃～享保三年（一七一八）。近江蕉門。芭蕉の世話に心を尽くした。夫没後弟の乙州《おとくに》を養子として家を嗣がせた。乙州は加賀蕉門の形成に寄与した。

⑧**本石町も帰り候**　本石町は江戸。本石町に住んでいた俳人は建部巣兆。巣兆は文化十一年（一八一四）没。五十四歳。亡くなったことを「帰り候」と言ったとすれば巣兆のこと。一方、本石町では西村源六が出版書肆を営んでいた。西村と縁が深かったのは鈴木道彦で、文化十年、西村源六を版元に自選句集『蔦本集』を出版。生者とすれば道彦のことか。道彦は、文政二年（一八一九）没。六十三歳。

⑨ちと御出府相まち候 「たまには江戸へ出て来てください。お待ちしています」の意。後述。

〈通釈〉

（お送りいただきました）あなたの句、おもしろく存じます。一方、世評ではあまりに野卑で、今は受け入れられないような、なりゆきだと聞いています。これは、ご工夫いただくために（申し上げたことで）ごくごく内密のことです。

夏の初め頃、あなたからの手紙が車両より届きました（が）、その後、大きな普請に取り紛れてお返事を怠って失礼いたしました。お許しください。○『芭蕉葉ぶね』の内、「不名者」の字の事、ごもっともです。理由があってそう書いたのですが、注を書き落としたのです。自分では納得していたので、何の気もつかずにいましたが、先日の杉長への手紙ではじめて気づきました。校合してくれた人（一茶）の罪にならないように、こうした添え書きをして、詳しく申しました。それも言い落として返事をしたか、または手紙を書く際に落としてしまったかです。なお、この度知らせました。その他の事は別紙で申し上げます。「坊の字」は、「房」にすべきこと、もっともなこと、誰も気づかなかったのはおかしなことでした。「届け物」（発句）を申し上げます。

八王子へゆく途中へ夕不二のもミぢならぬはひが目かも 沖浪の残す明りや冬木立〇しぐるゝ

やよい朔日といふころゑも　又、しぐれするほどハ間もある夕哉　又、暁けもせぬ川にほのめくしぐれ哉○入月のさす臾もてり鉢たゝき○傘の片手にあまる真鰒哉○十月の腰懸かりぬ飩朶一わ○木曽馴のつけは小春も見ゆる也○智月尼か針ひろひ出す火桶かも○初霜や小鳥は旅の勝手しり○見て過るみかん畑の十夜哉○已上御笑評△本石町も帰り候。行脚ハ諸国ともニ先中位の反応です。失礼致しました。さて、たまには御出府下さい。お待ちしています。

十月十四日　　　　鶯笠

一茶様

二　執筆年次と概略

本書簡は、文化十四年（一八一七）五月に出版された『芭蕉葉ぶね』の校正に言及する。『芭蕉葉ぶね』の諸本を調査したところ、後述するように出版後に訂正用紙を付して再刊されていることがわかり、同書出版後の文化十四年十月十四日の執筆と考えられる。先にも述べたように、料紙が一般的な書簡の用紙よりも縦長なこと、筆跡が鶯笠（鳳朗）のものかどうか判定できないことから疑問が残るものの、八王子へ行く途中に詠んだとして一茶に報じた句「しぐれするほどハ間もある夕哉」が『鳳朗句集』(1)に収載されていることから鑑みて、仮に写しであったとしても、内容を偽作したものではないと判断でき、文化期末の俳諧を考える上で大切な資料であると言える。そこで従来着目されていなかった鳳朗と一茶の交流を整理してから、本書簡の内容にそって次の二点から検討したい。

その一 『芭蕉葉ぶね』の校合についての具体的な言及。

その二 一茶の句に対する当時の人々の評判。

三 鳳朗（対竹・鶯笠）と一茶の略歴と交流

一茶は、信州柏原の中農クラスの農民として宝暦十三年（一七六三）に生まれ、文政十年（一八二七）十一月十九日、六十五歳で没した。安永六年（一七七七）十五歳で江戸へ出て後、諸国を遊歴、文化九年（一八一二）十一月末、五十歳の折、永住を決意して帰郷する。鳳朗については本書所収金田「鳳朗略年譜」を参照されたい。

この二人の交流について、記録が残る一茶の日記『文化句帖』『七番日記』『急逓紀』『随斎筆紀』(2)等から年表風に整理してみよう。鳳朗の号は対竹、鶯笠と両用するので、時期に応じて表記する。なお、「全集」は『一茶全集』（信濃毎日新聞社）の略で巻数とページを示した。＊は筆者の注を示す。

文化三年　十一月三日　「肥後対竹来ルニ付随斎会ニ歌仙有」（『文化句帖』全集二・381）。

歌仙は未満。

十一月九日　「対竹が三日の次韻」（『文化句帖』全集二・382）。対竹と右未満歌仙を巻く。

十二月一日　太筇・対竹・恒丸と下総へ出かける一茶を送って四吟歌仙
（『梅塵抄録本』全集五・271）。

節季候の見むきもせぬや角田川　一茶
扇折にも春のまたるゝ　太筇
雀啼朝日に窓や作るらん　対竹
翌日はどこぞの月の旅人　恒丸

文化五年　三月十二日　ヒゴ其渓・暁岱・文暁・対竹宛一茶書簡（『急逓紀』全集七・260）。
＊熊本へ帰る鶯笠に託した書簡か。

文化七年　十月　恒丸（文化七年九月十四日没）追善脇起歌仙に同座する（『玉笹集』
（五）全集五・299）。

心程すむものはなし萩〔の〕声　恒丸仏
飯の先から秋は行也　一茶
鶍月の鳥にははかなくて　対竹
旦の霜を覗く茶湯者　太筇
もちの木を笠一枚のかへものに　其明

菖蒲ざく〱下す川舟　兄直

文化八年　二月廿九日　飯田ニ入。同行四人也（『七番日記』全集三・109）。＊「同行四人」は対竹・兄直・北二・茶月。

閏二月一日　右同行四人と飯田出立、佐原へ。佐原から香取へ（『七番日記』全集三・110）。

文化九年　一茶編『我春集』に「佐川田へかたるな花に朝寝すと」の対竹句入集。

「熊坂が」半歌仙（梅寿発句・対竹脇・一茶第三）に同座（梅寿編『俳諧ほしなうり』所収。全集五・335）。

十一月末　一茶、帰住を覚悟で帰郷。

文化十年　一茶編『志多良』に「立待や空を見くだすしなの山」の対竹句入集。

「随斎成美一枚摺」（礫亭文庫蔵）に発句。肥後対竹。

文化十一年九月二十四日　随斎ニ入　訪対竹（『七番日記』全集三・333）。

十二月初旬　対竹、江戸で開庵記念句会を開催、一茶に出席要請。＊左記の対竹宛一茶書簡から推察。

229　文化十四年一茶宛鶯笠（鳳朗）書簡

文化十二年一月五日　対竹宛一茶書簡（「一茶書簡」特集『長野』一七三号、一九九四年一月。図録『一茶の生涯と文学』一茶記念館所載）。

二月七日　対竹　太笻　松井　三人守静ニ出ス（『七番日記』全集三・353）文通。

非心（成美門人）ら編『俳諧鼠道行』に対竹の句「夏草を花さくものとしらざりし」が入集。

文化十三年二月三日　東都文通　一峨　諫甫　久蔵　松井　太笻　対竹　守静（『七番日記』全集三・408）。

十一月九日　対竹を訪問（『随斎筆紀』全集七・189）。＊次の句はその折の対竹句。

はつ雪も降らで淋しや赤大根　対竹
雪明りこなたもさすや鴫の海　〃
いとはじな寒《さむさ》も隙《ひま》のまぎれ種《たね》　〃

文化十四年四月八日　鶯笠画（『七番日記』全集三・475）。＊入手したものか、この記述のみ。

五月　鶯笠自跋『芭蕉葉ぶね』成る（全集別巻・362）。＊刊行もこの頃か。

六月頃か　一茶より車両を通じて鶯笠へ書簡を送る。＊本書簡から推察。

　　　　十月十四日　一茶宛鶯笠書簡（本書簡）を執筆。
　　　　十一月三日　『芭蕉葉ぶね』好評に関する一茶宛鶯笠書簡あり（「書簡編」全集六・379）。
文化十五年四月十九日　前年（文化十四年）十一月三日付鶯笠書簡届く（『随斎筆紀』全集七・92）。
文政二年　十月五日　同年七月十八日付鶯笠書簡届く（『随斎筆紀』全集七・100）。
文政七年　二月二日　鶯笠編『いとかり草紙』に収載する「永き日にこりて旅してこりにけり」を「随斎筆紀」に記録する（『随斎筆紀』全集七・109）。
　　　　七月十八日　直一編『梨月夜』に収載する「七夕にかしや捨けん門の闇」を「随斎筆紀」に記録（『随斎筆紀』全集七・109）。
文政七年　七月十八日か　鶯笠序・直一編『梨月夜』添え一茶宛鶯笠書簡（全集七・109）。

一茶は、三十一歳の寛政五年（一七九三）の正月を八代（熊本県）の正教寺で迎えて、文暁と出会い（『仮名口訣』）、熊本では綺石・軽舟ら八人と会った（『たびしうゐ』）。が、そこに対竹（鳳朗）と出会ったとする記事はみられない。対竹とも面会した可能性を捨てきれないが、一茶側の資料からは、文化三年（一八〇六）十一月三日に「肥後対竹来ル二付随斎会ニ歌仙有」（『文化句帖』）とあるのが初見である。対竹が致仕して江戸へ出て、随斎会（夏目成美亭での句会）

で出会ってから、交流が始まったのだろう。この他に年記がないが、『随斎筆紀』には「十一月廿七日出臼井より」の前書で「隙かしてやる客も来ず冬ごもり　対竹」（全集七・202）を収録するので、文化十三年以前に鶯笠（鳳朗）が臼井（碓氷）を旅した折に、一茶に書簡を出したと推察されるが年次は未詳。二人の交流は、一茶が没する文政十年（一八二七）頃まで二十年弱続いたが、これ以外鶯笠（鳳朗）側から一茶との交流を知ることができる資料はない。

鶯笠（鳳朗）と一茶を結んだ夏目成美は、寛延二年（一七四九）に生まれ、文化十三年（一八一六）十一月十九日他界した。若くして俳諧に遊び、明和元年（一七六四）、江戸浅草蔵前の札差五代目井筒屋八郎右衛門宗成の家督を継いだ後も俳諧を捨てなかった。号に随斎、不随斎、法林庵、贅亭、無辺法界俳士などがある。その発句や連句は文化十三年刊『成美家集』に収録され、没後には俳論や俳諧随筆『随斎諧話』（文政二年〈一八一九〉）刊や『四山藁』（同四年刊）が出版された。これらの他にも多くの著書があり、安永天明期のいわゆる中興期俳諧と寛政・文化期の俳諧をつなぐ架け橋的存在であった。一茶と対竹（鳳朗）は、成美亭で原則として毎月七のつく日に行われた随斎会に参加したのである。

成美を通じて一茶と交流した鶯笠（鳳朗）は、文化十一年（一八一四）中、江戸で開庵し、一茶も新庵の開庵記念の俳席に誘った（文化十二年一月五日付対竹宛一茶書簡）が、一茶は参加できなかった。しかし、二人の交流は続けられた。文化十一年から同十四年の交流を一茶側から整理すると次の通りである。

一茶は、文化九年（一八一二）十一月末故郷の柏原（現信濃町）での永住を決意して帰郷、翌文化十年中は北信濃地方を巡廻して江戸には赴いていない。文化九年仲秋、長沼（長野市）の門人佐藤魚淵《なぶち》が同地の守田神社に「道端のむくげは馬に喰れけり」の芭蕉句碑を建立、翌文化十年記念集『木槿集《むくげ》』が出版された。一茶の全面的な後援で刊行された選集で、江戸の成美や道彦、春蟻、巣兆、完来、京都の月居、瓦全、春坡、大坂の升六、二柳、尾張の士朗、羅城ら当時の名家の句を集録しているが、対竹（鳳朗）の句は入集していない。

文化十一年（一八一四）四月十一日、一茶は、結婚したものの、三ヶ月余り後の七月二十一日には江戸へ向けて故郷を発ち、成美や道彦、太筇らを訪ね、流山（千葉県）の双樹、守谷（茨城県）西林寺の鶴老らに会い、九月二十四日、成美亭で対竹（鳳朗）と会った（先掲年表参照）。十一月中、『三韓人』を出版、その後、十二月十七日、江戸を発って帰郷の途に就き、同二十五日柏原へ帰郷。対竹（鶯笠）が一茶を自らの開庵披露の俳席に誘う書簡を出したのは、この年の十二月初旬頃だが、帰郷を急いだためか、一茶は出席しなかった。翌年（文化十二年）一月五日付対竹宛一茶書簡では「御菴開きの御会御しらせ被下《くだされ》候所、同行の者出立をとり急候へば、出莚をとげず残念不過之候」と侘びている。

文化十二年（一八一五）、一茶は、八月三十日、柏原を出立、江戸の道彦や松戸馬橋（千葉県）

の斗圃《とゆう》、布川（茨城県）の月船らを訪ね、十二月二十八日に帰郷した。この年出府したのは長沼の門人魚淵編（一茶の代編）『あとまつり』を出版するためで、同書は、翌年刊行された。

文化十三年（一八一六）、一茶は、九月十六日江戸に向けて出立、日暮里の本行寺住職・一瓢や浅草の今日庵一峨ら旧友と会った。この年十一月十九日、夏目成美が他界。十一月下旬から十二月中に成美の句を立句に成美門の車両、心匪、諫圃、久蔵らと追善歌仙を巻いて、この年は帰郷せず、守谷の西林寺で越年した。

文化十四年（一八一七）、西林寺で新年を迎えた一茶は、一月二十四日、同寺を出て松戸の斗圃や日本橋久松町の松井の家で宿泊し、再び西林寺へ戻り、三月一日隅田川で花見、翌日、長沼の魚淵に『あとまつり』を送って、江戸、馬橋、木更津、土浦等の旧友宅を廻り、六月二十七日江戸を出立、九月二十日帰郷した。鶯笠は、十月十四日、本書簡を執筆（前掲年表）。一茶は、出府を促す鶯笠の手紙に応えることはなく、これ以降、江戸・関東地方はもとより全国各地への旅には就かなかった。なお、文化十三年夏の序をもつ長沼（長野市）の門人・松宇編『杖の竹』は、この年に出版された。

帰郷した一茶が、文化十一年（一八一四）から同十四年にかけて、断続的に関東地方へ赴いたのは、旧友との別れを惜しみ、自分自身の江戸引退記念集『三韓人』（同十一年十一月刊）と『一韓人』（未刊）を刊行し、また門人の魚淵編『木槿集』、同『あとまつり』、松宇編『杖の竹』

を出版するためだった。これらの撰集で、対竹（鳳朗）句は『あとまつり』に「かよひ来て此家の猫と成にけり」が、『杖の竹』に「闇《くら》がりは蚤の浄土よあきの風」の二句が収載されている。

この二句は、猫や蚤を素材に句を詠んだ一茶の好みに合うものだったろう。三百五十句ほど猫を詠んだ猫好きの一茶は、「菜の花も猫の通ひぢ吹とぢよ」（文化十年〈一八一三〉『七番日記』）と詠むが、この句は『百人一首』の遍昭の歌「天つ風雲の通ひ路吹きとぢよをとめの姿しばしとどめむ」を踏まえたことが見え透いている。鶯笠（鳳朗）句はそうした古典を踏まえず、ありふれた日常の再発見であり、そこに面白みがある。一茶句との違いが際立つ例である。

今ひとつの蚤も、一茶にとっても身近で親しい存在であり、百八十句ほど蚤の句を詠んでいる。たとえば、庵主・一茶が不在ならば、「蚤どもがさぞ夜永だろ淋しかろ」（文化十年〈一八一三〉『七番日記』）と呼びかける。文政十年（一八二七）閏六月柏原大火で焼け出された時は「痩蚤のかはいや留主になる庵」（文政十年『文政九・十年句帖写』）、「やけ土のほかり〳〵や蚤さわぐ」（文政十年閏六月十五日春耕宛一茶書簡）と詠む。これらは蚤への愛情から生まれた句であり、対竹（鳳朗）の句「蚤の浄土」の変奏と言えるだろう。一茶は同年十一月十九日、蚤どもがさわぐ焼け残りの土蔵で六十五歳の生涯を終える。晩年の一茶は古典を踏まえた句よりも日常を詠んだ句が多い。ペダンティックな古典趣味から脱したのであり、日常を再発見して句を詠む鶯笠（鳳朗）に通じ、対象にストレートに呼びかける。一茶が鶯笠（鳳朗）から学んだ可能性がある。

三　『芭蕉葉ぶね』の校合についての具体的な言及

『芭蕉葉ぶね』は半紙本一冊。見返しには鶯笠述、芙蓉廣（広）陵著とある。本稿冒頭部に引いた加藤定彦氏の解説によれば、「編者の広陵は下総国臼井の人で、鳳朗門」。編者・広陵がどのような役割を果したかよく分からないが、実際は鶯笠自身の著述とみて良い。

　本書が好評であったことを報じた文化十四年（一八一七）十一月三日付鶯笠の一茶宛の送り状が知られているが[3]、具体的に何をどう校合したのか、同書簡から判断することが出来ないので、新出書簡から一茶が関わったと思われる校合について具体的にうかがい知ることができる二点について考えてみたい。

　そのひとつは、『不名者』という書名の表記である。これは、越人が支考と露川を論難した書『不猫蛇《ふみようじや》』のこと。同書は享保十年（一七二五）に成った写本一冊（半紙本）。書名は、源頼政の鵺《ぬえ》退治に擬えて、支考と露川を猫でも蛇でもない得体の知れない怪物・鵺に譬え、二人を退治しようという意図で越人がつけたもの。一茶は表記が誤っていることを指摘したのだが、鶯笠は「不名者の字之事　御尤《ごもつともに》御座候。其ゆえありて書たるを注を書落したる也」と意識的に改変したと述べる。さらに、注を書き落としてしまったが、上梓した後は「何の気もつかず」にいた。「さきに杉長が元への便りて初て心付候。校合人之罪ニならぬやう、かゝる添書を致し、くはへ申し候。それも取落して、かへしたる歟、又ハ認候節、ぬけ出たるかニ存候。尚こたび上候」と侘びている。

この文面からすれば、『芭蕉葉ぶね』を出版した後に、新たに「添書」（一枚の摺物）を作り、配布したらしい。校合人（一茶）が正しい書名表記を知らなかったとみなされること（鶯笠が言う「罪」）を避けるためであった。その「添書」（摺物）の文面は、

集中越人が著述の書名を不名者の文字を用ゆ。其ゆえあり、注していふべかりけるを校合者の不審せし圏《さかい》をも見落し、其侭にて梓成りたるハいかゞハせん。後のついでをまちて其断りを顕スべし。見ん人、其誤を猶予し給へ

である。鶯笠は、校合者の一茶から、指摘されていたにもかかわらず、出版してしまったと告げて、訂正したのである。これは、柿衞文庫本『芭蕉葉ぶね』の凡例八項目の終わり「已上」と記した後の余白に貼付されているが、もともと一枚の摺物だったらしい。中央大学本には凡例の最初に貼り込まれているので、訂正用紙として追加されたのだろう。しかし、大阪府立大学山崎文庫本の他、松宇文庫本・某家（香川県）本・国会図書館本・天理大学附属図書館綿屋文庫本（二種）にはこの摺物がみられない。

ところで『不猫蛇』の書名を『不名者』と表記した「其ゆえ」（理由）は注にも本文にも書き加えていないが、このふたつの音が通じ合うことから、言い掛けたのである。

『不猫蛇』を著した越人の出自は判明していないが、その名前から越（越前・越中・越後）の人とするのが通説である。しかし、『芭蕉葉ぶね』によれば、鶯笠は、越人の出自を「肥熊（肥後熊本）の藩士、中比《ごろ》いさゝか事ありて浪人せし時名古屋にあり。後に帰参して旧録（禄）につく。熊本にて終れり」と述べているから、同郷人と考えていたのである。(4) 鶯笠によると、越人は早くから芭蕉の門人であったが、支考と露川は芭蕉晩年の弟子にすぎず、よって後者の二人は芭蕉の教えを忠実に伝えていないにもかかわらず、芭蕉を売り歩く怪物として攻撃する、という。なお、鶯笠が支考の『二十五条』や『俳諧十論』も偽書であるとしてその誤りを指摘するのは、越人の支考批判を受け継ぐものであった。

越人の『不猫蛇』に対して支考は『削りかけの返事』で反論、越人は『猪の早太』で再び反論したが、いずれも写本で伝わったため、版本に比べて伝来数は限られていた。それにもかかわらず、鶯笠が越人の『不猫蛇』をとりあげ、とりわけ支考と露川に反感を隠さないのは、同郷人である越人を自らに重ねて敬愛したからだろう。越人の『不猫蛇』をあえて『不名者』、すなわち名前のない者の書とすることで、逆に越人を正風の伝統を継ぐ者として位置づけ、それにあやかって自らの正当性を主張したと考えるべきだろう。

もうひとつの「坊」の字の訂正は、もっと単純な誤字の訂正である。本文で「房」が使われている箇所は二箇所ある。ひとつは俗談平話を正すための翁（芭蕉）の言葉として「雅言は用ゆ、鄙俗語は用ひがたし。鳶をとんび、雪隠をせんち、牛房をごんぼうの類なり。かゝるたぐひは都にて言ふりたりとも用べからず」と引用する割注である。

鶯笠は、はじめうっかり「牛坊」と記してしまったのだろう。一茶は、その誤りを指摘して「牛房」とすべきだとした。「牛房」は本来ならば「牛蒡」と表記するのが正しいが、『節用集』（明応五年〈一四九六〉版等）にすでに「牛蒡」を「牛房」と記すので、江戸期は「牛房」が通用していたと思われる。

今ひとつは、「阿房（あほう）」である。これを「阿坊」と書き誤ることは考えられない。ただし単純なミスで、「たれも気のつかぬ」誤記だった可能性として捨てきれない。

このふたつ以外に、もう一点、『続猿蓑』の編集に関わる校合と思われる重要な箇所があるが、本書簡では触れていない。割愛するので注を参照されたい。(5)

四　一茶の句に対する当時の人々の評判について

本書簡の追而書（追伸）に記された鶯笠の一茶句への評判「御句どもおかしく候。将世の取沙汰、あまり野卑にて今ハおかしからず成行たるなど承候。是ハ御工夫のため極々の内密なり」

は、貴重な証言である。

このことを考える前に、ここに取り上げた一茶宛鶯笠（鳳朗）書簡が執筆された当時の俳人たちが自らをどのように位置づけていたか、文化十四年（一八一七）正月奥書の逸題（題名不明）俳書[6]からうかがってみよう。同書巻末には、碑の道標に刻まれたとする「正風」の見取り図を掲載している。これは、当時の俳壇の勢力分布図でもあった。以下に翻刻する（適宜、アキを入れた）。

右　江戸座道并雪門道　是より十三里　宿に馬籠　酒肴多し

左　正風道　是より百八十里　山坂川々多く　至て難所　此筋ハかねも見しらず[7]　泊やど喰物不自由也　紛敷別れ道處々有　かならず道中案内記を求持べし

文化十四年正月人日　蕉門十二日講中建之

正風道中案内記

紛道目録

一　只壱郡達者村道

一　獅子山理屈谷道

一　延宝郡天和城下道

一　後レノ濱古市場海道

一　四季の湊勘定市場道

一　和歌の浦ぬめり濱みち

　　蔵板目録

　諸国俳諧年の相場日記

　諸州

　俳壇勢力の右の道に配された江戸座と雪門は、点取俳諧で生計を立てることが出来た江戸座俳人たちと雪中庵蓼太系の俳人である。かれらは、参勤交代で江戸に滞在中の大名とその家臣たちを門下にしていたので、「宿に馬籠　酒肴多し」と豊かで贅沢な暮らしが保証された。左の道は、一茶らの「正風道」で、金、宿泊宿、食物にも不自由である。その上、

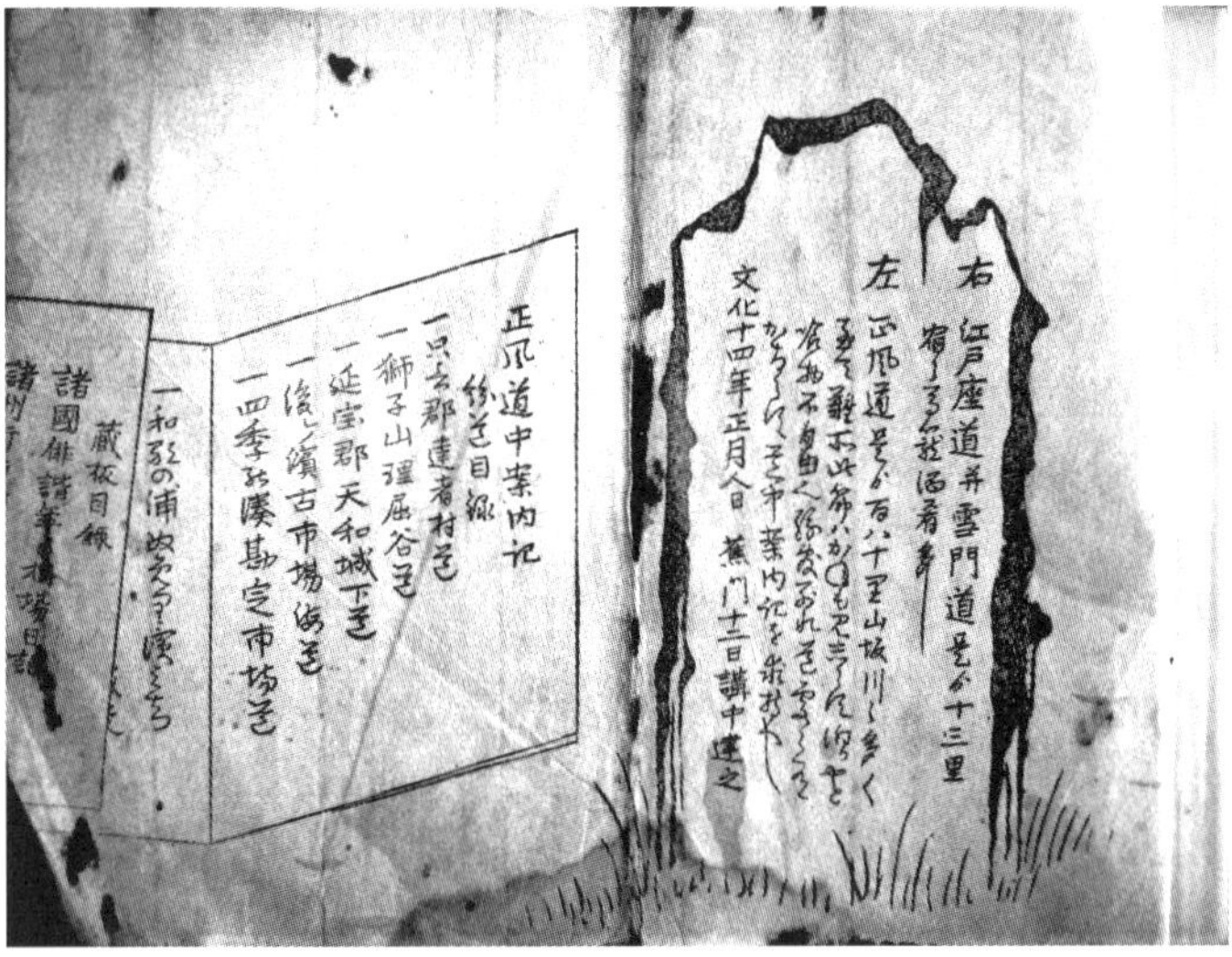

正風を名乗る者が多く紛らわしい。「道中案内記」が必要なのは正風を名乗る者の中に紛れ者がいるからであった。「紛道目録」の「只壱郡達者村道」と「四季の湊勘定市場道」はどんな流派かは判らないが、芭蕉の晩年の弟子であることを売り物にし、「蕉門三世」「蕉門四世」を名乗り、俳諧を売って稼ぐ者だろう。「獅子山理屈谷道」は美濃派、「延宝郡天和城下道」は貞門・談林の後継者、「後レノ濱古市場海道」は伊勢派、「和歌の浦ぬめり濱みち」は、和歌の階梯として俳諧を売る者、たとえば建部綾足が提唱した片歌を信奉した者だろう。

鶯笠が『芭蕉葉ぶね』を著したのは、紛らわしい正風（蕉風）道に迷い入らないための案内記のひとつであった。一茶を校訂者に選んだのは、成美の句会で意気投合したからだろう。鶯笠も一茶もここに掲げた『逸題俳書』で「正風」俳人に属すので同志である。そこで『芭蕉葉ぶね』に立ち入って鶯笠の俳諧観を考えてみたい。

鶯笠が考える正風は「虚中に実を備える活道」である。貞門・談林・其角流、美濃派・伊勢風、五色墨連中を変風として退け、点取は雑俳、論外とするが、嵐雪と素堂の系譜のみは変風にあらずとして「風交うときはなんぞや」と嘆いている。同時代には、嵐雪の系譜を継ぐ雪中庵四世の大島完来（一七四八〜一八一七）や同五世大島対山（一七八七〜一八四三）など雪門の俳人が居たが、鶯笠は知り合いではなかったのだろう。一方、素堂の系譜を継ぐ葛飾派五世の関根白芹（一七五六〜一八一七）を中心とした葛飾派の人々と「たまさか風交して」みても「伝道の衰よりおこりて活所をうしなひ給ひしなり」という状況であった。葛飾派から距離をおいた一茶の批評がどの程度鶯笠に影響したかどうか判らないが、葛飾派に対して、

かたち気あるに似て魂魄なく、其上いやしき点取に混じ給ひ、雅俗の穿鑿《せんさく》断絶したるか。俗中の俗に落いるもの多くして正調も備らず、いはゆる俗談平話を用ゆとは、俗中の俗語までひらおしに用《もちい》よとにはあらず。雅俗をゑらぶ也。

と正風を守ってきたはずの葛飾派でさえも形骸化して点取に走り、雅俗のわきまえをなくしていると厳しく批判している。「雅俗の穿鑿（究明）」を問題にするのは、言葉や心ばかりか「身にも雅俗ありて、手のあつかひにぬめりあれば、顔のこなしにいやみあり。目はいざ人の生質ともいはむ」（渡辺狂〈支考〉著『十論為弁抄』第三段）と雅俗が身体のふるまいにも及ぶとする支考の俳論に影響されたのだろう。

本節の冒頭に引用した書簡の追而書では、

お送りいただきましたあなたの句おもしろく存じます。一方、世評ではあまりに野卑で、今は受け入れられないようななりゆきだと聞いています。これは、ご工夫いただくために（申し上げたことで）ごくごく内密のことです。

と一茶句への世評を伝えている。『芭蕉葉ぶね』での鶯笠は、「俗中の俗語までひらおしに用よとにはあらず。雅俗をゑらぶ也」と用語の選択が雅か俗かを分かつ決め手としている。

しかし、一茶と鶯笠の二人を受け入れた成美の雅俗観は、言葉の問題にこだわらないものだった。

たとへば俗語鄙言なるも、もとつ風雅の心よりなし出さば、人の心にも徹底して、鬼神を泣しむべきも此処なり。されば古体といひ近体といへるも、いさゝか詞のたがひにして、風雅の趣はさらにかはりめあるべからず。ただ蕉翁一世の作意を鑑として、おのれ〳〵が醜を正し侍らば、おのづから向上の一路にも企至るべき歟。（中略）句を見るに心得あり。その句の心雅なりや俗なりやと心をせめて、詞の工（巧）拙は第二等なるべし。たとへば、詞はめでたくとも俗意あらば取べからず。その心に雅趣あらば、つたなき詞卑きことばもあへて嫌ふべからず。人の句を見る事かくのごとくして、おのれ〳〵が句をみむもまたたかくのごとくなるべし。（成美著『四山藁』「俳諧小言」十則）

成美は、心に雅趣があれば、拙なる言葉も野卑なる言葉も嫌ってはいけない、と述べる。問題にするのは、「句の心が雅か俗か」である。既述した通り、「雅言は用ゆ、鄙俗語は用ひがたし」と鄙言や俗語を批判する鶯笠に対して、成美は「心の俳諧」に徹しており、言葉に関して寛容である。

鶯笠は一茶句が「野卑」とする世評を伝えたのだと言うが、成美の俳諧観から出たものとは考えられない。一茶は、故郷へ帰る以前から成美に添削を依頼し、帰郷後、成美が没する文化十三年（一八一六）まで続けられた『句稿消息』をみても、成美が一茶の句を「野卑」と評した例は見られない。

鶯笠が一茶の句の世評として「あまりに野卑」と伝えたのは、心の雅俗よりも言葉そのものの雅俗にこだわり、鄙言や俗語を排斥しようとした鶯笠自身の見解から出たものだろう。一茶句にも、そうした風評がなかった訳ではないだろうが、「今ハおかしからず成行たるなど承候。是ハ御工夫のため極々の内密なり」という忠告は、鶯笠自身の自戒でもあっただろう。

おわりに

『芭蕉葉ぶね』について、従来、一茶は校合者として名前を貸しただけのように考えられていたが、実質的に関与したために、同書に再版本、追加摺物入りの本があることが明らかになった。鶯笠と一茶は「正風」俳諧の同志としてお互いを尊重して一冊の本を成したのである。熊本藩士だった鶯笠と信濃柏原の農民として生まれた一茶は、体制からのはみ出し者、余計者であった。そうした二人が生きることが許される場は江戸であり、「正風俳人」として誇りをもって生きることができる業が俳諧であった。

文化十三年（一八一六）十一月十九日、鶯笠と一茶を結んだ江戸蔵前の札差・成美が亡くなり、その翌年五月頃『芭蕉葉ぶね』が出版された。文化期末のこのふたつの出来事は、「蕉風中興期俳諧」から「後期月並俳諧」へと移行する俳諧史の転換点であった。

注

（1）本書所収金田「写本『鳳朗句集』翻刻」（京都大学文学研究科図書館潁原文庫蔵）。

（2）『文化句帖』は、文化元年（一八〇四）一月～同五年五月に至る一茶自筆日記。『一茶全集』（信濃毎日新聞社、一九七七年）二巻所収。『七番日記』は、文化七年一月～同十五年（文政元年）十二月に至る一茶自筆日記。同全集三巻所収。『急逓紀』は、寛政十年（一七九八）九月～文化六年八月に至る発来信の控え。同全集七巻所収。『随斎筆紀』は、文化八年夏目成美が同時代人の秀句を書き留めた写本を一茶が抄録、その後増補した秀句集。『急逓紀』以後の文通控えも兼ねる。同全集七巻所収。

（3）『一茶全集』六巻（信濃毎日新聞社、一九七六年）370頁所載。本文のみ引用する。
『長月集』素ばくより頼こし候間御届申候。ここさへ寒し、日本の峠はさぞとおしはかり候。俳諧寺校合本大当り也。はら立さうな人が一向さはなくてみな〳〵帰伏の色あり。珍重。大江山の首領が少し小あくたひ（悪態）したさうなれどそれは別の事。ふら〳〵申候。やみたるよし。禾屋先一部校合場へ献じ候。（発句四句、省略）

（4）中村俊定氏によれば「彼（鶯笠）のいう越人は熊本の人で佐分利氏、後に芦債と改号した人で芭蕉直門の越智越人とは全く別人であるらしい」（「田川鳳朗」『俳句講座』第3俳人評伝下、明治書院、一九五九年）。

（5） 山崎文庫本（松宇文庫本・某家（香川県）本・国会図書館本・綿屋文庫本）『芭蕉葉ぶね』の次のゴチックにした二箇所が、柿衞文庫本（中大本）では黒板（黒く塗りつぶすこと）になっている。

支考行て編続たり。尤《もつとも》己れが名のもれたるを悔て歌仙のうち他の名をおのれが名にもりかへ、或は名月の二句の評ならびに今宵の賦などこしらへ入たり。**良夜には支考は伊勢にありて、廿日の日伊賀へは来れり。**翁死後の編継なれば、**良夜にも居合たるやうにして己が勝手にしたる也**（柱刻二十八表）。

これは、当初あった本文に入木したものだろう。この二箇所は、『続猿蓑』の編集に関わっている。鶯笠は『続猿蓑』が贋書ではなく、支考が歌仙の内に自分の名がもれているのを悔やんで、他人の名を自分に替えたこと、名月を詠んだ二句の評を入れたこと、「今宵の賦」をこしらえ入れたとするものの、芭蕉の意思を継ぐ支考の「編継」とみているので、支考の動静の誤認を指摘され、入木して黒板にしたものと思われる。

山崎文庫本本文に就けば、元禄七年（一六九四）八月十五日は伊勢にいて、同二十日に伊賀へ来たことになり、芭蕉没後に手を加えて編集する際、八月十五夜の名月の夜も伊賀に滞在していたように装ったことになる。この誤認を一茶から指摘されたかどうか判然としないが、支考の動静について、不確かな箇所を削除したのである。校合後にいったん刷り上がった本に入木して再版する際に改めたものだろう。

なお、堀切実『支考年譜考証』（笠間書院、一九六九）によれば、支考は八月中伊勢に滞在、伊賀に向かったのは九月二日だから、八月中に支考が伊賀に居た事実はない。

（6）刊本（折本）一冊。玉蕉庵主序（玉蕉庵は芝山の画号）芝山は白川氏。明和元年（一七六四）に生まれ文政七年（一八二四）九月七日没。淡路洲本の人。幼くして京都で南画を学び、のち江戸芝に移住して画塾を開き、文化五年（一八〇八）渡辺崋山が入門した（『国書人名辞典』）。本書は、俳諧もよくした芝山編。巻頭に白阿、巻軸に芝山句を配した春句のみ百十六句を収載。文化十四年の春興帖だろう。対竹「散しより盛の淋し山ざくら」、一茶「世にあれば蝶も朝からかせぐぞや」の他、成美「氷ふむ音さへうめの清さかな」、杉長「正月の其原で日をつぶしけり」、蒼虬「人の来て嗅で居るなり夕柳」、武陵「枝ぶりのまかりてひとつうめの花」、みち彦「おもふことなげなり水にうく蛙」、紀逸「春の山づかぐおりて人の背戸」太笻「雲の上の人ならば人春の鳥」等の発句を収録し、芝山「灯にうかる蝶のこゝろぞ青からめ」を巻軸においている。このメンバーが鶯笠のいう「正風」俳人である。

（7）『猿蓑』「市中は」歌仙中の付句「此筋は銀も見しらず不自由さよ　芭蕉」をふまえる。（大城悦子氏示教）

付記

本稿は「世の取沙汰、あまり野卑にて―文化十四年一茶宛鶯笠（鳳朗）書簡の考察―」（『近世文芸研究と評論』九七号、二〇一九年十一月）の一部を省略し書き改めたものである。

越後魚沼の二川宛鶯笠〈鳳朗〉書簡

金田房子

はじめに

本章では、越後魚沼の増田二川《じせん》に宛てた鶯笠〈鳳朗〉の書簡を具体例として、地方俳人と江戸の職業俳諧師との交流の様を見てゆくことにしたい。

越後魚沼周辺の俳諧が盛んであったことは、文政十年（一八二七）片貝〈小千谷市〉の観音寺と浅原神社に掲げられた俳額（一茶、石海評）に一万五千句もの応募があったこと（『新潟県史』通史編5〈新潟県、一九八八〉）や、杉仁『近世の地域と在村文化―技術と商品と風雅の交流』〈吉川弘文館、二〇〇一年〉に示される、堀之内村〈魚沼市〉や塩沢村〈南魚沼市〉の「奉額句合」による分布図に、多くの在村の俳人が示されていることによって知ることができる。

魚沼には、上州高崎で中山道から分かれ越後国寺泊に通じる三国街道が通っていて、人々の往来も多く賑わいを見せていた。この地で熱心に俳諧に親しんだ人物に、雪国の様子を伝えた名随筆『北越雪譜』の著者として知られる鈴木牧之（一七七〇～一八四二）がいる。

牧之は魚沼郡塩沢の人で、本名は儀三治《ぎそうじ》。特産の縮の仲買いと質屋を営む傍ら文雅を好んで秋月庵牧之と号した。塩沢は三国街道の宿場でもあったから往来する文人達との交流は全国的に広がっている。俳諧にも熱心で、浦佐（南魚沼市）の普光寺に奉納した俳額の高点集『十評発句集』（享和元年〈一八〇一〉序刊）は近在・諸国からの四千二百余句を収める。また、紀行文なども含む自句集に『秋月庵発句集』がある。

また、知可良《ちから》（一七七九～一八五五）は越後国南魚沼郡六日市の修験者で吉川《きつかわ》氏。俳諧でも一門を率いた。天保六年（一八三五）、幕末アメリカ船の来航に際し、葛城山上で道衆百人を率い祈願したという。

鳳朗は壮年期から晩年まで精力的に各地を行脚して俳諧の指導を行ったが、中でも越後との関わりは長く続いていたことがさまざまな資料から見えてくる。その様子が具体的にわかる資料が、ここに取り上げる二川宛書簡である。

一 書簡貼り交ぜ巻子

牧之は諸国の文化人に書簡を送り、その返信を貼り交ぜて巻子に仕立てたものが、『雲井の鴈』など六巻の長大な巻子として残る。二川に宛てた鶯笠書簡も道彦や蒼虬・護物、道彦の妻の応々らの書簡などとともに、二巻の長い巻子に美しく仕立てられ、『間屋清澗』『窓下発鯉』と名付けられている（礫亭《れきてい》文庫蔵）。牧之がそうであったように、二川も特定の宗匠にこだわって師事するというのではなく、当代の著名な俳人と広く交流していたこと、俳書の刊行にあたって書肆との交渉も任せていたこと（道彦書簡）などを、これらの来信によって如実に知ることができる。

二川については、平林鳳二・大西一外『新選俳諧年表』（書画珍本雑誌社、一九二三年）に、

二川、増田氏、称太郎吉、越後人、文化年中

とする以外に伝記は知られていない。編著として自撰の『二川発句集』、父・山川の追悼集『かさのはらひ』（文化五年〈一八〇八〉金令舎道彦序・国会図書館蔵）がある。同書所収の山川の文や、二川の書写した『樗良発句集』の蔵書印によって、越後国魚沼郡仙田村の農人であったことがわかる。『かさのはらひ』には、対竹時代の鳳朗の句も収録されていて、おそらくは士朗を通じてこの頃から多少の交流があったものと考えられる。

二川は、諏訪社奉納発句の願主をつとめて、『諏訪社奉納発句集』（稿本二冊―現存一冊）を編んだ。これには、二川と父・山川の発句ほか、十日町とその周辺の地域の人々の句を収載している。また、寛政十年（一七九八）初冬、越後十日町（新潟県十日町市）の松苧《まつお》神社に奉納するための発句集『奉納松苧山発句稿（上中下）』三冊を編んでいる。これには樗良の門人・盧呂の発句を収録している。盧呂（一七五六〜一八二五）は六日町の人で牧之の義兄にあたる。別に『松苧神社奉納発句（一〜六）』六冊があり、これには牧之の発句が収録されている。神社を中心地（地域の核）として六日町や塩沢など近隣地域をむすび、積極的な俳諧活動が行われていたことが、これらからも窺われる。

『間屋清潤』『窓下発鯉』二巻には、次に示すように、鶯笠時代の鳳朗が二川に宛てた書簡が八通、鳳朗と改号した後に二川の子息とみられる奚流らに宛てた書簡が二通収められている。

Ａ　正月廿三日付　二川宛　鶯笠

Ｂ　二月五日付　二川宛　鶯笠

Ｃ　三月三日付　二川宛　鶯笠

Ｄ　弥生八日付　二川宛　鶯笠

Ｅ　六月五日付　二川宛　鶯笠

Ｆ　六月十一日付　二川宛　鶯笠

G　文月十五日付　　二川宛　鶯笠
H　霜月十六日付　　二川宛　鶯笠
I　水無月五日付　　奚流宛　鳳朗
J　霜月五日付　　奚流・松翠宛　鳳朗

対竹から鶯笠への改号は五十六歳であった文化十四年（一八一七）の春（または前年の末）で、鶯笠から鳳朗への改号は、天明三年（一八三三）七十一歳の四月であったとみられるので、AからHの書簡はこの間に書かれたものである。

書かれた年が明確にわかるものはないが、唯一、短めのBの書簡の内容が、鶯笠編『いとかり草紙』の刊行と関わると考えられるので、まずこれを取り上げてゆくことにしたい。

二　『いとかり草紙』と書簡B

『いとかり草紙』は鶯笠の編で文政七年（一八二四）刊。吉野行脚に出立するに際し道中出会う「諸好人」への土産にと諸家の句を集めたもので、旅の後に紀行の文を執筆し、併せて一書とする「糸」口となる「かり」の「草紙」であるという。例えば、『おくのほそ道』のあとを辿った女流俳人諸九尼の『秋かぜの記』の上巻が紀行文、下巻が旅中に交流した諸家や送られた句を編んだ句集であり、後に鳳朗が天保十一年（一八四〇）に刊行する『続礪浪山集続有磯海集』も同様の形態をもつように、紀行に加え、旅中に出会った人や贈られた諸家からの句を集めて、紀行の後に出版した例は多いが、旅の前に句集部分だけを板行するというのは珍しい。

そして、「仮」のものとして作られたにしては、すっきりとした美しい装丁、板下である。既に句集の刊行を約束していて句が寄せられていたのであれば、句集として刊行すればよく、紀行の体裁を装うことにどのような狙いがあったのかはわからない。併せて一書となる筈であった「芳野紀行」は残らず、句集の刊行を以て用は足り、紀行文は刊行されなかったものと思われるからである。

冒頭には「文政七年甲申春　芳野記行」とあって文はなく、「天門にむちうたれ盤石をしのぶのおそれなく、全身たゞちに千里の外の月花に飛ぶ。風雅の奇術軽きこと塵埃も及ばず。風、我に乗《のる》か。われ風にのるか」という、やや気負った長めの前書を付した鶯笠の句、

　雲と聞く雲をしる辺《べ》の首途がさ

を立句とする十三吟の歌仙を置く。前書の「天門にむちうたれ盤石をしのぶのおそれなく」は、「壺中の天」の故事や鶴に乗る仙人として知られる費長房の逸話をさす。仙翁（壺公）に仙術を学ぶことを願い出た長房が、今にもちぎれそうな腐った縄に吊された大石の下に身を横たえる試練に耐えた（『後漢書』『蒙求』）というものである。鳳朗は後に『続礪浪山集続有磯海集』の冒頭も「盤石の下に臥て鶴に騎の術を得んとにはあらず」と、この故事を引用して書き始め

ている。発句に季語がないが、上五「雲と聞く」が「吉野の山の桜は人まろが心には雲かとのみなむおぼえける」(『古今集』仮名序)などと雲に喩えられる吉野の桜の〈ぬけ〉として季語がわりとなっているのであろう。

収録句は順不同で無名の俳人にまじって、一茶・卓池・護物・蒼虬・月居ら錚々たる著名俳人の句が並んでいる。そして、巻末近くに、二川の句「とりはずす蛍は殊に光けり」も置かれている。

地方の俳諧愛好者にとって、著名な宗匠と名を連ねた集が大変嬉しい「手土産」であったことは間違いないだろう。礫亭《れきてい》文庫蔵本の裏見返しには美しい字で、二川と署名したあとに、

文政七申ノ五月来着。おじや《小千谷》より送り来也。
東都田川鶯笠宗匠より。
芳野行脚。帰りは北越
かけての御手みやげ。

と、書き付けられている。二川と鳳朗との交流の親密さを教えてくれる書き入れである。この記載からすれば、この旅では鳳朗と二川は直接に会う機会はなかったようであるが、Bの書簡がこれと関連すると推察される。

以下、書簡の写真を本稿末に掲げた。翻刻にあたって、振り仮名、句読点などを補い、翻刻で脱字と思

われるもの、および意訳の筆者注記を（　）内に示した。／は改行を示す。

B

来ル五日出立、上方行
帰、北越廻り、手みやげ之
小冊こしらへ候まゝ進じ候
尤、御地ニ至る比は秋なる
べく候。今晩近火、客中
認、不詳候。匆々
　二月五日　　　　鶯笠
　　　二川様

（意訳）
来る五日に出立して上方へ行き、
帰り道に北越を廻って、手みやげの
小冊子を拵えましたのでお送りします。
もっとも御地（魚沼）に至る頃は秋になっている
ことでしょう。今晩近くで火事があり、避難先
で書いていますので、詳しくかけません。匆々

鶯やおのがなく音に／たちすがり
梅咲や日にふたつづゝ／　鶴の声
蜆買てひと宿ク提つ／　江戸道者　（江戸道者：江戸から社寺参詣などに来た一行、なかま。）

『いとかり草紙』持参の旅の出立は春と記されているから、仲春の二月は時節としては符合する。『東京市史稿』によれば、文政七年（一八二四）二月一日に江戸で大火、翌二日にも後火災があったとする。書簡Bは文政七年のものと考えてよいだろう。財産などもたぬ俳諧師の身、

避難先から直接に旅立ったのであろう。魚沼到着は秋頃と予想していたのが、意外に早く仲夏の五月となったのではなかろうか。

三 鷗里『松魚苞集』と書簡A・C

AとCの書簡には、鷗里という人物が登場する。鷗里は、生年未詳で嘉永六年（一八五三）に没している。忠津氏で、別号は応吏・物外・閑日庵。阿波徳島の人である。三露庵万和・臥鷗に学んで俳諧宗匠となった。天保九年（一八三八）に俳論書『三四考』を刊行しているが、これは文政初年（一八一八〜）に北陸行脚をした際に、加賀国金沢で北枝の家に伝わった伝書を得て、これに家蔵の書を合わせて出版したものである。おそらくこの旅の際に、魚沼に立ち寄って二川との交流があったらしく、当該の巻子に鷗里からの書簡も二通含まれていて、その一通では温かいもてなしを謝している。また、同じ書簡で「為集料一封南鐐（二朱銀）一片」と集料の礼も述べているが、これはAの書簡にある鳳朗経由で届けられた「一封」のことと考えてよいだろう。

A・Cの書簡で話題となっている「鷗里集」は『松魚苞集《かつおづと》』を指したものであろう。史千序（「古典籍総合目録」の鶯笠序は誤り）。巻頭は鶯笠発句で鷗里との両吟。裏見返しに貼り紙で「文音所」が示されており、「田川鶯笠〈江戸〉・松屋善八〈江戸〉・八日菴卧鴫〈大坂〉・小倉屋嘉兵ヱ〈大坂〉・小倉屋彦兵ヱ〈徳島〉・閑日庵鴫里〈徳島〉」と並ぶ。鶯笠（鳳朗）が筆頭に示され、版行に鳳朗が大きく関与していたことが窺われる。二川の句「うちかぶる菖蒲の露や軒雀」も収録されている。刊年は不明であるが、道彦に「亡人」と記されていることから文政二年（一八一九）十月以降のものであることは確かで、同五年没の三津人の句も見えるので、文政三・四年かこれを大きく下らない頃と考えて良いだろう。

A

尚々去年梓行之	追伸　去年私が刊行しました
小集一部進上致し候。	小集を一部差し上げます。
御状拝見致し候。	お手紙拝見しました。
先々梅柳之空、	もう梅や柳の季節になりましたが
画べき期なく候。	描く時間がありません。
弥御安静御迎年	ますますご安静に新年を迎えられ
南山之至ニ御坐候。然バ	お祝い申し上げます。さて
鴫里集御送申上候付、	鴫里の集をお送りしたところ
御丁寧之御書面忝候。	丁寧なお手紙をいただきありがとうございます。
右ニ付、鴫へ之御一封	お手紙に添えられた鴫（里）への御一封

早速可相届候。御端書
御ホ句甘舌之御事候
先々御答迄申述候。以上
正月廿三日　鶯笠
二川様
重而御通称
御しるし可被下候
春たちてはじめて／暮るゝ柳哉
うぐひすやなるゝと／なれば老下地
年取た蚊と蚊の／出あふ雨夜哉
見るよりは思ふに／ひさし梅の花
先申進じ候

C

華墨致拝見候。春色
満候得共、不順之陽気
候処、御安全之段南山

早速届けます。端書きに添えられた
御発句、とてもお上手です。
取り急ぎお返事まで申し述べます。以上

再度のお願いですが、御通称を
お書きください。

お便り拝見致しました。春色が
満ちてきたとはいえ、不順の陽気
でしたが、お変わりないとのこと、お慶び

之至御坐候。然バ先便
集冊進候付、御念書
且白金一方、御恵贈
遠路御深志、忝受納
いたし候。御端書御ホ句
いづれも甘舌之御事候。
鴎里も旧臘本国へ
致出立、最早着致し候と
相考候。先々御謝答迄。
早々申述候。匆々
　三月三日当賀　　鶯笠
　　二川様
雛を向けん恵方／とならバ嵐山
さびしさや泣かで／花見る肴食
春馬の気強き／影を春の月
おのが影さすや／蛙の咽の下

申し上げます。さて、先便で
句集をお送りしたところ、ご懇書
また白金一方ご恵贈下さり
遠方よりのご厚意ありがたくいただき
ました。端書きの御発句、
どれもとてもお上手です。
鴎里も昨年の十二月に郷里（徳島）へ
出立し、もう着いた頃かと
考えております。まずは御礼のお返事まで。
取り急ぎお便り致します。匆々。

真夜中のしらせの／椿落にけり

御一笑

Cの書簡は砥の粉色地に青で草を散らした料紙に書かれているのだが、これと全く同じ料紙に書かれた鶯笠（鳳朗）の句稿が別にある。次の七句である。

鶯にとこやみとては／なかりけり
紅梅に月も出代る／夜ごろ哉
山奥や鹿をおろかに／なく蛙
庭の苔苗代だけの／雫せり
恋にうとき猫とは／なりぬものおそれ
さびしさや泣かで／花見る肴食
雛を向ん恵方／とならば嵐山

鶯笠

重なる句もあるので、Cの紙継ぎが剝がれたものというではなく、同封されたものであろうか。なお、同じ料紙が護物からの来簡にも使われている。

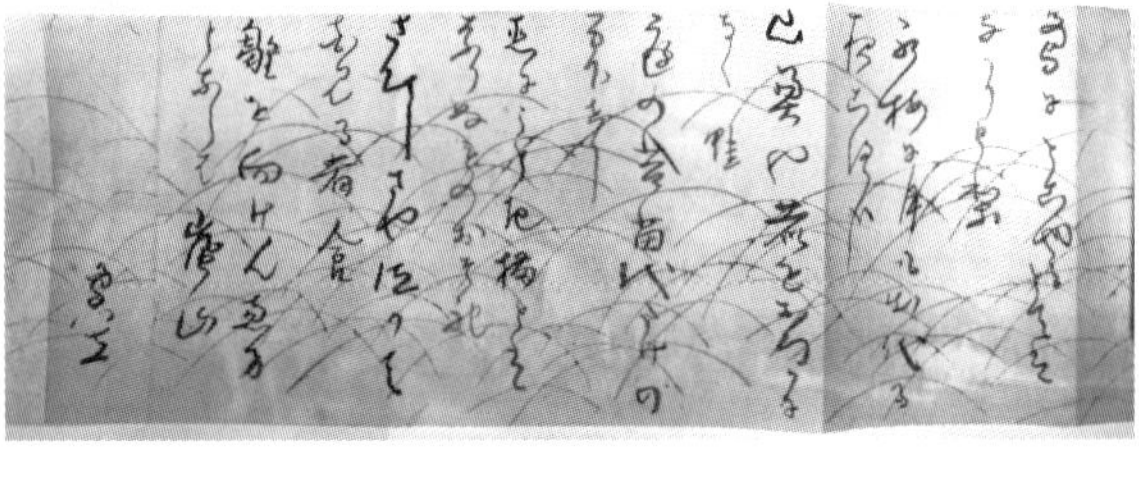

四　旅の知らせ ―― 書簡D・G

Bの他にも、旅に出たことを書き送っている書簡がある。DとGである。Dは上方から北越を廻るかなり長い旅について、Gは常陸・野州（茨城・栃木）を行脚した後、草津で湯治を楽しんだことを知らせている。

Dは、砥の粉色の間に薄縹色の料紙を継いだ、少し贅沢な紙に書かれており、鳳朗の二川に対する敬意が窺われる手紙である。Gは、蜂の群れが濃茶と橙色の二色刷りで刷られた料紙に書かれている。これ以外にもややこだわった良質の紙に書かれているものが多いように感じられる。

D

尚々有合之すりもの	追伸　ありあわせの摺り物を
一二葉入、御一笑候　以上	一、二枚入れました。ご笑納下さい。以上
鳫書、机辺ニ落、忝致	お便りとどきました。ありがたく
拝閲候。弥御安静之旨	拝読いたしました。ご無事でお過ごしの由、
雀躍此事御坐候。草廬	とても喜んでおります。私の方も
無別条消光陰御休意	変わりなく暮らしておりますので、ご安心
可（被）下候。去年は北陸筋帰路	下さい。去年は北陸筋を帰路にする

之積ニて出杖いたし候処
上方存外之ひま入ニて
かれこれいたすうちはや
尾州ニて冬ニ至、寒気且
雪など之おそれ、しなの路
さへ見すてニ致し、甲州辺
いづ方も問なしニかけ
通り、霜月五日帰庵
之処、小一とせの俳事如
山滞り、帰庵を待かけ
たる事どもどん〴〵と持かけ
られ法ニ過たる繁雑ニて
机上之さはぎ、もつれ勝ニ
やゝ年明迄ニ洗濯仕済之
是等などニて諸方帰庵之
しらせも怠りご無沙汰申候。

つもりで出立いたしましたが、
上方での用事が思いの外手間取って、
かれこれしているうちに早くも
尾張で冬になってしまい、寒気や
雪などのおそれがありますので信濃路
さえ、行くことをやめ甲州路を通りましたが
（門人も）誰も訪ねずに、慌ただしく
通り過ぎ、十一月五日、江戸に帰って
まいりましたところ、一年弱の留守中の俳事が
山のように滞っていて私の帰りを待ちつけた
用事もどんどんと持ちかけ
られて秩序を越えた煩雑さで
机の上の騒ぎも混乱しがちで
何とか年明けまでには片付きそうですが、
こんなことで、あちらこちらへの帰庵の
報告も怠り、ご無沙汰申しました。

263　越後魚沼の二川宛鶯笠（鳳朗）書簡

秋冬当春之御作どもあまた
いづれも甘吟致候。御丁寧之
御紙表　辱《かたじけなく》存候。先々
一通御答迄早々申述候。以上

弥生八日　　鶯笠

二川様

秋・冬・この春のご句作、たくさんお知らせ下さり、どれも感吟致しました。丁寧にお送り下さった紙表（お便り）ありがとうございます。まずはご返信まで、取り急ぎ申し上げました。以上

遅き日にひかれて／ねばる潮哉
暮待て侘て戻らん／はるの風
きの空で鐘の氷は／とけにけり
春の雁しさると見れば／ゆきにけり
鷺啼や尋る庵は／見もかけず
坪平は花によしなき／うつは哉

先申進之候

上方滞在が長引いて尾張で既に雪の季節になったために、帰りに北陸筋を通って魚沼に立ち寄るつもりであったが北越・信濃路をあきらめ、中山道を通って門人の多い甲州も駆け抜けるように江戸に帰ったこと、そのため後は山積した雑事に追われて、帰着の挨拶が遅れたことを

詫びている。次のGも、留守のため依頼された摺り物が間に合わなかったことの詫び状である。

G

春夏御状到来之処
きさらぎはじめより
常野の間ニ曳杖、尚
草津へ湯治。やゝ六月
廿七日帰庵。其留守ニて
御無沙汰致し候。秋暑ハ
殊更ニ候処、其御さはりも
なく南山之至御坐候。秋
ずり、御心がけニ付、仰之通
候処、それさへ今に至り
候而はおくれとなりて
甲斐なき御事となり候
歟ニ相察し候まゝ、其分ニ
さし置ながら、貴酬ニ

春・夏にお手紙いただきましたが
二月のはじめから
常陸や野州の方に行脚に出かけ、また
草津で湯治。やっと六月
廿七日に帰庵しました。その間留守にしており
ご無沙汰してしまいました。秋になっても暑さが
殊更ですが、そのおさわりもなく
お慶び申し上げます。秋の
摺り物のお心づもり、おっしゃった通りに
用意するところですが、それさえ今になって
は遅れとなってしまい、
作っても仕方ないことになってしまうでしょう
かと察しおりますまま、そのままに
おきながら、お返事を

不及ハいかゞと、此よし御断申候。
好便御近作等承度候。
匆々
文月十五日　鶯笠
二川様

致しませんのも如何と、この事情を申し上げます。
おついでがあれば、近々のお作もお聞かせ下さい。

さめ兼て夜／豆のゐむ暑かな
おしろいのさく夜や／星の逢ふ噂
水うたで摘む葬と／成にけり
たま棚や露にも／こりず二日まで
うかつには山の簗か／れず秋の風

五　贈り物の礼状 —— 書簡E・F・H

Cの書簡にも書物の返礼として贈られた「白金一方」への礼が認められていたが、E・Hの二通も贈り物の礼状として書かれたものである。

Eには「御手製之味噌漬」、Fには「方金一封」、Hには「御土産之品一箱并《ならびに》白方一片」の礼が書かれている。「方金」は方形の金貨（一分金・二分金・一朱金など）、「白方」は二朱銀のことで、「白金一方」も同じであろう。そして鶯笠（鳳朗）からは、短冊や扇面の揮毫依頼を承知した旨が書き送られている。

E

朶雲拝閲致候。皓暑之処
弥御安全之由、奉寿無限候。
愚庵無異変、御休意可（衍字）
可被下候。随而御手製之味噌漬
一器御贈恵被下遠境御厚
情のみ歟、さらに好味ニて不浅
忝、早速賞味可致候。将又
御作員々いづれもと申中
　田植　毛虫　蓼　ほたる　此
四ヶ之もの不凡、尤感吟致し候。
尚後便　御后作可承候。
先々御謝礼旁申述候。
匆々

お便り拝見いたしました。厳しい暑さですが、
お変わりなくお過ごしの由、この上なく
私の庵の方も変わりなく、ご安心
下さい。さて、お手製の味噌漬け
一器お送りくださり、遠くからのご厚情
だけでなく、その上良い味でありがたく
早速いただきました。はたまた
お作品はどれも良い中で特に
　田植・毛虫・蓼・ほたる　この
四つの季題の句は不凡で、最も感吟致しました。
また後便でも、お作を伺いたいと存じます。
まずは御礼まで。

六月五日　　　　鶯笠

二川様

ちるはなも露も／似つかず鵜の篝《かがり》
出るとしと出ぬ年の／ある清水哉
突さして戻た火串／受にけり
昼皃のさかでやけふは／水の音
おのが羽のぬけるに／さだつ小鷹哉　（さだつ：ざわざわ騒ぎ立てる）
青東風や蚕の蝶の／むだ子うむ
東西もいまだわからぬ／うき巣哉
くれすてゝそのひ〱の／暑かな

先かいつけ候　　御一笑

F

薫書拝閲、高暑之節
弥御安静之段、雀躍此
御事御坐候。愚老もとやかくと
押移、御安意可被下候。為

お便り拝見しました。暑さ厳しい頃ですが
ご無事でお過ごしとのこと、小躍りする喜びとは
このことです。私もどうにかこうにか
日を暮らしておりますので安心して下さい。

御見舞方金一封御恵、
遠堺御厚情、不浅忝存候。
扨又短冊之事承知、則
二葉認進じ候。炎熱之
時候、とかく御病なきやう
御自愛専要御坐候。以上
六月十一日　　鶯笠
二川様
鳰啼やそよがぬ／間《あい》もなき草木
暮過や人の涼《すずみ》を／見て廻る
先申進じ候

お見舞いとして方金一封を下さり、
遠くからのご厚情、大変ありがたく存じております。
さて、短冊のこと承知しました。すぐさま
二枚書きましたのでお送りします。炎熱の
時候、何かとご病気なさることなく
ご自愛専要になさって下さい。

H

芳墨致拝見候。向寒候得共
弥増御安静之段南山之
至御坐候。偖而《さて》めづらなる
御土産之品一箱幷白方一片

お便り拝見しました。寒くなってきましたが
ますますご安静とのこと、お慶び
申し上げます。さて、珍しい
お土産の品と白方（二朱銀）一枚

御送恵被下遠路御厚情
之段不浅忝存候。且又扇面
則御頼ニまかせ候。御書中短冊之事
御認有之候得共、それハ封中
不相見、もしや間違歟と存候。
御様子も候ハゞ、尚其内御申越
可被成候。御多念之御文意
忝存候。先々御謝意迄
申述候。匆々

霜月十六日　　鶯笠

二川様

星影の瓦破る夜を／寒念仏
木曽垣や葱の無事を／書用意
傘さしてやるや／河豚さく夕霙
家根もりし月の／跡なり面の餅
区《まちまち》や鶴の日和を／鷹のこゑ

お送りくださいまして、遠くからのご厚情
大変ありがたく存じております。また扇面
ご依頼の通り揮毫します。お便りには短冊の事
お書きになっていましたが、それは封の中
には見えず、もしかして間違いかと存じます。
ご事情もございましたら、またそのうちにお申し越し
下さい。念をいれられたご文面
ありがとうございます。まずは御礼まで
申し上げます。

御可笑

おわりに

お互いに近々の句作を報告しあい、門人からは贈り物や謝金が、そして宗匠からはできあがった撰集や揮毫した短冊類が贈られる。こうした相互のやりとりについてはこれまでも報告されているが、二川に宛てた鶯笠（鳳朗）書簡からも、地方門人との交流における宗匠の活動を、生き生きと垣間見ることができた。他にも越後との関わりは、高田の人々との親しい交流が『続砺波山集続有磯海集』（天保十一年〈一八四〇〉刊・本書所収）に記されている。これにも句を寄せている見附の茶山が天保三年から文久元年（一八六一）まで二十九年間にわたって毎年刊行し続けた『梅草子』にも、しばしば鳳朗の名を見ることができる。ちなみに晩年に側近くにいた高弟の史千（一七七八～一八四六）も越後の人である。

今回は二川宛書簡を紹介したにとどまるが、越後俳壇と鳳朗との関わりについて、今後さらに調査してゆきたいと考えている。

付記

書簡の読みをご教示下さいました岩田秀行先生に深謝申し上げます。

271　越後魚沼の二川宛鶯笠（鳳朗）書簡

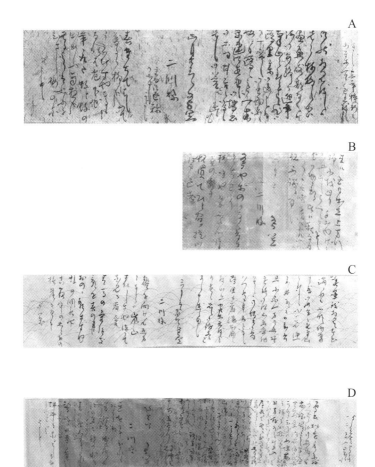

A

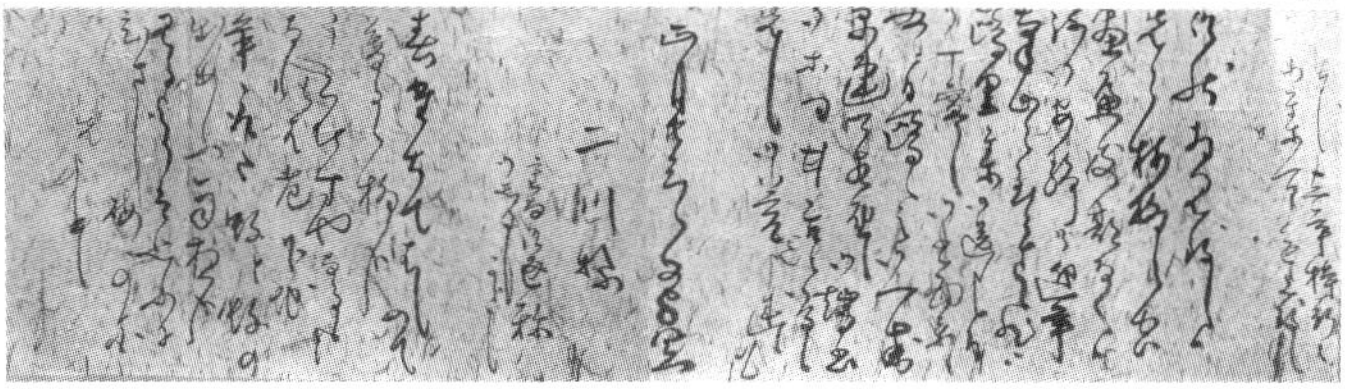

B

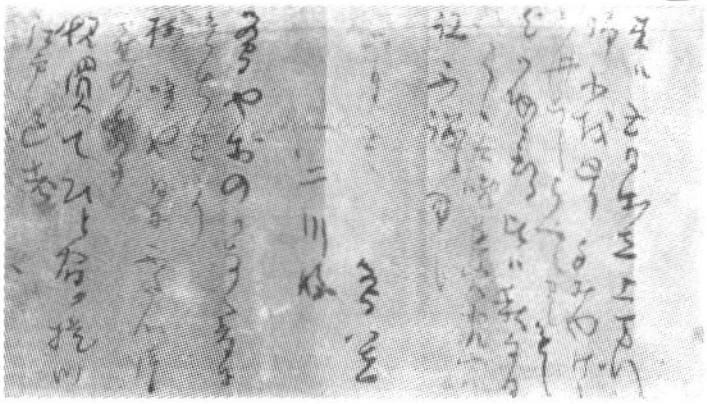

C

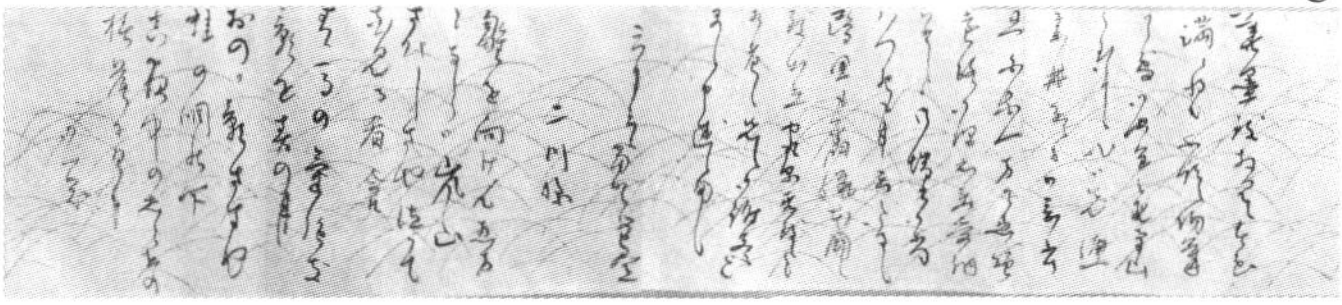

D

E

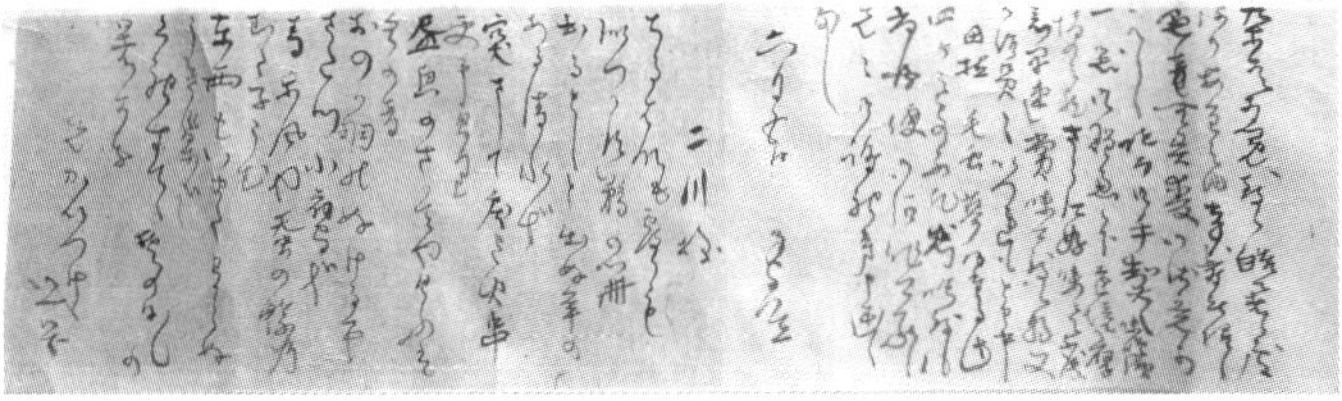

F

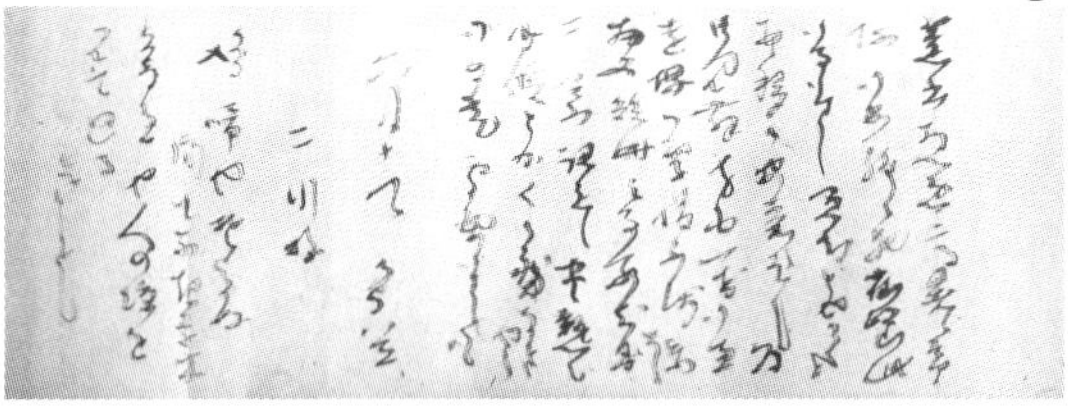

G

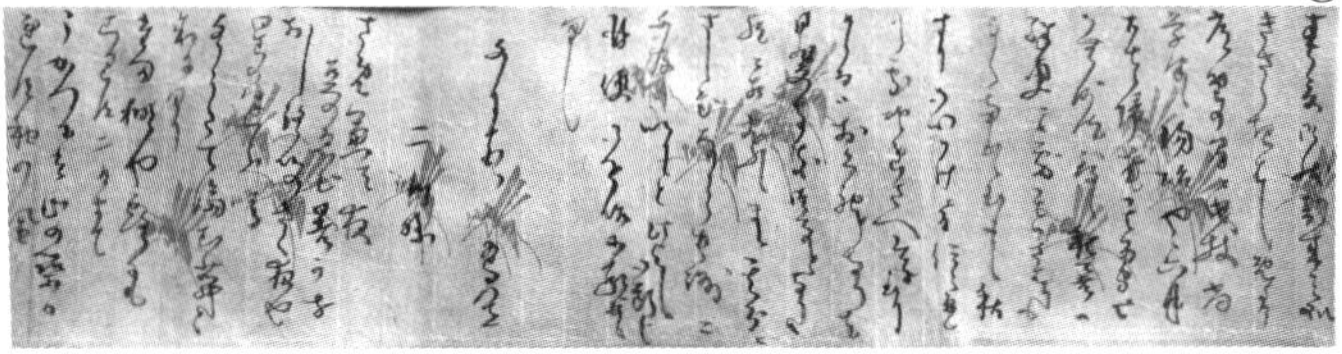

H

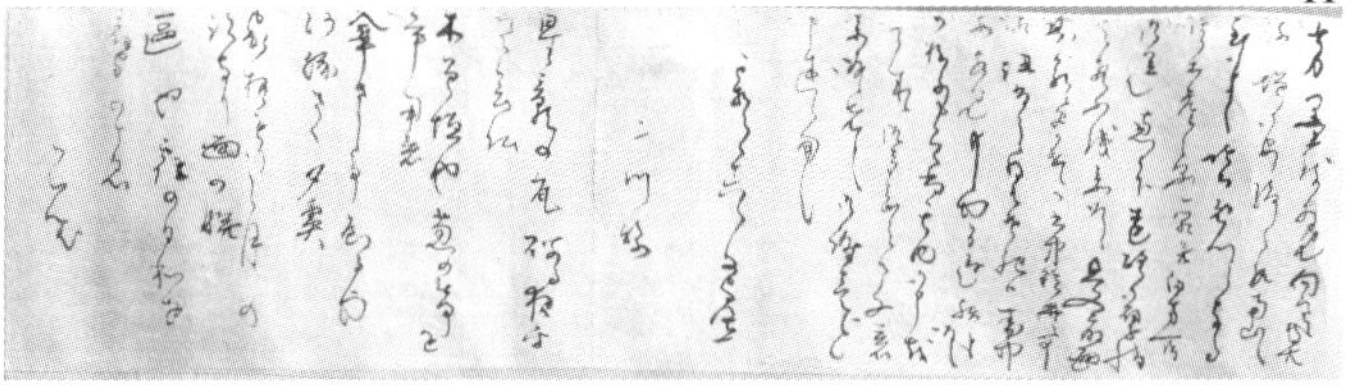

菓子料

金田房子

「菓子料」とは、文字通りではお菓子を買うお金だが、お菓子代わりという名目で人に贈る金銭のこと。「謝金」の代わりではなく別に感謝の心遣いを示すものだ。

一彡から鳳朗に短冊の揮毫を依頼した手紙に、「菓子料」について触れたものがある（矢口丹波記念文庫蔵、整理番号1565）。前々から弟子経由でしていた依頼だったが、なかなか届かなかったので、遠慮がちに「二啓」（追伸）として「菓子料」を添えて催促したもの。永久はこの頃鳳朗の最も身近にいて日常生活の世話や地方の門人との連絡を行っていた高弟である。

二啓　前々より申上置候《もうしあげおきそうろう》御短冊、何卒《なにとぞ》四季永久子へ御頼《たのみ》申上候間《あいだ》、御認《したため》、萬屋様迄御投じ被成下《なしくだされ》候様、偏《ひとえに》奉願上《ねがいあげたてまつり》候。恐く

九月八日　一彡

鳳朗様

御菓子料、当百二枚差上《さしあげ》申候。　以上

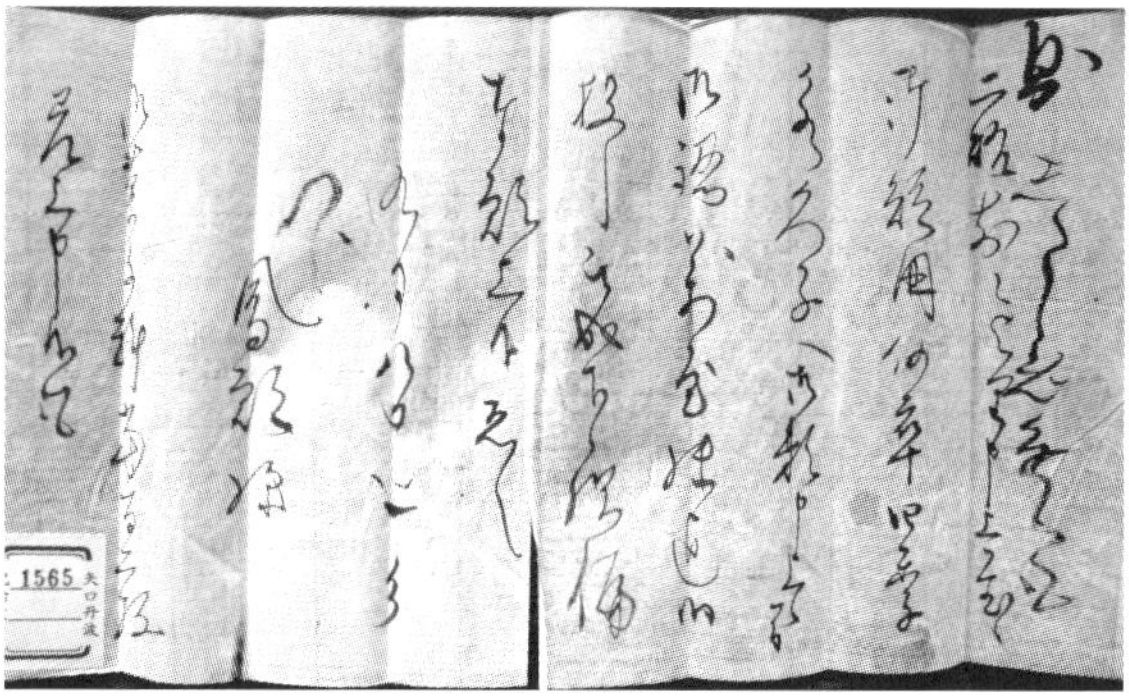

これに鳳朗は直接「即　したゝめ進じ候」（写真右端）と書き入れ、自分の名前に「下」と添えて返信とした。「菓子料」は「当百二枚」。「当百」は天保通宝の略称で、一枚で百文に相当するからそう呼ばれた。仮に一文を二十五円として計算すると五千円くらいとなる。

『北越雪譜』の校合を山東京山に依頼していた牧之が、『夜職草《よなべぐさ》』という教訓書の校合も併せて頼んだ際の京山からの返信（天保五年〈一八三四〉十二月十六日付）に「菓子料金百疋」の礼が記されている。金百疋は一分で、四分の一両。一両は幕末で四千円〜一万円くらいとされているので、これは多めにみても二千五百円程度だろうか。

この書簡には後日譚がある。短冊を書いてはくれたのだが、「四季」の句をそれぞれ一枚ずつ四枚と頼まれていたのに、鳳朗は同季の句を四枚書いてしまった。永久から一彡へ侘びた書簡が残っている（本書「一彡と鳳朗」参照）。これらの書簡は天保十四年以降八十歳を過ぎた最晩年のものと考えられるから、鳳朗の記憶にもいくらか衰えがみえていたのかもしれない。

越後魚沼の二川宛の鳳朗の書簡（本書所収拙稿「越後魚沼の二川宛鶯笠（鳳朗）書簡」参照）には、「白方一片」の礼が記されている。「白方」は白銀製で長方形であった二朱銀のこと。二朱は八分の一両に当たる。他に土産や手製の味噌漬けといった品物の礼も記されている。

地方の弟子とのこうした交流が、宗匠たちの生活を潤していた。

鳳朗略年譜

金田房子

まず『俳文学大辞典』（角川書店、一九九五年）から鳳朗の項（加藤定彦執筆）を引いて、概略を示す。

俳諧師。宝暦一二（一七六二）～弘化二（一八四五）・一一・二八、八四歳。田川氏。本姓、厳島氏。本名、義長。前号、京陵・対竹・鶯笠。別号、蕉風林・自然堂など。もとは肥後国熊本藩士。寛政一〇年（一七九八）、三七歳で致仕。俳諧は一二、三歳ころから父鼎や同藩の綺石に学び、江戸参府の途次に蝶夢・暁台に対面。諸国を歴遊後、しばらく上方にいたが、江戸に出て文化一三年（一八一六）には本所亀沢町に庵を結び、成美・道彦らと交流、翌年『芭蕉葉ぶね』を刊行、真正蕉風を宣揚した。このころ対竹を鶯笠と改号、江戸でも上位の宗匠となる。文政一二年（一八二九）からしばらく上方に遊び、江戸に帰ってからは飯倉に自然堂を設け鳳朗と改号。芭蕉一五〇年忌の天保一四年（一八四三）、京の二条家に請うて芭蕉に「花下大明神」の神号を許され、自身も「花下翁」の称を受けた。

（後略）

最も早く書かれた鳳朗の伝記は、一周忌追善集『冬椿集』（自然堂社中編・弘化三年〈一八四六〉刊か）の四山による序文（A）、そして所収の鶴峰戊申による「自然堂鳳朗小伝」（B）である。四山は、出雲母里藩八代藩主松平直興（一八〇〇〜五四）の号である。東幻住庵とも号し、鳳朗の紀行文や句集にも名が見える。鶴峰戊申（一七八八〜一八五九）は、豊後臼杵の神職の家に生まれ、国学や和歌・和学のみならず天文窮理・蘭学にも通じた。天保三年（一八三二）頃江戸に定住し、水戸藩にも仕えた。これらの伝記については『頴原退蔵著作集5』（中央公論社、一九八〇年）「鳳朗の追善集と句集」に紹介がある。ここで紹介されている「句集」が、本書に翻刻する『鳳朗句集』（拙稿「写本『鳳朗句集』翻刻」）で、

この葛古の稿本は西馬の編したもの（筆者注：嘉永二年〈一八四九〉刊『鳳朗発句集』・同四年刊の二編を指す）の外に、十分人々から注意されてよいものであり、且恐らくはその価値に於ても一層高く認めらるべきものであらう。

とされている。

これらの次に書かれたのは、肥後熊本藩の寺澤暉暘が鳳朗門人江口氏や雲州の葛岡簑山らに

聞き取りをしながらまとめたとするもので、嘉永三年（一八五〇）二月の日付が見える。これは『続肥後先哲偉蹟』巻八（『肥後文献叢書　別巻1』〈隆文館、一九一一年〉所収）に収録されている（C）。

その後伝記として書かれたものとしては、中村俊定「田川鳳朗」（『俳句講座3』明治書院、一九五九年）（D）をあげることができるのみである。

本稿は、以上の伝記（以下、A～Dの略号で示す）を参照しつつ、調査の結果知り得た点を加え、なるべく信頼に足る事柄を簡略にまとめたものである。

宝暦十二年（一七六二）1歳

肥後国飽田郡五町郷山室村の惣庄屋・永井卯七兵衛の子として生まれたという（C・D）。永井卯七兵衛には写本として流布した農業書『拾芥圃記』の著述があり、上妻博之『肥後文献解題』（日本談義社、一九五六年。「宇七兵衛」とする）に略歴が記されている。本名などについては、

B　姓は源。初め巌島原弥と称す。若くから俳諧を好んで京陵と号した。

C　俗姓は田川図書助源典教。初名、義長。幼名を永井午三郎、巌島源弥と改める。俳号、初め京陵。

D 本名を義長、通称を東源。（Bに拠ったとして厳島原弥・京陵）などと記載があるが、どれも裏付けできる資料を見出せない。B・Cには農地の開拓に尽くしたことなど若い日の事績について記されているが省略する。

＊

肥後熊本藩六代藩主細川重賢は、「肥後の鳳凰」と称された名君で、宝暦の改革と呼ばれる藩政改革を成功させて藩の財政危機と民間の窮乏を救い、積極的な人材登用を行った。推察の範囲であるが、鳳朗もこの人材登用で見出された若者の一人だったのではないだろうか。

＊

安永二年（一七七三）**12歳頃**

この頃に俳諧を始め、熱心に学んだ（『芭蕉葉ぶね』）。Dは、俳号を鼎山といった父に学んだとする。また、熊本藩士・久武綺石（二百石余り、小姓組）に俳諧を学んだ。

安永五年（一七七六）**15歳**

父から肥後守盛町の鋏を与えられる

『古今俳人百句集』の対竹像
（文化15年刊・礫亭文庫蔵）

（『鳳朗発句集』）。

寛政元年（一七八九）28歳

『奉扇会』『しぐれ会』に対竹の句が載る。これが、現在の調査における対竹号の初見である。これに続く対竹句が収録されている句集については、拙稿「「対竹」号の鳳朗」（『俳文学報会報大阪俳文学研究会』五三号　二〇一九年十月）を参照されたい。

＊

この間、藩用で江戸を往来するに際し、「道を義仲寺の蝶夢に問ひ、束修を暁台の門に行ふ」（B　原文漢文）、「粟津義仲寺の蝶夢にかたらひ、名古屋の暁台に随ひ、士朗に交りを深くす」（C）という。ちなみに暁台は寛政四年、蝶夢は同七年に没した。

＊

寛政十年（一七九八）37歳

熊本藩を致仕（B・D）。なおCは、文化の初め頃、相役の者と争って勤めを辞したとする。

＊

この後、「四方遊歴し、二柳庵及び竹友・士朗」に会う（B）。二柳は享和三年（一八〇三）没。

享和（一八〇一〜）初年　40歳頃

尾張で竹有・士朗と三ツ物あり（D）。

＊

文化三年（一八〇六）**45歳**
五月、安芸国御手洗《みたらい》（広島県呉市・大崎下島）で樗堂と会う。※本書所収松井忍「伊予俳人たちと鳳朗」。
秋、士朗らと歌仙（『雪月文事』）。
前年に没した綺石の一周忌追善集『いけのむかし』を編んで刊行。これに士朗の序文が載る（晩秋）。対竹が編集した綺石の句集（写本・成立年不明。九州大学附属図書館蔵）では、綺石の別号を継いで藍蓼庵を名乗っている。
十一月三日、江戸・成美宅の会で一茶らと歌仙（未満）（『文化句帖』）。同九日、一茶と三日の未満歌仙を巻く。
十二月一日、太笻・恒丸と江戸へ行く一茶を送って歌仙（『梅塵抄録本』）。
文化五年（一八〇八）**47歳**
太笻と同行して中山道を上り名古屋に立ち寄る（太笻編『犬古今』）。
文化七年（一八一〇）**49歳**
十月、恒丸（九月十四日没）追善脇起こし歌仙に一茶らと一座。

文化八年（一八一一）50歳
二月二十九日、一茶・兄直・北二・茶月とともに飯田に入り、閏二月一日出立（『七番日記』）。
文化十一年（一八一四）53歳
九月二十四日、成美宅で一茶に会う（『七番日記』）。
末頃江戸に移り住む（文化十二年一月五日付対竹宛一茶書簡）。住所は本所亀沢町榛《はんのき》馬場（B・C）。
文化十四年（一八一七）56歳
春（または前年末）鶯笠に改号。
五月、『芭蕉葉ぶね』に序を書き、刊行。その後、校合者・一茶の指摘により、訂正のため二箇所を黒板に塗り、断り書きの付箋を付して再刊。
十月十四日、一茶宛書簡にこの事情を記して侘びる。※本書所収玉城司・金田「文化十四年一茶宛鶯笠（鳳朗）書簡」。
十一月三日、一茶宛書簡で『芭蕉葉ぶね』好評の旨を伝える。

＊

文政二年（一八一九）この年刊の慶五編『丘象潟集』所収句前書によって、文化元年（一八〇四）地震による隆起後に、象潟方面に行脚したことがわかる。

また、刊年不明の鶯笠編『希伝くさ畚《もつこ》』には、小田原・江ノ島への旅行が記されている。

*

文政三年（一八二〇）**59歳**

『おぼろ物がたり』刊。末尾に「おほ江戸中橋の庵の窓の本に鶯笠居士しるす」とある。この頃既に中橋に転居していたか。

文政五年（一八二二）**61歳**

九月、伊勢に旅をする（『鳳朗発句集』）。

文政七年（一八二四）**63歳**

『いとかり草紙』刊。吉野へ行脚。北越にも足をのばし小千谷に立ち寄る。

七月十八日か、鶯笠序・直一編『梨月夜』添え一茶宛書簡を書く。

文政八年（一八二五）**64歳**

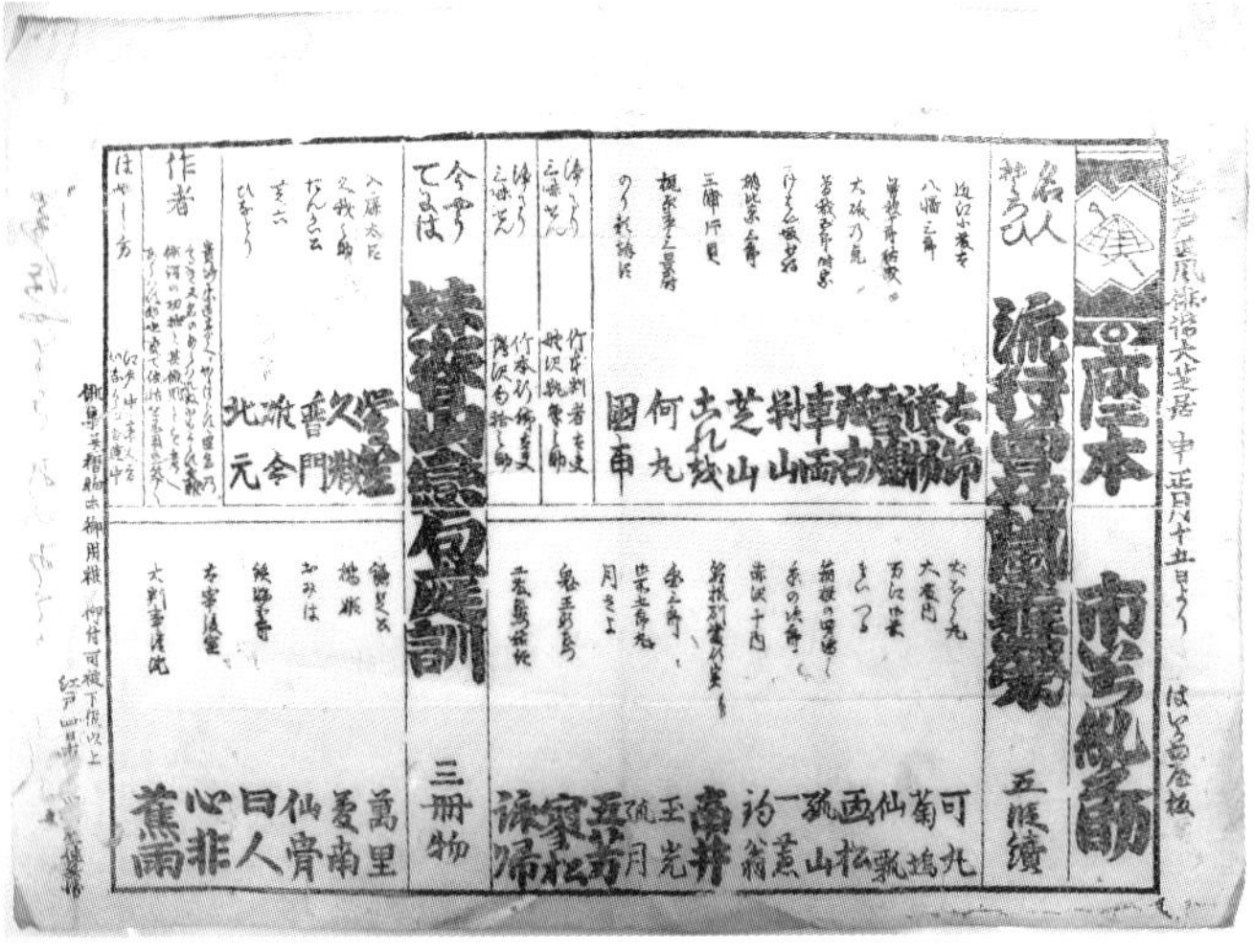

文政七年申歳見立て俳人評判（大西紀夫文庫蔵）

芭蕉が名古屋で越人に託した俳論であるとして『蕉門俳諧師説録・直旨伝』刊。鳳朗は頭注に「越人校合ありて表題もかくかうむらせしものならん。さらば序も越人のかけるに相違あるまじ」とする。

文政九年（一八二六）**65歳**

十月、上州沼田の乙人と両吟あり。　※加藤定彦『関東俳壇史叢稿　庶民文芸のネットワーク』（若草書房、二〇一三年）。

十一月、上州高崎方面に出かけ、十八日〜二十三日まで八幡矢口家に滞在（『矢口丹波正日記』）。

文政十一年（一八二八）**67歳**

五月、江戸中橋の庵を宮下（千葉県南房総市）の門人・素共が訪れたことが『麻殻集』（素共十三回忌集）鳳朗序に記されている。　※加藤定彦『関東俳壇史叢稿　庶民文芸のネットワーク』。

冬、中橋大工町（中央区京橋）に転居（B・C）。なお、乙人『葛芽集』（文政末頃）の奥付に「中橋桶町一丁目」、『磊庭春帖通名』（天保五年〈一八三四〉頃）に「南大工丁」の住所が見える。

文政十二年（一八二九）**68歳**

春、火災に遭い（参考：四月二十四日文政大火）、上方方面に遊び、たまたま難波で講義中の鶴海西（海西は鶴峰戊申の号）に悉曇学を学び、以後交流あり（B・C）。

天保（一八三〇〜）**初年　70歳頃**

江戸に帰り、飯倉（港区麻布）に住む（B・C）。

天保二年（一八三一）**70歳**

九月二十三日厚木で渡辺崋山に会う（渡辺崋山『遊相日記』）。「あけがらす凩ばかりのこりけり　鶯笠」の句が記され、「筑紫ノ人ト云フ。芭蕉葉船ヲ著、其書荒唐附会捧腹ニ不耐者、然レドモ発句ハヨシト其徒云フ」と注記。

天保三年（一八三二）**71歳**

四月、鳳朗に改号。

天保五年（一八三四）**73歳**

鷹之巣神社（群馬県安中市）に芭蕉句碑（「馬をさへながむる雪のあしたかな」石倉鳳朗建之）を建立。

天保六年（一八三五）**74歳**

一月、独吟千句『自然堂千句』刊。

閏七月、伊予郡中の蓼門を訪ねた後、道後温泉へ。※本書所収松井忍「伊予俳人たちと鳳朗」。

八月二十二日、伊予小松の映門の静佳庵を訪ね、二十七日船で氷見へ。※同。

天保七年（一八三六）**75歳**

一月、新年を阿波小松島で迎える。※同。

三月、嵯峨天竜寺中南芳院に泊まる（『鳳朗句集』『鳳朗発句集』）。この年刊の『俳諧人名録初編』に「石倉鳳朗」として立項あり、「東都芝飯倉片町　田川氏号自然堂」と頭書。

天保九年（一八三八）**77歳**

葛古の稿本を鳳朗が校合した『鳳朗句集』成る。安政二年（一八五五）茶外が序文を付すが未刊。　※本書所収拙稿「写本『鳳朗句集』翻刻」。

天保十一年（一八四〇）**79歳**

『続礪浪山集続有磯海集』刊。五月半ばに出立して越後方面へ旅し、八月三日、広尾に帰着するまでの紀行。　※本書所収拙稿「鳳朗著『続礪浪山集続有磯海集』（上）翻刻と略注」。

天保十二年（一八四一）**80歳**

五月、斉藤南々建立の吉祥院（埼玉県深谷市）芭蕉句碑に揮毫「頓てしぬ気しきは見えず蟬の声」。

天保十三年（一八四二）**81歳**

八十賀集『髭誕生集』序刊（近江大溝藩主・分部春鶴の序に「石倉翁」）。

草津白根神社竹烟建立の芭蕉句碑に揮毫「夏の夜や谺にあくる下駄の音」、碑建趣旨を書く。

二月、『奉納俳諧発句三十六吟（俳人三十六句仙）』を撰んで刊行。巻頭に鳳朗の肖像。

季夏『正風無弦磬』刊、「豊前小倉末都園斎厓・東都飯倉自然堂鳳朗　往復」として、蒼虬・

梅室の門流を批判する斎厓の書簡に鳳朗が答えた体の俳論書。

天保十四年（一八四三）**82歳**

芭蕉に「花本大明神」の神号を申請、鳳朗も「花本宗匠」の称号を受けた。

四月二十四日、殿上白書院にて位記折紙を授けられる。九月二十六日、二条家御前連歌。

※本書所収玉城司「新潟県立文書館蔵「二条家俳諧」摺物紹介」。富田志津子『二条家俳諧　資料と研究』（和泉書院、一九九九年）。

天保十五年（一八四四）**83歳**

麻布狸穴坂に住む（滞在中の一彡宛書簡）。※本書所収拙稿「最晩年の鳳朗―一彡宛吉田永久書簡から―」（『俳文学報　会報大阪俳文学研究会』五二号、二〇一八年十月）。

初秋、一彡の需により「東照宮御遺訓」を染筆。

孟冬、八幡八幡宮に建立された芭蕉句碑に揮毫「ものいへば唇寒しあきの風」。

弘化二年（一八四五）**84歳**

十一月二十八日没。「麻布の地に生涯をとどむる」（A）「飯倉片町の自然堂に死す」（C）。谷中天王寺に葬られる。

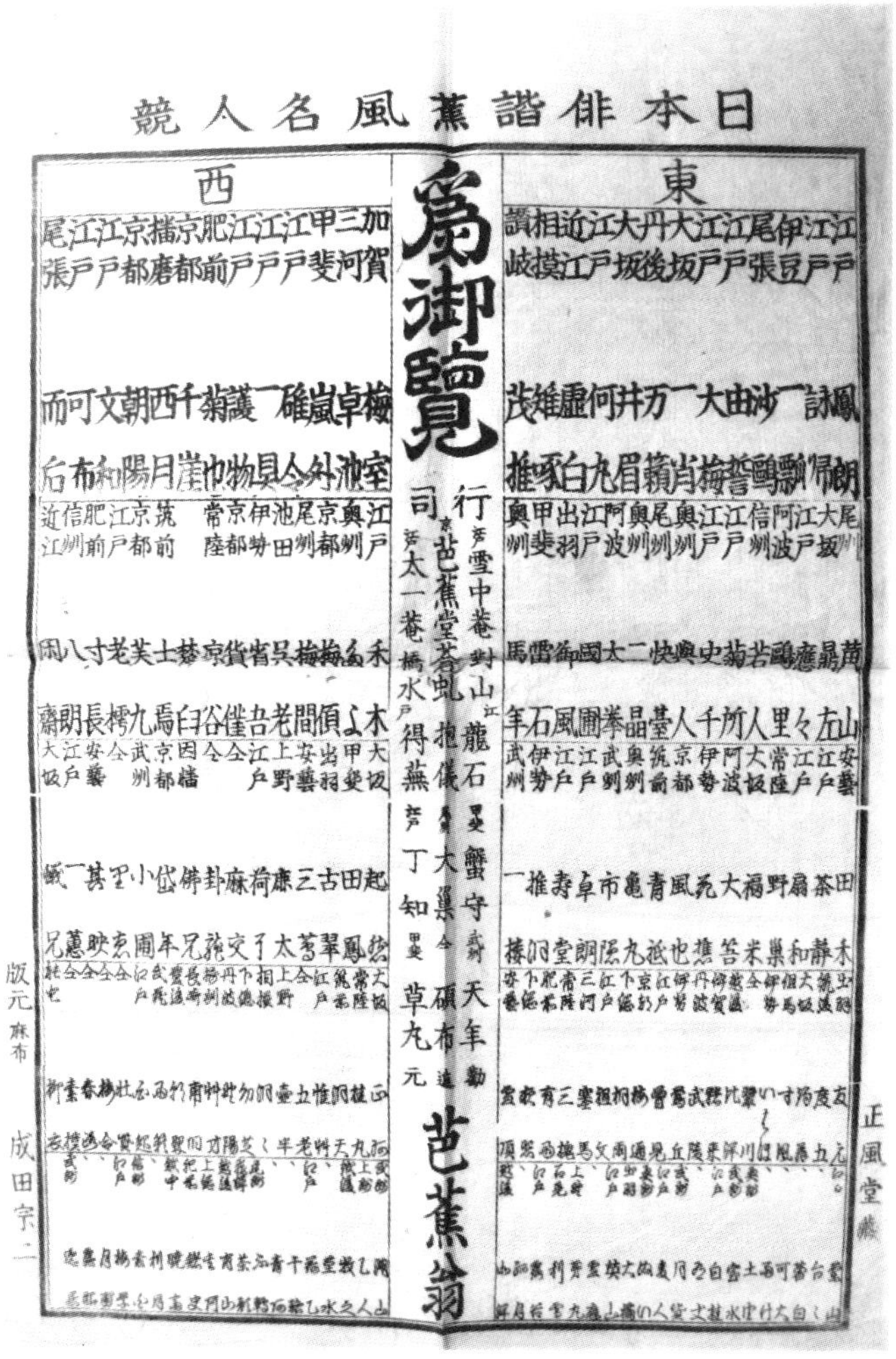

俳人番付（大西紀夫文庫蔵）

新潟県立文書館蔵「二条家俳諧」摺物紹介

玉城司

【緒言】

ここに紹介するのは新潟県立文書館が所蔵する「二条家中興俳諧之次第及百韻」である。懐紙状の摺物四枚で、文書館の整理番号は「E1309-310」。

二条家俳諧の研究を集大成された、富田志津子『二条家俳諧　資料と研究』（和泉書院、一九九九年）に言及されていない新資料である。

【解題】

成立は、天保十四年（一八四三）九月二十六日。興行場所は、京都の二条邸。宗匠は風外、御名代が鳳朗、執筆は杜蓼と水由、香元は三和と素瓏、知事は直節。連衆は、風外・鳳朗・千瑞・如々・梵阿・春室・山骨・素瓏・竹渓・月窓・竹山・馬埛・木公・金莪・鷺眠・願山・柯亭・慎斎・稲州・立宇・三星・安成・一秀・直節・扶國・三和・大之・水由・社蓼・千瑞・露巌・川魚・其映。四十四句所収。巻末に「下略」とあるので、世吉《よよし》ではなく、百韻だったのだろう。先の富田氏の著書によれば、天保十四年（一八四三）九月二十六日には、「鳳朗花ノ本宗匠御免御文台御会勤」（富田氏著書番号（三十四））と「臨時御会」（同（三十五））も同日に興行されているから、この百韻を入れて三席あったことになるが、興味深いことに鳳朗・風外・杜蓼を除いて先の二つの巻と連衆が重なっていない。

富田氏によれば、芭蕉百五十回忌にあたり、鳳朗は「芭蕉追号を申請」し、自らも二条家から「花の本の免許」を得たという。それを記念しての百韻興行である。

翻刻にあたっては、漢字は原本通りとしたが、かなには私に濁点を付した。

【翻刻】

天保十四卯歳九月廿六於
二條殿御興行

植村蔵書（後貼）	
No.	８４６
科目	文学科
分類	俳諧
巻別	全巻
函別	７函
購入大正年　月　日	

（後のラベル）

御俳諧之連歌

まがひなき道の　御
しほりや秋しぐれ
夜寒ふせぎも
もたぬふところ　風外
月のさび茶渋の
沙汰もおろかにて　鳳朗
いと堅うりの
かへす提灯　千瑞
いつ本もうつた
釘なき用箪笥　如々
肩をさすれば
さめる湯ほてり　梵阿
山杷子の植た
翌日に咲かゝり　春室
ひむろの状の
おくれ着けり　山骨」
矢見呼てさかづき
とらす別座敷　素瓏
忍てうつた
額いろづく　竹渓
意地わるううさんな
犬のほえるはり　月窓

ならづが鳴れば
しまる横門　竹山
うり溜のぜにを
つめこむ革財布　馬埛
若狭こと葉は
ひふがわからぬ　木公
御遷宮いち日
何も喰はで過　金莪
たゝみの砂を
掃おろす月　鷺眠
みのむしの鳴とは
いへど聞知らず　願山
すゝめ〳〵て
道心にする　柯亭
やまもとへ下の
役所のひける也　慎斎
榧のあぶらを
しぼる槌おと　稲州
水かげの八重影
うつる窓の花　立宇
あはせた鶏を
たいせつにかふ　三星」
なつ隣御隠居
までが碁にはまり　安成
さめてはいかぬ
雑魚の吸もの　一秀
暖簾に皃を
つゝんでついと行　直節
ねこの猫追ふ
声をにくがる　扶國
割たての護摩木
かはかすあら莚　三和
葉もよくそめし
垣の寒菊　大之
掃た日は浦山
風も煤くさし　水由
鳥居ばかりで
ものすごき神　杜蓼

堀あげた井戸を　千瑞
自慢の刀鍛冶
七十越して　如々
白髪さへなし
唐机ずれずに　梵阿
くぼむ臂のあと
舟ではゆみと　春室
弦の針間路
夕月に石灰を　山骨
やくくろけぶり
なる子もひかぬ　素瓏」
御法事のうち
咳せいてかゞめば　竹渓
ほろり散木槿
はなれた馬の　月窓
あと追ふて行
柔術にあにも　竹山
おとゝも身をやつし
あつめてあれど　馬垌
燃る木もなし
帋衣着て坂の　木公
霙にづぶとぬれ
継緒をひきゝて　露巌
それて来る鷹
窓蓋をくるま　川魚
大工の繕ふて
疱瘡の笹湯に　其映
憐とせつく

下略

宗匠　風外
御名代　鳳朗
御執筆　杜蓼
水由
御香元　三和
素瓏
御知事　直節

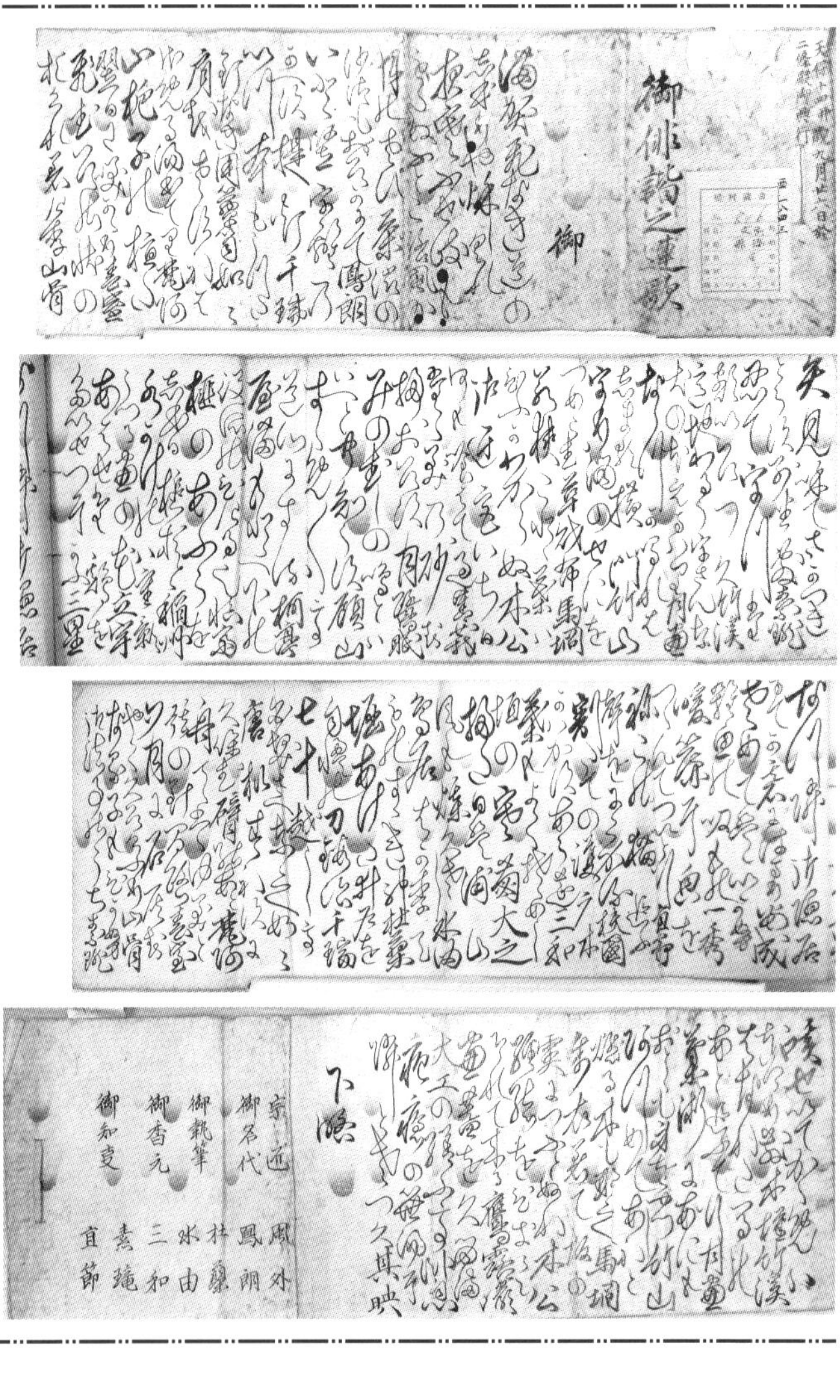
御俳諧之連歌

写本『鳳朗句集』翻刻

金田房子

書誌

写一。京都大学文学研究科図書館潁原文庫蔵。縦十八・五㎝、横十二・八㎝。
薄縹色表紙、左肩にうちつけ書きで「鳳朗句集」。

凡例

・異体字は概ね通行の字体に改めたが、(燈・灯)(竜・龍)(滝・瀧)(撰・選)(峰・峯)(秋・穐)(村・邨)は原本の表記のまま用いた。明らかな用字の誤りもそのままとした。
・濁点および句読点は私に付し、原本に濁点があるものは「濁ママ」と付記した。
・振り仮名は現代仮名遣いとした。片仮名の振り仮名は原本に付されていたものである。

・頭書として書き加えられた句や前書は、墨書のものに〈書入〉・朱書のものに［書入］と下に記した。鳳朗による朱書の注記も、書き入れであることを示して［ ］内に入れた。また朱による訂正は訂正後の形とし、どのように訂正したかを［ ］中に示した。（ ）内は翻刻者による注記である。

・鳳朗が校合の際、良しとするものの上部に付したと考えられる朱点は二種類ある。一つは句のすぐ上に「丶」のように記されているもの（○印）、もう一つは離れて上に小さい点として記されているもの（●印）である。後者は書き入れの後のもので、別人による記入の可能性も考えられる。丶点の位置に小さな点として付されているものは、区別がつかないので▲で記した。句の下に鳳朗が省くべきとして記した朱丸は×で示した。

鳳朗の句集は没後の西馬編『鳳朗発句集』（嘉永二年〈一八四九〉刊）・同二編（同四年刊）があるが、生前の評価が示されていることによって幕末の俳風の目指した形を窺うことのできる好資料と言えよう。

（貼り紙）

校合終
△上ニ朱ヲ以《もつて》句ヲ記ス物ハ乞加入《かにゆうをこう》分也。

△下ニ朱丸ヲ用ルモノハ可省《はぶくべき》モノ也。
△手尓於葉等、所誤《あやまるところ》ハ悉以朱《ことごとくしゆをもつて》草。

此冊はしも予師真篶廼舎葛古老翁壮年の頃、師の鳳朗翁の吟を年月書き留綴り置、則朗翁へ校合を乞。朗翁たゞちに筆を採、朱をもてかき加ふる。この頭書きは、朗翁の自筆なり。両翁真跡の句集は比類なきものぞかし。よりて真篶家の翁老年の後、予にこれを譲らる。永く秘蔵せむとてそのよしを爰にしるしぬ。

安政二卯年三月　茶外

このはしふみ書てよと乞ふによりて

真弓廼舎翁卒郎　楓(印)山(印)

鳳朗句集

春之部

歳旦

春たつやむかしながらの白い足袋

増した年披露しやうには證據なき

　あくればわれ七十四

やつとゝる年を麁相に夜る夜中

はつはるや奉行頭人聲し行

云おくれいふしほのなき御慶かな

孫に辞義させて御慶の附言葉

○連《つれ》の名もひとりでいふて御慶かな

　はせをに坐右の銘あり。われもなきにしもあらず。口を閉る事如瓶

色も香も其木〳〵の花の春

正月　初日　初空

正月の宝も出た敷鉢かつぎ

●○蓑のけて正月さするはしらかな

　名を旅人と願ひける旧例にならふ

鶯と呼ばこたえん初日かげ

●○大空のせましと匂ふ初日かな
不遠慮に鳴るはつ空の釣瓶［瓢→瓶］哉

元日　二日　御降　寝積

●元日や頭にいます弓箭神〈書入〉
●○元日の日のさす眉のあはひかな
元日や鵯《ひよどり》でさへおとなしき
●世にすめば元日世話し箸三度
●○つゐ暮て初日出直す二日哉
○餅焼た手もむさかるや三ヶ日
●おさがりや炭の嘉例のもりはじめ
いねつむもひまな世界の手数にて

はつ鴉　若水　羽子板

あとをなくな一声でこそ初鴉
烏はや初役すんで土ほてり
若水をむごく湯にして仕舞けり
●○わか水や人は残らず汲仕舞
●羽子板の箔のこぼるや小笹垣

門松　蓬萊

●○二日して雀なれけり門の松
門松に常のはじめや二日月
●○今年にもきのふが出来て松のうち
指をればきのふきりなり松のうち
呑喰もせでなくなるや松の内
蓬萊にきのふの今日も昨日かな

万歳　猿曳

万歳の来るに似合ず門の雨
●○見廻して万歳入るや新作事
情強ふ猿で辞儀さす餅の礼

買初

買初や猿のよく似た猿の面ゝ

小松引

孫突て曳奉る小松かな
●曳を［も→を］見て居て気のつまる小松哉
○ひけかねた手油洗ふ小松かな

薺

七草や西のはみんな山ひ［つ→ひ］らき
●○むかしから薺のあての垣根かな
いやしげにつかみちらしぬ薺売

いやしげに添に添たるなづなかな　×
薺粥さしものつゆも祝るゝ
○喰ものとなればさびしき薺哉
●○山のみを来る川ならじ薺屑
差図なき薺買来し誉れかな
薺うつ家あり路次の行どまり

綱引　とんど

綱曳た猫の通りぬ町の屋根［頭書「此句ハ猫ノ恋ノ部ニ可入」］
霜種の露まで焼しとんど哉

養父入

藪入の小世話や猫にやる土産
日のうちにつく養父入を旅支度
やぶいりや今年生れの叔母も抱く
●○養父入や白無垢見せる立ばしり
●出迎ふて藪入まつや堂の前
●○藪入の活に見ゆるや紙つかひ
涙まで出る藪入のはなしかな

氷解　冴返

桶の海鼠とけたは氷ばかり也
鴨も今日を囀れ冴かへる

春雪

●人中に舞ふてはいりぬ春の雪
淡雪や乗合舟をしゐらるゝ
橙も掃やられけり残る雪
雪雫鈴鹿越す日を檜笠

長閑　麗

○のどかさや畦の笹葉が炭でちる
●○長閑さに通りぬけけり家のうち
●○麗な仕事見ゆるや野に柱
うらゝかで眼まぎれするや遠柳

霞

●夜霞は須磨と明石のとぎれ哉〈書入〉
●○空むいて子供弓射るかすみかな
●○かすむかと㒵さし出す木の間哉
夜霞や蝿のはしりの畳這ふ

春風

はるかぜやわびいふて出す塩肴

大的《おおまと》に坊主も出て春の風
内に居る日の耳際も春のかせ
春風の口は明けり御状箱
はる風や御経をうたふ群比丘尼
○わや〱と野に杭うつや春の風
人について黒門入るやはるの風
　野間の内海《うつみ》(1)に義朝の昔のあとを
○春風や馬も乗人《のりて》も友ねぶり
暮待て佗てもどらん春の風
はる風や坊が椽側見えわたり
春かぜに最《も》ひとつくれん小土器
●春風や人の見残す鳥部山
●○はるかぜの［に→の］吹かくしてもすまの
浦
簗懸に旅路うつせば春の風
●○春風やあつてもいらぬ門の錠
真先か春の風なり練供養

福寿草

拝まれぬだけが草なり福寿草

梅

●うめをれといはれて欲を忘けり〈書入〉
●まぼろしもみな梅になる日比哉〈書入〉
初梅やたゞの梅には相違なし〈書入〉
子供らが小松植けりうめの側
見えまさりするや過来し里の梅
泥ぬくしあたりに梅も有さうに
裏からといふ状も来て梅の花
○人払して咲て居る野梅かな
横竹をわたして留主や梅の花
●○うめが香や散ての後も二三日
椽だけは梅に仕替た作事かな
坊主子に袖なし着せて梅の花
出着物を重ねて干てうめの花
所望して酒造場も見つ梅の花
○大切な厠と見えてうめの際
枝もない幹の処にうめの花
塔真似てめけ石つむや坂の梅
指嗅て見ても何処に歟うめの花

笠着せて見たれば孫も梅の花
朧知れうそも誠もうめの花
香の段や梅はことしも早仕舞
●○けふまではちらりともせず梅の花
●○何の木によりても梅の匂ひかな
香をひくやうめとり次で退く袂

柳

●さし枝に所望のたえぬ柳哉〈書入〉
●○道ほすに三時もかゝるやなぎかな
蓑虫のはなさぬ風の柳かな
●こゝろ添ひこゝろはなるゝ柳かな
思ひ出して霜やけがまし夕柳
●○まがふもの二月にもなき柳かな
○もつさりと夜湿りかぶる柳かな
○砂堀（掘）てはいる柳の雫かな
やと飛《とべ》ば扇の［は→の］とゞく柳かな
じつとして空干て居るやなぎ哉
○潜るのと廻るのとありやなぎ道
○吹あげた柳下りぬや虎落《もがり》垣
疑（擬）宝珠のかげとめ兼る柳かな
夜明にも驚されぬやなぎかな
●○すら〳〵といく夜も明る柳哉

うめ柳

嬉しさの言葉はじめや梅柳
うめ柳覚え通りに間違はず

椿

●気もつかずなるまでに咲椿哉
●さし枝がついてはじめて落椿
刺す意地で蜂の来通す椿哉
子が覚え白は椿でなかりけり
●○一りんも落さうに［で→に］なし赤椿
行ずりにひや〳〵するや椿の香
○ほのぐらき春や椿の落る音
売買も落ながら済む椿かな
掃捨のさづかりて咲く椿かな　×

菜の花

○菜の花や坐敷を山の土［出→土］どまり
山へたや菜の花までも九折《つづらおり》

菜の花に色失ひし仏かな
菜の花の見ゆるで出来た小茶屋哉
菜の花でふさぐ割子の置場かな
菜の花や蝶でたらする鳶烏
●法螺ふくや菜の花の方うち向て

若草　蕗の薹

●○若草をのぞくや鹿の片足だち
●わか草もけぶりそめけり鳥部山
若草が群集で出張餅屋かな
●○座敷から急な無心や蕗の薹

百千鳥

●○羽光りて眼《ま》ぼしき春歟百千鳥
吉田氏永久(2)老人おとゝしのよねの賀をうけられしが二とせ重ねて九十歳のよろこびをすゝむ。此末なほ幾年かひさしからむ。
●このうへの数もにぎはし百千鳥
宿ひきも百囀の輪内かな

鶯

鶯と我とはじをりかゞみ哉〈書入〉
●○うぐひすや見れば見るほど待こゝろ
鶯や声のおもてを垣の外
うぐひすにあてがふてあり溜り水
●○黄鸝のうぐひすになる初音哉
鶯のなく音にひゞく小浪かな
黄鳥の鳴音の下を潜る風
玉沢一瓢(3)上人かたみに無事ものがたり、はた建立の大造聞しにまさりたるを
鶯もなみ〳〵ならず雲に声
うぐひすや長袖ならぬ身のさばき
鶯のうしろかえして初音哉
黄鸝の来ぬ日春めく木の間哉
●うぐひすに朝のひさしき山家哉
鶯の綿毛巡るやさゝら浪
○黄鳥の這入て出ぬや菜のあはひ
○うぐひすや己が啼音にたちすがり
うぐひすの初音の用や溜り水

黄鳥や（以下空白）

雲雀　駒鳥

往ても〳〵五里々々といふ雲雀哉
御成場は桃灯のつく雲雀かな
天告子《ひばり》にもかされぬ春や嵐山
陸向て来る風乏し鳴ひばり
雲雀なく声をみそらの埃哉
鶏が句切になくや雲雀空
夕ひばり声の干へりしたりけり
雲雀揚て留主の土ほる烏かな
春の空天告子のこまる川もなく
身ははしる春なれ空になく雲雀　×
●○空へ往ていまに戻らぬ雲雀哉
●○麦国の二ヶ国ならぶひばりかな
ひまどるや台《うてな》をめぐる揚天告子《あげひばり》
○隠れ家もぐるりは空で［ぞ→で］なく雲雀
村数に畑のたらぬ雲雀かな
▲奥ありて駒鳥なくや関屋邸

白魚

●白魚やつまんだ跡のうすぐもり〈書入〉
しら魚は其坐〳〵をさかりかな
白魚に尾かしらのあり目がしるし
○白魚のまこと魚ではありにけり

猫の恋

○雨夜から逢はじめけり猫の妻
●○かたみかと思ふほど也猫の五器
深山路や世界の猫は鳴仕舞
猫追ふも遠慮な春や親子中
●○通ひ来て此家の猫となりにけり
御袋をはだしにしたり余所の猫

わかゑびす

若夷橙の針をわらひけり

二月

●○畑がちに見ゆる二月の麓かな
きさらぎや溝へなでやる溜り水

初午

どふ往ても京へ出らるゝ二月哉〈書入〉
●○はつ午や御庭の橋のわたり初め

初午の加役当るや梅の番
はつうまのしきりにかけし簾哉
初午の拝み処《ど》たつや柳蔭
初午の日ものつぼりと不二の山
○初午や天窓《あたま》うつなと紙の札

涅槃

花にまづさつと往て来て涅槃像
桜には月のかゝりぬねはん像

出代

▲出代のまめや乙鳥《つばめ》の巣の掃除
養父入もあり出代のさそひ連
●出代や丁度来あはす敦賀船
幾泊りする出代ぞ三ヶの津

八巾

八巾《たこ》張に手伝ふ出入大工かな
朝曇難なく八巾の鳴り通す
大八巾や上総へ落た世間沙汰
○八巾買が長男で店のねぶりけり
淡州志津木村（4）、志津賀女の古墳にて
今も操《く》るそのをだまきや紙鳶
凧の尾につらるゝ茨の命かな
●○きれ八巾や柿の木過て嵐山
●○日は紙鳶に別れて先へ這入けり
八巾もまた見透の寒し二日月
遠見へや中に真白き［向ふ→白き］かゝり
八巾

春月　朧月　春の夜

○山からは出ぬやうすなり春の月
●ぴい［ひた→ぴい］と鳴ものゝ吹たし朧月
天龍でさへのんめりと朧月
●鳴らし［たたき→鳴らし］行《ゆく》朧月夜の扇かな
明て居る雉子に根づよき朧哉
●○春の夜や心目に浮《うき》耳に出る

春雨

はる雨や大入になる一寸芸
春雨の夜〳〵はるゝ旅路かな
はる雨の［を→の］嬉しさう也池の水

●○流れしと見ゆる跡あり春の雨
せわしさのまくりかけつゝ春の雨
朝の間は曇りの降や春の雨

春の山　山焼

京からが見ごろや山のわらびなり
山焼も道具に坐敷自慢かな
ほのめくや雨後の焼野の洗ひ曠

春の水

そと風のさはつて退きぬ春の水

はつざくら

●待た日のいくら過てもはつざくら
せめてもや木の間の空をはつ桜
紙子さへふりそゝがぬにはつ桜
　箱根にて雷雨
初雷の気先に丁度初ざくら
夫にとも来ぬ山もとに初ざくら
　伊与の国の節会桜[5]に発句望まれて
淡雪のちるを「も↓を」姿にはつざくら
○いつをさかり日毎〳〵の初桜

花

　塔の峰をこしながら「にて↓をこし
　ながら」〈書入〉
●見ゆるかと〳〵花のよしの山〈書入〉
弁利なは「い↓は」花に手遠し敷筵〈書入〉
花にとて出かけたゐでもなかりけり〈書入〉
●○よい癖や花見る人のものいはず
○花の中いくら入ても出人はなし
●○口もとでけふもくらしぬ花の山
●賃出して預けものする花見哉
芝冷て立わかれけり夜の花
　丙申（天保七）の上巳嵯峨天竜寺中
　南芳院に泊り五更過るばかりにふき
　あれ来り、やゝ騒々しかりけるがや
　がてうちやみたるのちは始のほどよ
　りも猶静さ増りにける
●○木より散る花にはあらず嵐山
●○花七日散ての後ぞ知られける
さしもせぬ盃うけて花見かな

面倒に耳の聞ゆる花見哉
留主居した同士噺きく花見哉
　薩陲峠にて
○つく〴〵と見るや松にも花の浪
　江戸をでて川崎［洲先↓川崎］のわ
［あ↓わ］たりまでは門人も知音も
多くていまだ一向に旅情なし。六郷
をわたりて
旅しらぬ友交りや花に鴨
花に来てゆれるや池の夕明り
寝るあても無用な旅ぞ花に鳥
　柳沢村岩との神社はやまあと（ママ）の国い
そのかみをうつしまつれる旧地なり。
爰に碑石を建るとてほ句望まれけば
雲高し幾代の花の［で↓の］さゞれ石
　旅に病ける後
餅さめて腹の淋しき花見哉
佐川田[6]にかたるな花に朝寝すと
鶏のにはとり蹴るや花雪吹（ママ）

はなあひて風に腹たつ心なし
●○よし野ほど花を見ふるす山もなし
●○立歩行《ありく》我のみ花でなかりけり
花に鳥本尊かけよ蓑と笠
花見たといふほどの日はなかりけり
御拾ひのとり沙汰するや桃［枝↓桃］の花
［頭書「桃ノ句也」］
　天竜寺中南芳院夜泊
花のちる音かと雨を聞夜哉
真むかふとおもふや花に行始終
　殿山にて［書入］
●○花と我間にきゆる月夜かな
　むさし野の西のはづれに里あり。小
金井といふ。両岸三里ばかり並木つゞ
きて雲をあざむくそのさかりに行あ
ひて
小金井に山吹いはず花ざくら
おもひつめし花見［に↓見］て足のふるひ
けり

処では花の呼名もさくらかな

さくら

●高砂や尾上は古き初ざくら［さくら哉↓初ざくら］〈書入〉［頭書「初さくら ニ入べし」］
●ちらぬ間もちらずには居ぬ桜哉〈書入〉
魚よりも水とむつまじさくら影
○ちらりともほつりともせず夕桜
山ざくらきのふ我来た足の跡
ふつさりと葉にも花さくさくら哉
用かけて出たといひ〳〵さくら狩

旅中

あすばかりありてきのふのないさくら
●○見人がみないなねば暮ぬさくらかな
●散るを見ればさくのもおしき桜哉
一もとはちるのもほしきさくらかな
●露ほどの花ものこさぬさくら哉
●○ふりかへる時雲と［に↓と］なるさくらかな

天保九年四海泰平

破魔弓にさへ用のなきさくら哉
空うけに見透のさわる桜哉
二日めの初めからなきさくらかな
みどり子のうつくしがるやちる桜
○さかぬ間を心のさわぐ桜かな
山彦とならぶものなし夕ざくら
波の日の花裏さらすさくらかな
○散たれば翌の日のあるさくら哉

接穂　畑うち　二の代り

木を接や恵方にも尻うち向て
下踏《げた》かけてついうたれけり庭畑
おぼろ日にきらりとしたり畑打
犬も出て居るや遠眼のはたけ打
●小金井の花も押出せ二の替り

いにし天保七のとし、たなつもの実のらず未聞の凶年にして世の中飯うゑすなる斗なれば歌舞岐《（ママ）》もの見べき人さへなく例の顔見せもとり置て各憂にたへざりしと人の語るを聞て

七転八起の春ぞ二の替り

春草

年〳〵や屋根のは屋根の春の草
●
誘香もうれぬではなし春の草
▲茎たちに人手さゝさぬ女房かな
○茎たちに鋏遣ふや庭作り
茎たちやはしり出て見る梵論の端手
○むせたので春もひつたつ山葵かな
山蝶のよらずに過る杉菜哉

雉子

原のきじ声ごとあとのしんとして
●
山彦や京へ取次［とりつく↓取次］きじの声
朝凪や海道中を雉子はしる
○曙はふすぼりくさしきじの声
大磯に時を違へて夜深に起出
つかもなや雉子にかはりし浪の音
雉子なくや寺か蔵かと小波ごし
○きじなけばほろゝうつ也障子紙

扇すつてこした覚へやきじの声
○眼こたへの光りとしたり［するや↓したり］
雉子の声

帰雁

雁のあと麦のそよぎてあはれなり
●
○かへる迄みじかかりけり雁の足
番雁の病のなりで首途かな
噓つきが見たはうそにて雁の行
○追れたをしほとや直にかへる雁

乙鳥　鳥の巣

鵜の真似も仕さうになりぬ鳥の子〈書入〉
蔵の間燕の飛も一羽づゝ
●
○巣のふちへのる知恵つきぬ乙鳥の子
手廻しな涼み支度や鳥の巣

蝶

頤和亭
蝶ゝにくれた畋門の麦ばたけ
はつ蝶やしかとはせねど外畑
●
○はつてふをわするゝころや飛胡蝶

●はつ蝶やさらでもいそぐ草枕［書入］

蛙　田螺

●くらき夜のはるかの奥やはつ蛙
怖さうに水はなれしつ初蛙
●鳴かぬ間も咽のたゞ居ぬ蛙かな
宵月の山をぼかすや遠蛙
雲に鳥蛙目はなしせざりけり
草の葉の撫《っ》た面らかく蛙かな
●○けしきみな山に暮こむ蛙かな
月夜から地声のすはる蛙かな
　貫之の言葉を汲みて
蛙にもさゝ鳴のありな温気《あたたかげ》
●○己が影さすや蛙の咽の下
かつかうは髭もありげや蛙の子
●鳴といふはなしのみ聞田螺かな
旅でまづ哀でもなしなく田螺

雛　草の餅

雛の猫花にも首をふりにけり
●○売買にあふうきも見し雛哉
雀なけ下居の雛がさびしがる
●○四日にも四日と見へぬひいな哉
すき間から見ゆるや雛の横少し
花でない雛ひとつなし朝きげん
○影ぼうであはひのこむや夜の雛

汐干　永日

汐干るや飾間《しかま》のかち路淡路まで
●○長き日のながき光がつきにけり

山吹　躑躅

○やまぶきや莚も無理な望み事
山吹や鮎に豆腐の坐敷ぶり
○やまぶきや今朝出た家の遠ぐもり
業《なりわい》が飯屋でさびし赤つゝじ
灰汁桶やつゝじうつりて山路めく

藤　すみれ

いけ火して出しかけてあり藤の花〈書入〉
名もなしに藤でしらるゝ山木かな
枝剪たつかれの出るや藤の花
●朝の事わすれ果けり藤の花

藤の花岩屋に鬼はなかりけり
むすんだらむすばつて居る菫哉
奈良越に足ふみ込ば花菫
●似た花の菫見たれば似もつかず

連翹　辛夷

連翹のかゝり合ぬや庭げしき
我春の連翹さきぬ茶の羽織
によき〳〵と花になづまぬ辛夷哉
●○咲て居て花ともしらぬこぶし哉

若鮎　蜆　蛤

逃しなに横腹見せし小鮎哉
蜆買ふて一宿提つ江戸道者
蛤のいねやあげ（濁ママ）けん口ひらく

桃

●うつとしき誉人の来るや桃の花
寺へ［高い→寺へ］とは婆々も気づかず桃
の花
　　浪華の桃園にて［書入］
霞より下にありけり桃の空
梅にかつ月はもたずや桃の花
○桃をればよい年してとわらはるゝ
御拾ひの取沙汰するや桃の花

春混雑

●○はじめから秘事はまつ毛の茶摘哉
一颪蚕に来たり山の冷
乳のみ子と兄弟がまし蚕扱ひ
●雁に霜一かたならぬ別れかな
●吾をうかす吾かな春の科ならで
御相手に御角力とり［る→り］や地虫釣

行春

　　四ッ谷を過笹［いさ→笹］馬のあた
　りをたどる。
●行春の人牛馬にかくれけり
○行春やさつとですまぬ橋普請
行春を郭公草は花のさく
●○ゆく春やおしむうちからなつかしき
晦日や算用高に暮ゝ《くるる》春
　　原　よし原を中央に

●○かた〱は不二かた〱は春の暮

何気なや三月尽の明の鐘

右三百七十七韻

注

（1）野間・内海：現在愛知県知多市。義朝最期の地。

（2）永久：本書所収拙稿「一彡と鳳朗」参照。『鳳朗発句集』には「吉田詠久が老父」とする。

（3）一瓢：（一七七七〜一八四〇）伊豆国玉沢の妙法華寺で修行。文化初年（一八〇四〜）、江戸日暮里本行寺の住職となる。一茶と親交。文化十四年、妙法華寺に移る。『鳳朗発句集』に「玉沢に一瓢上人を訪ふ。廿とせばかりの昔がたり尽べきにあらず。かたみにまめやかなるを悦ぶのみ。将、諸堂の破懐（壊）をあらためて再建の大願、きゝしに倍せる大功に眼を驚かす」と前書。

（4）志津木：兵庫県淡路市志筑。静御前が隠棲したという伝説があり墓がある。

（5）節会桜：孝子吉平の伝説のある旧正月十六日ごろに開花する早咲きの桜。一茶『西国旅日記』に、寛政七年（一七九五）正月十六日に桜が満開であった記述がある。

（6）佐川田：佐川田昌俊（一五七九〜一六四三）山城国淀藩主永井尚政の家臣。和歌・連歌・茶道にすぐれた。通称、喜六。号、壺斎・黙々翁。『近世畸人伝』に逸話があり「よしの山花まつころの朝な朝な心にかゝるみねのしら雲」の歌が載る。

鳳朗句集

夏の部

四月

●旅人も草も夜明の四月かな

下りの帆ばかりと見ゆる卯月哉

○道尻のみな山へむく四月かな

雲水蒿居（7）が開庵の賀

われにわが宿かし初る四月かな

更衣

白げしと朝くらべせん更衣

鳳朗とあらたむる時

大空の洗濯もして［しても→もして］ころもがえ

　見付を過てはや春の心なし

●○ふりかへる不二とはなりぬ更衣

朔日の礼にまぎれぬ更衣

●○けふからとしらぬではなし更衣

袷

客待たしほに着かえる袷かな〈書入〉

　おもひよらぬ事に老のおとろひはあるものなり

●年ましに縫あげのいるあはせかな

懸おけば薄曇する袷かな

水影のゆら〳〵とさすあはせ哉

青簾

はづしたも去年掛替し青簾

扇　団扇

○月かげのうつればぬるゝ扇かな

●奇麗さにかこひ古せし扇かな

蚰蜒《げじげじ》のさわぎにうけし団扇哉

虫うつたうちはの風の灯をとりぬ

蟵

余の間ではりんと釣られぬ蚊帳哉

蟵際に手燭もおくや馳走ぶり

紐どめに火箸もかるや旅蚊帳

わざくれたふりでをり込小蟵哉

這入蚊と出る蚊とで込蚊張哉

蟵のうち足手の捨場なかりけり

灌仏　夏籠

●○暁の雲仏は生れたまひけり

月雪とならば籠らん夏百日

夏の沙汰もなしつきぬけの葎堂

●夏に入ば明る間遅し茶たて虫

短夜　夏の月

○草活《いか》す用に立けり短い夜

●明安き夜を行竹の間かな

短夜やうたゝ寝の森ほど近し

褻《ケ》着物で居るも忘れて夏の月〈書入〉

　さぬき和田浜藤村今是が(8)［木曾八郎

→今是が」水楼に遊ぶ［書入「に遊
　ぶ」］。賦あり略之
枕にもよし有合の夏の月
●○夏の月つまめば消る菓子ばかり
●はた〳〵と寝しづまりけり夏の月
夏の月番屋はあれど人はなし

卯の花

卯の花や麦見たほどは殻のなき〈書入〉
卯の花の最一重先や四ツ目垣
●○卯の花や丸太寝かして道かたち
○紙燭して垣の卯の花暗うすな
茨まで卯の花になる雨夜かな

桐の花　盧橘

断れば抜かす通りや桐の花
門〻主の門にもあらず桐の花
●香をふむや花橘の夜の坪
橘の香のはゞかりや寝たうしろ

若葉

向ひ地の若葉かゝれや飯の板〻
若葉うつ鉄砲雨や通りがけ
江の雨のむかふへこさぬ若葉かな
若葉からひら［ゞ→ら］きの来るや登り舟
○ぬれものにきめて荷作る若葉哉
胴突が翌日からといふわか葉かな
奇麗さに目高も住ず若葉影
若葉ではかいわい一や明屋敷
●○朝風を畳にこぼす若葉哉
灯ともさぬ若葉とてなし伊都岐島
○こゝろみに笠も着て見る若葉かな
●矢ひとすぢもたで分入る若葉仙［山→仙］
　竜田にて
●我見たり青葉にも染む竜田川
常磐木とおもはぬほどや若葉吹
木の実から今年萌出た若葉哉
若葉にも片付られぬ柳かな

牡丹　芍薬

●曽我殿の泪かゝりし牡丹かな
蚊の吸ふた跡ひとつなき牡丹哉

○牡丹見たはなしに添る両手哉
●夕凪や牡丹崩れて不尽見ゆる
日の入に一輪ですむぼたんかな
影も葉も花にゆらるゝ牡丹哉［書入］
大床や牡丹崩れてしんとする
●芍薬や今日は野守の小酒盛

罌粟

手を花に宙［ゆう↓宙］で添るや渡す芥子〈書入〉
●○貰ふたが不了簡なりけしの花
●種ゑらみした甲斐も［しても甲斐↓した甲斐も］なし瞿麦花
侘いふやけしの 葩《はなびら》 手にのせて
朝南風《はえ》になびき通しぬけしの花
けしちるや〳〵曠着《はれぎ》の襟祝ひ
罌粟ちるやけがれ有無にも［は↓も］かゝはらず
●切蛆の根からたふしぬけしの花
●○迷惑なとゞけものなり芥子の花
小休の腰掛込むやけしの畦
けし一本背の延過てあはれ也

苔の花

西行の茶碗につきぬ苔の花
神路山にて
●杉の香や一かたならぬ苔の花
●日を経るや只苔の香の苔の花
山水に似た匂ひあり苔の花

杜若

●切たれば葉が面立ぬかきつばた
近道は庫裡通りして杜若
○うしろをもみな見哀や燕子花
風までが木草に添はす杜若
麦の穂に似た花もなし杜若
無縁では腰掛なしやかきつばた
活たのが鏡にすむや燕子華
苔椽や前かたぶきにかきつばた

茂　棕櫚の花

網見せて友達まねく茂り哉〈書入〉

○夜明見る窓だけ茂り残しけり
竹藪へのびこむ夏の芭蕉かな
●
棕櫚の花葉にさわがれて哀なり

夏木立　木下闇

光らぬは夕部にもなし夏木立〈書入〉
行燈も馳走につるや夏木立
下闇や扇のかげの水照らす
●
○下闇へまな板提て這入けり

青あらし

押へたとおもふた蚕も青嵐
○本道は普請どめなり青あらし

麦秋

●
○跡もどりして宿かるや麦の秋
麦秋のうつりの黄ばむ野松哉
○ぬけ出たと思ふた国も麦の秋

杜鵑

時鳥雀ばかりが多い里〈書入〉
行燈もそと吹けしてほとゝぎす
気の毒な連の手前や蜀天子《ほととぎす》

●
○昼啼は私がましほとゝぎす
木一本なき大事さや杜宇《ほととぎす》
●
○時鳥なかぬきのふはまたざりし
啼さかりなくて仕舞ぬ催帰《ほととぎす》
●
○待つものとおもひ定めつ怨鳥《ほととぎす》
海へ行癖がついたりほとゝぎす

錦盧橋(9)

一橋に一夜づゝなけ陽雀《ほととぎす》
なくなかぬにはかぎらじな不如帰《ほととぎす》
なまなかに姿ばかりを周燕《ほととぎす》
蜀魂《ほととぎす》なくやぐはらりと空崩れ
なく音より聞人少し子巂《ほととぎす》
○聞かぬのも吹聴するや杜鵑《ほととぎす》
不用意に玉江の橋で郭公
木［来↓木］で啼て鳴かずに飛ぬ時鳥
草沢やそよぐばかりも勧農鳥《ほととぎす》
寝るひまを盗んだのみや黒羽《ほととぎす》
あちらから仕掛られけりほとゝぎす
●
山路来て其日も過て子規

● 不如帰安堵のあとの夜毎かな
●○一声に夏をさだめつほとゝぎす

老鶯

箱根にて［書入］
うぐひすは老たとも鳴かずあした草［書入］
▲黄麗《うぐいす》のつれになりけり老の坂

鳫鳩

○放し飼でもしたやうに閑古鳥
二羽となく日もなけれどもかんこ鳥
○かは［ゝ↓は］る日を聞人ひとりに閑古鳥
案内者の指先がみなかんこ鳥
鳫鳩《かんこどり》木かくれなりに暮もせず

行々子

田の邪魔をした沙汰もなし行々子
行々子なくや地蔵は笠を召す
○あとはあとにまた来る人の行々子
初啼の丁寧もなし行々子

鵜

鵜の羽の鮎からうくや洗ひ水
●○鵜の篝朝嵐とぞなりにける
▲まぼろしと并《なら》んでのぼるうの火哉
羽を干や丸の休みは鵜にもなし
● 鵜も縄をわすれ果たるやうす哉

松魚

○もてはやし過ぎて朝経し初葛魚《がつお》
大きなる撰屑がまし初がつほ
● 曙は夏の花なりはつ松魚
●○はつ葛魚寸ンまで長う云にけり
● 手奇麗な提やうをする鰹かな

蝸牛　枝蛙

正直に花さへなめずかたつぶり
大竹の［を↓の］抱明されぬ蝸牛
● 殻になる無常もありてかたつぶり
枝蛙なくや今先うゐし竹

蚊遣り

蚊の多い腹だちや出て水をうつ
○献立にのせぬばかりの蚊やりかな
●○松山に焚込である蚊遣り哉

世の中のものよ蚊やりの後ろ山
　善通寺
たゝまるや屛風が浦の蚊遣り影
返事してやはり寝て居る蚊遣哉
酒肴より急《せわしげ》にいふ蚊やりかな

筑摩祭　蚕豆

鰒喰のまつりそめけん鍋かぶり［祭→かぶり］
蝶に雨うきそら豆も花ざかり

茨の花

馬わたす瀬はありもすれ花茨
さらし着て目立ぬ夏や花茨

五月幟

●○深山木の底に水澄《すむ》五月かな
幟にと房もて呉れぬ女の子
○朝のぼり洗はぬ眼にもうるはしき
幟場に榎きらせるさわぎ哉
●押たてゝ見ればほどよき幟かな

端午　競馬

○侍になつた子の来る端午哉
●○鞍馬をも駈越さうな競馬かな

粽

●ほどきやみ〳〵解くちまきかな
殻の中ひとつ実のある粽かな
庵に持テ［ても→持テ］来ればさわがし菰粽
●○手伝ふて屑結ひ出《で》かす粽かな
植ものに間違さうなちまき哉

菖蒲

腰老て二重に廻るあやめかな
○あやめ葺て塩でも蒔た心地哉
又六が杉に見きるやふく綾女《あやめ》
○呼ばるゝや菖蒲の礼の風呂初穂
●○あやめ草切れよ曳ば延にけり

梅雨　五月雨

○麻着れば侍めくや入梅《つゆ》のうち
○五月雨の果てや別に夜の雨
●○五月雨にうちまかせたる葎かな

さみだれや麻の葉くさき人に逢ふ
　魯隠・米彦などいふなには人にいざ
　　なはれてそこら逍遙す
五月雨も見つれ淡路のあればこそ
挑灯の底ぬかしけり五月雨
●○五月雨せん方尽て馴にけり
五月雨や魚にもならぬなめすゝき

五月闇

○簾かけてかくしてあるや五月闇
いさゝかな戸のふし穴も五月闇

田植　早乙女

子に見せるふりで見て居る田うゑ哉
ひとりして唄ふて仕舞山田かな
○海ほどは田うゑの見えぬ峠かな
●○田をうゑて風の戸口となりにけり
●仙洞の御田植すんで月夜かな
返報の田うゑはあすや隣同士
●○誉たれば笑ふて黙る田植かな
●○早乙女の来て給仕する泊かな
早乙女のならびそめけり地紙形
●二三ばい早乙女わたす艜《ひらた》かな

竹植日

▲竹売てやつて植場の助言哉
○うゑるから翌日の日のなし千代の竹
しるしゝて留主也竹の植所［書入］
●○植た日のむかはり竹に来たりけり
ついて来てみの虫住みぬうゑし竹

合歓の花　紫陽花

●合歓の影帯仕直しにかゝりけり
紫陽花も明安しとや昼かはる
あぢさいの端手も一度は茶色哉

百合の花　撫子

人の手をかりてぬるゝや百合の花
袋でも提た手つきや百合の花
ほとほるやなでし子切た菜包丁

藻　萍

藻を邪魔に手繰すてれば花盛
●萍のうかしておくやおのが花

うき草や左右へひらきて何通す

鹿の子

野の奥は風もありげや鹿子飛ぶ［書入］

●○鹿の子はや峰に立事おぼえけり

水鶏

水鶏をも言種にしつ坐敷貸〈書入〉

風ほろ〳〵かくれかへては啼水鶏

●聞方に夜昼のある秧鶏《くいな》かな

浮巣

旅しても一度見あはぬ浮巣哉［書入］

乾きぶり巣にせずにある浮巣かな

●親鳥のかちわたりするうき巣かな

蛍

○なげ取に明りさし出す蛍かな

すがれ目に大きなが出るほたる哉

○投やつた蛍手首で光りけり

●瀬田こえて旅におもむく蛍哉

●山水や見えぬ蛍の影うつる

蚤　二度蚕

●○逃る蚤高い椽から飛にけり

○飛蚤の事ともせぬや向ふ風

撫子に栞りし露か二度蚕

六月　氷室

●○六月や事もなげなる日枝の山

●○わけあふて水嗅ふせし氷室哉

松魚ほどいさみの利かぬ氷室哉

○氷室守神仏でもなかりけり

部屋〳〵にわたる氷室や水斗《ばかり》

祇園会

祇園会を産んだ気持や児《ちご》が母

●○鉾済むや流るゝやうな人通り

暑がるもぎおん祭の愛相かな

暑

●暮すてゝ其日〳〵のあつさかな

あつや〳〵呑喰なしの娑婆も哉

○暑き日に眼のやり先もなかりけり

雲峰

○波見れば出たあともなし雲の峰

夜をこさば石とやならん雲の峰［書入］
雲のみね増賀の鐘もわれぬべし
旅空や北のはづれも雲の峰

ゆふ立

●夕立の来ぬ空果《はて》て月の雨
それたのがほん夕立やいなびかり
夕立の静かなが来て降あかす

納涼

●○暮過や人の納涼を見て通る
丸亀旅亭
すゞまずに居てさへすゞし千々の波
加茂川
すゞみけり家鴨を陸へ追あげて
●○涼風に気のつかぬ迄すゞみけり
●○来ぬ人のかはりにすゞむ夕かな
かしものに釣針もある納涼哉
出直して来て枕かるすゞみかな
○涼しさや苔へわたるも石伝ひ
涼風に干はせて汗の冷にけり

清水

泡にして雨粒流す清水かな
●○たまるまで待ちからなき清水哉
昼顔にまけば湯になる清水かな
寝ふさいで亀の流さぬ清水哉

夕顔

ゆふ貞や柱つたふは常の事
夕顔の蔦の探［さく↓探］るや戸のあはひ
夕貞や有あふ家根を棚がはり

昼顔

●ひる貞にしめりが行ばしぼみけり
昼顔や溝の近いに高砂子
昼貞や二尺しさらば山の陰
ひる顔の側に風もつすゝきかな

夏の草

名所記の増補に撰れや蓮の花
●○刈てまで麻につれ添ふ蓬かな
夏菊に日嗅き蒲団たゝきけり
●十薬や夏のものとて花白し

一八の手入も漏の次手かな

●○夏草を花さくものとしらざりし

青田

○松明の火を捨〱通る青田哉

小松川にて

風となりてみな江戸へ入る青田哉

▲五畿内で名の通りたる青田哉

焼酎で一坐濁すや青田面

翡翠　蟬

翡翠《かわせみ》やちらと小浪の目に青し

はつ蟬や格をはづして浮し汁

瀬ばしるも瀧に落るも蟬の声

○板の間にへた〱寝るや蟬の声

灯とり虫

●灯取虫腹あらはしてゐたりけり

○投られて来《こ》な出しにけり灯とり虫

丸ながら油しみけり火とり虫

這ふた紙油にしたり灯とり虫

御祓

雨の来て蚊もよせつけぬ御祓哉

さらし着た人の立派な御祓かな

右弐百七十五韻

注

（7）蒿居：筑前の人。編著『たくなは』（文化十一年〈一八一四〉刊）『武芝集』（天保四年〈一八三三〉刊・鳳朗跋）など。

（8）藤村今是：（一七九七〜一八五五）名、直弘。字、毅順。通称、音九郎。別号、墨雨・澹齋など。伊予国三豊郡和田浜の人。

（9）錦廬橋：『鳳朗発句集』に「錦帯橋」とする。

鳳朗句集

穐の部

立秋

●○そも〱は秋も闇から立そめぬ

秋たつと夢に見にけり蟵ざはり

●○あきたつやまとまりかねて少しづゝ

○今日からとおもふが秋の来たしるし

当年子に秋や来にけん寝おどろき

初秋

はつ秋の雲にきのふの見ゆるかな
初秋とのみも申さず親の前
●はつ秋や只近［片↓近］付の空と雲
●○初秋にふかれて泡の流れけり
●すれあふや草にはじまる秋の声
七夕をむかひに出たり二日月

天の川

田へむかふ枝もありけり銀河《あまのがわ》
押明けやまだ消はせぬ天の川

七夕

七夕や片づい［け↓い］て見る竹の月
●星合をきのふがましや男山

盆

●○魂《たま》の坐に露は直らせ給ひ［へ↓ひ］けり
棚経のあとやこぼるゝ露の音
霊棚に桶の場とるや雨の漏
玉棚についはり利かす尼細工
刺鯖や眼の殊勝さに盆祝ひ

燈篭

灯ともした灯籠売るや地蔵前
●めぐらせばよそほひのつく切籠かな
松澄てうき世のさめる灯篭かな
人散て蚊の居りまよふ燈籠哉
蓑笠の向き合ひに釣る切篭哉

をどり

●輪半分家影のかゝるをどりかな
●○くらがりへ休みに這入る踊哉
○水の音躍たあとへ戻りけり
○をどり場へよらずに行や山の雲
盆をどり十四かしらの御髑かな
皃の通り通らぬといふをどり哉

相撲

勝にけりあさわらはれしすまひ取

残暑　団扇おく

今朝秋に移りしと聞暑かな
捨際もたゞでなくなる団扇哉

秋風

○灯に来ると声とは別や秋の風
傘《からかさ》で秋風おすや草の虹
●○常にふくものとはなりぬ秋の風
●月と日のむき合に出て秋の風
くらがりは蚤の浄土よあきの風
○日の前は雲で通りぬ安芸の風

稲妻

●いなづまや人をこし〳〵消に行

露

焼焦すまで露ふくむ団扇かな
山道へ回れば露の匂ひ［へ→ひ］あり
●○しら露の果はこぼるゝばかりなり
蓮の葉の露もちにくしこけ廻り

桐一葉

散かけの幮《かや》にさはるや月の桐
●たゝまつて雨水やらぬ一葉かな
●○遠慮気のしてまだかれぬ一葉哉
ひろはぬも無益におもふひと葉哉
●桐ちるや朝日夕日に一葉づゝ［書入］
ふせてもち仰向てもつ一葉かな
○桐一葉もつて戻つて捨にけり

木槿　木犀

●○つゝがなく木となりとげし木槿かな
　長崎の寓居
●木犀や麝香鼠の通ふ声

萩

萩臥や日は帷子にありながら
萩さくや今街道は下の段
大低はまだきもしだれ［り→れ］萩の花
　ひとゝせあまりの旅かへりなりけり。
留主もる呂叟(10)まめやかに草一葉あれ
まさゞりければ心よく長途のつかれ
をやむ
寝処に［の→に］蜘蛛もたかれず露の萩

朝顔

●朝顔の朝でない日も出ざりけり
蕣の葉のうるはしや花の側

あさ㒵の花のにべなし内と外
朝㒵にとて結ひ置もせぬ垣根
●○朝㒵やいく朝見ても咲ばかり
あさ㒵の見るほど咲ぬ芥塚
むかふともせず蕣の目にとまる
●○朝㒵の気遣ふほどに傾きけり

女郎花

●○花と花のあはひも黄なり女郎花
●おろ〳〵とたつや嵐の女へし
初手折ば見ざめのしたり女郎花
●○少しでも長う折たし女郎花
余の草は直安《ね》に売やをみなへし

芒

痩たれば名のつり合ぬ［の→ぬ］花すゝき
処書《ところがき》するやすゝきのつきあたり
さわがれぬ日もありげなる芒かな
○投こんだ小家なるべし芒原
手奇麗に風をあつかふすゝき哉
深山な秋は来にけり薄の穂
●○うちふれば葉癖のもどる芒かな
用心も芒だのみや原の家
○夜はもとの通りに揃ふすゝきかな

荻

七月三十日松橋《まつばせ》(1)の浦辺に夜遊す
●しらぬ火やひとつ消ても荻の声

桔梗　藤袴

●白いのにふいと見当る桔梗かな
来ても見よをり目が原の藤袴

芙蓉　鬼灯

房細工芙蓉のなりをうつしけり
○門先の鬼灯さむし嫁送り

草の花

●○草の花をりにかゝればをるもなし
流し眼も余所へはちらず草の花
草花を押込てあり榕桶

蛬

●○折〳〵はまたれてもなけきり〴〵す
囉《もら》はふといふ人もなし蛬

蟷螂腹中香（打消線朱筆）［脇書「此
句の前書ニあらず」］
初老のうはさも出たりきり〲す
京の地に飛うつりけりきり〲す［書入］
●啼やんで飛だではなし蛬

秋の蚊　秋の蟬

●○残る蚊や蚊にもまじらず一ツづゝ
生ながら落て明けり秋の蟬

秋の蝶

かくれもし出て飛もして秋のてふ
わくら葉と見違もして秋の蝶

落鮎

田の空に片づく日和《ナギ》や鮎落る

八朔

穂や花や我八朔の門の草

初月

●初月や藪になれとはうゑぬ竹
草堂独坐
はつ月や笹葉にそよぐ余所の声

待宵

●○月をまつ手は揃ひ［へ↓ひ］けり四ツの海
待宵をさへ名月の最中かな

名月

名月の枝うつりする山路かな
●○明月に［の↓に］一足よりは木の間かな
名月のぐるりの空やうや〱し
名月や雨降ればこそわすられね［ず↓ね］
名月や上もなければ下もなし
明月の筋違ひにさす畳みかな
○あと先が雨で名月一夜かな
●○名月や二ツとほしき念もなし
●○明月やむら雲ひとつ見残さず
●○雨の中名月一寸こぼれけり
名月になつて仕舞ぬ暮の月
仲秋無月
耳底やみなぎり流す秋の雨
苫ともに二た間はもちぬ今日の月
居こもればひとりの嬉し今日の月

●○有明もせぬ立派さや今日の月

既望

●○十六夜やくらしと迄は見もとめず
既望《いざよい》のすはや森見え笹見ゆる
　　十六宵の雨といふ題にて
●暗きにもいざ宵はあり傘の下
○既望の呑込過や高鼾

秋日　秋の夜

さかしまに空ひく秋の日脚かな
秋の夜の心をほどく焚火かな

夜寒　秋寒

人声の処のしれぬ夜さむかな
折〳〵は中絶のして秋寒き
○秋さむや士朗に聞し伊賀の松

月
狭むしろへ取次月の給仕かな
子を寝せにだかへ出しけり月の前
●○嬉しさにいらぬ水汲月夜かな
●○月の雲消えに出て来るやうす哉
出はなれて仕舞ふた山の月夜哉
凡夫では月の夜明の見付らず
水音や谷と峰とに月ふたつ
理をぬけた遊びや月にかくれんぼ
●○見るとなく見て居る月がかたぎけり
喰殻の無用に更る月夜かな
川べりに灯を釣る月の遊哉
●一夜さの十五夜ならし秋の月

秋の水

○窓の灯の際から深し秋の水
　　槇の原より大井川を望みて
谷なりに空のたゝえて秋の水

野分

○湖のはらで稲押す野分かな
海原へぬけてはすたる野分かな

擣衣

○うつ音に蔭ひなたあるきぬた哉
見るやうな拍子にうつるきぬた哉［書入］
　　山里を過る

はしご田の四五段見えてうつ砧
坊が来て我家と申きぬたかな
▲ざはついて砧をよせぬ笹葉かな
●○似た音の添ふて更行きぬた哉
打ばたつ里より先のきぬたかな

案山子　鳴子

つる草のなんなくからむ案山子哉
●○今立た案山子にもある夕かな
身にたかる蛾もふるはぬ案山子哉
絵ごゝろのないのが似合ふかゝしかな
はね馬のさわぎに切れぬ鳴子縄

稲

うつむくやまんかち恥た早稲のふり

柿　栗　梨子

●○人の来て語れば落ず夜の柿
初栗の興はさめけり灰ぼこり
●○庖丁の手のうち見せん梨子の露

紫苑

夫《それ》なりや紫苑おこした下踏の跡

蕎麦の花

あが妻郡を経て
●更科を隣に白し蕎麦の花

鹿

●聞にけり笛にも一度鹿の声
○鹿聞くや鳴かぬにきめて戻る道
●○鹿に指さす間にくるゝ尾上かな
鹿なくや今にと語る口の下
立鹿に虹の片足かゝりけり
処でも初といひけり鹿の声
●○空ざまに立登りけり鹿の声

雁

十羽とも来ぬ物言や夜の雁
ゆきぬけにして鳴く雁の渡りけり
初雁の通つたといふ留主居哉
逢坂やまだ初声もこさぬ雁
●いつになや起て居るうちわたる雁
●雁鴨の来ぬ先からの寝覚かな
初雁や鳴くのをまぜて五三十

初雁はまだ田の広きばかり也

行燕

○鬼灯にあかぬわかれや行燕

雉　鶉

○朝皃にぴしやりと来たり雉の声
処では鳴ともいはぬうづらかな

鴫

向あへば朝も黙るや鴫に我

渡り鳥

むら鳥のをさまりもつく雨夜哉
○来ばなから押無事見せる目白哉
ぞく〳〵と親の通るや渡り鳥

九月

用もない崖に日南《ヒナタ》の九月かな
山付に見処おほし八九月

御迁宮

○御迁宮只〳〵青き深空かな

菊

窮屈に七草いふな菊の秋

田家

○丈けと葉にのみ菊肥て果にけり
窓の月菊で見たほど白からず
●○背の高き菊作りけり松の露
●○菊提た手の小半日匂ひけり
袷では挨拶のいる菊見かな
●朔日はまちもせねども菊の花
日送りにまつや開かぬきくの花

十三夜

毛の穴を毛のこそぐるや后の月
●○后の月こゝろぼそさに見明しぬ
蒼空の押えて居るや後の月
間続に煮焚場の［も→の］なし后の月
等閑におもふな月の后の月

露霜

○露霜や土に枯れ込む茄子殻
つゆ霜の見分はじめや大根市

紅葉

小流れを中坐に坐とる紅葉哉

　　い与中山鳥本の滝にて
百鳥はいなやさくらは薄もみぢ
　　此処は国の守の植させ給ひしとて
　　　さくら目にあまれり
撰だほど鮑の大きな紅葉哉
火の種の岩茸くさし薄紅葉
○道かへて我からぬるゝもみぢかな
●簗守にもどりをちぎる紅葉哉
●ことはれば鐘もつかする紅葉かな
棚道を荷負ひの通る紅葉哉
●○下行ば雨水も澄むもみぢ哉
○友呼ぶに声受のよき紅葉哉
橋の名になつてをられぬもみぢ哉
羽織るもの貸していなする紅葉哉
娵の来た狐の沙汰や薄もみぢ
相互《あいたがい》甘酒くばるもみぢかな
宮しげもねりまもとはず紅葉狩
かわき過ぬれ過紅葉間のわるし

末枯

●○うら枯や布施の魚買ふ小商人
末枯やふとんの風もさめぬうち

落水

●○門行を見ればわづかや落し水
干川迄出たあとはあり落し水

秋混雑

○綿弓や板でも裂る秋の声
　　小松の途中
旅すれば杖もや［と↓や］まるや豆ばたけ
［頭書「止《ヤ》マル也」］
　　小刀の蛤になる細工箱
　身はぬれ紙のとり処なき(12)
冷つくや袷の下の旅の垢

秋暮

立に来る鴫も居ぬのに秋の暮
○気をかへに立ば足まであきの暮
●○行秋の今日になりても秋の暮
右弐百二十四韻

注

（10）呂叟：（一七六九～一八四八）小坂氏。名、教忠。下総の人。江戸住。

（11）松橋：熊本県宇城市。

（12）小刀の―、身はぬれ紙の―：「身はぬれ紙の取所なき〈土芳〉小刀の蛤刃なる細工ばこ〈半残〉」（『猿蓑』「梅若菜」歌仙）

鳳朗句集

冬の部

十月

○十月や松のこつぱも一むしろ

●十月や弁当ひらく小松原

●○十月をひらけ過たり山に畑

神無月

○新ン古るを塩にもいふや神無月

●○多いものは日暮ばかりぞ神無月

●赤〳〵と磯山兀て神無月

卜《うらない》も手相もあはず神無月

十夜

●○炭つかみ行や十夜の人の奥

大根も十夜の祖師のなんぞ哉

芭蕉忌

●○今日にあふのみか旅して初時雨

旅にありてこの会上にあふの年をひとり像前にすゝみ向ひて申す

旅人と呼人になりて初時雨

小春　冬の日

枯ものゝ分や紙帳も干す小春

冬の日もまだ白菊の明りかな

冬の月

手ざはりや我を荊に冬の月

我眉の目にかゝる也冬の月

●○下踏《げた》の歯に土のつまるや冬の月

時雨

●○われをよけ〳〵して初時雨

小夜の中山にて

蓑ほしと石も今日泣け初時雨

借りらるゝものならからん初時雨

●○日のはやう暮たばかりか初時雨
○卯の時やわるい廻りのはつ時雨
関守が三弦をれて時雨けり
○分けあふたやうな時雨や少しづゝ
催ふして夜中来着ぬ時雨哉
波のうへばかり時雨る今年かな
●○時雨するほどは間もあるゆふべ哉
●延た夜にしては甲斐なき時雨哉
蘋蘩薀藻之菜[13]
誠信以可供鬼神
尾花ひとふさしかも枯たり
誰が眼にも蓑とは見ゆる時雨かな
鳴るほどのものか時雨の響かな
●○夜るになり〳〵するしぐれかな
鴨焚て時雨の下早る夕部哉

霜

●花ほどはあはれのしまず霜に鐘
松葉《ゴ》の中にいぶる霜あり茄子殻
●○瓢の音霜夜は妙を出しけり

初雪

はつ雪の証拠に利かす池の浪
○初雪は降て仕舞ぬ夜のうち
●はつ雪の降て居にけり明る朝

木枯

●○根《こ》んつよく木枯不二にあたりけり
夜もすがら凩ふきし柳かな

冬枯　冬の海

冬枯も万歳近し松の風
●○蒼うても枯ぬけてあり冬の海

さむさ

●○手にふるゝものよりうつる寒かな
●○水引やとけぬ寒さに箔のちる
○さむさうで背もあてられぬ柱かな
惰弱には目も明られぬさむさ哉
口あてゝ吹てもさめず手のさむさ

囲爐裏　巨燵

水鳥の声燃残る囲爐裏かな
○当りなり身とも蹇《いざ》るや置巨燵

　間内にも旅古郷ありおきごたつ

冬篭

●○遣はれたきり誰も来ず冬篭
　出たがつて埃の舞ふや冬ごもり
●　眼ごゝろの不尽を小笠に冬篭
　寝心やあたまくるめの冬ごもり
　手はじめに火箸焦しぬ冬籠

榾

●○焼をれて二本になりし榾木哉
　ほだ火ふるあかりの先や牛の息
　○榾の火におしかけ客や座敷から

炭　火桶

●○ともをれやうたれし炭とうちし炭
●○炭乞へば火をほりに来る宿屋哉
　先せて居た庖丁出るや炭俵
　菓子折［持→折］で間に合にけり炭の用
　［角→用］
　大根ほどをれ屑はなし洗ひ炭
　まんざらに木のはしでなし桐火桶

蒲団

　ふとん持て蒲団のおしにかけにけり
　出す音のどさりとひゞくふとん哉
　ぬくもれば懐もあるふとんかな
　雪ほどは裾ばへのなし厚ふとん
●○爪先で裾巻込りうす蒲団
●　牧（枚）方の朝日はたくや薄ふとん

納豆

●　叩くのも馳走に聞かす納豆哉

山茶花　帰花

　山茶花の対句にとらん五十鈴川
　山茶花や先ゝの家主の預けもの
●○かへり花今年はじめて咲木かな

水仙

　根あぶりに水仙下る御次かな
　水仙の咲そゝくれぬぬくたまり

枯柳

●　傾城に枯て見せたる柳かな

枯芒　かれ荻

●かる〴〵とした日和なり枯尾花
　鎌倉よりかへる道のほど
川べりはまだ相模なり枯尾花
●声はまづありまゝにして荻枯る

枯菊　枯芦

●白菊やおめずおくせず枯かゝる
○枯芦や寺へ登れば水も［の→も］よき

大根曳　葱

御寺まで大根畑のあるじかな
葱の根の白さのひゞく虫歯哉

木の葉

●○ふる木の葉東じらみになりにけり

冬の梅

恙なや梅見ぬ里の冬のうめ
○干してゞもあるやうす也冬の梅
●○冬のうめ義理にせまつて折にけり

落葉

○倒されし戸風のちらす落葉かな
　東の幻住庵にて二句
浪たつや底もあるほどちる紅葉
●○名のないは一ひらもなき落葉哉
星まぜて降明がたの落葉かな
○不浄気に落葉捨るや土手の外
●せんぐりに翌日〳〵とはく落葉哉
●○一日南《ひなた》あてゝ屋根はくおち葉哉
手ついでに漏も留さす落葉かな
●神事も過て夜の澄む落葉哉
●ちるちからついて日のたつもみぢ哉

冬木立　枯野

大込な花待空ぞ冬木立
啼に出て居るや枯野のむら雀
○枯野見てふと駈出すや男馬
杖先で茨はねこむ枯野かな
○隣国へ枯うつりたる野原かな
枯野でも見ぬにはましか炙《やき》の跡
とも色で蝶さへわかぬ枯野哉

鴨

○立鴨を見ては小池でなかりけり

三井からも手のとゞかぬやさわぐ鴨
●○小一時門たゝけども鴨の声
生たので鴨のうれぬや店ふさげ

鴛鴦　水鳥

●○をしの羽音しのびやかにもなりにけり
●水鳥や兵追し皃もせず

千鳥

まかすれば千鳥も寝ぬ［鳴く↓寝ぬ］や嶋の松
●○啼止むに夜一夜かゝる千鳥哉
○人の夜の明おくれけりちる千鳥
●○家路とて退てもおかぬちどり哉
こぼれ来て一むれぞたつ千鳥哉
五三十では群でなし浦千鳥
●○群て居て欲に友よぶ千鳥哉
御神楽もをりあへばたゞ啼千鳥
鶏の大声あげるちどりかな
寝処はぬれても明すむら千鳥

木兎　鵂鶹

木兎《みみずく》や明るいかたが声の裏
●○みそさゞいこけたやうにて居ずなりぬ

河豚　牡蠣

河豚さげた供も連たし旅の空〈書人〉
焼河豚の返辞のしてのなかりけり
○河豚売に素人あしらひされにけり
種まくや牡蠣も末世の畑もの

生海鼠　鱈

●○ひつぱれど一分も延ぬ生海鼠哉
鱈一荷ひかへて長者心かな

網代守

手序《てついで》手や網代の岸の草掃除
●上ミ下と一年置の網代かな
○度はづれに月代青し網代守

亥の子

●○影膳と子供と［の↓と］ならぶ亥の子哉

神楽

○里の子や神楽見るとて木にのぼる
くらがりを面ゝの見て居る神楽かな

鉢敲

真似たればやくたいもなし鉢たゝき
●○はちたゝき真似て見たればさわがしき

夜興引

夜興《よこ》ひきの提もの見せぬ毛巾着

雪

○雪を見て十方《とほう》にくれぬ庭工み
跡へ二里先へ三里や雪の暮
寝心や名にあふ雪の四方壁
●○あかるさに蝿の出て行深雪かな
●○ひとつづゝ窓があるなり雪の家
大雪のつみ残しけり腹のうち
●○よし野山雪にもこれは〳〵かな
○庭のとは種が別らし山の雪
●あぶなしや海へかたむく雪の山
●○ほち〳〵と雪うつ雪の雫かな

雪車

●○雪車《そり》のうへ乗て見たれば乗られけり

霙

●傘さしてやるや鰒さく夕霙

氷

○湯がくれば嵩増のする氷かな
梅のさくのも無理でなし氷魚使

鷹

区《まち》〳〵《まち》や鷹の日和を鶴の声

煖鳥

ぬくめ鳥最一瀬こせや花の春
わりなしやことし巣立の［て→の］煖鳥
●○並〳〵に朝餌拾ひぬぬくめ鳥

寒月

●寒月や庖丁ひらふ納屋の門
寒月のかけるに音もせざりけり
寒月や人の世界は湯舟漕ぐ

寒梅

●○寒梅やをればぽつきと手にひゞく

乾鮭

●乾鮭の塩引わらふ眼口かな

節季候

● 節季候のに［ま↓に］くまれいはで殊勝也

煤掃

勝手からむかひうけるや煤払

●○煤掃て休で常の掃除かな

煤よけし家が静で直ぐ居哉

年内立春

鰒汁に春は来にけり年の内

豆囃

○豆うちや初手一声は咳ばらひ

○くらがりを相手や豆をうつちから

歳暮

行年や何に気をはる宝船

年とりの勝手違ふや丸い餅

●○年の暮二度たつ用もなくて済

● 手のひらをふせて休めて年の暮

反古はらひして机上を祭る

○神の灯の花影さすや除夜の更

右百七十一韻

注

（13）蘋蘩――：〈参考〉蘋蘩蘊藻之菜、筐筥錡釜之器、潢汙行潦之水、可薦於鬼神『春秋左氏伝』隠公三年）

鳳朗句集

雑之部

頂の白ければこそ不尽の山〈書入〉

● はしだてのなくば見られん与佐の海

●○大空の［を↓の］とりまはしけり不尽の山

● 松島やこゝろさぐれば夢ならず

銅山

●○桟や雲も柱の片相手

右四韻

通計一千五十一韻

跋鳳朗句集

俳諧素是和歌者之流、千有余年道大開騒士引徒結社盟各立門派育英材、就中蕉翁卓爾起中興斯道百世師門下多出命世士、一旦俳道豁然披況復聖時文明世騒壇固不乏人才、蕉翁逝矣去丈死爾来経歴幾年来、曠代悠ニ闃無人鳳朗晩起名、最振鳳翼高翔西肥隈、別樹一幟一世魁従遊若膺競攀縁藻思如雪又如泉詞鋒鋭尖、誰能当句法清逸、起波瀾吐棄咳唾成珠玉、句ニ章ニ総琅玕、遠来江戸寄浪跡、浪跡何処飯倉辺結庵、自号自然堂、取諸剪裁妙処出自然、従弟葛古慕風裁捃、拾警句千余篇、世間俳書積如丘、不啻汗牛充棟稠、何若精選一部編

天保九年戊戌夏六月

竹石老人関典礼題　礼典（印）行伸（印）

鳳朗著『続礪浪山集続有磯海集』（上）翻刻と略注

金田房子

解題

半紙本二冊。鳳朗編、晨支跋。天保十一年（一八四〇）刊。上巻外題「続となみやま」、下巻外題「続ありそうみ」、見返し「続礪波山集／続有磯海集／閑花井主人書」。早稲田大学図書館本（文庫31Ａ１１３７）上巻裏見返しに「北越高田府　芭蕉堂文庫」（この記載の摺りは岩瀬文庫本にもあるが、架蔵本および国会図書館本にはない。晨支跋に「芭蕉堂の文庫におくり、其あまれるかぎりはあまねく世にも弘め」とするように、ある程度まとめて高田の門人に送られたことがわかる）。上巻・続礪浪山集は主として紀行文、下巻は巻頭を梅室として諸家の句集。巻尾、諸家の追加句の前に、「草庵留守」と前書して逸淵句「歯にあはぬものなかりけり生みたま」、続いて「帰庵」と前書する鳳朗句「小車や巡りあふせて月に逢ふ」、「めでたく老師にしたがひ帰りて」として晨支の「何となくうれしき月の莚かな」と、江戸帰庵の句を配し、「八月はじめ越より帰りて三夜さとも寝なじまぬ、あが草の家の葉わけなりけり」と前書する鳳朗句を立句とする逸淵・晨支との三吟歌仙を載せる。

天保十一年（一八四〇）、七十九歳の鳳朗が門人晨支とともに、五月半ばに出立して越後方面へ旅し、八月三日広尾に帰着するまでの紀行である。越後高田、甲州谷村の門人との交流を中心に、俳交のあった人々との交流を記す。上州板鼻の記述はありながら近隣の八幡に住む矢口一彡の日記『矢口丹波正日記』には鳳朗の通過は記載されておらず、「此旅は広く風家を訪ひ遊歴を事とするにあらず」と弁解しているように、目的とした土地以外はかなり急ぎ足で通り過ぎている。鳳朗の来訪を間接的に聞いた門人の「姿を見たら教えて欲しい」という書簡も載せていて人気ぶりが窺える。

行程は江戸を発って、中山道を高崎・追分へ向かい草津の竹烟を訪ねた後、渋峠を越えて信州へ。飯山から飯山街道を通り、越後高田へ。その後、日本海沿いを通って能生へゆき、糸魚川から帰路について千国街道を松本へ。甲州街道を通り、谷村へ回り道した後、津久井を経て厚木（大山）街道に入り江戸広尾に戻る。

道中は急峻な峠道も多く、またこの年は各地で洪水の被害の記録がある。鳳朗も川の増水に悩まされ困難な旅であったが、年齢を感じさせない健脚ぶりに驚かされる。

なお、上越の行程を抜き出して翻刻したものに、曙庵幾山「田川鳳郎（ママ）の上越に於ける俳諧日記 彼の北越紀行である「続砺波山」「続有磯海」中より」（『頸城文化』四号、一九五三年十一月）がある。

凡例

底本には架蔵本を用い、早稲田大学図書館蔵本のデジタル資料、国会図書館本で校合した。

翻刻にあたって、私に句読点、振り仮名を付し、漢字は原則として通行の字体に改め、「ゟ（より）」など合字・つくり字はひらがなで表記した。改行は追い込みとし、丁移りにカギ（」）の印を付した。また明かな誤字や脱字は（ ）内に訂正を補った。

翻刻

盤石の下に臥て鶴に騎の術を得ん[1]とにはあらず。又両翼を万里の外に疲（披）らかして南溟をきはめん[2]とにもなし。唯跟《かかと》を破りし高砂子[3]の跡なつかしみ、砺波有磯のわたり日の没する国の遠つ際《あた》りの趣も見しらまほしく、日ごろにも心にしめたるをことし天保十一年星次庚子皐月央、咫尺のいとまを拾ひ頓に草鞋の紐を引しめ、しのゝめの横雲を侵して中仙道」板橋の方へ趣く。つらく〳〵思ひかへせば、かの細道の末細く、いと心ぼそけり。同行は門子晨支[4]一人のみ。旅の朝夕起臥の労をも助んと奇特にも従ひ侍り。門友送来たるたれかれ謝して手をわかつ。史子(5)ひとり板橋の駅迄付来りかしこの醸家に入りてかたみにしばしの別れををしむ。

　しかられて葉柳かぶる別れかな　　史千

いつまでかとて立出涙くみたる俤を見ぬ㒵にうしろになしつ。

　山見えて鶯黙るわかれ哉

　かたびらの袂かわかすあらし哉　　晨支」

朝霧のはれて新感応寺(6)の荘厳赫々たり。それさへ跡はるけく見なしぬ。大宮のうまやどりを出はなれつゝ遠ながめして大道直して髪の如(7)と言句を思ひ出れば、左右はたつものうるはしく或はくれなゐの花咲みち眉掃を俤(8)になど聞ふるに心かたぶき、から人の眼前なる正面もさる事ながら我感それに表裏してかの眉掃にうごきとゞまる。和漢水土の同じからざるに、人心も従ふにこそ有んづれ。

　命毛のありともみえず紅のはな

けふは十五日、逢ふ人告礼して過。上尾の駅に暮たり。」

翌日十六日箕田梧青上人(9)を訪て一夜語る。

　あと先をおもふ一夜や明やすき　　晨支

十七日の夜を本庄宿に明して、十八日高崎西馬が毛軒に入。大雨降しきり風談昼夜となく三日滞杖す。廿日は雨止み西馬(10)案内して板鼻松蔭亭(11)に移る。途中の吟行、

　里あればさとに挙るや夏の山

　撰はなす蓙に釣らるゝ氷室哉

貝などの吐たでもなし雲のみね　　晨支

　こは毛軒にての探題なり。もらしたればこゝにしるす」

上津毛国板鼻駅鷹巣山は碓氷川の堤となりて聳たる事数百歩、頂きの眺望天外千里の目を遊るに足れり。川の流れ裾を洗ひ、碧巌薜蘿《いら》(12)生しげり、長流堰磧屈曲の模様雲の如く龍のごとし。岸上楼多く古松枝を垂、其景趣の妙、金岡(13)も筆を捨べし。いたゞきには愛宕山神さびたゝせ給ひ、将うしろに金毘羅権現鎮坐しおはします。又表の広前に風《かざ》

早《はや》中納言実種《さねたね》卿(14)の詠歌に家裔正四位公元《きみもと》卿(15)自詠を添て碑面に刻み建給へり。近比《ちかごろ》所の風家謀りて芭蕉翁の大碑を造立す(16)。予需《もとめ》に応じて筆を」採たり。倩《つらつら》此地の昔を思ふに、鷹の巣の某といへる勇士は平の惟茂戸隠の賊紅葉退治(17)のをりも従ひ、屢《しばしば》武功を顕すありと聞て、今土地を見るに平常の所とも思はれはべらず。若はこのつはものゝ住ける塁営の跡にてや有けんと、すゞろに考ふ。さなきだに勝地の辺土にかくれて知る人なきを嘆じて幸に爰にしるす。さて此頃の降続にて川々水かさまさり往来止りて旅人の難儀大かたならず。わきて此碓氷河は急流なれば橋墜て更に便りを失ふ。けふや水央《なかば》引落たれば、歩《かち》にて渡し初むとなり。此山に登りて是を望むにあまたの」川越ども馬荷および、人を台にのせて大勢取巻、或は人を肩にかつぎ、皆々おし合てわたせるさま、蟻の群が如く見るさへ危き事かぎりなし。

　夏寒し蜘蛛の空ゆく水のうへ

廿一日いまだ快晴ならねど、又もや水嵩の増らん事を怖れておのれも其あやふきに交る。

　葉静に命とすがる蛙かな　　晨支

妙義山を左にぼく〳〵とあゆむ(18)。行程いくばく有やと問へば壱里まりなりといふ。さらばよき序《ついで》なればとて、かしこへ」急ぎ登る。名高き霊場にて、偏に心意すみわたり松音耳をそゝぐのみかは、石壁の堅固宮閣の結構たとふべきなく大樹神気を囲ひ、陰々として霊威を示す。事々つばらにしるすべけれど世に相しれる所なればもらしつ。中の嶽は社頭の西南に廻り壱里半也といへども嶮岨の径路碧々としてさがしければ、平原の三里ともつり合ふべく覚ゆ。しばし行て登る事、数百歩にして至る所巍々たる巉嶂《がんしょう》のもとに高々たる一坊あり。号けて金洞山厳高寺(19)といふ。天台験密の道場にして聖僧也。往昔は妻帯の修験も」別に有しが絶たりとて今はなし。高さ四五丈、或は七八丈斗りの自然の巌門四ヶ所、其ひとつは境内の入口、石の小高みに聳えたり。余は山中深く嶮岨の中に有て、大方は所を知らぬ人おほし。此四ツの岩門を潜《くぐ》り尽ば信州也と、上古、日本武尊こし給ひし古道也とかや。此地人煙遠く深林の奥なれば山気陰々として鳥声斧声も不通《かよわず》してたゞ寂寥たるのみ。寺僧いふ。をり〳〵山鬼の怪も有りと。然れども平常に馴て怖るゝ事なしと也。この夜乞て寺中に臥す。

　水おとの寝覚冷すや夏衣
　雲際で閑古鳥さへ居ざりけり　晨支

二十二日、折々雨そぼつ。下山して名さへ深山路めきたる漆萱《うるしがや》・初鳥屋《はっとや》(20)などいふ世々なき里を過て中山道追分の駅に出たり。しるべして本陣何がしが家に止り、廿三日は八満村葛古《くずふる》(21)を訪ふ。兼てしも契りおきし事のあれば又なく歓び何くれといとねもごろにす。将、家号を水篶《みずのや》家と呼ぶ。是に辞有む事を需む。不取敢《とりあえず》しるし与ふ。

　深山木も人と見なさば閑なるべからす。陋巷も仙蹟」とおもはゞ易かるべし。偶《たまたま》　水篶家を訪ふに軒の松風蕭瑟として耳を洗ふがごときは全てあろじの主心にひかるゝ自然なるかも。

　塵の奥の蒼空あをし薫る風

廿五日帰路、浅間根に添ふて追分へ出。此筋は延喜の朝の古道とかや浅間別当真楽寺(22)に詣。院主出迎、しばらく休息してかたらふ。追分巴屋の竹雪、予が通るを見て留て許さず。こは本陣の一族なれば也。大雨に閉られ滞杖す。廿七日草津竹烟(23)がもとへうつる。風雨頻《しきり》にして、六月に入」五日といふに疾く立て渋峠にかゝる途中、

　浅間から湧はじめけり雲のみね
　切たのを置《おく》日蔭なしゆりの花
　露にした氷室を指てつまみけり　晨支

恙なく険難を越て渋の温泉に浴し一夜の明るを待て飯山より又山路へわけ入、新田と云所より峠にかゝり荒井の駅へ下る。道路難き事いふ斗りなし。暮て荒井に一宿をもとめ、七日強雨を凌ぎこし《越》の高田、小泉蕪琴が許へ着ていさゝか労を忘るゝに似たり。翌」八日より連衆各つどひ来りて風交寸隙なし。

庭上に暑を避て
月涼し温海はまだき国隣

北條《きたじょう》村東條吉富来り(24)其《その》祖畠山重忠の像に讃を乞ふ。

仁風撫青草勇猛驚鬼神
よろづ代やむかしながらの八重桜

十三日魚都里《なつり》(25)市中に席を借りて一会を催す。

蚊柱と一所に成りぬ草の虹　鳳朗」
広いばかりで暑き夕月　魚都里
旅笠を連の目安に釣下て　祖雲
あくせくしては牛吼るなり　保井
初雪といはれぬ程に降つゞき　東居
烟草はしらで枯萱の家　蝶富
ウ　瀬斗りもいくつか越て見ゆる山　賢風
かぜさへよらぬ神の燈　左石
酒くせを今度はきつと取直し　普仙」
袖にかくれてしれぬ手の筋　布山
思ふ事めつさう殖《ふえ》し夢の裏　亜十
しきりに門を敲くやゝ寒　季山
湖を半分雲にうづむ月　晨支
よしもあしきも拾ひ込茸　蕪琴
嵯峨山の烏はいまに人馴ず　一竟
噺つかれし舟の乗合　迦山
耳たぶのほか〳〵とする花の雨　鳳眉」
撞鐘聞けば蝶の寝に来る　吉富

下略

当地山王の社地に社官猪股左衛門尉俳名大恒(26)別堂をまうけ、蕉像を安鎮し則芭蕉堂と号て来る卯の年、百五十回の遠忌なれば、今度予が来るを幸ひ積善の祭りを行む事を乞ふ。既に魚都里・大恒ともにはかりて大恒亭に俳席をまうくるは十九日の日なり。」

荒海や佐渡に横たふ天の川　祖翁
しづまりかへる直江津の露　未都美更 大恒
掃度《はくたび》に萩まつ垣根色づきて　蕪琴
赤とんぼうの風に乗けり　吉斎
うす月のうちから莚しき並べ　一狐

下戸に上戸のふりかはりつゝ　魚都里
京詰も案外ながくなるみこみ　東居」
ほりちらしても消えぬ埋火　布山
ウ
涙には瓦硯もかわかぬや　梅居
二とせあまり聞かぬうきこゑ　雁々
前広に仕入にかゝる河内縞　師古
魚の相場も高くなるころ　蝶雨
大鷹の思案にこまる麦の秋　左石
駕籠のうちから火をくれて遣る　季山
あらし吹木曽路は雨も梢より　路久」
いざよひふける酒腹の鳴り　梅宇
残たる暑に浪をはふりかけ　晨支
延きりに成る軍評定　姫山
高窓に朝夕見ゆる飯烟　鳳眉
うるまの文のとゞく花前　魚久示
ゆら〳〵と垂髪さそふ春風に　麟二
鳥のふる巣はあれとをしへる　素紋
二ノヲ
曇る日は有れど念仏は怠らず　梅充」
山もつくほど揃ふ材木　草阿
餌をやればついと烏の下りて来て　子英
橋からも吹く旋風の音　田三
度拍子に医者の迎の鞍鐙　雨休
蓮を見せねば馳走とはせぬ　酔桜
あれこれと振てもみんな殻徳利　万寿友
笠一蓋で背負ふ荷もなし　迦山
岩本も貴船も空のせまい処　露橘」
菎蒻買へば聟とりも済む　寛路
立聞も入らず道ゆく高咄　良対
時の直段で糞市がたつ　真我
羽二重を皺くたに着る有明や　李潮
御供揃ひに猪犬も出る　仮哉
二ノウ
ひや〳〵と例の疝気をふるふ雨　羽久也
赤土なれど水はよくすむ　几由
郷ふりて祝ひといへば鐘太鼓　春雄」
雑魚をむしやうに掴む惣汁　三芳
破れなりの帆で年を経るいくぢなさ　竹枝

興のさめたる汗の黛　高彦
辛抱もかなはぬ程に蚊をくすべ　和久
小唄のはやる盆過の月　皆好
接待にわるくいはるゝ長刀　亜十
すはやと牛の吼る秋風　鬼角
田の縁が仮道になる橋普請　雪道」
咽のかわくに小用こらへし　箕山
花守が正路ですます嵐山　鳳朗
宵あかつきをのどかなる星　執筆

右一順

席上

雪国のこゝにも月の夏まつり
水無月のかゝる光を天の川　晨支」
打止て魚油さびしき砧哉　李堂
殊更や岩の出さきの初紅葉　円坡
前栽の入口狭し萩の花　柳畝
鐘更て雨夜の澄みぬ遠砧　六竹
侘笠の雫のさえる紅葉哉　青々
はつ旅のさびしき暮を擣砧　保倉川 松岱

鴫立てばわら家の遠し夕煙　花泉
ゆふべづく紅葉見て居ぬ山鴉　甫丈」
朝の間のすむなり軒の薄紅葉　其英
相槌を隣から擣つきぬたかな　桃里
連さそひして碪うつ山家哉　桐居
鴫たつや懸樋の音の耳にたつ　保年
長かれと思ふ間にやむ砧かな　稲年
燈のほそる向ふ合せや鴫の立　蘆洲
人の側鴫の影さすゆふべ哉　素餐
袖の上日の先はしる紅葉哉　坡庵」
燈火は消ゆる消えずや遠砧　虎渓
ちる方へ目心のきく紅葉哉　竹雨
不意と出て不意とさはりぬ門の露　山直海 酔月
真白な萩の咲けり萩の中　春旭
夕立や晴てしまふた軒雫　一巣
朝露を身ふるう鳥や竹の中　遅水
封切て扣てひらく扇かな　一碩
日最中の蟬に秋立萌し哉　筹仙」
聞たれば心さわぎぬほとゝぎす　五智 梅宇

くり戻す戸にはさまるや蛍籠　茶良
花ちるや斧のひゞきもなき夕べ　東郊
家もなく木かげもみえず浜衙　アラ井 羽久也
散るといふ程の日はなし帰花　ヒタノモリ 黄翁
蟬のこゑ筧の水の来ぬ日哉　二本松 志柳
雲の峰くづるゝ方歟浪の音　潮水
鹿の声昼からぬれて聞えけり　南去」
さゞ波やいくつともなき夜の月　文朗
終りまでくぐりおくれし茅の輪哉　ヨシ木 鳳眉
窓下にみえて手遠な蓮かな　四ツヤ 子英
流れても〳〵あり夏の月　フク王寺 箕山
奥の間は何でも梅の匂ひ哉　ノウ 素紋
翌日の事いふて帰るやけしの花　鶴子
ちる萩の白きにしるし水の上　蝶富
冬の月しろいと斗り誉にけり　迦山」
鮎の香の盆に残るや宵の雨　亜十
虫の啼夜や何となく物好み　雨休
行く水の音澄わたる時雨かな　季山
露ほろ〳〵一隅くらし後の月　其夕

高泊したさいはひの楫火哉　志月
筏から薪に添へて初紅葉　三芳
花結ぶ日も吹つのる芒かな　升友
かくすほどにほふ袂の木のこ哉　布山」
障子越し擣陰見ゆる礁かな　梅居
霜ふりて見直しにけり明の空　竹枝
声立て早瀬を鳴の通りけり　皆好
鴫寒し竹にさけたる濡筵　高彦
かつぎ行籠に見えすく木のこ哉　師子
風よける袖に薫るや菊の花　路久
物音にふれて開くや燕子花《かきつばた》　和久
かり着したやうに思ふや初袷　田三」
松もなき野に凪のある小春哉　梨甫
晴際にむら降のするあられ哉　草阿
催ひ〳〵今夕立のかゝりけり　左石
風なみもたゝうよ椎の夏木立　東居

仝

濡蓑を戸口にかけて秋の竹　麟二
霰降る時も見にけりかきつばた　梅充

朝がけを汲でさゝげる清水哉　鬼角」
鐘の声走り越けり氷る上　姫山
ちるまいぞ花と見る間を木々の雪　子山
ぬれてこそ盛りと見ゆれ女郎花　魚久示
　発起
燈明りに我かげぬるゝ時雨哉　大恒
冬の風何の匂ひもなかりけり　魚都里
　執事
眼の下に海見る寺やむら紅葉　酔桜」
見る程の明りもありぬ天の河　吉斎
台所はまだ寝ぬ音やほとゝぎす　李瀬
来る人のあいそに拭くや炭の灰　几由
月さして皆居直るや池の鴨　雁々
枝からも落てふゑるや露の珠　一狐
蒔た餌については鶴の時雨けり　蕪琴
　文音
凩や限りのしれぬ夜の山　見ツケ　茶山」
手もとから暮てしまひぬ凧の糸　北洋
菜の花の川すぢ細き夕日哉　宇弘

いねつむや栄耀めいたる家内中　岡ノ町　菫水
すゝめ人をとめて往さぬ月見哉　六日町　ちから
うす雲のちらとするにも啼蛙　柏サキ　五瓢
田のけぶり高うもたゝず春の月　エツ中　秀甫
藪入や行なり門を一めぐり　梅人
風丈は添物にして夕柳　双水」
水鳥の夜は静まりて朧月　克亭
窓ひとつ夜昼明けて桜哉　怒兮
散込だ花にもくれず山の池　八足

事はてゝ廿二日、此地を去る。ふりゆく日数に馴て情こゝにしみ又たびの心地になん。人々もひとしほに名残をしみ五智の里をも経て名立《なだち》(27)ちかくまでしたひ来る。

　眼も皃も拭あはされぬ暑哉　晨支

春日山は謙信の古城、星うつりて松柏茂り閑古鳥の塒」とはなれり。此あたり仙家に尊む旧跡あれどくだ〴〵しければ洩しつ。都て北陸の海岸草木土石のもやう平常と同じからず驚くあり、又感る有て自ら文雅の奇観とすべき多かり。見る〳〵小泊といへる漁村に着て、暫く労をやむ。此地船着にて賑しき所也。風景も亦なみならず。かくて暮る比、能生《のう》の駅、岡本姫山(28)が家に着てあるじは日比しりあへる友なりければ、何くれ厚くもてなしつ。

此すく《宿》の鎮守白山権現の社、宿口の小高みに有。こは謙信の再建とかや。爰に名鐘あり。称して汐路の鐘と云。蕉翁遊歴の」ころ此鐘の由来をしるし置れしを伝へて姫山碑にものし、社の前に建たり。

むかしより能生の社に不思儀（議）の名鐘有り。是を汐路の鐘といへり。いつの代より出来たる事を知らず。銘のありしかど幾代の汐風にか吹くされてみえざりしを常陸坊追銘とかや。此鐘汐の満来らんとて、ひとさはらずして響く事一里四面。さるゆゑに此浦は海士の子までも自然と汐の満干を知り侍りしに、明応の頃焼亡せり。されども其残銅を以て今の鐘能登」国中居浦鋳物師某鋳返しけるとぞ。猶鐘につき古歌など有しといへども誰あつて是をしる人なし。

曙や霧にうづまくかねの声　　はせを

岡本氏がすまゐはうしろ二方海まはりて北洋一面の詠め也。

大空の夏はちいさし雲の峰

きのふくれけふ暮れ俳事繁くて日をしらず。指もて員《かぞ》ふるに大江戸を出てはや一月にあまれり。庭前の樹木茂り苔花咲て炎天の趣にぞうつれる。」

紫陽花のいくかはりせし日数ぞも

旧家の效ひ得がたき古画、真蹟の幅の物、数隻の屛風、宝庫を開て虫干す。其数量るべからず。日毎に間数椽（縁）側まで取ひろげ目にあまれり。

虫ぼしや垣は波よけ鷗除《よけ》

荒浪や磯の芥の土用掃

仙鶴楼の夜遊

短夜のみじかくもなし波の音

廿八日晴天也。けふはとていとまを告ぐ。露友(29)をもろ事の」案内にとてとてつけたり。おそろし気なる鬼舞《きぶ》・鬼伏《おにふし》など云所を過。鍛冶屋敷、大和川など数々の所を跡に西南を見渡ば、東北より佐渡の国差出、暫く中たえて能登の国西洋を塞て堤をなす事三十五・六里。されば此海経緯三十六里斗りの入海なり。小高みに登りて遠望すれば糸魚川の左へ蓮華岳頂を発《ひら》き其次黒姫山聳たり。此同名の山、信濃の国にひとつ、北越にふたつ有りておの〳〵隔つ事五七里。越中の立山は時しらぬ雪をいたゞき、蓮華を見こしつゝ磯は入込たる所より青海川漲流れ、北陸第一の難所犬走・蝙蝠岩・駒返し」・鬼潜。其向は砺浪・有磯も遠からず。彼聞ふる親しらず子しらずのわたり、いちぶりの関・堺川は越中の国分けとかや。一ツ々露友指さしをしへたれば、其処々に到り見るが如くつばらに臨考し、跟を労せずして能登の海浜迄、一目の下に極めらる。

六月や音には波もありそうみ

此旅は広く風家を訪ひ遊歴を事とするにあらず。唯日比心にとめし砺波有磯の名のなつかしき思ひをはたさんのみを旨としたれば、一歩もつまさきを費さず疾く帰らん事を急つれば間道の近を捜し、峻険を」さへいとはざりけり。糸魚川には門下の契り、はたしりあへる家々もすくなからねば、ふりきる袖のすげなからんをいとひてしのびやかに過ぬ。既に道すがらより〳〵かゝるふみなど見聞しも多かり。

甚暑之刻御坐候所、先以御安静奉南山候。陳《のぶ》者《れば》今般東都鳳朗老人高田辺御遊歴の由、定而《さだめて》君之御方迄も御越候はん。若此辺御通りの路ならば愚家へ急ぎ御しらせ被下候様奉頼候。隣村泊宿相待候社中も不少候。右早々不備。

水無月廿一日

さかひ　魚州こは通称吉田忠蔵といふ人のよし聞ゆ

姫山様

尚々　此節の御句奉待候　愚句

涼しさや声かけてやる水囃ひ

焚《たく》蚊遣二階も下も焚たらず

御一笑可下候

姫川を左りに心こゝにあらず。信州松本へ越る間道、上苅・大野原(30)へかゝり新田和泉などの小里を過れば既に山路へ入。名さへ」山口村といふ所の農家へ宿をもとめ、明れば廿九日つとめて送り来る露友を帰す名残に、

扇より二日も早きわかれ哉

是より額うつ山路へ登ると平原へ下る露友と互にふりかへりこなたは海路をうしろになす。

浪音と雲の峰とへ別けり　晨支

こゝに関有り(31)。糸魚川と松本領との堺也とや。左りの方向に駒ヶ嶽巍々として聳ち、麓の谷に聊の温泉湧く。此辺より峠をこす事、余多《あまた》にしてしるすに遑《いとま》あらず。」中にも大網嶺と聞るは絶倫の嶮山にして谷間より姫川の峯を伝ふて昇り降る一すぢの川を右へ左りへと渡る橋員挙てかぞふべからず。

大股に打行ても見る暑哉

葛葉《くずは》嶺は絶頂切通にして日中も暗く虻飛で人をさす事夥し。此夜溜り水(32)といへる所の一ツ家にとまる。此地左右に駒ヶ岳・蓮華岳、向合に裾をあはせ、立山も遠からず。水に乏しうして、三・四丁谷へ降りて運び来る。このゆゑに天水を湛置て遣ふと也。されば飲食のこしらへ」むさく〳〵敷事言べくもなし。明れば晦日也。道の程二里千国《ちくに》といへる所迄行けるに、大町といふまでの間、泊りなし。牛士共の牛牽ながら一夜を明すあやしき小屋あるのみ。高山は出離れながらたど〳〵しき山路の凸凹辛うじて夜道をふむ。大町迄八里とかやいへど十里も有けんと覚えて、明れば七月朔日巳の刻斗りに着て、糸魚川より是迄都て三十二里、峠の上の峠続也。山中、湖三ツ有て大なるは縦横壱里と云。此山間在々迁迫にして耕作の地乏しければ専ら養蚕もて専業とすとかや。爰に感ずべきは山中の在々」人物の淳朴えもいはれず。冨貴を羨ず貧賤をにくまず己々が恒を守りて泰然として心を動さず、万事閑（簡）易にして奢を知らざるは実に僻地の人民幸に神代の遺風をうしなはざるな

らんと尊し。
其日たゞちに松本へ赴くに途中強雨烈風夜に入て越川二ツ更に満水、闇夜の難儀いふべくもなし。亥刻ばかりに松本へ着てやゝ安堵の思ひをなす。

草臥も残暑もころり丸寝哉　晨文

二日天気穏也。疾く起て諏訪へ出立、桔梗ヶ原にて」

げにや実《げに》きのふの雫けふの露

塩尻嶺を過がてに

初秋を汗冴するや諏訪の湖

申刻下りに下諏訪扇屋何某が許へ着。翌三日蛙径(33)を尋ねてかしこへ移る。
曾良は当地の産にして翁殊に憐ふかく睦じかりけるが、翁しばらく滞杖有し比、発句に一篇の文を添残されたり。可惜其家絶てかの文のみ残れり。名づけて雪丸げと呼び、此地の名物と成りて侍りけるは世にしれる所也。星霜猶換りて今は東都幻住庵(34)の文庫に秘在す。そをなつかしみ思ひ出て、予亦此・ひらの俤を其地に遺す。

砺浪山有磯海のわたり遊覧せまく年頃心にしめけるが今たび聊の暇をえて頓ておほ江戸を立出。終に其思ひを果しつ。されど嶮岳漲河の疲なきにしもあらず。且をりからの炎熱あまりに甚しければしなぬの国諏訪の藩士保延・蛙径を尋てしばし暑脳（悩）を避く。其住める所、下諏訪の社の辺、小高み」にして北は山によりかゝり、南に湖水を抱、幽閑更に並びなくぞ。あるじ志厚くいかにしてか旅情を慰んと薪炊の事迄、手づからものし、万こまやかにまめだち、いとねもごろなり。其誠実心肝に徹し、自ら羈旅の難労をうしなふ。

君庭掃けわれ水うたん雲の嶺(35)

四日の夕方上諏訪若人《じゃくじん》(36)へ移る。主人せちに饗し、はた連衆各安否を訪ふ。滞杖屢六日の夜に成れり。」

もとするゐに古歌も有たし天の河
はつ月を見るためにある沢辺哉
星影やこゝをはじめの七箇池　晨文

七日八日晴天。甲斐の国へ手をわかつに若人其外おの〱うしろを送る。温恵はなほしたひ来て金沢の辺に後を見かへりぬ。蔦木など跡に山口の関（甲信の境也）教来石《きょうらいし》(37)此夜爰に宿す。此地に素柳(38)と云道の友有。門よりおとづれけるに留守也と答ふ。夜に入て旅店に来りねぎらふ。強てとゞめつれど、大江戸に契り置る」日の限りあればつれなく袖を払ふ。素より此旅は友をもとめ遊歴せんとにあらねば、いづれの門もかゝるはしなきふるまひ人々いかゞ思ふらんと心苦し。

九日空静也。払暁に出て甲府へ急ぐ。此頃甲州山川の荒れ盛ば、往来通ぜず。やゝ一足を運ぶ斗りの道をひらき、はる〴〵枝道へ廻りなどして難儀云斗りなし。申刻下りに甲府柳町佐渡屋何某が許に入る。嵐外(39)が閑居ほど近き所なれば翌日の朝訪ひてしばしかたらひ再遊を契りて袖を分つ。ゆく〱酒折(40)の社有り。いつの」としにか詣たれば、こたびは田越に遙拝して過ぬ。

　苗とりて夜にはいく夜ぞ稲の露

石和の駅を過がてに初めて甲斐が嶺を見る。この御山にこの花咲や姫の神のまします事は誰か是を知らざらん。此かみ先浅間の山に出現まし〱て不二に蹟をたれ給ひけむ事明らかにかうがへ奉る事のおはしまして、

　ゆきたけの不二に合ぬや霧の海

　　晨支ゆきながら脇句付たり。道すがら
　にして終に歌仙一巻とはなれる」

松も柏も月の佩もの　晨支
鍋のふた取ても豆の冷兼て　朗
むしやうに螺貝を吹そらしけり　支
三伏のうちはどの間も遅くなし　朗
麦の埃りがくつさめに成る　支
ウ
廿歳迄銭の目しらで終育ち　朗
ぞつとするほどあたる占かた　支
此辺は椰も四抱五かゝえ　朗」
空ゆく風に氷きらつく　支
こち〱と古釘延に年暮て　朗
同者和讃を妙へに聞なす　支
何やらん叔母の便りの小風呂敷　朗

馬の尿掃く市のさんまく　支
五ヶ日は宮様格の振回し　朗
三重も二重も霞はじめる　支
明かるさに綱引花の望の宵　朗」
性こりもなく猿のほたえる　支
ナヲ　細布は小野の滝より素長にて　仝
有卦の訳に歟御内儀になる　朗
落城のがらくた道具やく涙　支
地蔵菩薩を夢にまざ〳〵　朗
川風にすんすと杉のすむ匂ひ　支
燕の分が夏巣立なり　朗
うかと見て慰んでゐる扇折　支」
一降通る清（晴）明の宮　朗
大文字の工夫なしにはよめ兼て　支
こゝろ長くも孫に廻され　朗
旅舟の行儀に並ぶ暮の月　支
露もしぐれずにや〳〵とする　朗
ナウ　名形の似てまよはしい草角力　支
独弁当の馳走むつまじ　朗
とぎれ間の嵯峨と御室のほどのよき　支」
乞食の舞をおなじくと見る　朗
はじめから押通したる花曇　支
風見の竿の暮かねるなり　朗

天目山懐古
水音やゆゝしき秋の草の果

行暮て駒飼(41)に止る。此地涼やかにして暑中幮《かや》をしらずといへども蚤群りかゝりて数万の蟻に刺るゝがごとし。是に犯されて夜たゞいも寝ず。晨支戯の句有。」臍をよりて笑ひぬ。其句は忘れたり。明れば十一日初雁の宿(42)より細道へ分入《わけいり》、千賀坂峠をたゞ下りに下りて郡内谷村《やむら》へ着く。兼て契り置し杉本驢郷が家に入る。はる〴〵の労を休るに十二日より十五日迄雨さへ降て心閑也。連衆あまたかはる〴〵来りつどひて遊ぶ事昼夜をすてず。

白滝 谷村の西二十町斗り、八日市といへる町はづれにあり。蕉翁しば〳〵此地に遊んで句有り。(43)
いきほひあり氷柱消ては滝つ魚

其真蹟嶋屋何某が家に秘蔵す。予も是に倣て」

いきほひの稲妻消すや滝の音

こたび門人鳳居、かの翁の吟を碑に彫て万代の末に伝んとほりす。志いとめでたし。おの〱句を題す。予も亦重ねて

秋風や滝も赤ばむ雲うつり
眼にさえて見定めがたし滝の月　椿翁
朝霧や藪にしみこむ滝の音　悠吟
月代や山にわけ入るたきのおと　双士
いな妻のすがり兼けりたきの糸　勝良
秋風や山の空ゆくたきの音　驢郷」
大膽や滝を横ぎる秋の蝶　一芳
滝下にしかれてさめる暑かな　晨支

祖翁の檜笠は長途の雨にやぶれ西上人の網代笠は山家のやどりにほころぶ。此檜笠は自然堂の老師甲斐の国都留の郡の山中に遊び給て、里人の作り出せるを大江戸のつとにもと聞ゆるに、門人誰かれよしとあしとをえらみ、深きはうつ〱して浅きは風にまけ、あらきは涼しけれど雨を」しのぐによしなしなどしゞにいひもてわかつ。

ともかくも月にまかせん檜笠　椿翁

人々檜笠をえらぶに題す

無疵なに見当りかねつ梧一葉　晨支

つとは出来たりあすや帰らんけふやたゝんと気をいらてども四方の川々久しう留りていまだ明かず。せんかたなくも、うつら〱と日を重ぬ。けふにぞと定し中二日もむげに成りぬ。悠吟いふ、けふや富士の御祭也。詣給はんやと。実に眝然たらんも無益なればとて、吉田[44]へ「三里頓に歩行《あゆみ》出」たり。こや珍らしきこぼれ幸とやいはん。祭礼のもやうつばらに記すべけれど、くだ〱しければ略しつ。廿三日やゝ川明たりと聞ゆ。慥かならねど強て杖を曳出すとても海道は覚束なければ秋山越と云間道へ趣く。此麓に与縄《よなわ》川と云有り。送り来る人々渡りいがゞやと覚束ながりて、二里程の所せちに河辺迄したひ来れり。案に違はず水未だ引きらずして深きのみかは、田や畑や河原といはず道さへ潰れて三筋二すぢに分れ流る。連衆浅瀬をうかゞ

ひ皆々赤裸に成て、或は瀬踏し或は竿さし、こゝこそと云処に寄挙り各物をかつぎ腰に手を」そへなどし、肩車手繋さま〴〵の働も日比馴ぬわざなれば急流に足を押され、力と頼む杖倒れ、既に流れんとするを友に助られて身をひやすも有て、危き中にも臍をおさへる笑ひも亦多り。兎角して恙なくわたり渡され 暫《しばらく》 芝生に息を休て安堵の思ひをなす。風雅の睦み尽せぬ天恩のかたじけなきを観（感）謝するのみ。頓て馬場村と云所にて謝して各立別れたり。されど行先山水溢れ橋落て残れるは纔《わずか》也。いと辛して崖をよぢ陵をしのぎ、雨さへそぼつに神野《かんの》(45)と云山里にやゝたどりつきぬ。あやしきはにふの宿」をもとめいも寝られぬ一夜なりけり。昼の間の途中にて、

　足もとの露とみる間を早瀬川

廿四日をり〳〵むら雨来る相州津久井の県鼠坂《ねんざか》の関(46)へ至るまでの間、橋数二十三四、歩越十四ヶ所、其艱難察すべし。やゝ川和《かわわ》を過、根小屋《ねこや》の里・嶋崎静風(47)が家に入る。時刻は申の三ツにもありつるならん。ほとんど東都へも着けんおもひして安堵の疲、前後不覚に眠り入る。廿五日此地鎮守の祭礼なり。あるじ久々の風談に紛れて日を尽す。廿六日下志田の峠(48)を越、川入村佐野氏槐堂(49)がりへ入る。日いまだ午時を過ず。」是より江都七里まりにて日帰りの地也。既に旅情をわすれたるに似たり。主人久しく待たりければ欽喜かぎりなくうち積る俳談、世上の変化などかたらひ続けて昼夜のなきが如し。さて此地は川中にさし出て嶋の如く更に此住居、大家とはいへど農家に立はなれて、河中のひとつ家とも云んほどの一構なれば非常の備にとてひとつの鐘を鋳さしむ。かくて日ごろは茶事に用ゆる待合などいふたよりにもあらず。俳席便利を助る器に用ゆる也とてかよひの廊上にかけたり。強て是に予が銘有らん事を責む。固辞すれ」ども許さゞれば、終に是にしたがふ。但沓冠の法(50)をもて韻に換ふ。

　此鐘敷告諸行無常一声唯和松風蕭瑟
　洗世塵発於俳禅之真律令人感嘆而已

銘曰
松風是正風
風韻芭蕉雅
蘿葉年々一
月花無他心
引声の有明にけり秋の風　」
于旹天保十一年歳次庚子初秋
相州川入邨為佐野槐堂　石倉道人鳳朗書
爰にひとつの奇談あり。去る六月より七月にかけ此家、柱となく長押《なげし》となく腰板・切懸だつものゝ類、或は敷居・鴨ゐの端々に到る迄小花発咲して数日を経て凋まず。容《かたち》梅花の芯の如く、茎は糸毛に似て細く白くたけ一寸余り尖先に罌粟粒のごとき花有て黄色也。世人数日の間群集不止して、皆云是優曇華《うどんげ》也と。あるじたま〳〵摘て囲ひ置るを一覧するにいまだ真に枯ず。枯入たるもあれど」色いさゝか変ぜず。何ぞの表ともいはん歟。珍事なればしるしつ。
八月二日いざや帰らんと思ひ立に相模川満水未落尽さずして道路通ぜず。いかにせんと心をいたむるのみ。槐堂配下に触《ふれ》談じて浅瀬を尋ね、前後道なき所を小舟一艘かり来て人あまたして無恙《つつがなく》渉し遂ぬ。されど通路なき所なれば藪・畔・作所の縁、或は田中の小畦など伝ひてやゝ一里ばかりにして道路に出たり。途中水いまだ落残たる中なれば始終遠浅をわたるが如し。嶮波の苦労此日に尽し果たれば弦弓の切たるごとく心盳（呆）然と」して急ならず。七里が程ゆるやかに歩行て溝の口の宿に泊る。翌二（三）[51]日の空いまだ暗きに起出、巳の刻央過るころ武府広尾へ着く。社中各とある酒肆に出迎ひ長路の無事を寿ぎ、あるは喜の涙をかたはらへそむけ、はなうちかみたるも亦万歳のはじめなるかし。」

（上巻終）

注

（1） 仙翁（壺公）に仙術を学ぶことを願い出た費長房は、今にもちぎれそうな腐った縄に吊された大石の下に身を横たえる試練に耐えた（『後漢書』第七十二下方術列伝、『蒙求』）という逸話。費長房は、「壺中の天」の故事や、鶴に乗る仙人としてもよく知られている。

（2） 『荘子』逍遙游第一「北冥有魚、其名為鯤。鯤之大、不知其幾千里也。化而為鳥、其名為鵬。鵬之背、不知其幾千里也。怒而飛、其翼若垂天之雲。是鳥也、海運則將徙於南冥。南冥者天池也。」

（3） 芭蕉「幻住庵記」（『猿蓑』）の「高すなごあゆみくるしき北海の荒磯にきびすを破りて」をふまえ、『おくのほそ道』の旅を指す。

（4） 晨支：天保十四年（一八四三）没。本名、岡田長蔵。別号、戸岳。信濃国高岡村新井の人。はじめ白斎門。江戸に出て鳳朗に師事、その執筆を務めた。（『俳文学大辞典』〈角川書店、一九九六年〉）。平林鳳二・大西一外編『新選俳諧年表』（書画珍本雑誌社、一九二三年）によれば享年三十九歳。この旅は三十六歳のこととなる。天保七年版『俳諧人名録』には「信州雲水」と記されている。この旅の同行者としては適任であった。

（5） 史千：（一七七八～一八四六）弘化三年没。六十九歳。古川氏。蓬窓・風外とも。越後の人、鳳朗門。天保七年（一八三六）版『俳諧人名録』には、「東都芝切通金地院内」の住所、また「梅壺中・蘆庵」の別号が見える。

（6） 新感応寺：天保四年（一八三三）、日蓮宗長耀山感応寺を雑司ヶ谷に建立することが決定され、十一代将軍徳川家斉の寵姫美代の方の実父・日啓が新感応寺の住持となる。同七年には伽藍もほぼ整い、本門寺から本尊が引移。その後は多くの参詣客が集まり、門前にはにわか作りの茶屋・酒屋・飯屋・料理屋・蕎麦屋などの店が立並び、江戸の新名所ともなった。天保十二年に家斉が没して天保改革が始まると、日啓は大奥粛正に連座して牢死、当寺は廃寺となり、門前商家も取払われ、堂宇は同十三年に破却。（『日本歴史地名大系』〈平凡社、一九九〇～二〇〇四年〉「感応寺跡」より）。この年は廃寺となる前年で、伽藍が板橋からも望めたことがわかる。

（7）『唐詩選』巻六、儲光羲「洛陽道献呂四郎中」の詩句「大道直如髪　春日佳氣多　五陵貴公子雙雙鳴玉珂」。「如髪」は都大路がまっすぐにどこまでも続く様をいう。

（8）芭蕉句「眉掃きを俤にして紅粉の花」（『おくのほそ道』）

（9）梧靑：「江戸音羽護持院住職、名長盛、昼夜庵と号す。権大僧正、逸淵門。」（『新選俳諧年表』）。鼎左・舎用編、西馬校合『海内俳家人名録』（嘉永六年〈一八五三〉序）に序を書いている。

（10）西馬：（一八〇八～五八）安政五年没。五十一歳。本名富処弘門。のち母方の志倉氏を称す。上州（群馬県）高崎の人。児玉逸淵に学ぶ。のち江戸に出て惺庵を開き、江戸の宗匠として活躍。別号に樗道・毛軒・惺庵などがある。

（11）松蔭：「板鼻宿の文人、名は定次郎、字は株恭、放鯉翁と号す、菅井梅関、田川鳳朗門、宿の老人を招いて二度放鯉会を催し、諸名家の文詩を求めて放鯉集を出版、また古稀自祝の二葉集を出せり、天保中の人、没年未詳。」（しの木弘明編『上毛文雅人名録』〈俳山亭、二〇〇一年〉）

（12）薜蘿はツタ。薜茘《ヘイレイ》と女羅《ジョラ》で、まさきのかずらとつたかずらのこと。

（13）金岡：巨勢金岡《こせのかなおか》。九世紀後半の宮廷画家。生没年不詳。

（14）実種：（一六三二～一七一〇）風早実種。宝永七年没、七十九歳。正二位権中納言・香道家。

姉小路公景の次男。風早家の祖。千宗旦に茶を学び、烏丸光広に師事して香の奥義をきわめ、風早流をおこした。(『日本人名大辞典』〈講談社、二〇〇一年〉)

(15) 公元…(一七九一～一八五三) 風早公元。嘉永六年没、六十三歳。実秋の男。正三位。

(16) 鷹之巣神社跡(群馬県安中市板鼻一丁目)にある句碑。「馬をさへながむる雪のあしたかな」天保五年(一八三四)、石倉鳳朗建。『諸國翁墳記』所載。

(17) 戸隠山の鬼女紅葉の伝説は、能「紅葉狩」や浄瑠璃・歌舞伎にも取り入れられている。戸隠山の岩屋にこもって盗賊を集め、最後には平維茂に討ち取られた。なお、早稲田大学図書館本は「維持」と誤記。

(18) 芭蕉句「馬ぼくぼく我を絵に見る夏野哉」(『三冊子』など)を意識した表現。

(19) 厳高寺…妙義山中之嶽神社の別当寺。

(20) 漆萱《うるしがや》村・初鳥屋《はっとや》宿…下仁田町西野牧。中山道脇往還の上州側最後の宿で、信州追分宿へ通ずる和美峠越のいわゆる下仁田道と、信州岩村田宿へ通ずる香坂峠越の日影《ひかげ》新道との分岐点になった。(『歴史地名大系』)

(21) 葛古《くずふる》…(一七九三～一八八〇) 明治十三年没、八十八歳。本名、小林正美。別号、虎嶺庵・水薦家。信濃国佐久郡八満の豪農。虎杖門、のち葛三・道彦門。鳳朗に兄事した。

(22) 真楽寺…長野県北佐久郡御代田町。真言宗智山派で山号は浅間山。龍神伝説や浅間山別当としても知られている。

(23) 竹烟…文久三年(一八六三)没。「坂上氏、通称、治右衛門、一夏庵と号す。鳳朗門、上州草津の人。」(『新選俳諧年表』)

(24) 北條《きたじょう》村東條吉富：北條村は新潟県新井市北条。直江津から舟運の便もよく、関川沿いに信濃へ通ずる道もあり、古くから開けた。東條吉富は未詳。

(25) 魚都里《なつり》：（一七七三〜一八五〇）嘉永三年没。七十八歳。鈴木氏。越後高田藩士（中老職）・地図作者・俳人。名重春・繁章。通称五郎八・左仲。著述『東都道中分間絵図（北国街道分間絵図）』『千家茶事紀聞』『魚都里家集』『魚都里句集』『俳諧みちしるべ古人鏡』『俳聖玉言集』。（西尾市「岩瀬文庫解題」。なお上越市立図書館「西澤家文書目録解題」によれば、嘉永七年まで中老職に在任したとする。）

(26) 当地（高田）山王社官猪股左衛門尉、俳名大恒：本文より前号・未都美。高田の俳諧文芸の中心的な人物の一人であり、鈴木魚都里らとともに神社の境内に芭蕉堂を建立した。（『高田市史』文献出版、一九七六年）。『史料集・高田の家臣団』（上越市、二〇〇〇年）所収「高田役禄帳　文久二年」に、「日吉神主　猪俣左衛門尉」とある。

(27) 五智《ごち》・名立《なだち》：ともに新潟県上越市。

(28) 能生《のう》の駅岡本姫山：能生は、新潟県糸魚川市。能生白山神社に汐路の鐘という、潮の干満を知らせる鐘があったが失われたという伝説があり、誤伝であるが芭蕉が「曙や霧にうづまくかねの聲」と詠んだとする。文政五年（一八二二）、姫山がこの句を刻んだ句碑を建立した。姫山は、岡本五右衛門憲孝。

(29) 露友：鶉石《うずいし》村（糸魚川市）の人。中川五治衛門。中川雄二郎家の庭には露友の建立した芭蕉の句碑があり、その裏面に「石碑年来露友記念ス　辞世　嬉しさや敷居またげば花の道　安政三丙辰九月吉日」と刻まれている。

（30） 上苅《うえかり》・大野原：ともに新潟県糸魚川市。

（31） 関：山口番所（糸魚川市山口）。「頸城《くびき》郡誌稿」に「糸魚川ヨリ根知谷ニ入リ大野・和泉・仁王寺等ノ村々ヲ経テ山口関所アリ。此ヨリ二路ニ分ル。一路ハ別所・大久保ノ山路ヲ経テ信州戸土村ニ出テ小谷湯ニ至ルト、一路ハ大網峠ヲ越テ信ノ安曇郡大網村ニ到ル。山口ヨリ大網村迄二里二丁五拾間余」とあり、信濃国へは大網峠と小谷《おたり》温泉（ともに長野県北安曇郡小谷村）へ至る二本の道が通じる。（『日本歴史地名大系』）。鳳朗は「塩の道」と呼ばれる千国街道を通った。あとに出る「溜り水」は、長野県北安曇郡小谷村にあり石坂・池原の間。難所であった。

鳳朗は「塩の道」と呼ばれる千国街道を通った。

（32） 溜り水：長野県北安曇郡小谷村にあり石坂・池原の間。難所であった。

（33） 蛙径：後の文中に、保延とともに諏訪の藩士とあるが未詳。

（34） 東都幻住庵：出雲母里藩主、松平直興、俳号・四山。

（35） 「曾良何某」ではじまる前文をもつ芭蕉句「君火をたけよきもの見せむ雪まるげ」（『ゆきまるげ』）をふまえる。

（36） 若人《じゃくじん》：（一七六三～一八五一）嘉永四年没、七十七歳。本名、久保島権平。別号、濤観。信濃国諏訪高島藩士。士朗・素檗に学ぶ。『曾良旅日記』など芭蕉資料を所持した。

（37） 教来石《きょうらいし》：山梨県北杜市。甲州街道の宿、甲州と信州の境、甲州側にある。山口の関（山口口留番所とも。甲斐二十四関の一つで、上教来石村の枝郷山口に置かれた）が設けられていた。少し前にある蔦木宿は、信州側の隣の宿。

（38） 素柳：（一八一六～四九）嘉永二年没、三十四歳。河西氏。名、信春。別号、湖上庵。嵐外門。

幼少より和漢の学を修め茶道、活花、謡曲等風流の余技を学んで何れも奥秘を究めたという。（『新選俳諧年表』・『北巨摩郡勢一班』〈北巨摩郡教育会、一九三〇年〉）。河西家は教来石の本陣で問屋を兼帯した。

（39）嵐外…（一七七〇～一八四五）弘化二年没、七十六歳。本名、辻利三郎。初号、五六。別号、六庵。越前国敦賀の人でもと呉服商。闌更のち可都里に学ぶ。甲斐国落合村と甲府柳町に住む。甲斐の山八先生と慕われ、「嵐外十哲」はじめ多くの弟子を育てた。なお、前の行の佐渡屋は甲府柳町の脇本陣。

（40）酒折…山梨県甲府市。甲州街道と青梅街道の分岐点にあたり、甲府の玄関口となっていた。石和（山梨県笛吹市）は、甲州街道の宿駅。

（41）駒飼《こまかい》…山梨県甲府市。甲州街道の宿駅。ここから難所といわれた笹子峠にかかる。ところで、天正十年（一五八二）天目山の戦いに敗れ武田氏は滅亡するが、このとき武田勝頼が駒飼で味方の裏切りを知ったとする話がある（『甲乱記』など）。

（42）初雁…下初狩宿・中初狩宿は甲州街道の宿駅。初狩村は山梨県北都留郡にあった村で現在大月市。ここで鳳朗は甲州街道を外れて、芭蕉が流寓した地、谷村《やむら》（山梨県都留市）へ向かう。郡内地方は、山梨県都留郡一帯を指す。

（43）田原の滝（白根の滝、白滝とも。都留市）に、「勢ひあり氷り消へては瀧つ魚」句を刻んだ句碑がある。安永六年（一七七七）刊『新虚栗』（麦水編）に「春吟／勢ひあり氷消ては瀧津魚　芭蕉翁」とあり、これまでの句集に漏れた芭蕉の作として載る。『一葉集』では「考證」のところに「勢ひなり氷きえては瀧津魚」の形。鳳居は未詳。

（44）吉田：山梨県富士吉田市。江戸時代は浅間神社の御師の町であった。有名な吉田の火祭りは、江戸時代、旧暦の七月二十一・二十二日に行われた。
（45）神野《かんの》：山梨県上野原市、旧南都留郡秋山村。
（46）鼠坂《ねんざか》関：神奈川県相模原市。甲州街道と大山街道を結ぶ道で、坂の途中に関所が設けられていた。津久井も神奈川県相模原市。
（47）根小屋の里・嶋崎静風：根小屋は神奈川県相模原市、旧津久井郡。島崎家は根小屋の名主。
（48）下志田の峠：志田峠（神奈川県相模原市）。愛川町田代から津久井町韮尾根にぬける道。
（49）川入村佐野氏槐堂：川入村は神奈川県厚木市。佐野家は川入村の名主。
（50）意味のある言葉を和歌などの各句の初めの文字と終わりの文字に置いて詠む技巧。ここでは句頭に「松風蘿月」（俗世に汚れていない自然）、句末に「風雅一心」が置かれている。
（51）架蔵本・国会図書館本は「二日」。早稲田大学図書館本は「三日」。文脈では三日が正しい。

付記

注（26）・（29）については、新潟県立図書館レファレンスよりご教示いただいた。

鳳朗　天保十五年「あれ見よと」句文

玉　城　司

鳳朗は、八十二歳の天保十四年（一八四三）、芭蕉に「花本大明神」の神号を申請し、自らも「花本宗匠」の称号を受けた。その年、九月二十六日二条家御前連歌俳諧を三席興行、翌月は江戸へ帰った（本書所収金田房子「鳳朗略年譜」参照）。

ここに採り上げる「あれ見よと」句文は、天保十五年八十三歳「花本宗匠」鳳朗の自筆である。

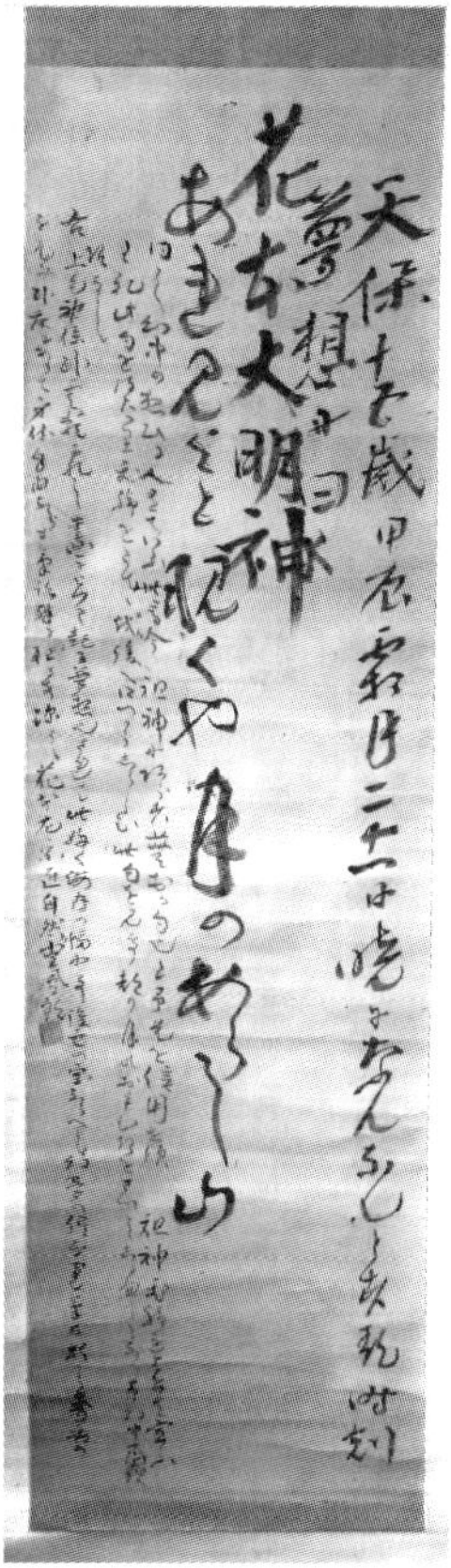

【翻刻】（私に濁点を付し、句読点、「　」を補った）

天保十五歳甲辰霜月二十一日暁になんなんとする時刻

夢想に曰

花本大明神

あれ見よと覗くや月のあらし山

同じ幻中の想ひに人有ていふ。「此高吟、祖神にあらず。蕪村が句也」と。予、是を信用せず。祖神飛脚をはせて宣ふ。「われ、此句を得たり。飛脚をたてゝ越後へ口づからしらしむ。此句を見て、都の月のおもむきをさつししるべし」となり。予幻中感歎、限なし。

右、上毛神保臥雲に頼まれし画によつて起る夢想也。されは此ふく海内の幅にて後世の宝なるべしと夢幻の俣を運筆す。折から奇病のなやみ、臥床にありて身体自由ならず。筆跡殊に恥る事深し。花本老宗匠自然堂鳳朗[印]

【意訳】

天保十五年、十一月二十一日暁になろうとする時刻、夢のお告げがあった。

「花本大明神」芭蕉翁が、「あれ見よと覗くや月のあらし山」とお詠みになられた……

この夢の中で現れた人が、「この秀作は祖神（芭蕉翁）のものではなく、蕪村の句だ」と。私はこの言葉を信じなかった。祖神が飛脚をとばして仰る。「私（芭蕉）はこの句を感得した。飛脚を立てて越後へ自らそう告げた。この句を見て、都の月の雅趣を察して知るべきだ」と。私（鳳朗）は夢幻のお告げに深く感嘆した。

右は、上毛の神保臥雲から、画賛を頼まれ、その画を見た夢である。だから、この一幅は、天下の一幅で後世の宝となるべきだ、と夢にみたまま、筆を運んだ。この折、奇病に悩み、病床にあって、身体が自由にならず、筆跡の乱れを深く恥じ入っている。花本老宗匠自然堂鳳朗[印]

【所感】

「何という途方もない夢だろうか」、この幅を見たときの驚きである。

この句文を書くきっかけとなった、神保臥雲は、しの木弘明『上毛文雅人名録』（俳山亭、二〇〇

一年）によれば、

金子宿の俳人、名は磯右衛門、「わらみの」「山めぐり」の編あり、また絵事を善くせり、近村二二ヶ村の大惣代を勤めり、明治一六年没す。六〇歳

山を見て歩行も秋の始かな　　臥雲

という。臥雲が鳳朗に依頼した画は、京都の嵐山観月の図だったのだろう。嵐山の情景を詠んだ句「あれ見よと」は、蕪村の句だという人もいるが、夢に芭蕉が現れて自らが詠んだ句であり、越後の人にこの句を告げたという。神と崇める芭蕉が夢に現れたことは、瑞夢に違いない。一方、あわせて夢の中で、蕪村の句であるかもしれない、という人がいたということも、興味深い。言うまでもなく夢だから、それは鳳朗の分身だが、鳳朗は芭蕉に次ぐ俳人として蕪村を認知していたことになる。

この鳳朗の夢の十年前頃、天保四年（一八三三）、松窓乙二が蕪村に傾倒して『蕪村発句解』を刊行していたが、鳳朗もまた蕪村を評価していたのである。となれば、明治の正岡子規一派が蕪村を「発見」した訳ではないことになる。こうした点からも興味深い夢である。

その夢を越後の人に告げたという。鳳朗が天保十一年（一八四〇）、七十九歳の老齢で越後を行脚した旅（『続礪波山集続有磯海集』・本書所収金田房子「鳳朗著『続礪浪山集有磯海集』（上）翻刻と略注」）で出会った越後人が思い出されたからだろう。誰なのだろうか。

ともあれ、この句は、芭蕉が鳳朗の夢に現れて詠んだ句だから、芭蕉の句である、と言いたいのである。「花本大明神（芭蕉）」＝「花本宗匠（鳳朗）」の同一視、幻視がひきおこした夢幻なのだが、自らの句を芭蕉の句であるとし、「後世に残る宝」として認めたことに驚きを禁じ得ないのである。

群馬県立文書館蔵『素輪句集』について

紅林健志

群馬県立文書館蔵の松井家旧蔵文書（請求番号：P01013）には、建部綾足（俳号は吸露庵涼袋）の門人、素輪の俳諧関係の資料が現存するが、そのうち「素輪句集」と題された句集二点について、以下報告したい。便宜的に（A）と（B）に分けて述べる。

はじめに書誌について。（A）は、文書番号四〇八、半紙本一冊。外題は「素輪句集　一」（中央書題簽）。本文は無辺無界、毎半葉六行書き（一部五行書き）。全三十三丁。筆跡からして素輪自筆（題簽も同筆）。内容は「発句之部」と「付合乃部」の二部構成。「発句之部」は十一丁、「付合乃部」は十二丁。特徴的なのは、句の上部に「旧室／十五点」等とあることである。「旧室」は句に点をつけた宗匠の名。「十五点」はその句の受けた評点を示す。つまり、本書は素輪が高点句を自身でまとめたものなのである。上欄に登場する宗匠を、「発句之部」と「付合乃部」に分けて示す。以下登場の順、括弧内は句数。まず「発句之部」は、旧室（九八）、拍船（二）、田社（一）、爪頂（一）、不角（三）、風祇（三）、涼袋（二〇）の七名。「付合乃部」は、旧室（一三〇）、静々（一）、湖十（八）、紀逸（一三）、風祇（六）、平砂（一）、不局（五）、貞堂（一）、寿角（三）、麦浪（一）、吉門（三）、鶏口（一）、祇丞（一）、中和（一）、栖鶴（三）、蒼狐（一）、柳尾（一）、沾涼（三）、買明（三）、由林（一）、海旭（三）の二一名。

（B）は文書番号五六七。半紙本一冊。外題は「素輪句集　四」（左肩書題簽、素輪自筆）。本文も素輪自筆だが、こちらは青色の罫が摺られた料紙を使用。四周双辺有界（上部に単辺の頭書欄あり）、毎半葉九行書き。全三十丁、うち墨付二十九丁。こちらは発句のみ。登場する宗匠と句数は、吸露(三九一)、麦浪(四九)、如之(六)、入楚(七)、珪山(一)、門瑟(一)、百明(二)、止絃(三)、素外(八)、麦保(一二)の一〇名。

おおむね宝暦十年(一七六〇)から明和四年(一七六七)ごろの句。素輪には他に『小遣銭』という評点句集がある(注)。これは旧室、綾足、麦浪から批点を受けた句稿を書冊にまとめたものであるが、『素輪句集』には、この三人以外にも多くの宗匠の名が出る。素輪はそれぞれの宗匠に句稿を送り、点を請い、その返却された句稿から点を受けた句を抜き出し、「素輪句集」と題してまとめた。宗匠からの評価をかなり重視していたようである。中心は、旧室と綾足(涼袋、吸露)、そして麦浪。この三人は素輪が積極的に選んだものと考えられる。やはり綾足の指導に一定の信頼を置いていたということであろう。

(注)『小遣銭』については、拙稿「素輪『小遣銭』にみる綾足の批点――旧室・麦浪との比較を通して――」(『日本文学研究ジャーナル』第八号、二〇一八年十二月)に報告した。

只野真葛と女子教育

時田紗緒里

只野真葛《ただのまくず》（宝暦十三年〈一七六三〉～文政八年〈一八二五〉）は、仙台藩医工藤平助の娘で、江戸日本橋南数寄屋町で生まれた。安永七年（一七七八）に仙台藩の奥女中となり、後に、仕える姫・詮《あき》子《こ》の婚礼により彦根藩井伊家に勤めた。奉公を辞して寛政元年（一七八九）に一度目の結婚をするが離縁、同九年、仙台藩家臣只野伊賀と二度目の結婚をし、仙台に下ることとなる。仙台では当地の伝承や伝説をもとにした擬古物語を書き、父平助が江戸の村田春海にその一部を送ったところ賞賛されたという。

真葛が記した『女子文章訓』（注）には、当時の女性の理想的文章が説かれ、またその学習方法や意義が述べられる。以下、『女子文章訓』から、当時の女子教育観を見ていく。

夫《それ》、女《にょし》の文章《ぶんしょふ》は仮名を用てうつくしく書下《かきくだ》したるぞよし。たとへば、真名《まな》は男子《なんし》の上下《かみしも》着たるがごとく、仮名は女子《にょし》の装束《しょうぞく》し、さげ髪《がみ》したるが如し。是《これ》和朝のの（ママ）風義なり。

まず、女性の文体について、仮名文字を使用して流麗に書き下すのがよいとする。漢文（「真名」）は男性の正装（上下＝裃）、仮名文字は女性の正装（装束、さげ髪）であるとたとえて、これらは日本の習わしである（「和朝の風義」）と述べる。

女性の教養の身に付け方については、「窓の本《もと》に文《ふみ》をひろげ、昔今《むかしいま》のおかしきことはりを見」る、すなわち読書すること。また、

扨は時により折にふれて、女子どち古歌を引、故事を尋、詞《ことば》をゑりてよみ、能浅からぬ書かは

さんに、うつくしき文章をならひ、我しらざる古事・古歌をも覚て、益ある事少からず。

と、女性同士で古歌や故事を引いた手紙のやりとりをすすめ、言葉も吟味して学びと実践を通して研鑽を重ねることを推奨する。

古歌や故事を学び、「うつくしき文章」の手本となる書物は、どのようなものか。

文詞ならふには、清少納言の『枕の冊紙』など能々学ぶべし。心幽玄《ゆうげん》にふかく、言葉優美《ゆうび》なり。『伊勢物語』は好色《こうしょく》のやうにて、贈答の和歌并詞書の文法を教《をしへ》しものなり。その好色をならはず、能書法《やう》を学ぶべし。

手本として、真葛は『枕草子』と『伊勢物語』を挙げる。特に『伊勢物語』は「好色」であるとする点が興味深い。「好色」は学ぶものではないとして否定する一方、和歌や詞書から「文法」、すなわち言葉のあやを学ぶことを勧める。言葉のあやを学ぶことは、人の心の奥深さを学ぶことにつながるだろう。これこそが「うつくしき文章」に至る学びなのである。

（注）『女子文章訓』は、『女文教服式・女子文章訓付節句由来』（鈴木よね子校訂『只野真葛集』国書刊行会、一九九四年）より引用。これを外題とする斎藤報恩会本を底本とする。なお、本書は『女子文通及服付之書』と『女子文章訓』を合わせて一冊にしたものであると推測され、それぞれの末尾に「只野氏綾子真葛述」と記載がある。

あとがき

金田房子

本書の結びにあたって振り返ってみますと、後期俳諧を研究対象としたそもそもの始まりは、矢口家の文庫調査の際に「鳳朗」の軸を見て、この名なら見覚えがあると感じたところからです。芭蕉の作品解釈が研究テーマだった私にとって、短冊や句稿の他の名はどれも馴染みのないものでした。矢口丹波記念文庫には、大学院生の頃に高崎ご出身の恩師上野洋三先生のお供をして書誌カードの取り方を学び、そしてその三十年後、国文学研究資料館基幹研究で同文庫を取り上げられた大高洋司先生にお声がけいただいて調査に加わらせていただきました。そして調査が進むにつれて、短冊や点帖、書簡、句碑の建立に関わる資料などから、矢口家八代当主一彡が鳳朗に師事し、大変熱心に俳諧活動を行っていたことがわかってきました。この時が一彡、そして鳳朗との出会いです。

その頃、加藤定彦先生が『関東俳壇史叢稿　庶民文芸のネットワーク』（若草書房、二〇一三年）という地方俳諧を取り上げたご労作を刊行され、書評を書かせていただきました（『国文学研究』一七五号、二〇一五年三月）。その際のお便りに「里丸や玉斧、乱竿たちはいずれも時の経過によって殆ど埋もれた俳人たちです。ポンペイの噴火で埋もれた文化財を発掘するが如く、掘り起こしたのです。声なき声を上げている先人たちの叫びに耳をそばたてゝ下さい」と書いておられた言葉が、印象深く心に残りました。

そうした折、俳文学会の懇親会で玉城司氏から、一茶宛の鶯笠書簡（本書で紹介）をご所蔵というお話を伺いました。玉城氏のご蔵書は「礫亭《れきてい》文庫」という名で、その充実ぶりに、後に目を見張ることになります。お話を伺った際に、私自身は近世後期俳諧について知識が乏しく俳諧資料の扱いも未熟だけれども、玉城氏にご教示いただきながらであれば、さらに視野を広げてしっかりと研究を進めてゆけるだろうと思い、不躾に分担者をお願いして今回の科研申請となりました。玉城氏のご経験と知識、様々なアドバイスは、本当に大きな力となりました。いろいろなことがご縁として繋がっている気がします。さらに涼袋に師事した上州前橋の素輪の日記が大量にあることも気になりましたので、綾足（涼袋）を研究されている紅林健志氏、そして時田紗緒里氏に加わっていただき、お二人は調査や『矢口丹波正日記』の解読に若い力を発揮して下さいました。

調査を重ねるほどに、日本の各地をつなぐ俳人達のネットワークの広がりが見えてきましたが、ジグソーパズルでいえば、ほんの二、三片を埋めたにとどまります。たくさんの興味深い資料群を前に、力及ばぬもどかしさをいつも感じます。そこで本書では、科研研究会で講演をお願いした方をはじめ、鳳朗に関わる地方俳諧をご研究の方にご寄稿をお願いすることにしました。各氏にご快諾いただき、お寄せいただいた原稿はいずれも丁寧な調査に基づく力作で、近世後期俳諧研究を知るための基本の一書となったと自負しております。

あまり注目されない分野を対象とした本書を選書という形で刊行したいと思ったのは、「月並み」だと評価の低い近世後期の俳諧がもたらした、人々の交流の豊かさと広がりを一人でも多くの方に知ってもらいたいと願ったからです。本書に翻刻した鳳朗の紀行（『続礪浪山集続有磯海集』上）の中には、豊かではなくとも決して人をうらやまず自分を卑下せず淡々と生きている山村の人々の存在や、増水した川を渡る鳳朗を助けようとこぞって集まり、危険も笑顔で包みながら真心を尽くす門人達の様が描かれています。そうした先人達の生き生きとした俳諧との関わりに目を向けていただく小さなきっかけとなればと思います。

個々にお名前を挙げるに暇がありませんが、多くの方々の温かさに助けられてそもそも科研の研究を始めることができましたこと、そして数々のご教示をいただきましたことを心より感謝申し上げております。また、新典社の田代幸子氏にはいつも迅速なご対応と適切なご助言で支えとなっていただきました。

末筆になりましたが、貴重な架蔵資料を惜しげも無く見せていただいた大西紀夫先生をはじめ、矢口家・群馬県立文書館・新潟県立文書館・真田宝物館・熊本県立図書館・国文学研究資料館のご高配に深謝申し上げます。

本書は、科研費補助金による研究課題「近世後期俳諧と地域文化」（課題番号：16K02435）の成果である。

時田 紗緒里（ときた・さおり）
日本女子大学文学部日本文学科非常勤助手・日本女子大学文学部日本文学科学術研究員
「宣長の擬古物語添削と批評の検討―『手枕』と『野中の清水添削』を通して―」（『鈴屋学会報』35号，2018年12月），「荒木田麗女と頼春水の交流―麗女『初午の日記』春水序文について―」（『日本女子大学大学院文学研究科紀要』25号，2019年3月）など。

松井 忍（まつい・しのぶ）
松山東雲女子大学名誉教授・NPO法人GCM庚申庵倶楽部理事長
共編著『伊予俳人　栗田樗堂全集』（和泉書院，2020年），「菅沼奇淵と伊予朝倉連―無量寺蔵奇淵書簡を中心に―」（『連歌俳諧研究』131号，2016年9月），「栗田樗堂『萍窓集』小考―『石耕集』との比較を通して」（『近世文藝』111号，2020年1月）など。

山﨑 和真（やまざき・かずま）
大垣市教育委員会文化振興課大垣市奥の細道むすびの地記念館学芸員
「近世後期における旗本家の財政資金運用と知行所村の社会経済構造―1400石旗本高家長沢氏の地頭所貸付金政策を事例に―」（『中央史学』37号，2014年3月），「芭蕉と大垣」（岐阜文化フォーラム編『天下布学』岐阜新聞社，2018年）など。

和田 健一（わだ・けんいち）
群馬県地域文化研究協議会常任委員
「上州俳諧句碑の紹介」（『国文学研究』25号，2005年3月），「近世上州俳諧句碑の検討～柳居・鳥酔を中心に」（『群馬文化』305号，2011年1月），「白井鳥酔と句碑の検討」（『群馬歴史民俗』33号，2012年3月）など。

《執筆者紹介》（編者・執筆者五十音順）

金田 房子（かなた・ふさこ）
清泉女子大学・成蹊大学非常勤講師
『芭蕉俳諧と前書の機能の研究』（おうふう，2007年），「『鹿島詣』考―仏頂和尚への応答として―」（『連歌俳諧研究』134号，2018年3月）など。

玉城 司（たまき・つかさ）
上田女子短期大学特任教授・清泉女子大学人文科学研究所客員所員・信州古典研究所代表
『現代語訳付き　蕪村句集』（2011年，角川学芸出版），『現代語訳付き　一茶句集』（2013年，角川学芸出版），共著『元禄名家句集略注　上嶋鬼貫篇』（2020年，新典社）など。

大西 紀夫（おおにし・のりお）
富山短期大学名誉教授・富山県連句協会会長
「金沢の絵入り俳諧一枚摺と絵師達」（『江戸文学』25号，2002年6月），「金沢における俳諧一枚摺―銭屋五兵衛周辺―」（『文学』6巻2号，2005年3月）など。

金子 俊之（かねこ・としゆき）
青稜中学校・高等学校，桐朋女子中学校・高等学校非常勤講師
共編『元禄時代俳人大観（全3巻）』（八木書店，2011～2012年），「「後の細道」の諸相―泉明『松島紀行』における『奥の細道』享受の一側面―」（『日本文学研究ジャーナル』8号，2018年12月），「倚松『寄合ひ筆』文章の趣向―『奥の細道』享受の一側面―」（『国文学研究』187集，2019年3月）など。

金子 はな（かねこ・はな）
東洋大学・成蹊大学非常勤講師
「惟然の「軽み」考」（『連歌俳諧研究』124号，2013年3月），「支考「仮名碑銘」の成立と展開」（『連歌俳諧研究』134号，2018年3月）など。

紅林 健志（くればやし・たけし）
盛岡大学准教授
「仮作軍記と『本朝水滸伝』」（『国語と国文学』94巻11号，2017年11月），「素輪『小遣銭』にみる綾足の批点―旧室・麦浪との比較を通して―」（『日本文学研究ジャーナル』8号，2018年12月）など。

鳳朗《ほうろう》と一茶《いっさ》、その時代《じだい》
―― 近世後期俳諧と地域文化 ――
新典社選書 100

2021年3月16日　初刷発行

編　者　金田房子・玉城司
発行者　岡元学実

発行所　株式会社　新　典　社

〒101－0051　東京都千代田区神田神保町1－44－11
営業部　03－3233－8051　編集部　03－3233－8052
ＦＡＸ　03－3233－8053　振　替　00170－0－26932

印刷所　惠友印刷㈱　製本所　牧製本印刷㈱
 ISBN978-4-7879-6850-0 C1395
https://shintensha.co.jp/　E-Mail:info@shintensha.co.jp